rowohlt
POLARIS

ALLY CONDIE

PRETTY PERFECT

DIE PERFEKTE HOCHZEIT. DER PERFEKTE MORD.

THRILLER

Aus dem Englischen
von Susann Rehlein

Rowohlt Polaris

Die englische Originalausgabe erschien 2024
unter dem Titel «The Unwedding»
bei Grand Central Publishing, New York.

1. Auflage

Deutsche Erstausgabe
Veröffentlicht im Rowohlt Taschenbuch Verlag,
Kirchenallee 19, 20099 Hamburg, Juli 2025

Redaktion Anne Nordmann

Covergestaltung zero-media.net, München
Coverabbildung Mary Wethey / Arcangel Images
Satz aus der Feijoa
bei Dörlemann Satz, Lemförde
Druck und Bindung GGP Media GmbH, Pößneck
ISBN 978-3-499-01764-3

Kontaktadresse nach EU-Produktsicherheitsverordnung:
produktsicherheit@rowohlt.de

MIX
Papier | Fördert
gute Waldnutzung
FSC® C014496
FSC
www.fsc.org

Für Lindsey Leavitt Brown, Ann Dee Ellis,
Josie Lauritsen Lee und Brook Davis Andreoli.
Ich liebe euch.
Danke, dass ihr mich gefunden habt.
Lasst uns dahin gehen, wo es lustig ist.

Something old, something new.
Something borrowed, something blue.
Someone lost, someone wed.
Someone broken, someone dead.

Etwas Altes, etwas Neues.
Etwas Geliehenes, etwas Blaues.
Zwei verbunden, einer in Not.
Jemand verschwunden, jemand tot.

SONNTAG

Lange vor Sonnenaufgang verließ sie ihr Zimmer. Regen strömte nach wie vor herab – ein gleichmäßiges, alles umschließendes Rauschen.

Nach zwei Schritten war sie durchnässt, aber das war ihr egal. Sie war im Badeanzug, unterwegs zum beheizten Infinitypool, hatte weder Handy noch Handtuch dabei und trug nicht mal ihre Flip-Flops. Der Regen war zu heftig für ein Handy, ein Handtuch wäre sinnlos, und sie vertraute ihren nackten Füßen mehr als rutschigen Flip-Flops, wenn es so glitschig war.

Sie hielt den Kopf gesenkt. Es war noch fast völlig dunkel, und sie konzentrierte sich, um nicht auszurutschen.

Wieder einmal hatte sie das Gefühl, überhaupt nicht geschlafen zu haben, aber das konnte nicht sein, denn irgendwann war sie im Traum durch einen Wald gehetzt, zwischen schwarzen Bäumen hindurch, von denen es herabtropfte, war ausgerutscht und hingefallen und hatte vergeblich nach den Menschen gesucht, die sie liebte und die sie verloren hatte.

Sie musste also geschlafen haben, nur eben nicht gut.

Vorsichtig ging sie über die Steinplatten. In jeder Vertiefung hatte sich Wasser gesammelt, es floss in kleinen, reißenden Bächen rechts und links des Weges entlang und flutete einige der sorgsam gepflegten Pflanzen im Beet.

Wenn man bei so starkem Regen schwamm, war dann alles Wasser, und die Trennung zwischen Erde und Himmel gab es nicht mehr?

Irgendwer hatte die Liegestühle gestapelt und in Folie gehüllt, um sie vor dem Regen zu schützen. Nebel stieg von der Wasseroberfläche auf, und als sie an der Treppe innehielt, fragte sie sich, ob man bei solchem Regen mit dem Kopf über Wasser ertrinken konnte.

Sie hatte gerade begonnen, die Stufen in den Pool hinabzusteigen, als sie ihn sah.

Ein dunkler Schemen im Wasser. Ein anderer Gast, der hier frühmorgens schwamm?

Nein. Er trieb.

Hinten am gläsernen Rand trieb eine Gestalt im Infinitypool.

Ohne recht zu wissen, was sie tat, sprang sie die Stufe wieder hoch, rannte über die nassen Steinplatten zur anderen Seite und sprang so dicht wie möglich neben die Gestalt in den Pool. Es war ein Mann, das konnte sie erkennen, als sie an seiner Seite auftauchte. Ihre Finger rutschten ab bei dem Versuch, ihn umzudrehen. Irgendetwas stimmte nicht mit seinem Kopf, er war nicht richtig geformt. An seinem Hinterkopf war etwas Dunkles verklumpt. Sie musste ihn umdrehen, Menschen konnten im Wasser nicht atmen und starben. Sie wuchtete ihn herum.

Sein Gesicht: die Augen offen.

Seine Kleidung: durchnässt.

Er trug noch seine Hochzeitsgarderobe, Anzug, Lederschuhe, goldene Manschettenknöpfe, eine schmutzige weiße Blume am Revers. Eine Kamelie? Warum fiel ihr das auf? Die Blume war doch völlig egal. Sie musste ihn aus diesem Pool schaffen. Sie griff ihm unter die Arme. Seine Kleidung war durchweicht, und darunter fühlte sie seinen Körper …

Nicht daran denken, versuch, das auszublenden.

Sie zerrte ihn zu den Stufen am Ende des Pools.

Er ist tot. Das ist eine Leiche. Ich hab eine Leiche in meinen Armen.

«HILFE!», schrie sie.

Nichts.

Sie schrie erneut, während sie ihn die Treppe hinauf und auf die Steinplatten neben dem Pool zerrte. Sie keuchte vor Anstrengung und versuchte, nicht hinzusehen, wie seine Beine über den Beckenrand schleiften.

«HILFE!»

Niemand kam.

Sie konnte sich nicht durchringen, ihm noch einmal ins Gesicht zu blicken, aber sie meinte zu hören, wie der Regen auf seine Haut prasselte.

Sie legte ihn ab und rannte los.

Sie hetzte zum Haupthaus, rutschte unterwegs immer wieder aus, fing sich, rannte weiter und schrie immer wieder.

«Hilfe!»

Aber natürlich wusste sie es längst. Noch während ihr Mund das eine Wort formte, sagte ihr Gehirn das andere.

Tot.

Und sie dachte: nicht schon wieder.

FREITAG

ZWEI TAGE ZUVOR

HEUTE IM RESORT BROKEN POINT

Hat man die Natur so tief erfahren wie die Liebe,
kann man nicht mehr ohne sie.
Terry Tempest Williams

Wetter: sonnig
Sonnenaufgang: 7:12 Uhr
Sonnenuntergang: 18:33 Uhr
Höchsttemperatur: 19 °C
Tiefsttemperatur 13 °C

ÜBER DAS KUNSTWERK:
Andeutung
von Clare Han,
2013 (Öl auf Leinwand)

Während dem spektakulären Panorama von Big Sur – den zerklüfteten Klippen dem Ozean – viel Aufmerksamkeit geschenkt wird, konzentriert sich Clare Han in ihrem Werk auf unauffälligere, aber nicht weniger beeindruckende Landschaften. Das Gemälde *Andeutung* zeigt einen Teich im Wald. Die Farben Grün, Blau und Taupe bilden den Hintergrund für zarte rote Akzente, Anspielungen auf Tennysons Vers über *die Natur, rot an Zahn und Klaue*. Der enorme Maßstab des Gemäldes wurde gewählt, um bescheidenere Landschaften und unauffälligere Momente in den Blickpunkt des Interesses zu rücken.

1.

Ihr Umfeld war regelrecht erschüttert, als Luke und Ellery Wainwright sich, kaum dass ihre Älteste mit der Schule fertig war, scheiden ließen.

Keiner konnte fassen, wie schnell das passierte – am letzten Schultag waren sie noch zusammen auf der Nachbarschaftsparty gewesen, ihre Kinder waren durch die Sprinkleranlage gerannt oder hatten mit den anderen Kids auf dem Rasen herumgelungert. Ellery hatte den nach Früchten und karamellisiertem Zucker duftenden Erdbeer-Rhabarber-Crumble mitgebracht, den sie immer machte. Luke hatte mit den anderen Vätern beim Grill gestanden und den Teenagern, die in der Einfahrt der Humphreys Basketball spielten, die Bälle zurückgeworfen, die sich in den Garten verirrten. Sie picknickten mit ihren Kindern auf einer Decke. Später sagte Kat Coburn, sie habe doch gesehen, wie Luke Ellery beim Gehen die Hand auf den Rücken gelegt habe.

Niemand hatte gewusst, dass sie nur noch die Fassade aufrechterhielten, dass Luke die Ehe längst aufgegeben hatte und Ellery starr vor Kummer gegen alle Vernunft hoffte, er würde seine Meinung noch ändern.

Aber am 4. Juli war Luke ausgezogen. Mitte September war die Scheidung über die Bühne, und im Oktober trat Ellery allein die Reise an, die sie für ihren zwanzigsten Hochzeitstag geplant hatten.

«Ich gebe Ihnen einen Tisch draußen auf der Terrasse», sagte die Hostess zu ihr. «Wenn Sie mir folgen möchten.»

Das tat Ellery.

Seit sie einige Stunden zuvor in Monterey gelandet war, fühlte sie sich von Schönheit regelrecht umzingelt. Die Fahrt nach Broken Point war atemberaubend, und das Resort einmalig. Im Haupthaus wurde sie von einem Mitarbeiter an einem eleganten Empfangstresen eingecheckt, der von einem wunderschönen vergoldeten Paravent flankiert wurde. Auf dem gesamten Grundstück waren kleine Feuer in steinernen Kuhlen in den Boden eingelassen, und in der Nähe eines größeren Feuers ragte eine Skulptur aus Glas, Stahl und Granit auf. Darüber wiegten sich an Schnüren befestigte Kugelleuchten im Wind.

Neben dem Haupthaus befand sich das Restaurant Wildrye, dessen Eingangsbereich ein riesiger Lüster aus mundgeblasenem Glas schmückte. Die Tische auf der Terrasse waren mit weißem Leinen eingedeckt, darauf standen elfenbeinfarbene Kerzen und frische Blumen in winzigen Keramikvasen. Ein nach Wald und Meer duftender sanfter Wind strich über die Terrasse. Weit draußen hing der Vollmond über dem Meer und ließ die Wellen schimmern. Ein leuchtendes verglastes Gebäude schmiegte sich ein paar Hundert Meter höher zu Ellerys Linken an den Rand der Klippe, darin Menschen, die in Grüppchen beieinanderstanden.

«Das da oben ist unsere Galerie», sagte die Hostess, eine sanfte junge Frau, auf deren Namensschild *Brook* stand. «Heute Abend feiert da eine Hochzeitsgesellschaft, aber morgen ist sie für alle Gäste geöffnet.»

Ellery wusste alles über die Galerie und die anderen Einrichtungen des Resorts. Sie war diejenige, die es ausgesucht und die Reise gebucht hatte.

Im vergangenen Winter war sie zufällig auf die Website gestoßen, über einen Artikel mit dem Titel 50 *Orte, die du vor deinem Tod gesehen haben musst.* (Seit sie zwei Jahre zuvor vierzig geworden war, hatte sie etliche solcher Artikel online gelesen: 100 *Romane, die du gelesen haben musst, Die* 100 *besten Songs aller Zeiten* und so weiter und so fort.)

«Das Luxusresort in der atemberaubenden Landschaft von Broken Point», stand quer über der Website in einer Schrift, die seltsamerweise gleichzeitig kultiviert und reißerisch wirkte. Die Fotogalerie spulte Bilder vor ihr ab, die das Meer zeigten, elegante, moderne Gebäude, die diskret zwischen Mammutbäumen standen, eine Frau mit glatten grauen Steinen auf ihrem schmalen, gebräunten Rücken, die eine Spa-Behandlung bekam, köstlich aussehende Mahlzeiten auf cremefarbenen Steinguttellern neben Blumen aus dem hoteleigenen Garten.

Jedes Ferienhaus beherbergte drei Zimmer. Außerdem konnte man eines der fünf Cottages mieten. (Ellery war buchstäblich die Kinnlade runtergefallen, als sie den Preis dafür gesehen hatte.) Es gab eine Sauna und ein Spa, Pendleton-Decken auf den Liegestühlen auf der Terrasse, mehrere beheizte Pools, flauschige weiße Handtücher, jede Menge von Nebelschwaden durchzogene Natur, ruhige Pfade, die sich durch einen ehrwürdigen Hain schlängelten, und besagte Kunstgalerie. Über das Anwesen verteilt standen Skulpturen, und zwischen den Bäumen fand sich ein als Bar fungierender, stylisher silberner Airstream-Wohnwagen mit Tischen und Stühlen ringsherum.

Als Ellery Luke die Website gezeigt hatte, hatte er sofort gesagt: «Lass uns das machen.»

Er stand hinter ihr und knetete ihre Schultern genau dort, wo sie verspannt waren. Sie liebte es, wenn er das tat. «Meinst du wirklich?», hatte sie gefragt, weil das Ganze wirklich sehr, sehr teuer war.

«Klar», hatte er erwidert. «Man feiert nur einmal Porzellanhochzeit.»

«Du solltest trotzdem fahren», sagte Luke später in der Mediation, als sie alles aufteilten, und sein Ton war so sanft wie gönnerhaft gewesen. «Die Anzahlung wird nicht rückerstattet. Und du wolltest doch so gern da hin.»

Du etwa nicht?, wollte sie fragen. *Hast du nur so begeistert getan? Warst du da längst fertig mit uns?*

«Da wären wir.» Brook zog Ellery einen Stuhl heraus. «Ihr Kellner wird gleich bei Ihnen sein.» Sie gab Ellery eine Speisekarte – cremefarbenes Papier, edel bedruckt. Wie herangebeamt stand sofort danach ein Kellner in einem teuer aussehenden weißen Hemd an ihrem Tisch und erklärte ihr die Abendkarte.

Ellery bekam nicht viel davon mit, weil ihr plötzlich ein scharfer Schmerz durch die Brust schoss. Sie fühlte förmlich, wie ihr Herz sich gegen die Muskeln und Knochen stemmte, die es an seinem Platz hielten.

Aber wie ihre Therapeutin sagte: Der menschliche Organismus konnte nicht lange auf einem hohen Schmerzniveau leben. Selbst wenn das, was man für sein Leben gehalten hatte, ein Scherbenhaufen war, sprangen irgendwann irgendwelche Mechanismen an und hielten einen am Leben. Sie ließen einen gerade noch erträglichen chronischen Schmerz zurück, von dem man irgendwann begriff, dass er einem für den Rest seines Lebens bleiben würde.

Ellery blickte auf. Am Tisch links von ihr nahmen zwei Leute Platz, die Vater und Tochter sein mussten. Sie hörten auf die gleiche Weise zu, als der Kellner auch ihnen die Abendkarte erklärte. Der Vater trug Hemd und Kakihose. Die Tochter wirkte frisch und lebendig, ihr langes lockiges Haar hatte sie zu einem Knoten hochgedreht.

Jeder hatte jemanden. Für alle anderen lief es gut.

Es war nicht so, dass Ellery eines dieser anderen Leben gewollt hätte.

Sie wollte einfach nur ihr eigenes Leben zurück.

Natürlich war ihr bewusst gewesen, dass sie Probleme hatten. Luke hatte in den letzten Jahren definitiv eine Midlife-Crisis durchgemacht, aber sie hatte nicht eine Sekunde daran gezweifelt, dass das vorbeigehen würde. Sie war sich sicher gewesen, dass sie das gemeinsam überstehen würden, wie sie auch alles andere überstanden hatten: das Aufbaustudium, die Babys, Kleinkinder, Jobwechsel, Umzüge, Krankheiten, Teenager.

Er konnte wunderbar sein.

Dann wieder sagte er Dinge, die ihr das Herz brachen.

Ich hätte nicht so jung heiraten sollen.

Ich war so damit beschäftigt, das zu tun, was alle von mir erwarteten, dass ich mich keine Sekunde gefragt habe, ob es das war, was ich *tun wollte.*

Ich hätte nicht direkt studieren, sondern versuchen sollen, Musiker zu werden.

Ich hatte nie die Gelegenheit, mich selbst zu finden.

Ich habe die Möglichkeiten nicht gesehen, die ich gehabt hätte.

Das war doch absurd. So was sagte im Film der blöde Ex, bevor die betrogene Heldin bedröppelt in ihre Kleinstadt zurückkehrt, um ihre Wunden zu lecken, und dort ihren heißen Highschool-Freund wiedertrifft, der jetzt Tierarzt ist und die frühreife Tochter seiner verstorbenen Schwester großzieht.

Sie hatte immer geglaubt, dass sie und Luke es schaffen würden. Sie waren ein gutes Paar, hatten viel zusammen erlebt, kleine und große Highlights. Immer hatten sie sich gegenseitig aufgebaut, sich angefeuert und einander im Arm gehalten, wenn es Grund zur Trauer gab. Sie wussten, wie der andere im Schlaf aussah, beim Küssen, Weinen, Zähneputzen, wie er schaute, wenn er die neugeborenen Kinder das erste Mal sah.

Die Kinder.

Ellery stand auf. Ihre Serviette fiel auf die Steinplatten, doch sie hob sie nicht auf. Sie drehte sich mechanisch um und ging den Weg zurück, den sie gekommen war. Ein Kellner trat zur Seite, um sie vorbeizulassen. Ihre Sandaletten machten Geräusche, als sie zwischen den Tischen hindurchging. Wussten die Menschen, die zu ihr aufblickten, es auch? Dass nichts jemals so war, wie es schien? Nicht einmal dieser schöne Ort, nicht einmal ihr schönes Leben.

Im Mai, zwei Wochen vor den Ferien, hatte Luke sich von ihr getrennt. Die Kinder waren schon im Bett gewesen. Kate, ihre Älteste, hatte ein Cellokonzert vor sich gehabt. Ethan, ihr Sohn, beendete gerade sein erstes Jahr an der Highschool. Maddie, die Jüngste, hatte eine neue beste Freundin, die Luke und sie witzig fanden. Sie hatte gedacht, dass sie über irgendwas davon reden würden.

«Ich bin nicht glücklich», sagte Luke stattdessen. «Mein Leben ödet mich an.»

Während er das sagte, hielt er ihre Hand in seiner. Auch früher schon hatte er solche Sachen gesagt, deshalb war ihr zuerst gar nicht klar gewesen, dass es ihm ernst war. Dass er nicht nur Dampf abließ.

Sie hatte auf die Arbeitsplatte geschaut, wo sie die Frühstücksbrote für die Kinder eingepackt hatte und wo noch Papiertüten, ein Messer und Apfelkerne lagen, auf das Geschirr im Spülbecken. Früher am Abend hatte sie in einem Anflug von Wehmut bedauert, dass sie buchstäblich jede

Minute des Tages arbeitete, aber irgendwie nichts davon hatte.

Wie ahnungslos konnte man sein?

Sie hatte alles gehabt.

Und jetzt war ihr alles genommen.

2.

Auf der Toilette des Restaurants holte sie ihr Handy heraus und rief ihre beste Freundin Abby an.

«Wie geht es dir?», fragte Abby sofort.

«Es läuft super», antwortete Ellery. «Ich habe gerade einen Traueranfall auf der Toilette.»

«Perfekt», sagte Abby. «Lass es raus. Musst du ins Telefon weinen?»

«Wahrscheinlich.» Ellery holte stockend Luft. Im Waschraum gab es eine kleine Nische mit einer Chaiselongue. Vielleicht könnte sie sich da einfach drauflegen. Vielleicht wäre das gar nicht so seltsam, wie es ihr vorkam. «Dieses Wochenende findet hier eine Hochzeit statt.»

«Wir wussten, dass das passieren kann», erinnerte Abby sie. «Das wird schon wieder.»

«Erklär mir noch mal, warum wir das für eine gute Idee gehalten haben.»

«Du warst noch nie mit Luke in Big Sur oder Broken Point», zählte Abby die Gründe auf. «Es ist also eine neue Umgebung. Du wolltest das Geld nicht aus dem Fenster werfen. Und ...»

«Ich wollte nicht, dass er Imogen mitnimmt», beendete Ellery den Satz.

Imogen war Lukes neue Freundin. Er hatte sie einen Monat nach der Scheidung kennengelernt. Sie war winzig (Ellery war groß), hatte glänzendes rotes Haar (Ellery hatte normales braunes), war fünf Jahre jünger als Ellery und Luke und war Irin, was bedeutete, dass sie einen Akzent hatte.

Gegen einen Akzent war man machtlos.

All das hatte Ellery Abby in ihrem Elend ziemlich oft vorgejammert, das konnte sie nicht noch mal bringen. Jetzt sagte sie: «Ich wünschte, du wärst hier, Abby.» Sie hatte ihre beste Freundin eingeladen mitzukommen, zumal Luke und sie für die Herbstferien gebucht hatten, aber Abby hatte bereits Pläne mit ihrer Familie gehabt.

Gemäß ihren frisch unterzeichneten Scheidungspapieren hatte Luke die Kinder in den Herbstferien. Sie fuhren auf einen Zeltplatz. Ellery hasste Camping, und jetzt würden Luke und die Kids wahrscheinlich oft ohne sie zelten. Ellery wanderte und kletterte leidenschaftlich gern. Sie war eine gute Läuferin, fuhr Ski, Kajak und Paddleboard. Aber im Freien schlafen war einfach nicht ihr Ding.

Klar würde sie jetzt mit Luke zelten fahren, wenn sie damit das Ruder rumreißen könnte. Sie würde alles tun. Er machte neuerdings auch Sachen, die sie gern mit ihm gemacht hätte. Plötzlich hörte er Brené-Brown-Podcasts und redete über emotionale Verletzlichkeit, und er hatte wieder angefangen, Sport zu treiben. Imogen sah in ihm einen aufregenden Typen, da war sich Ellery sicher.

«Ich wünschte auch, ich wäre bei dir. Das ist eine harte Phase», sagte Abby leise. «War es für mich auch, dabei war ich nur sieben Jahre verheiratet. Bei euch sind es zwanzig. Aber ihr schafft das.»

«Ich glaube nicht, dass ich das hier durchziehen kann», sagte Ellery. Gleich das Betreten des Zimmers, das sie mit Luke hätte teilen sollen, hatte sie an ihre Grenzen gebracht. Honigfarbene Holzwände, behagliche weiße Bettwäsche, am Fußende eine grau-rote Pendleton-Tagesdecke, schlichte Ledersessel, edle Kunstdrucke, ein Teller mit zwei schokoladenüberzogenen Erdbeeren und eine handgeschriebene Nachricht auf einer wertigen Karte, die mit dem Logo des Resorts (eine Skizze von drei Bäumen, die am Rand einer Klippe stehen) bedruckt war. «Genießen Sie Ihren Aufenthalt», hatte darauf gestanden. Als Ellery ins Badezimmer gegangen war und die geräumige Dusche mit zwei Duschköpfen und die zwei flauschigen weißen Bademäntel sah, die an von Eames inspirierten Haken hingen, war sie an den Fliesen hinunter auf den Boden gerutscht und hatte das Gesicht in die Hände gelegt.

Würde sie das ganze Wochenende damit zubringen, in verschiedenen Waschräumen zu weinen?

«Drei Tage lang kann man alles aushalten», sagte Abby.

«Ich glaube, du irrst dich», erwiderte Ellery. «Könntest du zum Beispiel drei Tage lang Wehen durchstehen? Könntest du drei Tage lang Klassenarbeiten einer neunten Klasse benoten?»

«Na gut.» Abby lachte. «Du hast recht.»

Ellery und Abby unterrichteten beide Sozialkunde an der Dutch Fields Highschool. Ellery hatte immer gearbeitet, zuerst, um Luke durchs Studium zu bringen, dann, um ihm beim Abzahlen seines Studienkredits zu helfen, und jetzt, um für das College der Kinder Geld anzusparen. Außerdem liebte sie ihren Job und war gut darin, zumindest wenn sie nicht gerade wie jetzt in Trauer versunken war. Sechs Jahre zuvor, direkt nach ihrer eigenen Scheidung, hatte Abby angefangen, auf der anderen Seite des Flurs zu unterrichten, und sie trainierten gemeinsam das Leichtathletikteam der Mädchen. Abby war lebhaft und klug und wunderschön und lustig und eine treue Seele. Sie brachte Ellery mehr zum Lachen als irgendwer sonst. Und alle naselang fand sie einen Grund zu feiern – ein neues Album ihrer Lieblingsband, Beförderungen von Freunden, die halben Geburtstage ihrer Kinder. Abby hatte die Angewohnheit, ihren Freunden beim Umarmen auf den Rücken zu klopfen, und Ellery hatte sich von Anfang an in Abbys Gegenwart wohlgefühlt; in den letzten Jahren aber waren sie unersetzlich füreinander geworden.

«Ich weiß, das ist kindisch», sagte Ellery.

«Das ist gar nicht kindisch», sagte Abby. «Du trauerst eben. Dein schönes Leben hat sich gerade in Luft aufgelöst.»

Ellery stand von der Chaiselongue auf und ging hinüber zu dem langen Marmorwaschtisch mit den Kupferwaschbecken. Sie spritzte etwas von der edlen Lotion aus der goldbraunen Flasche in ihre Hände und massierte sie ein. Ihr Gesicht im Spiegel sah blass und teigig aus. «Da sagst du was.»

«Und jetzt fühlt sich alles superbeschissen an. Erst hat Luke sich jahrelang von dir pampern lassen, jetzt verlässt er dich wegen ein bisschen Midlife-Crisis, und eine fremde Frau hängt mit deinen Kindern ab. Er hat angefangen, sich Gel ins Haar zu schmieren, seine Achseln zu rasieren, V-Ausschnitt zu tragen und in den sozialen Medien Wellnesssprüche zu posten, unter denen eigentlich immer der falsche Autor steht. Soll ich noch mehr sagen, warum es total in Ordnung ist, dass es dir gerade nicht so mega geht?»

«Bitte nicht.» Ellery hätte gleichzeitig kichern und losheulen können. Sie setzte sich wieder auf die Chaiselongue. Die Lotion auf ihren Händen roch wie eine gehobene Version von dem Eis, das sie als kleines Mädchen im Urlaub gegessen hatte.

«Du wirst schon wieder», sagte Abby. «Ich schwöre.»

Abbys Ex hatte sie mit ihrer Nachbarin betrogen. Abbys zwei kleine Jungs waren noch im Kindergarten, als ihr

Mann sie verließ. Inzwischen war sie wieder glücklich verheiratet und hatte es, wie sie sagte, ins nächste Kapitel ihres Lebens geschafft.

Nun kamen Ellery doch die Tränen. «Das fühlt sich alles falsch an, Abby. Auf zellulärer Ebene sozusagen.»

«Ich verstehe dich, Süße», sagte Abby sanft. «Ich fühle mit dir.»

«Vielleicht sollte ich hier abhauen», schluchzte Ellery. «Es soll sowieso Regen geben.»

«Du wirst dieses Geld nicht wegwerfen», befahl Abby. «Heute Abend das Dinner. Morgen gehst du wandern, einfach weil du, bevor du mit Luke zusammenkamst, gern gewandert bist und garantiert Spaß haben wirst. Hinterher wirst du dich in deinem Bikini an diesem beheizten Infinitypool rekeln und die Luft eines Ortes einatmen, an dem du noch nie mit Luke warst. Zwischendurch wird es dir beschissen gehen, aber du wirst versuchen, ein paar Minuten oder Stunden zusammenzukratzen, in denen es dir okay geht. Lenke dich ab. Tu so, als wärst du eine andere, eine, die das alles nicht durchmachen muss. Und jetzt geh da wieder raus und setz dich an deinen Tisch. Aber vergiss nicht, vorher deinen Lidstrich nachzuziehen. Ruf mich jederzeit an. Es kommen bessere Zeiten, versprochen.»

«Okay.»

«Vollständige Sätze bitte.»

Ellery holte tief Luft. «Es kommen bessere Zeiten.»

«Wir haben schon Schlimmeres durchgemacht», sagte Abby sanft.

Ellery wusste, was Abby meinte. Und selbst in den tiefsten Tiefen ihrer Trauer, selbst wenn sie das Gefühl hatte, dass das Ende ihrer Ehe das Schlimmste war, was ihr passieren konnte, wusste sie, dass das nicht stimmte.

Denn das Schlimmste war ihr vor zwei Jahren passiert.

Das würde sie tatsächlich nie wirklich hinter sich lassen können.

3.

Ellery war fast wieder an ihrem Tisch, als jemand sie aufhielt.

«Entschuldigung.» Ein gut aussehender Mann stand vor ihr. Er trug ein Chambray-Hemd mit hochgekrempelten Ärmeln, und seine warmen braunen Augen lächelten freundlich. «Essen Sie allein?»

«Ja.»

«Möchten Sie sich zu uns setzen?»

Der Mann, der sich als Ravi vorstellte, winkte dem Kellner und rückte ihr einen Stuhl zurecht. «Das ist Nina», sagte er und deutete auf die Frau auf der anderen Seite des Tisches.

«Wie nett, dass ich mich zu Ihnen setzen darf.»

«Wir freuen uns über Gesellschaft.» Ninas Stimme war warm und angenehm. Sie trug einen fantastischen Hosenanzug, und ihr dunkles Haar war zu einem perfekt-lässigen Chignon hochgesteckt, wie Ellery ihn nie hinbekommen würde. Ninas Blick wirkte intelligent und taxierend, nicht unfreundlich dabei, nur eben klar.

Der Kellner kam mit einer weiteren Speisekarte. Ellery hatte vorgehabt, die Farfalle zu bestellen, weil sie das Preiswerteste auf der Karte waren, aber sie ertappte sich dabei, wie sie Ninas Filet mignon betrachtete und stattdessen das bestellte. *Was soll's!*

«Nina und ich sind Freunde», erklärte Ravi. «Wir reisen seit Jahren zusammen.»

«Das klingt gut», sagte Ellery. «Außerdem ist es viel günstiger, wenn man sich ein Zimmer teilt.»

«Ähm, nein», wehrte Ravi ab. «Wir teilen uns grundsätzlich kein Zimmer.»

«Wir würden uns gegenseitig umbringen», stimmte Nina zu.

«Oh.» Ellery spürte, wie sie errötete. Natürlich. Wer hier Urlaub machte, dachte über den Zimmerpreis nicht nach. Sofort war ihr elend wegen des teuren Filet mignon.

«Wir waren schon oft zusammen auf Reisen und haben ein paar Regeln aufgestellt», sagte Ravi. «Niemals ein Zimmer teilen ist eine davon. Jeden Abend Nachtisch essen ist eine andere. Außerdem stehlen wir auf jeder Reise etwas.»

«Ravi», ermahnte ihn Nina. «Verrate nicht all unsere Geheimnisse.» Sie rollte in gespielter Verzweiflung mit den Augen. «Wir haben sie doch gerade erst kennengelernt.»

Stehlen die beiden wirklich? Misstrauen befiel Ellery. Aber Stehlen passte irgendwie nicht zu ihnen.

«Und an unserem ersten Abend bitten wir immer jemand Fremden an unseren Tisch», sagte Ravi. «Das einzige Kriterium ist, dass derjenige interessant sein muss.»

«Ich bin nicht interessant.» Kaum hatte sie es ausgesprochen, hatte Ellery Abbys Stimme im Ohr. *Hör auf, dich unter Wert zu verkaufen!*

«Doch, sind Sie - oder dürfen wir gleich zum Du übergehen?» Ravi lehnte sich zurück und musterte sie lächelnd. Er war so entwaffnend freundlich, dass auch sie lächelte und nickte. «Eine schöne, traurige Frau, die allein an einem Tisch sitzt ...»

Ellerys Lächeln erstarb. War sie so durchschaubar? Konnten Fremde sehen, wie es ihr ging? Sie straffte sich. Sie würde diesen eleganten Menschen nicht ihre jämmerliche, kleine Geschichte erzählen. Erstens war das nicht der Sinn dieser Reise, zweitens müssten sie sich ihr Vertrauen erst verdienen. So viel Stolz hatte sie dann doch noch.

«Ich glaube, das macht der verschmierte Eyeliner», gab sie Ravi zur Antwort, und er lachte. «Ich bin eine halbwegs fröhliche Highschool-Lehrerin.» Um von sich abzulenken, fragte sie: «Was macht ihr beide beruflich?»

«Ich bin Landschaftsarchitektin», sagte Nina.

«Eine der besten», sagte Ravi. «Google Nina Ruiz, und du wirst sehen, dass sie weltweit tätig ist.»

«Wow!», sagte Ellery. «Was für ein toller Job.»

«Ich liebe es», erwiderte Nina schlicht.

«Sie macht nachhaltige Landschaftsgestaltung für reiche Leute und Unternehmen», sagte Ravi. «Ist gut im Geschäft.»

Ellery war fasziniert. Doch bevor sie Ravi fragen konnte, was er selbst beruflich machte, war er schon beim nächsten Thema. «Also, was hältst du von dem Resort hier?»

«Es ist wunderschön.» Ellery beschloss, nicht zu erwähnen, wie einschüchternd sie alles fand. Oder dass das Resort ihrer Meinung nach trotz seiner angeblichen Umweltfreundlichkeit und seiner Versuche, sich in die Umgebung einzufügen, die Harmonie dieser rauen Landschaft mit ihren Felsen und menschenleeren Stränden und hohen Wellen ruinierte. Beheizte Pools, Stützmauern und teure Gebäude passten nicht hierher. Sie konnte sich nicht erklären, warum sie bei ihrer Onlinerecherche so angetan von Broken Point gewesen war, und fragte sich, ob die anderen Gäste die ungute Diskrepanz auch spürten oder ob sie sie gar mitgebracht hatte.

«Das hier ist genau das, was ich brauche», sagte Ravi.

«Ravi hat sich gerade von seinem Freund getrennt», erklärte Nina.

«Das tut mir leid», sagte Ellery.

«Wird schon wieder», sagte Ravi. «Irgendwann.» Er erhob sein Glas, und Ellery und Nina stießen mit ihm an.

«Wir sind heute Morgen angekommen», sagte Nina. «Sind aus New York eingeflogen. Und du?» Ihr Ärmel rutschte hoch, als sie ein kleines Brötchen aus dem Korb nahm, und enthüllte eine zarte Tätowierung an der Innenseite ihres Handgelenks. Ellery wünschte, sie könnte sehen, was es war.

«Heute Nachmittag. Aus Colorado.»

«Anscheinend findet hier dieses Wochenende eine Hochzeit statt.» Ravi deutete mit seinem Weinglas zur Galerie hoch. «Ich hoffe auf einen Skandal.»

«Ravi hofft immer auf einen Skandal», sagte Nina zu Ellery.

«Ich bin einfach wacher, wenn ich ein Problem lösen kann», sagte Ravi. «Auch im Urlaub.»

Sanfter Wind strich Ellery über den Nacken und die Handrücken. «Das verstehe ich gut.» Alles wäre so viel besser, wenn sich ihr Gehirn mit einem Problem beschäftigen könnte, das tatsächlich lösbar wäre, anstatt mit solchen, an denen es ständig ergebnislos herumdachte.

«Apropos Probleme.» Ravi beugte sich vor und senkte die Stimme. «Wusstest du, dass hier inkognito irgendein Promi Urlaub macht? Wir müssen herausfinden, wer das ist.»

«Was für ein Promi?» Ellery warf Nina einen verständnislosen Blick zu.

«Jemand, der unbekannt bekannt ist», erklärte Ravi. «Jemand, der in der Menge untertauchen kann, aber über enorme Macht verfügt. Die Chefin eines Filmstudios oder der Gründer von LikeMe oder jemand, der eine Kryptowährung erfunden hat, mit der sich eine ganze Nation finanziert.»

«Oh.» Ellery verspürte einen kleinen Nervenkitzel. «Aber woher weißt du das?»

«Ignorier sein Gefasel», sagte Nina. «Er denkt sich die ganze Zeit irgendwelche Geschichten aus. Und das Schlimmste ist, dass er nach einer Weile selbst daran glaubt.»

«Menschen sind nicht immer diejenigen, die sie zu sein vorgeben.» Ravi suchte Ellerys Blick. «Meinst du nicht auch?»

«Absolut», sagte sie. «Jeder hat dunkle Geheimnisse.» Sogar die freundlich-fröhlichen Kellner, sogar die beiden ihr gegenüber, sogar ihr Ex-Mann und natürlich sie selbst.

Bevor Ravi antworten konnte, kam der Kellner mit dem Essen. Ein paar Drehungen mit der Pfeffermühle, ein dezentes «Darf es noch etwas sein? Nein? Dann guten Appetit», und schon waren sie wieder zu dritt.

Ellery kostete von ihrem Filet mignon. Es zerging auf der Zunge. Mit anderen Menschen zu essen, fühlte sich tröstlich an.

«Mir gefällt, wie du das gesagt hast.» Ravi hielt sein Messer locker in der Hand, sein Blick war nachdenklich. «Man sagt ja, jeder hat Leichen im Keller. Aber ich denke, dass es eher um verborgene, vielleicht auch unbewusste Anteile geht, Schatten quasi.»

Leichen im Keller. Ellery blickte weg und erhaschte dabei versehentlich einen Blick auf einen gut aussehenden Mann, der an der Bar stand. Er trug ein Flanellhemd und eine Cargohose, sein braunes Haar lockte sich um seine Ohren. Er schien Anfang zwanzig zu sein. Wie konnte jemand, der so jung war, hier Urlaub machen? Wahrscheinlich ein Erbe. Obwohl er nicht wie ein Erbe wirkte. Vielmehr wirkte er … unbehaglich, als fühlte er sich fehl am Platze. (Aber waren gut aussehende Menschen nicht überall heimisch?) Sein Hemd war nicht aus Hipster-Flanell, sondern wirklich abgetragen. Und die Art, wie er sich bewegte - als er eine To-go-Box vom Barmann entgegennahm, nickte und wegging -, sprach eher von tatsächlicher Naturverbundenheit als von einstudierter Lässigkeit. Er war die Art von Mann, der sie in ihren College-Zeiten beim Klettern im Canyon begegnet war.

Na ja, die Dämmerung setzte ein, und sie konnte ihn nicht gut sehen; vielleicht erfand sie auch Geschichten.

«Er ist der am besten aussehende Typ hier», sagte Ravi, der sie dabei erwischt hatte, wie sie den Mann musterte.

«Da bin ich nicht sicher», sagte Ellery. «Ich meine, du siehst auch nicht schlecht aus.»

«Danke. Du bist auch ziemlich attraktiv.»

«Und was ist mit mir?», fragte Nina gespielt beleidigt.

«Oh bitte», sagte Ravi. «Du weißt, dass du umwerfend bist.»

Nina gähnte. «Außerdem bin ich müde. Wie spät ist es, acht?»

«Wenn überhaupt.» Ravi schüttelte fassungslos den Kopf. «Du verlierst deinen Biss. Es tut weh, das mit ansehen zu müssen.»

«Ihr seid doch aus New York gekommen», sagte Ellery. «Mit dem Flugzeug.»

«Trotzdem bin ich normalerweise nicht so früh müde», sagte Nina. «Da hat er recht. Ich werde wohl wirklich alt.»

Mit ihren glänzenden Haaren und ihren teuren Outfits hatten Ravi und Nina auf Ellery zunächst wie Ende zwanzig gewirkt. Bei näherer Betrachtung stellte sie jedoch fest, dass sie wahrscheinlich nur ein paar Jahre jünger waren als sie selbst, vielleicht sechsunddreißig, siebenunddreißig.

«Gehst du zahlen?», fragte Nina Ravi. «Ich übernehme morgen Abend.»

«Klar», sagte Ravi. «Wir sehen uns beim Frühstück.»

Nina nahm ihre Handtasche von der Stuhllehne und lächelte Ellery zu. «Hat mich gefreut, dich kennenzulernen.»

«Gleichfalls.» Ellery sah ihr hinterher, wie sie zwischen den Tischen hindurchging, und wünschte, der Kellner hätte schon die Rechnung gebracht, damit sie auch gehen könnte. Würde es unangenehm werden, mit Ravi allein zu sein?

Zu ihrer Erleichterung kam der Kellner praktisch sofort. Und nachdem sie unterschrieben hatten, wandte sich Ravi mit einem Augenzwinkern an Ellery.

«Ich weiß, wir haben uns gerade erst kennengelernt, aber willst du mit mir eine Hochzeit crashen?»

4.

Genau genommen crashten sie nicht die Hochzeit, sondern nur eine Cocktailparty.

Ellery wusste nicht, was in sie gefahren war. Nicht mal Wein hatte sie getrunken, fühlte sich aber dennoch benommen und trunken vor Abenteuer und Aufregung. Und Ravi war so witzig und charmant.

«Warum noch mal machen wir das?», fragte sie ihn auf dem Weg hoch zur Galerie. Der Pfad führte in sanften Kurven durch ein Wäldchen, dann ging es die Klippen hinauf bis in Gipfelnähe, wo das Glas- und Stahlgebäude thronte. Ihre Füße erzeugten leise Geräusche auf dem mit Rindenmulch bedeckten und von Lichtern gerahmten Weg, auf den Blätter in der Brise zu Boden segelten.

«Das ist eine unserer Regeln, wenn wir verreisen, erinnerst du dich?», sagte Ravi. «Wir stehlen etwas.»

«Wir starten einen Kunstraub oder so etwas?», fragte sie, und als er laut lachte, freute sie sich, dass er sie witzig fand.

«Ich glaube nicht, dass man bei Kunstraub *starten* sagt», sagte er.

«Was sagt man denn sonst?»

«Hm.» Er fuhr sich mit der Hand durch die Haare und beschleunigte seinen Schritt. «Ich weiß nicht.»

«Einen Kunstraub durchführen?», sagte sie. «Einen Kunstraub begehen?»

Ravi lachte. «Keine Sorge, wir stehlen keine Kunst. Nur einen Drink und ein paar Horsd'œuvres. Mit etwas Glück müssen wir nicht einmal in die Galerie selbst. Wir schleichen uns durch die Personaltür rein, finden den Servicebereich und schnappen uns was.»

«Zählt das überhaupt ohne Nina?», fragte sie.

«Ich will ehrlich sein», sagte Ravi. «Nina stiehlt eigentlich nie etwas.»

«Also immer du?»

«Jedes Mal», bestätigte er.

«Oder sie macht es heimlich», konterte sie, und er drehte sich zu ihr um und grinste sie breit an.

«Zuzutrauen wäre es ihr.»

Das Rauschen des Meeres wurde lauter, als sie zwischen den Bäumen hervortraten, und Ellery meinte das Salz in der Luft zu schmecken. Irgendwo vor ihnen in der Dunkelheit befand sich der Felsvorsprung, der der Gegend und dem Resort den Namen gab – eine zerklüftete, übers Meer ragende Landzunge mit drei zerrupften Bäumen, die sich an die Klippe klammerten. Sie hatte den Felsvorsprung beim Herfahren bestaunt.

«Erzähl», sagte Ravi, «warum hast du allein gegessen? Bist du in Begleitung hier?»

«Nein», sagte sie. «Ich bin alleine gekommen.» Und dann, weil er ihr gegenüber so offen über seine kürzliche Trennung gesprochen hatte, fügte sie hinzu: «Es sollte eigentlich eine Reise mit meinem Mann zu unserem zwanzigsten Hochzeitstag werden.»

«Aber ...», hakte Ravi nach.

«Wir haben uns scheiden lassen, und ich wollte nicht, dass er mit seiner Freundin herfährt.» Sie meinte, hinter ihnen auf dem Weg jemanden zu hören, und wandte sich um. Aber da war niemand.

«Gut gemacht», sagte Ravi. «Dem wird ab jetzt gar nichts mehr gegönnt. Wie ist er so? Mal mir ein Bild.»

«Er war freundlich und liebevoll und klug und toll. Und dann hat er beschlossen, sich mal umzusehen, was für Frauen sonst noch so unterwegs sind», sagte sie.

«Also doch nicht so freundlich und klug und toll.»

«Er war wirklich toll», sagte sie. «Jetzt habe ich das Gefühl, ihn gar nicht mehr zu kennen. Er meint, er hätte eigentlich Rockstar werden sollen. Sobald wir geschieden waren, hat er seinen Kleidungsstil geändert, eine Freundin gefunden und ein Motorrad gekauft. Zwei Motorräder, um genau zu sein.»

Ravi schnaubte. «Das klingt ein bisschen zu deutlich nach Midlife-Crisis.»

Nach einer weiteren Steigung erreichten sie die Galerie. Rechtecke aus Licht lagen auf dem auf dunklen Boden. Der nur als graue Fläche erkennbare Ozean unter ihnen rauschte laut. Seitlich des Gebäudes ragte eine gezackte Reihe Felsen auf. Dahinter ging es steil hinab. Ellerys Herzschlag beschleunigte sich. Was machte sie hier?

Der gut beleuchtete Gehweg und die Nähe zu anderen Menschen konnten ihr rasendes Herz nicht beruhigen. Ravi schien nett zu sein, aber was wusste sie eigentlich über ihn? Was konnte man wirklich über jemanden wissen?

Ravi schien ihren Aufruhr nicht zu bemerken. «Und wie heißt der Ex?»

«Luke», sagte sie und war überrascht, als Ravi lauthals lachte.

«Was denn?», sagte sie. «Viele Leute heißen Luke.»

«Das passt ein bisschen zu gut», sagte Ravi. «Der perfekte Name für jemanden, der weiß ist und in der Midlife-Crisis.»

«Aber Luke Skywalker war *hot.*»

«Nein», stöhnte Ravi. «Bitte sag mir, dass du nicht in Luke Skywalker verknallt warst, sondern in Han Solo.»

«Ähm.»

«Igitt. Schlechter Geschmack ist unverzeihlich. Du kannst von Glück sagen, dass du mich getroffen hast. Das kriegen wir schon hin.»

Sie folgte Ravi zum vom Meer abgewandten Teil des Gebäudes, und es gab tatsächlich eine Seitentür. Sie war angelehnt. Perfekt. Bevor Ellery fragen konnte *Wollen wir das wirklich machen?*, hatte Ravi die Tür schon geöffnet.

5.

«Das Geheimnis», sagte Ravi, «ist, sich so zu verhalten, als ob man dazugehört. Wenn uns jemand bemerkt, lächeln wir und sagen nett Hallo. Dann drehen wir demjenigen den Rücken zu und suchen uns ein Kunstwerk, auf das wir starren können. Wir tun so, als wären wir ins Gespräch vertieft und über die Maßen sachkundig.»

«Geht klar.» Ellery blickte an sich hinunter. Sie war sich absolut sicher, dass ihr Kleid nicht annähernd edel genug für diese Location war. Durch die offen stehende Tür sah sie in der Galerie Schuhe und Kleider, die sie am liebsten angefasst hätte, so wunderbar waren sie.

An der breiten und raumhohen Fensterfront stand eine junge Frau in einem weißen Kleid - vermutlich die Braut. Ihr braunes Haar war zu einem komplizierten Zopf geflochten, und sie strahlte vor Jugend und Glück. Ein gut aussehender, dunkelhaariger junger Mann hatte seinen Arm um ihre Taille gelegt, und sie lächelten einander liebevoll an. Ellery tat das Herz weh. Sie waren wunderschön.

«Okay», sagte Ravi. «Hier hinten haben wir kein Glück. Hier sind nur die Toiletten.»

Ellery riss den Blick von dem Paar los und schaute sich um. Ravi hatte recht. Schwarze Wände und hinter ihnen zwei dezent markierte Waschraumtüren. Der Boden jedoch war aus demselben glänzenden Holz wie im Ausstellungsraum, in dem gegenüber der Fensterfront ein riesiges Gemälde hing, dessen Farben und Linien sie selbst aus dieser

Entfernung beeindruckten. Ellery wünschte, sie könnte näher herantreten und es betrachten.

«Nirgends Getränke», sagte Ravi. «Entweder sind sie im Ausstellungsraum oder irgendwo auf der anderen Seite. Sollen wir nachschauen?»

Etwas in ihrem Gesichtsausdruck veränderte seine Miene - hatte er gerade noch abenteuerlustig und spöttisch gewirkt, war er jetzt sanft und verständnisvoll. «Schon gut», sagte er. «Warte hier, oder geh raus. Ich bringe dir etwas mit. Okay?»

«Okay.» Bestimmt konnte er ihr die Erleichterung anhören. «Das klingt gut.»

Ravi entschwand in den Ausstellungsraum. Schlank, dunkelhaarig und lässig, fügte er sich in die Umgebung ein, obwohl auch er etwas zu leger gekleidet war. Sie hingegen hätte es wahrscheinlich kaum einen Meter in den Raum hinein geschafft, bevor sie aufgefallen wäre. Außerdem sollte sie zu Hause bei ihrer Familie sein. Wie konnte es sein, dass sie hier herumstand?

Ich sollte nicht allein hier sein.

Ich sollte nicht hier sein.

Ich sollte nicht sein.

Ellery machte einen Schritt auf die Ausgangstür zu. Draußen würde sie sich besser fühlen. Der Ozean tief unter ihr und die Bäume ringsum waren das, was sie jetzt brauchte. Denen war es egal, dass ihr Leben aus den Fugen war. Denen war alles egal.

«Hey.» Ellery zuckte zusammen. Oh nein. Sie drehte sich um und sah eine junge Frau - *die* junge Frau.

Die Braut.

«Hallo», sagte die Frau. «Wollen Sie auch zur Toilette?»

Sie war wahrscheinlich Mitte zwanzig.

«Ähm, nein. Ich wollte gerade gehen.»

Der Verlobungsring der Braut glitzerte selbst in dem schwachen Licht des Flurs kostbar. Ellery blickte auf ihren eigenen Ehering hinunter. Vor ein paar Wochen hatte sie ihn an die rechte Hand gewechselt. Abby hatte gesagt, es sei an der Zeit, ihn ganz abzulegen, aber das hatte sie nicht übers Herz gebracht.

«Tut mir sehr leid», brachte sie hervor. «Ich weiß, dass das hier eine private Veranstaltung ist. Ich gehe schon.»

«Ach was», sagte die junge Frau gelassen. «Wir haben praktisch das ganze Resort überrannt, das muss lästig für Sie sein. Tut mir leid. Ich bin übrigens die Braut. Olivia.»

«Ellery. Freut mich. Und herzlichen Glückwunsch. Was für ein zauberhafter Ort für eine Hochzeit.» Sie blickte zur Tür. Zeit zu gehen. Ravi würde sie draußen finden.

Aber Olivia plapperte munter weiter, als wäre Ellery ihr Hochzeitsgast und kein Eindringling. «Danke. Meine Mutter hat das Resort ausgesucht.» Sie seufzte. «Ben - mein Verlobter - und ich wollten im engsten Kreis auf dem Standesamt heiraten.» Sie blickte auf ihr weißes Seidenkleid hinab, das im gedämpften Licht golden und silbern changierte. «Das Kleid immerhin hab ich ausgesucht.» Sie zuckte mit den Schultern. «Aber es geht wohl nicht nur um uns dabei.»

«Das war großzügig von Ihnen», sagte Ellery. «Familie ist wichtig. Und Freunde.» Sie dachte an Abby und an alles, was sie zusammen durchgemacht hatten.

«Finde ich auch», stimmte Olivia zu. «Vor allem für Ben sind Freunde immens wichtig.» Ihre Stimme war leise geworden. «Als er ein Teenager war, sind seine Eltern bei einem Verkehrsunfall ums Leben gekommen.»

«Das tut mir sehr leid.» Ellery versagte beinahe die Stimme. *Es gibt so viel Schlimmes auf dieser Welt,* dachte sie.

Selbst schöne Menschen, die an luxuriösen Orten andere schöne Menschen heirateten, entkamen dem nicht. «Hat er Geschwister? Andere Verwandte, die er eingeladen hat?»

«Nein», sagte Olivia. «Er ist ein Einzelkind.» Sie lächelte. «Aber als wir beschlossen, die Hochzeit doch so groß zu feiern, wollte er keinen seiner Freunde ausschließen. Jetzt hat er also sieben Freunde da und zwei Trauzeugen.»

Ellery lächelte ebenfalls. «Haben Sie genauso viele Freundinnen eingeladen?»

«Nein, nur meine Cousine Rachel», sagte Olivia. «Sie ist meine Trauzeugin.» Sie strich sich übers Haar.

Ellery fragte sich, ob Olivia der Promi sein könnte, der inkognito hier war. Aber bei Ravi hatte es nach jemandem geklungen, der nicht auffallen wollte. Eine Braut zog immer Aufmerksamkeit auf sich.

«Olivia?!», rief eine Frauenstimme aus der Galerie.

«Das hat nicht lange gedauert», sagte Olivia bedauernd und blickte sich um. «Meine Mutter. Sie ist wegen der Hochzeit ziemlich im Stress. Sie bezahlt alles. Weil, na ja, Bens Eltern können ja nicht.»

«Oh.» Ellery machte einen Schritt auf die Ausgangstür zu. Höchste Zeit zu gehen. Sie bezweifelte, dass die Mutter so großzügig wie die Braut sein würde. «Es war nett, mit Ihnen zu reden.» *Danke, dass Sie so freundlich zu mir waren, obwohl mein Kleid bei Anthropologie im Sale war und ich dazu Billig-Eyeliner trage.* «Ich hoffe, die Trauung wird perfekt.»

«Danke.» Olivia wandte sich ihrer Mutter zu, sodass Ellery in die Nacht hinausschlüpfen konnte.

6.

Alle Achtung», sagte Ravi, «du hast echt Mumm.»

«Eher nicht.» Ellery hatte keinen Mumm. Sie hatte auch keine Knochen oder Muskeln. Sie bestand lediglich aus einem Herzen, das sich nach der Familie sehnte, die es nicht mehr gab, und einem Gehirn, das unablässig über die Vergangenheit nachdachte und darüber, warum alles den Bach runtergegangen war und wie sie das hätte verhindern können.

«Oh doch, hast du. Ein beiläufiger Plausch mit der Braut? Du hast jede Menge Mumm.»

Sie gingen den Weg zurück nach unten, Ravi mit einem erbeuteten Sektglas, sie hielt das Zitronen-Lavendel-Törtchen in der Hand, das er ihr eben vor der Tür der Galerie überreicht hatte.

«Hier», hatte er gesagt. «Mir ist aufgefallen, dass du nichts trinkst.»

«Danke.» Das hatte sie berührt. Dass er sie gesehen hatte. Auch dass er sie nach ihrer Telefonnummer gefragt hatte, hatte sie berührt. Er hatte ihr seine und auch Ninas Nummer gegeben. «Falls du mal Gesellschaft willst.»

Weil Ellery nicht wusste, wohin damit, schob sie sich das ganze Törtchen auf einmal in den Mund. Irgendwo in den Tiefen ihres Gehirns leuchtete das Wort *köstlich* auf und erlosch wieder.

Der Weg von der Galerie hinunter in den Hauptbereich des Resorts war kaum breit genug, dass sie nebeneinandergehen konnten. Die Beleuchtung an den Rändern war so durchdacht arrangiert, dass es aussah, als leuchteten einige der Pflanzen aus sich heraus, und zwar immer genau dort, wohin man als Nächstes den Schritt setzen musste. Ellery wischte sich die Krümel von den Händen. «Wir sind wie Hänsel und Gretel, die unter einem falschen Vorwand in den Wald geschickt wurden.»

«Du sagst es», erwiderte Ravi.

WEIL ALLE MENSCHEN dann beschäftigt waren – sie tranken, aßen, tanzten, schliefen, küssten sich, weinten, lachten –, waren die besten Zeitfenster, um sich draußen frei zu bewegen, spätabends oder im Morgengrauen. Sie mochte es, dass sie auf diese Weise zu sehen bekam, was nur wenige andere sahen. Die mitternachtsblauen Momente, die Zwischenräume.

Nachts und kurz vor Tagesanbruch konnte alles passieren.

Das Meer brach sich an der Küste. Sie konnte es hören und, nachdem sich ihre Augen an die Dunkelheit gewöhnt hatten, auch sehen: die silbernen Gischtfontänen und die Strudel, die die Felsen und Klippen umschäumten. Es war ein einsames und doch einladendes Getose.

Das Meer, der Himmel, der Geruch, der Boden, die Bäume.

Sie trat ein wenig zu nah an den Rand.

Hier draußen konnte man leicht vergessen, wer man war.

Man konnte leicht vergessen, was man getan hatte. Was man vielleicht noch tun würde.

SAMSTAG

HEUTE IM RESORT BROKEN POINT

Mögen deine Pfade gewunden, einsam
und gefährlich sein und zu der
atemberaubendsten Aussicht führen.

Edward Abbey

Wetter: sonnig/leicht bewölkt/Regen
Höchsttemperatur: 19 °C
Tiefsttemperatur: 12 °C
Sonnenaufgang: 7:13 Uhr
Sonnenuntergang: 18:32 Uhr

ÜBER DAS KUNSTWERK:
Ohne Titel
von Jamie Klein,
2015 (Stahl)

Diese Skulptur besteht aus zwei Teilen, einem Schreikranich mit zum Himmel gerecktem Schnabel und einem Nest voller Küken, wobei Letzteres sich je nach Jahreszeit gelegentlich unter Wasser befindet.

7.

Ellery hatte sich vorgenommen, ausgiebig all die gesunden, heilenden Dinge zu nutzen, die im Resort angeboten wurden. So was wie das «Sunrise-Yoga», der «Aufwachspaziergang durch die Natur» oder eine «Morgenmeditation, gefolgt von grünem Saft aus selbst angebauten Pflanzen».

Doch stattdessen hatte sie bis 7:37 Uhr geschlafen. Sie war erschrocken aufgewacht, als sie eine zuschlagende Tür und wütende Stimmen unter ihrem Fenster hörte – befremdliche Geräusche an einem so kultivierten Ort.

Wenn sie wenigstens noch zu ihrer Gruppe für die Tageswanderung stoßen wollte, musste sie sich beeilen. Laut der Beschreibung auf der Website war die Wanderung über den Kamm der Berge und auf der anderen Seite an Wasserfällen vorbei zur Küste hinunter atemberaubend.

Ellery zog sich schnell Shorts, ein Tanktop und die alten Laufschuhe an, die sie zum Wandern dabeihatte, schnappte sich ihre Wasserflasche und ihren Rucksack und ging los. Heute wäre ihr zwanzigster Hochzeitstag. *Immer weitergehen*, redete sie sich gut zu. *Sonst erwischt dich das Traurigkeitsmonster. Mit gefletschten Zähnen und ausgefahrenen Krallen wartet es nur auf ein Zeichen von Schwäche.* Manchmal fragte sie sich, ob sie dankbar für die Lektionen sein sollte, die sie nach dem Unfall vor etwas mehr als zwei Jahren gelernt hatte – ob gerade sie es ihr ermöglichten, das Ende ihrer Beziehung zu überleben. In anderen Momenten hatte sie das Gefühl, dass genau das Gegenteil der Fall war – erst der Unfall, nun die Scheidung ... Sie war so viel Leid ausgesetzt, dass sie meinte, es kaum ertragen zu können.

«Wir haben schon Schlimmeres durchgemacht», hatte Abby gesagt. Und sie hatte recht. Der Tod war das Schlimmste, nicht wahr?

Allein über diese Frage nachzudenken, war ein Luxus, den sich nur die Lebenden leisten konnten.

Ellery verlangsamte ihre Schritte, als sie zu der Stelle kam, die auf der Karte des Resorts als *Zeremonienhain* markiert war. Ein geschmackvolles Schild war aufgestellt worden. *Haring-Taylor-Trauung*, stand in schnörkeliger Schrift darauf. Mitarbeiter stellten Stühle auf und Pfähle, an denen entlang des Weges die Laternen hängen würden.

«Entschuldigen Sie», sagte Ellery. «Soll ich woanders langgehen?»

«Nein, nein.» Eine der jungen Frauen, die die Laternen hielten, winkte sie heran. «Das ist überhaupt kein Problem. Der Hain ist bis eine Stunde vor der Trauung geöffnet. Hoffen wir mal, dass es keinen Regen gibt.»

«Wann ist denn die Trauung?», fragte Ellery.

«Kurz vor Sonnenuntergang», sagte die Frau. «Zur goldenen Stunde.»

«Oh.» Ellery seufzte unwillkürlich. Es war zu perfekt. Olivia und Ben würden atemberaubend aussehen, wenn sie hier zusammen auf der Lichtung standen.

Das Personal band dunkelgrüne Bänder um die Pfähle und Baumstämme, und Ellery ertappte sich dabei, das albern zu finden. *Lasst es gut sein*, dachte sie. *Bäume und Laub und goldenes Licht, das durch die Zweige fällt. Mehr braucht es doch gar nicht.*

Entweder es regnet oder nicht.

Entweder sie werden sich lieben oder nicht.

Ellery ging langsamer, als sie am Altar vorbeikam.

Er ähnelte einer übergroßen Version der Steinhaufen, die man oft am Rand von Wanderwegen sieht - einige Teile waren grob behauen, andere glatt. In einen der Steine war eine Signatur eingraviert. Kurz war Ellery verwirrt, dann fiel ihr ein, dass ja Skulpturen über das gesamte Resort verteilt waren. Dies musste eine davon sein.

Ellery war sich nicht sicher, was sie von dem Altar hielt und was das Werk ihr sagen wollte. Sie würde es sich später genauer ansehen. Sie nickte einem der Mitarbeiter, der dort etwas aufbaute, zu und eilte weiter.

8.

Einer der drei anderen Gäste, die zur Wanderung erschienen waren, war der süße Typ, der Ellery und Ravi am Abend zuvor aufgefallen war.

Zudem stellte sich heraus, dass der Typ, der die Wanderung leitete, auch sehr gut aussah – groß und blond, eindrucksvolle grüne Augen, breite Schultern.

Abby wäre begeistert.

«Los geht's», sagte der Mann. «Ich heiße Canyon und bin heute Ihr Guide.»

Erst Brook, jetzt Canyon. Vielleicht mussten die Leute, die in Broken Point arbeiteten, naturbezogene Namen haben, wie River oder Poppy oder Sage, amüsierte Ellery sich innerlich.

«Hat jeder Sonnenschutz aufgetragen?», fragte Canyon. «Hat jeder genug Wasser dabei?»

Die Gruppe murmelte und nickte einhellig.

«Ich brauche von jedem und jeder einzeln die mündliche Bestätigung, dass allen bewusst ist, dass diese Wanderung als mittelschwer eingestuft wird, fast dreizehn Kilometer lang ist und durch anspruchsvolles Gelände führt», sagte Canyon. Als alle Ja gesagt hatten, richtete er den Blick besonders auf zwei der Gäste. Es handelte sich um das Vater-Tochter-Duo, das Ellery am Vorabend beim Dinner aufgefallen war. An diesem Morgen trugen beide San-Francisco-Giants-Baseballkappen.

«Keine Sorge», sagte der ältere Mann trocken. «Sie müssen mich nicht Huckepack nehmen.» Er deutete auf die junge Frau. «Ich habe meine Tochter Grace dabei. Sie passt auf mich auf.»

«Und er hat einen Bodyguard», sagte Grace fröhlich und zeigte auf den Krückstock ihres Vaters. Ihr Lächeln war ansteckend. Selbst Canyon, der schon viele charmante, junge weibliche Gäste gesehen haben musste, konnte nicht anders, als zurückzugrinsen.

«Grace ist zertifizierte Ersthelferin im Gelände», sagte ihr Vater, und der Stolz war ihm deutlich anzuhören. «Sie läuft Ultramarathons.»

Ellery konnte förmlich zusehen, wie ihr Nebenmann bei der Erklärung auflebte. «Andy.» Er streckte die Hand aus, um Graces zu schütteln.

«Gary.» Der Vater schüttelte ihm als Nächster die Hand. Dann war Ellery an der Reihe. Sie sagte ihren Namen und schob ihren Rucksack höher auf die Schultern, wobei sie das Gewicht der Wasserflasche darin spürte. Sie wollte niemandem die Hand schütteln. Sie wollte niemanden berühren. Derzeit konnten selbst kleine Berührungen oder Freundlichkeiten sie aus der Bahn werfen.

«Also gut», sagte Canyon. «Ich habe zusätzliches Wasser in meinem Rucksack, falls Sie welches brauchen. Außerdem habe ich für jeden eine Karte. Sie können in Ihrem eigenen Tempo wandern. Ich gehe als Letzter. Der Weg ist gut markiert und führt Sie hierher zurück, aber wenn Sie sich nicht sicher sind, bleiben Sie stehen und warten auf mich. Riskieren Sie besser nicht, sich zu verirren. Man vergisst das schnell mal, weil es ein Ferienort ist, aber wir sind in der Wildnis. Bleiben Sie auf dem Weg.»

«Geht klar.» Grace nahm eine Karte. Ellery nahm auch eine und klappte sie auf.

«Unterwegs beantworte ich gerne alle Fragen», sagte

Canyon. «Und ich stelle sicher, dass wir alle rechtzeitig und unversehrt zurückkommen.» Er zeigte auf Andy. «Vor allem Sie.»

«Um mich brauchen Sie sich keine Sorgen zu machen.» Andy holte eine speckige Basecap aus seiner Gesäßtasche und zog sie sich über die braunen Locken. «Und wenn ich sprinte – ich werde keinesfalls zu spät kommen.»

Zu spät wofür?, fragte sich Ellery. Sie hatte keine Gelegenheit, Andy zu fragen, denn er war schon losgegangen. Sein Gang war so geschmeidig und kraftvoll, dass sie fast neidisch wurde. Wie wäre es wohl, sich in seinem Körper und in der Welt so zu Hause zu fühlen wie er?

Früher hatte sie es gewusst. Jetzt nicht mehr.

9.

Ellery hatte nicht genug Wasser dabei.

Wenn ihre GPS-Uhr richtig ging, hatte sie knapp die Hälfte der Wanderung hinter sich, aber ihre Trinkflasche war schon weit über die Hälfte geleert. Der Tag war ungewöhnlich warm, sie spürte, wie die Haut auf ihrem Nasenrücken zu brennen begann, und wünschte wieder einmal, sie hätte den olivfarbenen Teint ihres Vaters geerbt statt den blassen, zu Sommersprossen neigenden ihrer Mutter. Die ersten paar Kilometer ging es bergauf ohne jeglichen Schatten. Bei jedem Anstieg hoffte sie, es werde der letzte sein, bevor es dann endlich bergab in Richtung Küste ging, aber wieder und wieder wurde sie enttäuscht. Ellery wanderte, seit sie ein Kind war, und sie war durchaus in Form, aber sie hätte mehr Wasser mitnehmen müssen.

In letzter Zeit war sie ständig durstig. Das lag wahrscheinlich am vielen Weinen.

Sie konnte umkehren oder auf Canyon warten und um Wasser bitten. Aber sie wollte sich keine Blöße geben.

Was, wenn ich hier draußen sterbe, dachte sie, *was, wenn ich austrockne und nur ein Haufen Haut, Knochen und Zähne zurückbleibt?*

Als sie gerade frisch verheiratet waren, hatten sie und Luke sich eine Reise nach London geleistet. Sie hatten Flugtickets zum Studententarif bekommen und in einem winzigen Zimmer mit einem großen altmodischen Fenster gewohnt, das ungefiltert den Lärm der Stadt hereinließ. Sie waren ins British Museum gegangen, wo in einer Vitrine eine Mumie ausgestellt war - und zwar die Mumie selbst, nicht wie sonst meistens ein prächtiger goldener Sarkophag.

Zunächst war sie unangenehm berührt gewesen, fremdländische Artefakte im Vereinigten Königreich zu sehen, doch noch etwas anderes hatte sie beunruhigend gefunden. Auf der Karte bei der Vitrine stand, dass die Mumie eine Frau war, die wahrscheinlich Kinder gehabt hatte. Die Arme und Beine der Frau waren nach oben gezogen, als wollte sie sich schützen, und ihr Körper sah aus wie Streifen aus getrocknetem Leder, die an den Knochen befestigt waren. Aber sie war zweifellos und unwiderruflich ein Mensch, und Ellery hasste es - und wie sie es hasste! -, dass die Frau ohne ihre Erlaubnis in dieser Vitrine ausgestellt war, damit jeder sie anstarren konnte. Sie hatte sich mit Tränen in den Augen abgewandt. Luke hatte sie in die Arme gezogen. *Eines Tages werde ich sterben*, hatte Ellery gedacht, *aber wenigstens habe ich diesen Mann.*

Sie war fast auf dem Kamm angekommen, oder vielleicht war es nur ein weiterer kleiner Gipfel vor dem eigentlichen Kamm, jedenfalls war er mit Bäumen bewachsen. *Wenn du es bis dorthin schaffst, darfst du noch etwas trinken*, redete sie sich gut zu. Der Pfad unter ihren Füßen war vom Regen schlammig, und kleine gelbe Wildblumen wuchsen zwischen den Steinen.

Sobald sie die Anhöhe erreichte und spürte, wie die Schatten der Bäume ihre Haut kühlten, ließ sie dramatisch ihren Rucksack fallen und atmete laut aus. *Aaaah.* Wegen der Bäume konnte sie noch nicht die volle Aussicht genießen, aber das Meer in der Ferne deutete darauf hin, dass sich die Anstrengung gelohnt hatte.

Sie holte ihr Handy heraus und schrieb Ravi eine Textnachricht.

Dein Pech, dass du nicht mit auf diese Wanderung gekommen bist. Das hier ist ein richtiges Work-out. Und gleich zwei süße Typen sind mit von der Partie.

«Das soll wohl ein Scherz sein», sagte jemand hinter ihr. «Du hast hier oben Empfang?»

Ellery wirbelte herum, ihr Herz pochte. Als hätte sie ihn mit ihrem Handy herbeigerufen, kam Andy hinter ihr den Pfad herauf. Seine Basecap hatte er tief ins Gesicht gezogen, und sie konnte seine Augen nicht richtig sehen.

Wo kam er her? Sie hätte schwören können, dass er weit voraus gewesen war. Sie versuchte zu lächeln, aber ihr war bewusst, dass sie ganz allein mit diesem ihr unbekannten Mann war.

Keiner der anderen war in Sicht. Sie nahm die Bäume auf andere Weise wahr – wie sie nicht nur Schatten spendeten, sondern auch Schutz boten. Ihre Gedanken schweiften zurück zum Zeremonienhain und zu diesem seltsamen Altar. Altäre sind für Hochzeiten da. Früher auch für Opferzeremonien.

«Wo kommst du denn her?», fragte sie und hoffte, unbeeindruckt zu klingen. Ihre Furcht war lächerlich.

Andy blieb stehen. «Verpetz mich nicht bei Canyon», sagte er. «Ich habe einen kleinen Umweg gemacht.» Er setzte seinen Rucksack ab und griff hinein, um seine Wasserflasche herauszuholen.

«Was ist denn da hinten?», fragte Ellery. Als sie sah, wie er aus seiner gut gefüllten Flasche trank, schluckte sie trocken.

«Noch eine Aussicht», sagte Andy.

«Lohnt es sich?» Als sie ihr Handy einsteckte, zitterten ihre Hände ein wenig.

«Auf jeden Fall», sagte Andy. «Im Grunde ist es hier überall traumhaft.» Er nahm seine Basecap ab und fuhr sich durch die Haare. Das leuchtende Blau seiner Augen hob sich von seiner gebräunten Haut ab, er war schlank und gleichzeitig muskulös. «Ich meine, es ist ja nicht so, als würden wir hier wirklich durch urwüchsige Natur wandern oder so.» Er verzog das Gesicht. «Vielleicht ein anderes Mal. Diesmal dreht sich alles um die Hochzeit.» Er warf einen Blick auf seine edle, nach Outdoor aussehende Uhr, die Ellery nicht zum Rest seines abgetragenen Outfits zu passen schien. «Ich muss rechtzeitig zur Trauung zurück sein. Das habe ich Ben versprochen.»

«Warte mal.» Ellery schüttelte verwirrt den Kopf. «Du gehörst zur Hochzeitsgesellschaft, aber machst diese Wanderung mit? Solltest du nicht dem Bräutigam beim Ankleiden helfen oder so was?»

«Ich bin nicht der Trauzeuge», sagte Andy fröhlich. «Nur sein bester Freund.» Er nahm einen weiteren Schluck aus seiner Flasche.

Ellery traute ihm immer noch nicht über den Weg. Sie wusste nicht, warum es sie so überraschte, dass er Teil der Hochzeitsgesellschaft war. Immerhin war er im richtigen Alter, um einer der Freunde des Bräutigams zu sein. Er schien nur nicht ganz zu den anderen zu passen. Und warum war er am Vorabend nicht in der Galerie gewesen?

«Ich glaube, ich habe dich gestern Abend gesehen», sagte sie. «Du hast dir im Restaurant was zu essen geholt, oder?»

«Ja», sagte Andy. «Ich bin vom Empfang abgehauen. Bei solchen Veranstaltungen bekomme ich nie genug zu essen. Es gibt immer nur diese Teller mit winzigen Häppchen.»

«Und wie läuft es mit den Hochzeitsvorbereitungen?»

Sie gingen nebeneinanderher, den Hang hinunter. Ellery hielt jedoch eine Armlänge Abstand.

«Alles super. Ich muss keine Rede halten oder so. Obwohl ich erst beleidigt war, finde ich es inzwischen gar nicht so schlecht, nicht Trauzeuge zu sein.»

Ellery lachte, und er grinste sie an.

«Ben hat mir wirklich einen Gefallen getan. Wäre ich sein Trauzeuge, hätte ich keine Zeit für diese Wanderung. Ich müsste zum Probebrunch und so was. Wenn das Wetter hält, will ich morgen früh klettern gehen.»

«Du bist krass.» Sie war früher auch so gewesen. Sie hatte unendlich viel Energie gehabt und alles ausprobieren und sehen wollen. «Wohin willst du? Nach Pinnacles?» Sie kannte sich in der Gegend nicht besonders gut aus, also riet sie.

«Ja.» Andy sah sie überrascht an. «Kletterst du auch?»

«Früher schon.»

«Wo?»

«Ich bin im Süden von Utah aufgewachsen», sagte sie.

«Nie im Leben», sagte er begeistert. «Da arbeite ich im Sommer. In der Nähe von Eden führe ich Kletter- und Canyoning-Touren.»

«Genau dort bin ich aufgewachsen», sagte sie. «Jetzt lebe ich in Colorado.»

«Dort kann man auch super klettern», erwiderte er. «Gehst du oft?»

«Nicht mehr so viel. Ist schon eine Weile her.»

«Willst du morgen mit? Wenn es nicht regnet?», fragte er.

Macht der mich an? Nein. In seinem Tonfall war nicht der leiseste Hauch von Flirt. Dennoch fühlte sie sich durch die Einladung sowohl geschmeichelt als auch verunsichert.

Dass sie mal wieder Ja zum Leben – Ja zu anderen Männern – sagen könnte, machte sie ganz schwindelig.

«Ich bin ziemlich eingerostet», sagte sie. «Daraus wird leider nichts.» Aber sie war schon versucht mitzugehen. Klettern hatte ihr immer das Hirn durchgepustet, das könnte sie mal wieder brauchen.

«Verstehe», sagte Andy, und sie ging davon aus, dass er sich nun verabschieden und schneller gehen würde, aber er blieb an ihrer Seite.

«Ist der Bräutigam nett?», fragte Ellery. «Ich habe gestern Abend mit der Braut gesprochen, und sie schien reizend zu sein.»

«Oh ja», sagte Andy. «Ben und ich kennen uns aus dem Kindergarten. Ich würde alles für diesen Typen tun.» Sein Ton war ernst geworden. «Er ist der Beste. Das sagt man schnell mal über einen Freund, ich weiß, aber bei Ben stimmt es zu hundert Prozent.»

«Es ist toll, solche Freunde zu haben.»

«Er würde alles tun, um jemandem zu helfen», sagte Andy. «Er unterstützt Menschen dabei, wieder auf die Beine zu kommen, und nimmt Klienten kostenlos an, wenn sie ihn nicht bezahlen können.»

Das klang wirklich nach einem guten Menschen. Aber wie sie am Vorabend beim Dinner gesagt hatten, hatte jeder ein dunkles Geheimnis.

Jeder verbarg etwas.

Das war bei ihr nicht anders.

Bei Ben nicht.

Bei Andy nicht.

Ihr Unbehagen war zurück.

Irgendwo über ihnen kreischte eine Möwe. Die gellenden Schreie versetzten Ellery zurück auf eine nächtliche Autobahn, schreiende Teenager, Panik, Reißen und Schaben von Metall, das Geräusch von Körpern, die auf das Dach, den Boden und aufeinanderprallten. *Der Unfall.* Sie und Abby bezeichneten das Geschehene seither immer mit diesen beiden nüchternen Wörtern, obwohl die Nachrichtenseiten und Fernsehmoderatoren es anders genannt hatten.

Der Begriff, der sich durchgesetzt hatte, war *Tragödie des Leichtathletikteams*, nachdem das *People Magazine* eine Titelgeschichte mit diesen drei Wörtern als Überschrift veröffentlicht hatte. Ellery und Abby waren als die *heldenhaften Lehrerinnen* gefeiert worden. Doch sie beide kannten die Wahrheit. Sie waren keine Heldinnen. Sie waren nicht in der Lage gewesen, irgendwen zu retten. Zwar hatten sie ihr Bestes gegeben, doch das war bei Weitem nicht gut genug gewesen. Später hatte einer der Väter sie beschuldigt, verletzte Kinder bewegt und alles verschlimmert zu haben. Ellery war damals überrascht gewesen, wie sich Schmerz auf Schmerz aufbauen und endlos steigern konnte.

«Hey», holte Andy sie in die Gegenwart zurück. «Bist du okay?»

«Ja», sagte sie. Dabei war sie nicht okay und würde es auch nie wieder sein. Aber immerhin war sie hier in der Natur. Das war doch etwas wert. «Ich erinnere mich nur gerade an etwas.»

Sie hatten die Bäume hinter sich gelassen und blieben abrupt stehen.

Azurblauer Ozean, so weit das Auge reichte. Die Klippen fielen steil zum Meer hin ab, an mehreren Stellen schossen Wasserfälle ins Tal. Die Hügel waren mit grün-goldenem Gras bedeckt, das sich im Wind wiegte. Rechts von ihnen, die Küste hinauf, waren in der Ferne die zerklüfteten Klippen von Broken Point und dessen drei Bäume zu sehen.

«Heilige Scheiße!», stieß Andy aus. Er warf ihr einen erschrockenen Blick zu. «Entschuldigung.»

«Kein Problem», erwiderte sie.

«Wie soll man auch angemessen beschreiben, wie atemberaubend das ist.»

«Wahrscheinlich gibt es dafür keine passenden Worte.»

Sie und Andy blickten versonnen auf das Wasser und den Himmel – das herzzerreißend schöne Blau. Ellery wollte die Augen schließen. Sie wollte an diesem einzigartigen Ort verschwinden, wie eine Kerze verlöschen, und Andy würde es bezeugen. *In einer Sekunde war sie noch da,* würde er sagen, *und in der nächsten war sie weg.*

Sie holte ihr Handy aus der Tasche, um ein Foto zu machen, obwohl kein Foto das wiedergeben könnte, was sie sah. Aber immerhin könnte sie es sich irgendwann in düsteren Tagen ansehen und sich erinnern, dass sie es tatsächlich getan hatte, dass sie tatsächlich hier gewesen war.

Andy warf erneut einen Blick auf seine Uhr. «Also dann», sagte er. «Ich sollte mal ein bisschen Gas geben. Ich muss noch duschen und zumindest so tun, als würde ich bei den Vorbereitungen helfen.»

«Viel Glück», sagte sie, «bester Freund des Bräutigams.»

«Hey.» Er deutete auf das Telefon, das sie noch in der Hand hielt. «Kann ich dir meine Nummer für morgen früh geben? Für den Fall, dass du deine Meinung änderst?»

«Ähm, klar.» Warum eigentlich nicht? Er hätte ihre Nummer nur, wenn sie sich bei ihm meldete. Was unwahrscheinlich war.

Nachdem sie seine Kontaktdaten eingegeben hatte, hob Andy die Hand zum Gruß. «Bis später im Resort. Vorausgesetzt, ich überlebe diese Hochzeit.» Er setzte sich in Bewegung und joggte leichtfüßig den Weg hinauf.

Als Ellery ihn über die Anhöhe verschwinden sah, wünschte sie sich, sie hätte ihn gefragt, ob er Wasser übrig hatte. Ihre Lippen waren rissig. Ihre Augen brannten. Ihre Kehle war trocken.

10.

Zurück in ihrem Zimmer trank Ellery gerade förmlich den Wasserhahn leer, als auf der Badkonsole ihr Handy vibrierte. Sie griff danach.

Luke Wainwright.

Das Herz schlug ihr bis zum Hals.

«Hier ist Maddie», stand in der Nachricht. «Kann ich dich per FaceTime anrufen?»

«Natürlich», schrieb Ellery zurück. Sie füllte ihre Flasche mit Wasser und ging zum Schreibtischstuhl, um sich hinzusetzen. Hatte sie Zeit, ihre AirPods zu suchen? Nein. Das Telefon begann fast sofort zu summen, und sie drückte auf Annehmen.

«Hallo!» Sie hielt das Telefon hoch und sah Maddies liebes Gesicht. Dann verschwand es kurz und Maddie sagte: «Mama? Hallo.» Die Art, wie die Kinder facetimten, machte sie seekrank. Sie bewegten das Telefon die ganze Zeit hin und her, um verschiedene Kamerawinkel auszuprobieren. Gerade neigte Maddie die Kamera so, dass Ellery ihr direkt in die Nase sehen konnte.

«Wie geht es dir, Schatz?», fragte Ellery.

«Gut.» Maddie bewegte das Telefon von einer Seite zur anderen und zog Grimassen dabei. Sie war acht Jahre alt und Ellerys Baby, und Ellery vermisste sie so sehr, dass sie einen Kloß im Hals hatte.

«Seid ihr schon vom Camping zurück?»

«Ja», sagte Maddie sachlich. «Wir mussten früher zurückkommen, weil es angefangen hat zu regnen.»

«Oh, Mist», sagte Ellery, obwohl eine kleine Welle der Freude sie durchfuhr, weil das Outdoorabenteuer nicht perfekt verlaufen war. «Hier soll es heute Abend auch regnen.»

«Wo bist du?», fragte Maddie.

«In Kalifornien.»

«Kann ich dein Zimmer sehen?»

«Klar.» Ellery hielt ihr Handy hoch und nahm das Zimmer auf. Sie fand schön, dass Maddie sich immer ein Bild davon machen wollte, wo sich jemand befand. Ihr selbst ging es genauso. Sie versuchte, nicht an Maddie vorbeizuschauen, wollte Lukes neues Zuhause nicht sehen, das er mit ihrem gemeinsamen Geld gekauft und eingerichtet hatte. Aus ihrem Haus hatte er keinen einzigen Teller, keinen einzigen Stuhl mitnehmen wollen.

Dass es im Leben ihrer Kinder Orte gab, die sie nie sehen, geschweige denn betreten würde, schmerzte sie. Natürlich hatte sie gewusst, dass sie sie eines Tages verlassen würden. Aber sie hätte nie gedacht, dass das vor ihrem achtzehnten Lebensjahr passieren würde.

«Die Zimmer hier haben Namen», sagte Ellery.

«Caitlin oder so?», fragte Maddie. Sie hatte als kleines Mädchen eine Lieblingsbabysitterin im Teenageralter namens Caitlin gehabt und fand seitdem, dass dies der weltbeste Name war.

«Nein, von den Kräutern und Blumen, die hier in der Gegend wachsen.»

«Wie heißt dein Zimmer?»

«Wolfsmilch.»

«Igitt.» Maddie hasste Milch. «Aber es sieht schön aus.»

«Mir gefällt es auch», sagte Ellery. «Und, wie war das Campen?» Sie bemühte sich, ihre Stimme lässig klingen zu lassen.

«Gut», sagte Maddie.

«Was habt ihr den ganzen Tag gemacht?» Ellery musste das einfach wissen. Dass ihre Tochter so viel Zeit ohne sie verbrachte, fühlte sich falsch an.

«Dies und das.»

Diese Art Antwort hatte Maddie auch schon vor der Scheidung oft gegeben. Sie war lebhaft und stark und fröhlich. Aber in letzter Zeit war da eine neue Schärfe in Maddies Stimme, und sie wirkte fragiler.

«Was hattest du zum Mittagessen?», versuchte Ellery es erneut.

«Essen halt.» Maddie zog ihre Wangen nach unten, sodass ihr Gesicht an das Gemälde *Der Schrei* erinnerte. Ethan kam ins Zimmer und sagte etwas außerhalb der Kamera.

«Hey, Ethan», sagte Ellery, und er sagte: «Hi, Mom», und für den Bruchteil einer Sekunde war sein Gesicht mit dem Wuschelhaar und den großen braunen Augen im Bild.

Ellery liebte die drei sehr, und diese kurzen Gespräche, wenn sie getrennt waren, waren ihr zu wenig.

«Wo ist Kate?», fragte sie.

In diesem Moment hörte sie Lukes Stimme im Hintergrund. Ihr Herz machte einen Satz. «Alles klar, Kids», sagte er. «Wir müssen los. Ihr könnt Mom morgen wieder anrufen.»

Ellery fragte sich, ob Imogen in der Nähe war. Was würde es zum Abendessen geben? Was würden die beiden machen, wenn die Kinder im Bett waren?

Denk nicht darüber nach, ermahnte sie sich. «Mach einen Kreis.» Das war etwas, was ihre Therapeutin Macy ihr empfohlen hatte. Anstatt in den immergleichen Gedankenschleifen von *Was wäre, wenn?* und *Was jetzt?* zu kreiseln, sollte Ellery sich vorstellen, einen Kreis zu zeichnen und ihn dann nicht zu vervollständigen. Während einer Sitzung hatte Macy Ellery jede Menge dieser unvollendeten Kreise zeichnen lassen. Es hatte zumindest einen leichten therapeutischen Effekt, denn die Kreise nicht zu schließen, erforderte Konzentration. Und als sie sich das Ergebnis ansahen und feststellten, dass die unvollständigen Kreise aussahen wie Spermien, die in Reih und Glied über die Seite marschierten, kicherte Ellery. «Ich wollte, dass du nicht an Luke denkst», hatte Macy gesagt, «und das hat geklappt.»

Ellery legte ihr Handy auf den Schreibtisch. Auf einer ledernen Schreibunterlage lagen Notizblock und Stift, außerdem die Speisekarte des Zimmerservice, die tägliche Ankündigung mit Informationen über das Programm des Resorts sowie ein schmales Heft mit der Aufschrift *Willkommen in Broken Point* auf dem Einband. Auf jedem Gegenstand war das Logo des Resorts eingeprägt oder aufgedruckt.

Die Resortchefin, eine große, sportlich wirkende Frau mit silbergrauem Haar namens Nat, hatte Ellery das Heft beim Check-in gegeben. Abwesend blätterte Ellery es durch. Es enthielt eine Karte des Resorts und allerlei Informationen über Broken Point, von den Titeln der Kunstwerke, die auf dem gesamten Gelände verteilt waren, bis hin zu den Cocktails, die zur Happy Hour in der Slipstream-Bar angeboten wurden.

Was machten ihre Kinder gerade?

Ellery stand auf. Sie brauchte etwas zu essen und ein Glas Wein.

Und sie wollte nicht allein sein.

11.

Ich hätte nicht erwartet, dass die Cocktailstunde so lebhaft sein würde», sagte Ravi.

«Sag nicht *lebhaft.*» Nina verdrehte die Augen. Sie trug ein Kleid in dem gleichen tiefen Violett, das auch die Blumen auf den Tischen hatten. Ravi trug ein dunkelblaues Hemd und eine schwarze Jeans. Ellery trug eine dunkle Jeans und ihren grünen Lieblingspullover. Was hatte sie immer darauf geachtet, zu den Dinners und Abendveranstaltungen in Zusammenhang mit Lukes Arbeit nicht das Falsche zu tragen. Sie wollte nicht auffallen. Sie wollte in der Menge untertauchen, wollte weder ignoriert noch allein sein, aber eben auch nie im Zentrum der Aufmerksamkeit.

Sie bemerkte, dass Grace und Gary sich mit zwei gut aussehenden Männern in den Fünfzigern unterhielten, die sie noch nicht kannte. Gary trug ein blaues Oxfordhemd mit hochgekrempelten Ärmeln, und seine Tochter Grace hatte ein kurzes, weich fallendes Blümchenkleid an, das an der jungen, langbeinigen Frau wunderbar aussah.

«Stimmt, hier sind echt viele Leute», sagte Ellery zu Ravi. Sie hatte auch gedacht, dass die Cocktailstunde eher entspannt ablaufen würde – dass die Resortgäste sich ihre Drinks holen, sich ein bisschen unterhalten und wie Glühwürmchen in der Nacht verschwinden würden. Aber da die Terrasse am Meer wegen des kurz bevorstehenden Hochzeitsdinners belegt war, ballten die übrigen Gäste sich im Haupthaus.

«Es gibt irgendein Problem mit der Hochzeit», sagte Ravi.

«Woher weißt du das?» In der Erwartung, dass diese sich über Ravis Sensationsgier lustig machen würde, wandte Ellery sich Nina zu.

Aber Nina stimmte Ravi zu. «Wir sind heute Morgen der Trauzeugin und der Mutter der Braut begegnet, als sie aus dem Spa kamen», sagte sie. «Sie haben geflüstert. Und sie sahen besorgt aus.»

«Das muss nichts heißen, Hochzeiten können stressig sein.» Ellery fielen schwierige Momente ihrer eigenen Hochzeit vor exakt zwanzig Jahren ein. Nichts Großes, Dinge, an die sie seit Jahren nicht gedacht hatte. Zum Beispiel hatten Lukes Eltern, ohne zu fragen, seine Ex-Freundin eingeladen – nicht nur zum Empfang, sondern auch zur Trauung. Und niemand hatte daran gedacht sicherzustellen, dass das Blumenmädchen zum Kleid passende Schuhe hatte. Solche Kleinigkeiten eben.

«Das war aber mehr als nur der übliche Hochzeitsstress», sagte Nina. «Das könnt ihr mir glauben. Ich war Trauzeugin bei allen vier Hochzeiten meiner Schwestern. Hier stimmt was nicht.»

«Jedes Mal, wenn ich die Mutter der Braut sehe, muss ich an den Song aus *Cruella* denken.» Ravi begann zu singen. *«Da doop de do da doopty, da doop de do da doopty ...»*

«Das ist der Song aus der *Addams Family*», korrigierte Nina ihn liebevoll.

«Du weißt, was ich meine», sagte Ravi zu Ellery.

«Ja, stimmt.» Ellery fühlte sich wohl mit den beiden. Ravi und Nina waren klug und schlagfertig und elegant und nahmen sich selbst nicht allzu ernst. In manchen Momenten waren sie geradezu überdreht und albern. Das genoss Ellery ebenso wie die Tatsache, dass sie an diesem speziellen Wochenende lachen konnte.

«Da ist noch etwas.» Ravi senkte die Stimme. «Ich habe gehört, wie jemand vom Personal Nat berichtet hat, dass eines der Kunstwerke fehlt.»

«Was denn für ein Kunstwerk?», wollte Nina wissen.

«Du liebe Güte», sagte Ravi. «Wir haben doch darüber gesprochen. Überall auf dem Grundstück steht Kunst herum. Das ist übrigens einer der Gründe, warum wir uns für dieses Resort entschieden haben, falls du dich erinnerst. Sie beschreiben die Werke auf den Karten, die sie uns jeden Tag hinlegen.»

«Das weiß ich doch alles», sagte Nina. «Ich wollte wissen, *welches* Kunstwerk fehlt?»

Ellery dachte an den Vorabend, als die beiden über ihre Urlaubsregeln gesprochen hatten, und dann hatten Ravi und sie sich in die Galerie geschlichen, um etwas zu stehlen … «Warst du das? Hast du einen Kunstraub begangen?» Sie sagte es nur halb im Scherz.

«Nein», antwortete Ravi und fügte geradezu erfreut hinzu: «Traust du mir wirklich zu, dass ich so etwas durchziehen könnte?»

Ellery legte den Kopf schief. «Ich weiß nicht. Vielleicht ist dein Geheimnis, dass du dich als Kunsträuber betätigst.»

«Nein. Mein Geheimnis ist viel schwerwiegender.» Er schüttelte den Kopf. «Und ich weiß nicht, welches Kunstwerk vermisst wird. Ich hab das nur mitbekommen, weil ich am Empfang nach einem neuen Willkommensheft fragen wollte, da meins weg ist. Dort bin ich auf die Chefin Nat und auf Brook gestoßen. Als sie mich sahen, hörten sie auf zu reden.»

«Wie klaut man denn ein Gemälde?», fragte Nina. «Man kann es sich ja schlecht unter den Arm klemmen und pfeifend weggehen. Und wo versteckt man es dann?»

«Vielleicht war es eine der Skulpturen», sagte Ravi. «Ein paar von denen sind klein.»

«Was genau haben Nat und Brook gesagt?», fragte Nina.

Doch bevor Ravi antworten konnte, kam einer der Barkeeper – ein rothaariger Mittdreißiger, auf dessen Namensschild Owen stand – mit einem Getränketablett vorbei. «Bier, Weißwein oder Rotwein?», fragte er. Nina nahm ein Bier, Ravi einen Weißwein.

Owen sah Ellery an.

«Haben Sie auch Mocktails?», fragte sie verlegen.

«Ja», sagte Owen. «Wir haben eine Sangria ohne Alkohol, die sehr beliebt ist.»

«Könnten Sie mir vielleicht so eine bringen?»

«Gern», sagte Owen. «Kommt sofort.»

«Für mich bitte auch», sagte eine Frau hinter ihnen.

Sie drehten sich um und sahen ein junges Paar, die Frau war blond und wunderschön und trug ein Maxikleid in Pastellorange. Ihr Haar war zu einer kunstvollen Krone geflochten, und hinter ihrem Ohr steckte eine Blume. Der Mann neben ihr war ein Hipster, wie er im Buche steht – er trug ein kurzärmeliges Hemd, einen makellos getrimmten Bart, und sein Haar war so nach oben gestylt, dass Ellery unweigerlich an einen Hahnenkamm denken musste.

«Gern», sagte Owen.

«Ich bin so froh, dass ich mitgekriegt habe, wie Sie das bestellt haben.» Die Frau strahlte Ellery an. «Ich kann nichts trinken ... Sie wissen schon.» Sie legte ihre Hände um einen winzigen, perfekten Babybauch.

«Wie aufregend für Sie beide!» Ellery sah den Ehemann an, der lächelte und sagte: «Danke.»

«Herzlichen Glückwunsch», sagte Ravi, wirkte dabei aber leicht entsetzt.

«Ich habe es gerade erst bemerkt», erzählte die junge Frau. «Und ist das nicht perfektes Timing? Wir können es unseren Followern erzählen, während wir hier sind.»

«Ihre Follower?», fragte Nina.

«Auf LikeMe», sagte die Frau. «Wir sind Morgan und Maddox. Oder Morg und Madd. Wenn Sie uns suchen wollen. Zwei d in Madd und zwischen unseren Namen das Und-Zeichen.»

«Das nennt man ein Et-Zeichen», sagte Ellery hilfsbereit.

Die Frau sah sie verwirrt an.

«Schon gut», sagte Ravi. «Sie sind also Influencer?» Er hob mit Blick auf Ellery bedeutungsvoll eine Augenbraue, und sie erinnerte sich an ihr Gespräch beim Dinner am Abend zuvor. Dass ein Promi inkognito im Resort weilte. Aber diese beiden schienen das Gegenteil von inkognito zu sein. Außerdem waren sie auch nicht die Art von Promi, um die es Ravi gegangen war.

«Ja», sagte die Frau. «Haben Sie von uns gehört?»

«Tut mir leid, nein», sagte Nina trocken.

«Wir gehören eben nicht zu Ihrer Zielgruppe», sagte Ravi. «Wer von beiden sind Sie? Morg oder Madd?»

Die Frau kicherte. «Ich bin Morgan!» Sie schüttelte kokett den Kopf. «Und wir haben eine halbe Million Follower, die völlig ausflippen werden, wenn sie das hier erfahren.» Sie tätschelte ihren Babybauch. «Broken Point ist ein kinderfreies Resort, und wir haben einen blinden Passagier.»

«Das wird sie definitiv als Bildunterschrift auf LikeMe posten», sagte Nina leise. Ellery unterdrückte ein Lachen.

Aber trotz der Künstlichkeit des Ganzen – die Diskussion über den Zeitpunkt der Ankündigung, die Koketterie, das Halten des ach so perfekten Babybauchs – war es echt. Ein Baby war unterwegs, das Morgan und Maddox großziehen und lieben würden, und sie waren trotz allem Menschen mit echten Gefühlen und einem echten Leben.

Ellery musterte Maddox. Seine Schultern waren kräftig. Er schien sehr muskulös zu sein, war aber nicht aufgepumpt wie solche Typen häufig. Kurz trafen sich ihre Blicke, und sie meinte, Verwirrung in seinen Augen zu lesen. Ob sie wohl beide dasselbe dachten: *Wie zur Hölle bin ich hier gelandet?*

Man wusste nie, was jemand anderes dachte, fiel ihr dann wieder ein.

In diesem Moment spürte sie, wie sich im Raum die Atmosphäre veränderte. Die in Grüppchen beieinanderstehenden Menschen wandten alle sich in die gleiche Richtung. Der Kellner, gerade auf dem Weg zu ihnen, blieb auf halbem Weg stehen und drehte ebenfalls den Kopf.

Die Mutter der Braut stand zwischen Resortchefin Nat und Canyon an der Bar. In ihrem dunkelgrünen Seidenkleid stach die Frau aus der eher leger gekleideten Cocktailgesellschaft hervor, ebenso wie ihre Hochsteckfrisur, ihre glitzernde Halskette und ihre scharfen Augen, die die Menge musterten.

«Was für eine Präsenz», sagte Nina anerkennend. «Schau dir mal ihre Haltung an.»

«Was will sie hier?», fragte Ravi. «Sollte sie nicht beim Hochzeitsdinner sein?»

«Entschuldigung», sagte die Mutter der Braut in die Menge.

Sie konnten sie hören, aber die Gäste, die etwas weiter weg standen, unterhielten sich weiter. «Pssst», machte Ravi, und die Leute verstummten und hoben die Köpfe.

«Entschuldigung», sagte sie wieder. «Ich bin Catherine Haring.»

«Ähm, okay …», sagte Morgan leise.

«Woher kenne ich den Namen?», murmelte Ravi.

«Wie einige von Ihnen vielleicht gehört haben», fuhr Catherine fort, «hat die Hochzeit nicht stattgefunden.»

Ein Raunen ging durch die Menge.

«Oha.» Ravi machte große Augen.

Olivia. Beim Gedanken an die Braut schlug Ellery das Herz bis zum Hals. Ging es Olivia gut? War ihr Herz gebrochen? Oder war sie diejenige, die die Hochzeit hatte platzen lassen? Und warum informierte ihre Mutter die Gäste des Resorts über diese Sache?

«Wir hatten Gäste, die außerhalb des Geländes Unterkünfte gebucht hatten, für heute Abend zum Dinnerempfang eingeladen», sagte Catherine. «Den meisten konnten wir rechtzeitig absagen, sodass sie gar nicht erst angereist sind, aber ein Großteil des Essens war bereits zubereitet.» Ihr Ton war knapp und sachlich. Sie war gut im gesamten Raum zu hören. «Ich habe das Personal gebeten, das Essen auf der Terrasse für alle Gäste des Resorts bereitzustellen. Bitte bedienen Sie sich. Es wäre schade, wenn es verkommen würde.» Damit drehte sie sich um und schritt würdevoll auf ihren High Heels von dannen, Nat und Canyon folgten ihr.

«Was meinst du?», fragte Nina. Niemand ging in Richtung Terrasse. «Möchtest du trotzdem im Restaurant essen?»

«Nein, wir nehmen definitiv am Enttrauungsdinner teil», sagte Ravi. «Aber ich gehe nicht als Erster.»

Schließlich waren die Influencer Morgan und Maddox die Ersten, die sich auf den Weg zur Terrasse machten.

«War ja klar», sagte Ravi leise, aber Ellery war ihnen dankbar, dass sie die Führung übernahmen. Es wirkte irgendwie nicht gierig, sondern lässig. Außerdem wusste sie noch, wie es war, schwanger zu sein. Man schwankte ständig zwischen Heißhunger und Ekel vor Essen und musste sich nach dem richten, was der Körper wollte. Vielleicht brauchte Morgan dringend etwas zu essen.

Ellery selbst war am Verhungern.

12.

Für alle, deren Hochzeit nicht ins Wasser gefallen war, wurde es ein schöner Abend.

Auf dem langen, mit hellem Leinen eingedeckten Buffet standen silberne Schüsseln. Die Tische im Saal waren mit Arrangements aus weißen und cremefarbenen Blumen und Grünpflanzen dekoriert. Kerzen flackerten, und das Essen war ausgezeichnet – Gourmethäppchen, Krabbencocktails, frische grüne Salate mit Wildblumen, Ravioli, mit Honigsenf glasiertes Hühnchen, zum Dessert gab es Mousse au Chocolat und Lavendel-Shortbread. Auf der Terrasse war außerdem eine kleine Bar aufgebaut worden.

Anscheinend hatte man auch der Band nicht rechtzeitig absagen können, also hatte Catherine Haring sie gebeten zu spielen.

Morgan und Maddox waren exzellente Tänzer. Sie waren jung und schön, und die Art, wie sie lachten und sich lasziv und fließend bewegten, brachte alle um sie herum zum Lächeln. Morgan tanzte zu Ravi und Ellery herüber und lud sie ein mitzutanzen. Ellery winkte lachend ab, aber Ravi ging mit.

«Oh, oh, das könnte heiß werden», sagte Nina. «Oder bin ich betrunken?»

«Definitiv heiß», sagte Ellery.

Einige vom Personal, die freihatten, schoben die Tische ein Stück zur Seite, um die Tanzfläche zu vergrößern. Die Band spielte zwei, drei eigene Songs und einige Hits. Ein paar Regentropfen kamen herunter und sorgten kurz für

Aufregung, doch der Sturm hielt sich zurück. Stattdessen lugte der Vollmond immer wieder durch die schnell über den Himmel ziehenden Wolken.

Eine auffallend schöne junge Frau mit hohen Wangenknochen, die Ellery oben in der Galerie gesehen hatte, kam herein und ging geradewegs zum Buffet. Sie nahm sich einen Teller, befüllte ihn und ging auf die Terrasse. Draußen an der Bar sagte sie etwas zum Barkeeper. Er nickte und reichte ihr eine Flasche Wein, sie stellte den Teller für einen Moment ab, klemmte sich die Flasche unter den Arm, nahm den Teller wieder auf und verschwand.

War das die Trauzeugin, von der Nina gesprochen hatte? Ellery war sich ziemlich sicher. In ihrem dunkelgrünen Seidenkleid und den flachen Sandalen sah sie aus, als hätte sie keine Zeit gehabt, sich vollständig umzuziehen, sondern sei von der Trauzeugin geradewegs zur besten Freundin geworden, die Trost spendete. Das Essen und der Wein mussten für Olivia sein.

Ellery wandte sich wieder den Tanzenden zu.

Ravi und Morgan sorgten mit schrägen Tanzeinlagen für Stimmung, die Menge feuerte sie an. Mehrere Männer in ihren Zwanzigern gingen in Smokings quer über die Terrasse zur Bar.

«Oha», sagte Nina zu Ellery. «Das müssen die Freunde von Ben sein. Na klar, die brauchen jetzt was zu trinken.»

Zuerst versuchte Ellery, die Männer voneinander zu unterscheiden, aber sie waren sich zu ähnlich mit ihren aufgeknöpften Hemdkragen, den zerzausten Haaren und geröteten Gesichtern. «Hey», rief einer laut quer über die Tanzfläche. «Das sollte eigentlich unsere Party sein. Gern geschehen!» Alle lachten.

«Entzückend», sagte Nina.

Einer der jungen Männer war an die Bühne getreten und schnappte sich das Mikrofon. Die Band hörte auf zu spielen, als er nun sein Glas hochhielt. «Auf Ben», rief er. «Und auf seine Freiheit!» Alle jubelten, und Ellery spürte, wie die Stimmung im Saal ungut umschlug. Sie sah Ravi in die Augen und konnte erkennen, dass er es auch spürte. Er umarmte Morgan zum Abschied, schüttelte Maddox die Hand und kam zu Nina und Ellery herüber. «Also los», sagte er, «Zeit, Schluss zu machen.»

Einer der Jungs löste sich aus dem Grüppchen und kam zu ihnen herüber. Ellery erkannte, dass es Andy war. «Hey», sagte er mit vorgeschobenem Unterkiefer. «Ist das nicht furchtbar?»

Sie hätte bemerken müssen, dass er nicht ganz wie die anderen war. Andys Hemd war weniger teuer, seine Schuhe glänzten nicht poliert, sein Haar war normal lockig, nicht mit teuren Produkten zerzaust wie das der anderen, die offensichtlich ziemlich angetrunken waren. Und natürlich war sein Gesichtsausdruck völlig anders. Darin war nichts zu sehen von *Ach, was soll's, wir amüsieren uns trotzdem*. Er wirkte erschüttert.

«Geht es dir gut?», fragte Ellery ihn. «Du siehst aus, als wolltest du nur weg.»

«Ich soll aufpassen, dass die anderen keinen Mist bauen», sagte Andy genervt.

«Wie bist du denn an diesen Job gekommen?», fragte Ellery. Ravi sagte: «Also diese Besoffenen sind deine Freunde?»

«Ich bin Nina.» Nina streckte die Hand aus.

«Entschuldige», sagte Ellery verlegen. «Ich hätte euch vorstellen sollen, bevor ich anfange, dich ins Kreuzverhör zu nehmen.»

«Kein Problem.» Andy schüttelte Nina die Hand. «Andy.»

Auch Ravi und Andy gaben sich die Hand.

«Ich kenne diese Typen nicht wirklich», sagte Andy. «Das sind Bens Freunde aus seiner Studentenverbindung. Und wohl auch ein paar Arbeitskollegen.»

Sie schauten zu der Gruppe hinüber. Der Mann, der sein Glas auf Ben erhoben hatte, war auf die Bühne gestiegen und redete auf eines der Bandmitglieder ein. Wahrscheinlich wünschte er sich Songs oder palaverte über Musik.

Andys Kiefer spannte sich an. «Ich sollte den Deppen besser von der Bühne holen. Um Bens willen. Der hat echt auch so schon genug Probleme.»

«Warte», sagte Ravi. «Kannst du uns sagen, was passiert ist? Wer hat die Hochzeit abgesagt? Die Braut?»

«Nein, Ben.» Andy schüttelte den Kopf. «Ich verstehe das einfach nicht. Wir waren auf dem Weg zum Altar. Ich dachte, Ben wäre bei Matt, dem Trauzeugen, der dachte, er wäre bei mir. Olivia dachte, er wäre bei einem von uns. Dann kamen wir alle im Wäldchen an, und Ben war nicht da. Etwa fünf Minuten nach dem geplanten Beginn der Trauung haben ein paar von uns von ihm gehört.»

«Hat er gesagt, warum er nicht gekommen ist?», fragte Ellery.

«*Gesagt* hat er gar nichts.» Andys Blick schweifte zu dem jungen Mann auf der Bühne, der immer noch auf den Musiker einredete. «Er hat eine Textnachricht geschickt.»

«Echt jetzt?», fragte Ravi.

Andy nickte. «Eine Sammelnachricht an Olivia, mich, Matt, Rachel und Olivias Eltern.»

Was stand drin? Ellery konnte förmlich sehen, wie sich die Worte in Ravis Kopf formten, aber er schaffte es, nicht zu fragen.

«Ich verstehe das einfach nicht», sagte Andy erneut. Sein Blick wanderte zu Ellery. Sie konnte sich kaum vorstellen, wie es ihm gehen musste. So eine Nachricht erhalten, dann nach seinem Freund suchen und versuchen herauszufinden, was schiefgelaufen war. Hatte er seitdem etwas von Ben gehört?

Von der Bühne war Geschepper zu hören. Der Typ, der auf den Musiker eingeredet hatte, hatte sein Weinglas fallen lassen, und ein anderer Typ hatte sich das Mikrofon geschnappt. «Ich bin Matt», sagte er. «Als Trauzeuge habe ich eine Rede geschrieben, und damit das nicht umsonst gewesen ist ...»

«Mist», sagte Andy. «Ich gehe besser und rette ihn vor sich selbst.» Er ging mit hängenden Schultern weg.

«Armer Kerl», sagte Ellery.

«Lasst uns hier verschwinden», sagte Nina, und Ravi nickte. Die Tanzfläche leerte sich schnell. Andy hatte die Bühne erreicht und sprach mit diesem Matt, der streitlustig und betrunken aussah.

«Ich glaube, ich bleibe noch», sagte Ellery.

Beide sahen sie überrascht an. Dann grinste Ravi. «Gute Idee. Leiste Andy moralische Unterstützung.»

«Genau.» Ellery zwinkerte ihnen beiden zu, und sie alle lachten, vielleicht weil es so steif rüberkam.

«Gemeinsames Frühstück morgen?», fragte Ravi.

«Klingt gut.»

Als sie weg waren, ging Ellery nicht zu Andy hinüber. Stattdessen steuerte sie eine ruhige Ecke auf der Terrasse an, bis zu der die Lichterketten nicht reichten. Vor einer niedrigen Steinmauer standen ein paar verwaiste Stühle.

Tatsächlich. Sie hatte es sich nicht eingebildet. Jemand saß dort, halb verborgen, und beobachtete die Szenerie.

13.

«Ich habe keine Gläser», sagte Catherine Haring leise und artikuliert, doch Ellery merkte ihr an, dass sie betrunken war. «Aber bedienen Sie sich.» Sie hielt ihr die Weinflasche hin.

«Nein danke.» Ellery bereute ihre Entscheidung schon halb, sich der Mutter der Braut genähert zu haben. Sie war eine Fremde. Die Frau zu trösten, war nicht ihre Aufgabe, aber sie tat ihr leid. Ellery wusste, wie es war, gegen seinen Willen allein zu sein.

Wo war ihr Ehemann? Und wo war ihre Tochter?

«Olivia hat sich eingeschlossen», sagte Catherine, als hätte Ellery ihre Gedanken ausgesprochen. «Sie hat ihrem Vater und mir gesagt, wir sollen uns verziehen. Rachel ist bei ihr, die Trauzeugin. Ich bin nicht erwünscht. Also bin ich rausgekommen, um sicherzustellen, dass hier nichts eskaliert.»

«Ich glaube, dafür sorgt Andy», sagte Ellery. Dann war das mit dem Essen wirklich die Trauzeugin gewesen.

«Wer?» Catherine runzelte die Stirn. «Oh, natürlich. Der ohne Frisur. Der, der nicht ganz passt.»

Das war eine seltsame Art, Andy zu beschreiben.

Catherine lachte bitter. «Ich fand immer schon, dass Ben nicht gut genug für Olivia ist. Vielleicht ist sie gerade noch mal davongekommen.»

Olivia und Andy hatten beide in den höchsten Tönen von Ben gesprochen, aber das musste nichts heißen. Menschen hatten ihre verborgenen Seiten.

Ellery betrachtete Catherines Profil – die teuer aussehenden falschen Wimpern, wie sie das Kinn hielt, die Ringe an ihren Fingern. Sie wirkte erschöpft und gleichzeitig fast gefährlich, wie sie die Menge beobachtete und aus der Flasche trank. Sie stellte die Flasche lautlos auf die Steinplatten der Terrasse. Und auch wenn sie gesagt hatte, ihre Tochter habe vielleicht Glück gehabt, ging doch eine tiefe Trauer von ihr aus. Wegen ihrer Tochter? Wegen ihr selbst?

«Ich gehe dann mal», sagte Ellery nach einem Moment. «Ich wollte nur fragen, ob ich etwas für Sie tun kann.»

Diesmal war Catherines Lachen herablassend. «Sie wissen aber schon, dass Sie nicht zur Hochzeitsgesellschaft gehören, oder? Dass Sie sich gestern Abend in die Galerie geschlichen haben und jetzt hier herumlungern, bedeutet nicht, dass Sie zu uns gehören.»

Ellery trat verblüfft einen Schritt zurück. Catherine hatte sie gesehen? «Tut mir sehr leid», sagte sie eilig. «Ich hätte nicht …»

Catherine winkte ab. «Ich kann Sie ja verstehen», sagte sie. «Manche Menschen – wie Olivia – sind Schmetterlinge. Und andere …» Sie musterte Ellery abschätzig. «… sind Motten. Angezogen von der Flamme.»

Eine Motte. Genau so fühlte sich Ellery: Unscheinbar, grau, flatternd, immer noch auf der Suche nach dem Licht.

«Tut mir sehr leid», sagte sie wieder. Ihre Hände zitterten. Sie hätte sich nicht einmischen sollen.

Ohne Ellery anzusehen, hob Catherine die Flasche. «Gute Nacht.»

14.

Ellery ging allein hinaus. In der Nähe des Zeremonienhains sah sie im Licht der Lampen entlang des Weges, dass die Stühle weggeräumt worden waren. Aber dass hier eine Trauung hätte stattfinden sollen, konnte man noch erahnen, als der auffrischende Wind auf dem Boden verstreute Blütenblätter aufwirbelte. Die Dunkelheit barg den Geruch nach Regen und eine unbestimmte Schwermut.

Als Ethan noch kleiner war, sieben vielleicht, hatten sie einen Ausflug nach Los Angeles in die Universal Studios und da auf das *Harry-Potter*-Gelände gemacht. Das war Teil eines Familienurlaubs gewesen, zu dem auch Disneyland gehörte (Ethans Lieblingsort auf der ganzen Welt – er hatte die Hände von seinen Eltern und seinen Schwestern gehalten, was er sonst kaum je tat, und sie aus eigenem Antrieb umarmt, was noch seltener vorkam). Ellery hatte den zusätzlichen Tag bei Universal aus einer Laune heraus gebucht und sich gefragt, ob dies ein weiterer Lieblingsort sein könnte.

Aber es hatte ihm nicht gefallen. Er hatte es hingenommen, war aber nicht begeistert gewesen. Zu computerisiert, vermutete sie, es fehlten die Sinne ansprechende Details, die diese Welt zum Leben erweckt hätten. Der Teil, den er jedoch zu ihrer Überraschung gemocht hatte, war der Zauberladen, den sie eher wegen der anderen Kinder angesteuert hatten. Ethan hatte während der gesamten Zaubervorführung aufmerksam zugesehen und hatte danach gefragt, ob er einen der absurd teuren Zauberstäbe haben könne.

Er hatte ihn den ganzen Flug über in der Hand gehalten und ihn auch zu Hause noch geradezu mit Ehrfurcht behandelt (ein ungewöhnliches Verhalten für ihren Teddybären im Porzellanladen, wie sie und Luke Ethan in seinem sorglosen, ahnungslosen, liebenswerten - und manchmal gefährlichen - Mangel an Bewusstsein für die Welt um ihn herum nannten).

Nach ihrer Rückkehr von der Reise bat Ethan wiederholt, ob sie nicht zu diesem See in den Bergen fahren könnten, wo sie manchmal das Wochenende verbrachten. Es war ein wunderschöner Ort - blaues Wasser, hohe Kiefern, Sandstrand, wie man ihn in Colorado normalerweise nicht findet, ein langer Steg, von dem aus man Kajaks oder Paddleboards zu Wasser lassen konnte. Monate nach ihrer Reise nach Kalifornien waren sie endlich zu zweit hingefahren, später im Jahr, als die Luft und das Wasser kühl waren. Sie waren fast allein da gewesen.

Ethan war aus dem Auto gestiegen und sofort losmarschiert. «Warte auf mich», sagte sie, noch damit beschäftigt, Schlüssel und Handy einzustecken, aber er war schon unterwegs zum Steg. Da er manchmal in voller Montur in Gewässer sprang, hetzte sie ihm hinterher.

Aber am Ende des Stegs war Ethan stehen geblieben und hatte sich zu ihr umgedreht. Da sah sie, dass er seinen Zauberstab in der Hand hielt. Sie hatte nicht gewusst, dass er ihn dabeihatte. Das Blau seiner Augen, das seines T-Shirts und das des Wassers hinter ihm erzeugten einen seltsamen Effekt, und sie dachte: *Das ist unglaublich schön. Er ist unglaublich schön.*

«Mom», sagte Ethan eindringlich. «Mom.» Zu ihrer Überraschung überreichte er ihr seinen kostbaren Zauberstab. «Verwandle mich in einen Fisch.»

Ihr wurde ganz elend. «Das kann ich nicht. Es tut mir so leid.»

«Doch, Mom», sagte er. «Du kannst das.»

Er fing an zu jammern und zu betteln, und ihr brach es das Herz bei so viel Schmerz und so viel Sehnsucht. «Mom», flehte Ethan immer wieder mit Tränen in den Augen. «Mom, bitte. Bitte. Verwandle mich in einen Fisch.»

Als er schließlich eingesehen hatte, dass sie das nicht konnte, wobei sie inständig hoffte, dass er nicht dachte, sie wollte bloß nicht, stiegen sie wieder ins Auto und fuhren los. Schweigend fuhren sie durch die bewaldete Landschaft, beide mit tränenüberströmten Gesichtern.

Seitdem hatte sie den Zauberstab nicht mehr gesehen. Auch zum See hatte er nicht mehr fahren wollen.

An jenem Tag hatte sie gedacht, dass sie nie wieder jemanden so enttäuschen könnte wie ihren Sohn an diesem See.

Sie hatte sich geirrt.

Catherine hatte recht. Ellery war eine Motte. Sie konnte weder Ethan noch sich selbst in etwas anderes verwandeln. Und ihre Familie, die sie ihr ganzes Erwachsenenleben lang aufgebaut hatte, war das Licht, um das sie flatterte.

Vor einem Monat waren sie und Ethan abends mit dem Auto unterwegs gewesen. Ethan hatte an diesem Tag in der Schule gut mitgemacht – kein Weglaufen, kein lautes Singen seiner Lieblingslieder und auch sonst war er unauffällig geblieben –, und so nahm sie ihn mit zur Tankstelle, Getränke holen, was eine seiner Lieblingsbeschäftigungen war. Sie war sich nicht sicher, was er daran liebte – die Süßigkeiten natürlich, aber es musste um mehr gehen. Die Möglichkeit, sich etwas auszusuchen, vielleicht, wo doch so vieles in seinem Leben von den Menschen um ihn herum entschieden wurde? Was auch immer es war, sie war froh, es mit ihm zu teilen.

Ethan hatte die Musik ausgewählt, auch eine seiner Lieblingsbeschäftigungen, und sie befand sich in diesem erschöpften Zustand einer alleinerziehenden Mutter am Ende des Tages. Es war nach neun und dunkel, und ihr Herz war schwer, aber immerhin war ihr Sohn bei ihr. Die Tage, an denen sie die Kinder hatte, waren einfacher – was sie in die Knie zwang, war die Leere ihres Zuhauses, wenn sie allein war.

Und dann, aus dem Nichts, so schnell, dass sie es kaum sah, rannte ihnen ein Reh ins Auto, und die Airbags schossen heraus.

«Oh!», schrie Ethan. «Au! Au!» Sie schaute zu ihm hinüber. Er schien nicht verletzt zu sein, aber sicher war sie nicht. Auf jeden Fall war er genauso erschüttert wie sie. Alles war so plötzlich passiert und hatte sie traumatisiert zurückgelassen. Sie hatte Ethan aus dem Auto geholt und an den Straßenrand gebracht, und dann musste sie ihn davon abhalten, zurück auf die Straße zu rennen, um etwas aus dem Auto zu holen, das er dringend zu brauchen meinte. Sie hätte Hilfe mit ihm gebraucht, während sie auf die Polizei wartete, und sie hatte Abby nicht erreichen können. Sie hatte dagestanden und auf ihr Handy gestarrt.

Luke hatte ihr deutlich zu verstehen gegeben, dass er nie mehr von ihr angerufen werden wollte. Er bevorzugte «schriftliche Kommunikation». Also schrieb sie ihm eine Textnachricht.

«Ethan und ich hatten einen Unfall», schrieb sie. «Uns geht es gut, aber das Auto ist Schrott. Könntest du ihn abholen? Ich habe es bei Abby versucht, aber sie geht nicht ran, und Ethan versucht immer wieder, auf die Straße zu rennen.»

Luke antwortete erst Stunden später, lange nachdem sie endlich zu Hause waren. Einige freundliche Fremde hatten angehalten und waren bei ihr und Ethan geblieben, bis die Polizei gekommen war, man das Auto abgeschleppt hatte und ein Uber für sie kam.

«Tut mir leid, das zu hören», schrieb er. «Das muss beängstigend gewesen sein. Ich bin froh, dass es euch beiden gut geht.»

Das war alles.

Ellery bog auf einen unscheinbaren Seitenweg ab. Sie wollte nicht durch den Zeremonienhain gehen, durch diese gespenstischen Überreste einer Hochzeit, die nie stattgefunden hatte. Ihre Kehle war von nicht vergossenen Tränen zugeschnürt. Der schmalere Weg war nicht beleuchtet, also schaltete Ellery die Taschenlampe ihres Handys ein, als sie in das Wäldchen hineinging. Aber sie kam nicht weit. Nach ein paar Metern endete der Weg. Sie seufzte. Sackgasse. Sie würde doch durch den Hain gehen müssen. Als sie sich umdrehte, traf der Lichtschein auf etwas in Bodennähe.

Sie hielt das Handy höher, und da sah sie es.

Eine Skulptur aus dem Wort *LOVE*.

Als sie die Liste der Kunstwerke des Resorts durchgesehen hatte und auf dieses stieß, hatte sie gedacht, es könnte sich um eine Nachbildung der berühmten roten Pop-Art-Skulptur *LOVE* von Robert Indiana handeln, die man immer wieder in Städten sah.

Aber diese Skulptur war nicht glänzend rot und glatt und aus Metall, mit je zwei Buchstaben oben und zwei unten. Sie war aus Holz geschnitzt, die Buchstaben hatten weiche

Kanten, rankten sich in Kleinbuchstaben in einer Art Kursivschrift umeinander. Moos umgab das Gebilde, und ihr unruhiges Handylicht ließ den Eindruck entstehen, dass sich darin etwas bewegte und wimmelte. Ellery schauderte. In diesem Moment sah sie etwas anderes – was war das für eine zusammengekauerte Gestalt ein paar Meter weiter hinten zwischen den Bäumen? Catherine? Wie war sie so schnell hierhergekommen? Aber dann wurde ihr klar, dass die schlanke Gestalt, die an einem der Bäume lehnte, Olivia war, die ihrer Mutter in diesem Moment sehr ähnlich sah.

Olivia hatte die Knie an die Brust gezogen und die Beine mit den Armen umschlungen. Ellery konnte ihr Gesicht nicht sehen, nur die Biegung ihres Halses und ihr Haar. Strähnen hatten sich aus der Hochsteckfrisur gelöst, die sie sich wahrscheinlich für die Trauung gemacht hatte.

Ellery stockte der Atem. Was machte Olivia ganz allein hier draußen? Hatte Catherine nicht gesagt, ihre Trauzeugin sei bei ihr? Waren der Teller mit Essen und der Wein nicht für Olivia gewesen? Wie lange war Olivia schon allein hier draußen?

Ellery wusste, dass sie sich umdrehen und weggehen sollte. Oder hatte sie aus ihrer Begegnung mit Catherine vor wenigen Augenblicken nichts gelernt?

Olivia schien Ellery nicht zu bemerken. Vielleicht hatte sie Kopfhörer im Ohr und hörte laut Musik. Vielleicht war sie so tief verletzt, dass ihr alles egal war.

Als Ellery mitten in ihrem Schmerz gesteckt hatte, hatte es Zeiten gegeben, wo sie einfach jemanden bei sich haben wollte, der Zeugnis ablegt, jemanden, der sagte: Ich sehe dich, du existierst noch. Dann wieder wollte sie sich auflösen und unbemerkt verschwinden, gerade so, als hätte es sie nie gegeben.

Von nun an würde sie nicht mehr davon ausgehen, dass man sie wollte oder brauchte. Sie trat zurück auf den Weg und ließ Olivia allein.

MITTEN IN DER NACHT, als sie schlief, kam der Regen.
Er prasselte auf die mit Plastikplanen abgedeckten Golfcarts, die vor dem Haupthaus aufgereiht standen.
Er durchnässte die Terrasse, die Feuerstellen und die Stühle, die ihrer Decken beraubt waren. Er floss in Rinnsalen über die Wege und an den Baumstämmen hinunter.
Er strömte vom Altar und überflutete LOVE.
Und er fiel, unerbittlich, auf eine Leiche.

SONNTAG

HEUTE IM RESORT BROKEN POINT

Die Natur hat ein Herz, das sich
ihr öffnete, noch nie verraten.
William Wordsworth

Wetter: regnerisch
Sonnenaufgang: 7:14 Uhr
Sonnenuntergang: 18:31 Uhr
Höchsttemperatur: 12 °C
Tiefsttemperatur: 7 °C

ÜBER DAS KUNSTWERK:
Skizze
von Andy Warhol,
1967

Diese Skizze des berühmten Künstlers, die unter den Mitarbeitern des Resorts als *der umherziehende Warhol* firmiert, wird von Raum zu Raum bewegt, damit sie von einer Vielzahl von Gästen in einer Art Zwiegespräch betrachtet und bewundert werden kann. Wir beschreiben das Werk hier nicht näher, damit unsere Gäste es selbst entdecken und sich erschließen können.

15.

Ellery konnte nicht aufhören zu zittern. Jemand hatte ihr eine der allgegenwärtigen Pendleton-Decken um die Schultern gelegt. Ihr Badeanzug fühlte sich klamm an auf ihrer Haut, Wasser rann immer noch ihren Rücken hinunter, und sie hatte das dringende Bedürfnis, sich die Hände zu waschen. Das Feuer im Kamin, an dem sie saß, schien sehr weit weg zu sein. Alles schien gedämpft und ungewiss zu sein.

Sie saß im Haupthaus seitlich der Lobby. Sie war sich nicht sicher, wie viel Zeit vergangen war, seit sie es bis hierher geschafft hatte. Nichts fühlte sich real an. Wo war sie? Wo war ihre Familie? Alles kam ihr falsch vor. Niemand war dort, wo er sein sollte. Sie waren nicht alle zusammen zu Hause.

Und was war mit Ben passiert?

Denn Ben war derjenige, den sie im Pool gefunden und – vergeblich – zu retten versucht hatte.

Ben, der Bräutigam, der seine Hochzeit in letzter Sekunde abgesagt hatte und dessen Trauzeugen sich ohne ihn die Kante gegeben hatten. Sein Freund Andy war fassungslos und aufgewühlt gewesen, seine zukünftige Braut hatte allein im Wäldchen gekauert.

Nachdem sie atemlos und durchnässt das Haupthaus erreicht und Canyon informiert hatte, hatte Ellery zunächst allein gewartet, während Canyon ins Büro ging, um die Polizei zu verständigen. Es hatte einen Moment gedauert, bis er ihr atemloses Gestammel verstanden hatte – «Jemand ist tot. Im Pool. Ben» –, aber dann war er die personifizierte Effizienz gewesen. «Bleiben Sie hier», hatte er gesagt, und sie hatte sich schlotternd auf die Couch gesetzt.

Er hatte auch Nat angerufen, die sofort mit dem Arzt des Resorts und dem Leiter des Sicherheitsdienstes zum Pool gegangen war. Vor wenigen Augenblicken hatte Ellery gehört, wie Nat Securityleute für die Überwachung des Pools herbeorderte. «Wir müssen die Gäste fernhalten», hatte sie ernst gesagt. «Sie stehen bald auf.» Ben. Im Wasser. Tot.

Der Arzt hatte die Leiche zusammen mit Nat und dem Leiter des Sicherheitsdienstes in Augenschein genommen. Jetzt wollten sie mit Ellery sprechen. Sie saßen auf der Couch ihr gegenüber und schauten sie erwartungsvoll an, als könnte sie hier irgendetwas aufklären.

«Sie haben wahrscheinlich mitbekommen, dass das Mobilfunknetz und auch die Festnetzanschlüsse aufgrund des Sturms ausgefallen sind.» Nat war ruhig und fokussiert. «Wir hoffen, zur Polizei durchzukommen. Canyon versucht es gerade über Funk. Aber wir müssen Olivia und den anderen bald Bescheid geben. Und es wäre hilfreich, etwas mehr darüber zu erfahren, wie Sie Mr Taylor gefunden haben.»

«Ist er wirklich tot?», fragte Ellery und hasste sich sofort dafür, dass die Frage so dämlich war und ihre Stimme so schrill. Aber sie wollte mehr als alles andere, dass das nicht passiert war. Sie wollte in der Zeit zurückgehen, den Moment finden, in dem Ben umkam, und ihn ungeschehen machen. Oder, noch besser, sie wollte im Bett bleiben und nie zum Pool gehen, nie die Leiche finden. Sich selbst komplett aus dieser Gleichung herausnehmen.

«Ja, leider», sagte Dr. Anand. Es war das erste Mal, dass er direkt mit ihr sprach. Er war ein älterer Mann mit weichen Gesichtszügen und dickem grauweißen Haar, das im Kontrast zu seiner braunen Haut stand. «Und das war er auch schon eine ganze Weile, bevor Sie ihn gefunden haben.» Er tätschelte ihr die Hand. Seine Hand war warm. «Sie hätten nichts tun können.»

«Was haben Sie am Pool gemacht?», wollte der Securitytyp wissen, der sich als Craig vorgestellt hatte. Er sah aus wie einem Actionfilm entsprungen, hatte den stämmigen Körperbau eines Ex-Marine und einen grauen Bürstenschnitt.

«Ich wollte schwimmen», sagte sie.

«Im Regen?», fragte Craig nach. «Um fünf Uhr morgens?»

«Ja, ich konnte nicht schlafen. Schwimmen kam mir wie eine gute Idee vor.» Ellery schluckte. «Außerdem hab ich mich gefragt, ob der Regen den Infinitypool zum Überlaufen gebracht und in einen Wasserfall verwandelt hat.» Wie sollte sie sich erklären mit ihren seltsam anmutenden Impulsen, denen sie folgen zu müssen meinte? Schon ihre Eltern und Luke hatten das kaum verstanden, wie würde erst dieser Fremde reagieren?

«Etliche unserer Gäste schwimmen sehr früh am Morgen. Auch bei Regen.» Nats Tonfall sagte: *Lass sie in Ruhe.*

«Okay», gab Craig sich zufrieden. «Also, Sie wollten schwimmen gehen. Und dann …»

«Und dann sah ich ihn auf dem Wasser treiben.» Ellery krallte sich in die Decke. Ihre Finger waren immer noch kalt und kraftlos.

«Bevor oder nachdem Sie in den Pool gestiegen sind?»

«Vorher.»

«Warum sind Sie in den Pool gestiegen, wenn Sie doch gesehen haben, dass da eine Leiche drin ist?», fragte Craig.

«Ich wollte ihn retten.» Ellerys Kehle fühlte sich rau an. «Aber ihn da rauszuholen, war ein Kraftakt.»

«Gingen Sie davon aus, dass er tot ist, als Sie Hilfe geholt haben?», fragte Craig.

«Ja», sagte sie. «Aber ich musste es wenigstens versuchen.»

«Haben Sie daran gedacht, den Notruf zu wählen oder die Rezeption anzurufen, anstatt wegzugehen?», fragte Nat.

«Wegen des Regens hatte ich mein Handy im Zimmer gelassen», sagte Ellery. Sie hielt inne. «Außerdem haben Sie gesagt, dass die Leitungen nicht funktionieren.»

«Gibt es jemanden auf dem Gelände, den wir bitten können, sich um Sie zu kümmern?», wollte Dr. Anand wissen, und seine Fürsorge und Freundlichkeit rührten sie zu Tränen.

«Ravi», sagte sie. «Ich kenne seinen Nachnamen nicht.» Als ihr auffiel, dass sie so allein war, dass sie den Nachnamen desjenigen nicht kannte, der ihr am nächsten stand, fiel ihr das Atmen schwer.

«Wir kontaktieren ihn.» Nat trat beiseite und sagte etwas zu einem der Angestellten, die sich abseits bereithielten. Ellery schloss die Augen. Würde Ravi kommen? Würden sie sie trotzdem abreisen lassen? Sie musste heute Abend die Kinder holen. Sie konnte keine Minute länger ohne sie bleiben. Und jetzt, bei dem Sturm, konnte sie sie nicht einmal kontaktieren. Ihr Kopf tat weh, und ihre Augen brannten.

«Es tut mir leid», sagte Dr. Anand. «Wir lassen Sie gleich gehen.» Craig war nicht begeistert darüber, aber das schien den Arzt nicht zu kümmern.

«Danke», sagte Ellery.

«Ist Ihnen an der Leiche etwas aufgefallen?», fragte

Dr. Anand sanft. «Bitte entschuldigen Sie, aber ich muss das fragen.»

«Na ja, alles daran war ungewöhnlich», sagte Ellery. «Er ist so jung.» Ihre Augen füllten sich mit Tränen.

Dr. Anand streckte erneut die Hand aus, um ihr den Arm zu tätscheln. «Möchten Sie, dass ich Ihnen etwas gebe, damit Sie zur Ruhe kommen?», fragte er. Als sie ihn erschrocken ansah, hob er die Hände. «Natürlich nichts, das abhängig macht. Ich habe ein paar rezeptfreie Medikamente. Und Melatonin.»

«Ich brauche nichts», sagte Ellery. «Aber danke.» Sie hob eine Hand, um sich die Haare aus dem Gesicht zu streichen, und konnte spüren, dass sie in der Wärme getrocknet waren, obwohl sich der Rest ihres Körpers immer noch klamm anfühlte.

Das Licht flackerte, und alle schauten auf.

«Hervorragend», stöhnte Craig. «Dass jetzt der Generator ausfällt, hat uns gerade noch gefehlt.»

«Wir sind auf unseren eigenen Generator angewiesen?», fragte Ellery. Das würde erklären, warum das Haupthaus nicht erleuchtet gewesen war. Sie hatte es auf ihre Benommenheit und den Schock geschoben.

«Der Sturm hat alles lahmgelegt.» Nat war zurückgekehrt. «Nicht nur die Telefone. Wir sind seit drei Uhr morgens auf Notstrom. Keine Sorge. Das ist schon öfter vorgekommen.»

«Ist Ihnen noch etwas aufgefallen?», fragte Dr. Anand.

«Er war für seine Hochzeit angezogen», sagte Ellery. «Der Anzug, die Schuhe, alles.» Sie dachte an die Manschettenknöpfe an seinen Handgelenken, die Blume, die an seinem Revers gesteckt hatte.

«Und sein Kopf», sagte Ellery zögernd. «Irgendetwas

stimmte nicht.» Sie versuchte, die Delle in seinem Kopf nicht vor sich zu sehen. «Ich glaube, er hat ihn sich angeschlagen, bevor er in den Pool fiel.»

Der viele Regen. Die Steinplatten, glitschig vom Wasser. Ben war vielleicht ausgerutscht, hatte sich den Kopf angeschlagen und war hineingefallen.

«Sie hätten ihn nicht anfassen sollen», sagte Craig streng. «Das verstehen Sie jetzt, oder?»

Ellery schnürte es die Kehle zu. *Nicht schon wieder dieser Vorwurf.* «Ich wusste nicht, was ich sonst tun sollte ...»

«Wie auch immer», sagte Ravi von der Tür aus. Ellery drehte sich beim Klang seiner Stimme um. Er trug einen Paisley-Pyjama und darüber einen dunkelblauen Morgenmantel.

Sie war so froh, ihn zu sehen.

«Es kann nicht sein, dass Sie sie hier festhalten», sagte Ravi. Selbst in seinem Pyjama, mit vom Regen tropfendem Haar, verströmte er Autorität. «Sie hat eine Leiche gefunden und trägt einen nassen Badeanzug, und alles, was Sie für sie getan haben, ist, ihr eine Decke zu geben.»

Canyon war hinter Dr. Anand und den anderen aufgetaucht. Er räusperte sich.

«Hat's geklappt?», fragte Nat.

«Ja», sagte Canyon. «Ich bin über Funk durchgekommen.» Er klang irgendwie seltsam.

«Gut», sagte Nat, die das wohl nicht bemerkte.

«Es gibt aber ein Problem.» Canyons Blick huschte zu den anderen. «Können wir kurz in deinem Büro sprechen, Nat?»

«Oh nein», sagte Ravi. «Kommt nicht infrage. Wir sind hier mitten im Gespräch.»

«Was hast du erreicht? Sag es hier», bat Nat, um die Sache abzukürzen.

«Die Polizei kann nicht kommen», sagte Canyon.

«Was soll das heißen?»

«Die Straße zu uns hoch ist unpassierbar», sagte Canyon. «Und der Highway 1 ist an vielen Stellen ebenfalls unpassierbar. Es gab einen großen Erdrutsch.»

Nat schloss kurz die Augen. Ellery konnte sich vorstellen, wie es sein musste, in so einer Situation die Verantwortung zu tragen. Eine geplatzte Hochzeit, ein Unwetter, der Highway gesperrt, Dutzende von Gästen im Resort eingesperrt, nicht zu vergessen die Leiche.

«Wo genau ist der Erdrutsch?», fragte Nat. «Irgendwo, wo schnell geräumt werden kann, hoffe ich?»

«Es ist die Brücke», sagte Canyon. «Die Brücke ist nicht befahrbar.»

Ellery sah Canyon und die anderen an: Nat, Craig, Dr. Anand, Ravi. Jeder von ihnen, sogar Ravi, war ein Fremder für sie. Aber sie konnte an den Gesichtern erkennen, dass sie alle ratlos waren.

«Und jetzt?», fragte Ravi.

«In den nächsten Tagen wird aller Wahrscheinlichkeit nach niemand Broken Point verlassen», sagte Nat. «Wenn die Brücke wirklich nicht befahrbar ist, wird es eine Weile dauern, sie freizuräumen, und es regnet immer noch.»

Ellery stockte der Atem. «Nein», sagte sie. «Nein. Ich muss nach Hause. Meine Kinder.»

Nat versuchte, einen versöhnlichen, mitfühlenden Blick aufzusetzen, aber es war klar, dass sie andere Probleme hatte. «Das tut mir leid», sagte sie. «Ich muss Sie bitten, den anderen Gästen nichts von dem Erdrutsch und dem gesperrten Highway zu sagen. Und ich muss Sie auch bitten, mit niemandem über den Tod von Mr Taylor zu sprechen.»

Jemand ist tot. Straßen und Brücken sind unpassierbar. Das kann alles nicht wahr sein.

«Möchten Sie uns eine Notfallkontaktperson nennen?», fragte Dr. Anand. «Wir können die Polizei bitten, Ihre Kontaktperson anzurufen und ihr mitzuteilen, dass es Ihnen gut geht.»

Ravi hielt ihr ein Blatt Papier und einen Stift hin. Mit zitternden Händen schrieb Ellery Abbys Namen und Nummer auf. Seit dem Autounfall mit Ethan wusste sie, dass es sinnlos war, Luke zu kontaktieren. Es war ihm komplett egal gewesen, dass sie und Ethan zusammen in einer gefährlichen Situation gewesen waren. Sicherlich würde es ihm erst recht egal sein, dass sie allein in einer war.

Abby aber wäre es nicht egal. Wie eigentlich immer, wenn etwas passierte, würde sie völlig durchdrehen. Luke würde Abbys Anruf höflich entgegennehmen, die richtigen Worte der distanzierten Besorgnis äußern, wenn er hörte, was passiert war, und Abby versichern, dass alles gut werde und er sich darum kümmere. Dann müsste er es den Kindern sagen ... den Kindern ...

Dr. Anand nahm den Zettel mit der Nummer aus Ellerys zitternder Hand.

«Nun», sagte Ravi, «während Sie all diese Probleme lösen, darf Ihr Gast sich wohl etwas Trockenes anziehen, denke ich.» Er nahm Ellery sanft beim Ellbogen und half ihr auf die Füße. «Gehen wir.»

«Entschuldigung», sagte Nat. «Ich glaube nicht ...»

Ravi ignorierte sie. Er führte Ellery aus der Tür und zu den Golfcarts, die vor dem Haupthaus geparkt waren, schob den Plastikvorhang an einem der Wagen beiseite, setzte sich hinein und drehte den Zündschlüssel.

«Andy», sagte Ellery, als sie auf den Beifahrersitz kletterte. «Jemand sollte bei ihm sein.» Olivia hatte ihre Mutter, aber Andy war ein Außenseiter. Wen außer Ben hatte er hier gehabt?

«Die kümmern sich um ihn», sagte Ravi. Sie fuhren vom Haupthaus weg und hinaus in den Regen.

16.

Das Licht in Ellerys Zimmer flackerte, als sie es einschaltete. «Ernsthaft», sagte Ravi. «Ich dreh durch, wenn jetzt auch noch der Strom ausfällt.» Behutsam führte er Ellery, der die Zähne klapperten, ob vom Schock oder wegen der Kälte, wusste sie nicht, ins Zimmer.

«Heiße Dusche?», fragte er. «Badewanne?»

«Nein.» Sie wollte kein Wasser an ihrem Körper. Aber sie musste sich dringend aufwärmen.

«Alles klar», sagte er. «Hier. Zieh dir deine wärmsten Sachen an und das hier obendrüber.» Während sie Kleidung aus ihrem Koffer holte, griff er sich den Hotelbademantel, der am Fußende ihres Bettes lag, legte ihn auf den Stapel in ihren Armen und schob sie ins Badezimmer, damit sie sich umziehen konnte.

Ihre Hände zitterten immer noch, aber es war ihr ein Trost, dass jemand Lebendiges auf der anderen Seite der Tür war. Sie zog ihren feuchten Badeanzug aus und ließ ihn auf den Boden fallen, wie es ihre Kinder immer taten. Ihre Gedanken schweiften von dieser Tragödie zu der anderen. Sie wünschte, Abby wäre bei ihr, und war gleichzeitig froh, dass Abby weit weg war. Käme die Sache in den Nachrichten?

«Das mit dem Erdrutsch», sagte sie durch die Tür. «Die Brücke. Es sieht nicht gut aus, oder?» Sie erinnerte sich, dass sie mal einen Artikel über etwas Vergleichbares gelesen hatte, das in Big Sur passiert war. Die Straße war ein ganzes Jahr lang gesperrt gewesen.

Konnte das stimmen?

«Die kümmern sich darum», sagte Ravi.

Ihn bei sich zu haben, war beruhigend, aber gleichzeitig fühlte es sich unangemessen intim an, mit ihm zu reden, während sie sich umzog.

Als sie dick eingemummelt war, holte sie tief Luft und öffnete die Tür. «Mir geht es jetzt gut.» Das stimmte zwar nicht, aber sie hatte das Gefühl, als hätte ihr Körper in den Überlebensmodus geschaltet.

«Bist du sicher?», fragte Ravi.

Er war so nett. Aber sie kannte ihn ja gar nicht.

Etwas Schreckliches war passiert. Schon wieder. Und sie hatte niemanden mehr, dem sie davon erzählen konnte.

«Hey!» Ravi hob beide Hände. «Ich habe eine Idee.»

17.

Ellery lehnte sich gegen die Wand der Sauna. Nina goss eine Kelle Wasser über die heißen Steine, und Dampf stieg auf. «Ja», sagte Ravi. «Das ist perfekt.»

Ellery saß auf der obersten Bank, der Schweiß durchnässte ihre Unterwäsche, ihre anderen Sachen lagen auf einem Stapel neben der Tür. Alle drei hatten sie sich bis auf die Unterwäsche ausgezogen. Normalerweise ging Ellery nicht in die Sauna, aber im Moment war ihr egal, dass sie halb nackt neben fremden Menschen saß, die sehen konnten, dass ihr weißer Slip gerade geschnitten und aus Baumwolle war und nicht zu ihrem schwarzen BH passte.

Es fühlte sich an, als bekäme sie diesen Horrormorgen endlich aus ihren Poren. Im Moment hatte sie das Bedürfnis, sich in der Hitze zusammenzurollen und zu schlafen.

«Wir müssen die Sauna ausnutzen, bevor sie sie abschalten», sagte Ravi mit geschlossenen Augen. «Ich bin überrascht, dass sie es noch nicht getan haben. Wie viel Strom verbraucht eine Sauna?»

«Keine Ahnung.» Nina seufzte.

«Was denkst du, wie lange wir im Resort festsitzen?», fragte Ellery.

«Canyon hat mir gesagt, dass die Gäste beim letzten großen Erdrutsch 2017 eine Woche lang in Broken Point festsaßen», sagte Nina. «Er glaubt nicht, dass es diesmal so lange dauert, will uns aber nicht unbegründet Hoffnung machen, dass es schnell geht.»

«Wann hat er dir das gesagt?», fragte Ellery.

«Heute Morgen», erwiderte Nina. «Er ist von Zimmer zu Zimmer gegangen, glaube ich. Du und Ravi müsst ihn verpasst haben.»

«Eine Woche», stöhnte Ellery mit schwacher Stimme. *Meine Kinder.* Das schmerzhafte Pochen dieser beiden Worte in ihrer Brust, die Sorge um diese drei Menschen.

«Da Broken Point über Notstrom und jede Menge Lebensmittel verfügt, werden wir nicht ganz oben auf der Evakuierungsliste stehen», sagte Nina. «Aber Canyon denkt, dass wir wegen der besonderen Umstände höhere Prio haben als normalerweise.»

«Armer Ben», sagte Ellery. Und dann ließ sie es geschehen. Warm und sicher in der Sauna, erlaubte sie sich, sich an das zu erinnern, was sie erlebt hatte.

Sie erinnerte sich daran, wie ihre Hand Bens Kopf gestreift hatte, als sie versuchte, ihn zu retten, und wie sein Schädel hinten eingedellt gewesen war. «Ben war verletzt. Da war etwas an seinem Hinterkopf. Es klebte in seinen Haaren.»

«Blut?», fragte Ravi.

Ellery dachte nach. «Ja, wahrscheinlich.»

«War es eher eine Stichwunde?», fragte Ravi. «Oder eine Schusswunde? Oder ein Schlag?»

«Ich bin mir nicht sicher», sagte sie. «Sein Kopf war irgendwie … eingeschlagen.» Sie zuckte zusammen. «Ich habe versucht, nicht hinzuschauen.»

Andere Verletzungen, andere Gesichter, das Schreien der Schüler. Sie und Abby mussten es hilflos mit ansehen. Sie eilten zu den Verletzten, wussten, dass sie zu spät kamen, hofften und beteten, dass es nicht so war.

Denk jetzt nicht an den Unfall. Hör auf damit. Komm hier irgendwie durch, und dann fahr nach Hause.

«Solche Sachen passieren nun mal», sagte Nina nüchtern. «Wegen des Regens war es gestern ziemlich rutschig. Vielleicht ist er hingefallen, hat sich am Beckenrand den Kopf gestoßen und ist in den Pool gefallen und ertrunken.»

«Aber warum trug er noch seinen Hochzeitsanzug?», fragte Ellery. «Und gestern Abend war er ja eher nicht am Pool, oder? Jemand hätte ihn bemerkt. Also ist er erst dorthin, als alle im Bett waren. Warum aber hatte er sich nicht umgezogen?»

«Vielleicht ist er irgendwann früher gestorben», sagte Ravi. «Und jemand hat die Leiche zum Pool gebracht.»

«Wirklich, Leute, hört auf.» Nina streckte sich auf der unteren Saunabank aus und legte sich den Unterarm über die Augen.

«Der Arzt hat in deinem Beisein doch keinen möglichen Todeszeitpunkt genannt, oder?», fragte Ravi.

«Nicht wirklich», sagte Ellery. «Er sagte nur, dass Ben schon eine Weile tot war. Er wollte mir damit sagen, dass ich nichts hätte tun können, um ihn zu retten.»

«Wann hat man das letzte Mal etwas von Ben gehört oder gesehen?», fragte Ravi. «Wissen wir das?»

«Andy sagte, dass Ben kurz vor der geplanten Trauung eine Textnachricht geschickt hat. Also kurz vor Sonnenuntergang.»

«Wann war Sonnenuntergang?», fragte Ravi.

«Ähm.» Ellery versuchte nachzudenken. Schweiß rann ihr den Rücken hinunter. Sie warf Nina, deren Arm immer noch über ihrem Gesicht lag, einen Blick zu. War ihr egal, dass jemand gestorben war und zumindest im Bereich des Möglichen lag, dass es sich um ein Verbrechen handelte? Machte sie sich keine Sorgen, weil sie im Resort gefangen waren? Ellery wünschte, sie wäre so unerschütterlich wie

Nina. «Ich würde sagen, gegen sechs oder sieben? Stimmt das?»

«Ich weiß es!» Ravi stand auf und ging zur Tür. «Diese Karten, die jeden Morgen an unseren Türen hängen. Die mit den Naturzitaten. Darauf stehen die Zeiten für Sonnenaufgang und Sonnenuntergang.» Er schlüpfte in seine Badelatschen und warf sich einen Bademantel über. «Ich bin gleich zurück.»

Ellery war zum ersten Mal in ihrer seit anderthalb Tagen währenden Bekanntschaft mit Nina allein. Wie konnten das nur anderthalb Tage sein? So viel war passiert.

«Geht es dir gut?», fragte Nina sie, nachdem sie eine Weile geschwiegen hatten. «Hast du schon einmal eine Leiche gesehen? Außer bei einer Beerdigung, meine ich?» Sie nahm ihren Arm nicht vom Gesicht, was es Ellery irgendwie leichter machte zu antworten.

«Nein und ja», sagte sie. «Mir geht es nicht gut, und das ist nicht meine erste Leiche.»

«Wie war es?» Nina setzte sich auf und blickte Ellery mit ihren dunklen Augen an. Ihr Blick war so intensiv, so direkt, dass Ellery spürte, wie Hitze in ihre Wangen stieg.

«Es war schwer.» Sie schluckte. «Ich meine, *er* war schwer.» Sie hatte einen Kloß im Hals. *Es war so traurig,* wollte sie sagen. *Unfassbar traurig, aber eigentlich ist es nicht unfassbar, denn wir alle werden eines Tages tot sein. Ausgetrocknet in einem Museum, auf dem Wasser treibend, am Straßenrand liegend. Irgendwann ist jeder von uns eine Leiche.*

«Tut mir leid», sagte Nina sanft. «Ich hätte nicht fragen sollen. Ich wollte dich nicht bedrängen.»

Bevor Ellery noch etwas sagen konnte, schwang die Tür auf. Ravi kam herein und hatte eine der Karten, das Begrüßungsheft und einen Stift in der Hand.

«Das ging aber schnell», sagte Nina.

«Es wäre schneller gegangen, wenn sie den Zimmern Nummern statt Namen gegeben hätten», sagte Ravi. «Ich hatte Mühe, meins zu finden. Alles sieht gleich aus.» Er zog den Bademantel und die Sandalen aus und setzte sich wieder auf die untere Bank. «Da fällt mir ein: Wir sollten wissen, wo die anderen untergebracht sind, damit wir uns gegenseitig finden können. Ich bin in Weide, Nina in Rittersporn.» Beide sahen Ellery erwartungsvoll an.

«Wolfsmilch.»

«Also.» Ravi hielt die Karte hoch. «Hier steht, dass gestern Abend um 18:32 Uhr Sonnenuntergang war. Das bedeutet, dass Ben die Textnachricht ungefähr zu dieser Zeit gesendet haben muss. Falls ...» Ravi sah Ellery bedeutungsvoll an, als wollte er, dass sie seinen Satz beendete.

Was sie auch tat, denn sie hatte sich dasselbe gefragt.

«Falls Ben diese Nachricht denn geschickt hat.»

«Moment mal.» Nina richtete sich auf. «Glaubst du, Andy hat gelogen?»

«Nein», sagte Ellery. «Ich glaube, sie haben die Nachricht bekommen. Aber wer weiß, ob Ben sie geschickt hat.»

«Ganz genau», sagte Ravi. «Was ist, wenn ihm jemand sein Handy abgenommen hat?»

«Oh, Mist.» Nina legte sich wieder hin und bedeckte ihr Gesicht mit einem kleinen Handtuch.

«Fassen wir zusammen, was wir wissen», sagte Ravi. «Wir sind gegen halb elf vom Hochzeitsessen weggegangen, glaube ich. Stimmt's, Nina?»

«Ja», sagte Nina unter ihrem Handtuch.

«Ich bin dann auch bald gegangen», sagte Ellery. «Vielleicht zwanzig Minuten nach euch.» Sie hatte dieses unangenehme Gespräch mit Catherine gehabt. Aber es war kurz gewesen, und sie war nicht lange auf dem Pfad im Wäldchen geblieben, wo sie auf Olivia gestoßen war.

«Und niemand von uns hat jemanden im Pool bemerkt», stellte Ravi klar.

«Aber haben wir wirklich hingeschaut?», fragte Ellery. «Ich vermute, wir hätten denjenigen bemerkt, wenn da jemand gewesen wäre, aber sicher bin ich mir nicht.»

«Sehe ich genauso.» Ravi seufzte. «Das ist ein ziemlich großer Zeitraum. Von dem Zeitpunkt, an dem jemand Ben zuletzt gesehen hat – und wir wissen nicht mal genau, wann das war –, bis zu dem Zeitpunkt, an dem Ellery ihn gefunden hat.» Er schlug sein Begrüßungsheft auf und tippte mit dem Stift darauf. «Ellery, du musst versuchen, vom Arzt einen genaueren Todeszeitpunkt zu bekommen. Nur so können wir das eingrenzen.» Er kritzelte etwas in sein Heft.

«Okay.» Hoffentlich fiel ihr eine glaubhafte Begründung ein, wieso sie das wissen wollte.

«Gab es irgendwelche Anzeichen für einen Kampf?», fragte Ravi. «Zum Beispiel Blut unter seinen Fingernägeln?»

Ellery biss sich auf die Lippe. «Keine Ahnung. Ich war außer mir, ich hätte so etwas nicht bemerkt.» Sie war eine unbrauchbare Zeugin. Sie erinnerte sich daran, wie sich der Regen auf ihren Haaren angefühlt hatte, wie er auf seinem Gesicht klang, an die grauen Stufen des Pools, als sie ihn hinaufzerrte, an das Hämmern in ihrem Kopf, das skandierte: *nein, nein, nein, bitte, nein, nein, nein*, an die weiße Kamelie an seinem Revers, aber das waren nicht die Details, die hätten von Nutzen sein können.

«Du hast alles bemerkt, was du hättest bemerken sollen», sagte Nina sanft. «Du hast bemerkt, dass er in Schwierigkeiten steckte, und du hast versucht, ihm zu helfen.»

Ellerys Augen füllten sich mit Tränen. Dabei hatte sie Ben gar nicht gekannt. Sie wusste, dass nicht nur der Tod von Ben, einem Menschen, der sein ganzes Leben noch vor sich gehabt hatte, sie quälte.

Da waren auch die anderen Tode.

«Und wir müssen uns mit den anderen Gästen unterhalten», sagte Ravi. «In gewisser Hinsicht ist es gut, dass wir alle hier zusammen eingesperrt sind.»

«Findest du?», fragte Nina.

«Zum Zwecke der Mordaufklärung, ja. Ich gebe aber zu, dass es für den Zweck, am Leben zu bleiben, nicht ideal ist.»

«Niemand sonst wird sterben», sagte Nina barsch. «Das war ein bescheuerter Unfall.»

Ellery war etwas eingefallen. «Warum war Ben überhaupt im Resort? Würde man, nachdem man allen eine Nachricht geschickt hat, dass man nicht zur Trauung kommt, nicht sofort abreisen?»

«Falls er diese Nachricht überhaupt geschickt hat», erinnerte Ravi sie.

«Richtig.»

«Wir sollten mit Carlos reden.» Ravi schrieb etwas in das Heft. «Der Chef des Parkservice kriegt am ehesten mit, wenn jemand das Resort verlässt.» Er hielt inne und fragte dann: «Wie viele Wege gibt es, das Resort zu verlassen? Wir sind nach Monterey geflogen und haben dann den Highway 1 genommen.»

«Ich auch.» Ellery streckte die Hand aus. «Lass mich mal auf die Karte in dem Heft schauen.»

Ravi reichte ihr das Heft. «Also, laut dieser Karte», sagte sie, während sie sie studierte, «ist der Highway 1 der einzige Weg zum Resort. Weil wir am Meer liegen, gibt es keine Nebenstraßen. Vielleicht könnte man den Highway 1 überqueren und zum Coldwater Inn gelangen? Die sind unsere einzigen Nachbarn, allerdings ein paar Meilen entfernt.» Sie gab Ravi das Heft zurück. «Wissen wir, welche Brücke von dem Erdrutsch betroffen ist?»

«Ich finde das heraus», sagte Ravi. «Und ich besorge uns eine bessere Karte der Gegend. Aber so oder so, Ben ist gestern nirgendwo hingegangen.» Ravi tippte mit dem Stift gegen seinen Mund. «Und wenn doch, ist er zurückgekommen. Und inzwischen ist es sehr unwahrscheinlich, dass noch jemand wegfahren oder herkommen kann.» Er sah Ellery herausfordernd an. «Was sagt dir dein Bauchgefühl? Was ist hier passiert?»

Die Frage ließ sie stutzen. Sie hatte ihrem Bauchgefühl schon so lange nicht mehr vertraut. Gleich nach der Scheidung zum Beispiel, als sie ihre Bedenken bezüglich der Kinder und deren Umgang mit der Situation geäußert hatte, hatte Luke abweisend gesagt: «Kinder sind belastbar. Und für deine ganzen Ängste bin ich nicht mehr zuständig, Ellery.» Die Worte waren ein Schlag ins Gesicht gewesen. Sie hatte sich nie für übertrieben ängstlich gehalten. Sie hatte geglaubt, ganz normal ihre Kinder zu erziehen. Dazu gehörte es doch, aufmerksam zu sein. Oder nicht?

Ellery holte tief Luft. «Mein Bauchgefühl sagt, alles ist falsch. Wir stecken hier fest. Die Straße ist unpassierbar. Ich kann nicht nach Hause zu meinen Kindern.»

«Du weißt, was ich meine», sagte Ravi. «Stimmt hier irgendetwas nicht, gab es einen Mord?»

Ellery versuchte, sich daran zu erinnern, wie Bens Kopf ausgesehen hatte und was sie in diesem Moment gedacht hatte. Stattdessen fiel ihr ein, wie sein Hinterkopf sich angefühlt hatte, als sie ihn berührte. Sein Körper in ihren Armen. Das Wasser auf ihrem Gesicht und auf seinem. Andere Gesichter fielen ihr ein, die ihrer Schüler, die starren Blicke in den Himmel gerichtet. *Nein.*

«Ja.» Das Wort klang kalt wie ein Regentropfen, der in die Hitze der Sauna fällt.

«Okay», sagte Ravi. «Sehe ich genauso.»

Beide schauten Nina an. Sie musste ihre Blicke gespürt haben, denn sie nahm das Handtuch vom Gesicht und starrte sie wütend an.

«Oh nein», sagte sie. «Ihr werdet mich da nicht mit reinziehen. Detektiv zu spielen, wird uns nicht helfen, schneller nach Hause zu kommen.»

«Nina», drängte Ravi. «Es ist gut möglich, dass wir einen Mörder in unserer Mitte haben. Wenn wir nicht herausfinden, was passiert ist, kommen wir vielleicht gar nicht nach Hause. Zumindest nicht lebend.»

Nina setzte sich auf und schwang ihre langen Beine von der Bank. «Sei nicht melodramatisch», sagte sie. «Wenn tatsächlich jemand Ben töten wollte, ist ihm das geglückt. Die Sache ist erledigt.»

«Liest du keine Krimis?», fragte Ravi entgeistert. «Oder hast du im Fernsehen schon mal einen gesehen? Es gibt nie nur *eine* Leiche. Vielleicht war Ben gar nicht das eigentliche Opfer. Vielleicht hat jemand etwas gesehen und muss jetzt sterben. Vielleicht gibt es hier einen Serienkiller, und derjenige hat gerade erst angefangen …»

«Ach, hör doch auf», sagte Nina. «Da mache ich nicht mit.»

«Wie du willst», sagte Ravi. «Aber ich sage dir, wo eine Leiche ist, gibt es immer auch eine zweite. Es ist nie nur eine.»

18.

Die Mitarbeiter gaben ihr Bestes. Im Restaurant, dem Wildrye, stand ein köstliches Lunchbuffet bereit. Ellery hatte nicht gedacht, dass sie etwas herunterbekommen würde, aber nachdem sie das Frühstück verpasst hatte, war sie wirklich hungrig.

Auf den langen Tischen gab es Suppe, Salat und Brot, alles mit Kärtchen versehen, auf denen stand, was vegan oder glutenfrei war. Alles sah köstlich aus – Salat in den verschiedensten Grünschattierungen, garniert mit saftig-roten Tomaten und gespickt mit Nüssen und Käse, cremiges Risotto, eine Meeresfrüchte-Bisque, ofenfrisches Brot mit hausgemachter Schnittlauchbutter. Zum Nachtisch gab es Brownies mit gesalzener Zartbitterschokolade. Ellery befüllte ihren Teller, straffte die Schultern und blickte sich im Saal um. Nina und Ravi waren nicht zu sehen, aber sicher würden sie gleich kommen. Beim Verlassen der Sauna hatte Ravi gesagt, um etwas herauszufinden, müssten sie mit den anderen Gästen ins Gespräch kommen.

Die Tische füllten sich schnell. Das Personal hatte an den Türen Kärtchen mit den Zeiten für die Mahlzeiten hinterlassen. Das Restaurant war voller Menschen, mit schockierten Gesichtern und leisen Stimmen diskutierten sie die Lage. Ein Mann, den Ellery nicht kannte, redete auf die Resortchefin ein und fuchtelte dabei mit seinem (vermutlich toten) Handy vor Nat herum.

Ellery konnte sich nicht dazu durchringen, sich zu irgendwo dazuzusetzen, also suchte sie sich einen freien

Tisch. Gleich nachdem sie eine Serviette auf ihrem Schoß entfaltet und ihre Getränkebestellung aufgegeben hatte, kam jemand an ihren Tisch.

«Hallo», sagte Andy mit erschöpfter Stimme. Er hatte einen Teller mit einem einzelnen trockenen Brötchen in der Hand.

«Hey.» Ellery hätte ihn gern umarmt und getröstet, wie sie es bei einem ihrer Kinder oder bei ihren Schülern getan hätte. «Bist du ...» Sie hielt inne. Die Frage, die Nina ihr gestellt hatte, die jeder stellte, schien hier unpassend. Natürlich ging es Andy nicht gut, natürlich war er nicht okay.

Er war blass und hatte Augenringe. Als er sprach, klang seine Stimme, als hätte er geweint. «Nat hat mir erzählt, dass du Ben gefunden hast.»

«Ja.»

«Ich habe überall nach dir gesucht.»

Sie fühlte sich schrecklich, dass er sie im Restaurant antraf, den Teller voller Essen. Es sah wahrscheinlich so aus, als wäre ihr egal, was seinem Freund zugestoßen war.

«Kann ich ... können wir ...» Er holte tief Luft. «Können wir reden?» Er sah sich in dem geschäftigen Speisesaal um.

«Natürlich.» Sie stand auf, aber er wedelte mit der Hand. «Nein, nein. Nach dem Essen.»

«Bist du sicher?», fragte sie.

«Ja, ich sollte wohl auch etwas essen.» Er setzte sich mit seinem Brötchen zu ihr. Ein Kellner kam, und Andy bestellte Kaffee.

Bevor er oder Ellery etwas sagen konnte, stand Nat auf und hielt eine kleine Rede über die Trauer und den Schock angesichts von Bens «Unfall», die Situation durch den Erdrutsch und die unbefahrbare Straße, und betonte, wie sehr sich das Resort für die Sicherheit und Wohlbehaltenheit aller einsetzte. «Wir haben so etwas schon einmal erlebt», sagte sie. «Es mag etwas dauern, bis wir Sie alle evakuiert haben, aber in dieser Gegend kommt es relativ häufig zu Naturereignissen. Das liegt an den geografischen Gegebenheiten.»

«Hey.» Der Trauzeuge – Matt, erinnerte sich Ellery – ließ sich schwer auf den Stuhl neben Andy fallen. Er sah aus, als hätte er überhaupt nicht geschlafen. Seine blonden Haare waren strähnig, seine blauen Augen blutunterlaufen. «Mann, Mann, das ist vielleicht eine Scheiße.» Seine Hände zitterten, als er seine Serviette auseinanderfaltete. «Ich kann das einfach nicht glauben. Wann hast du ihn zuletzt gesehen? Wo haben wir ihn verloren, Mann?»

«Ich habe ihn den ganzen Tag nicht gesehen», sagte Andy. «Ich war auf dieser Wanderung und war gerade rechtzeitig zurück, um zu duschen und zum Zeremonienhain zu gehen.»

«Ich habe ihn auch nicht gesehen», erwiderte Matt. «Ich meine, nicht seit dem Brunch. Aber wir haben uns geschrieben.» Matt lehnte sich an Andys Schulter und seufzte schwer. «Warum waren wir nicht bei ihm? Ben ist verdammt noch mal tot. Was sollen wir denn jetzt machen?»

Andy warf Ellery einen Blick zu. Seine Augen waren müde.

«Das wird wieder», sagte sie. «Nicht jetzt. Nicht so schnell. Aber irgendwann wird es wieder gut.» Das war gelogen. Aber das wussten die beiden bereits. Es war nicht nötig, es laut auszusprechen. Das jetzt war die Zeit der Lügen.

«Wer bist du? Bist du eine von Olivias Freundinnen?» In seinem Lachen lag eine leichte Schärfe. «Hat Olivia überhaupt Freundinnen?»

«Hey», ermahnte Andy ihn. «Hör auf, so zu reden.»

«Nein, ernsthaft.» Matt setzte sich aufrecht hin. Er war verkatert oder vielleicht noch betrunken. «Glaubst du, sie hat etwas damit zu tun? Olivia kann eine Bitch sein ...»

«Das reicht.» Andy legte seine Hand auf Matts Arm.

Matt schien es nicht zu bemerken. Er wurde lebhafter. «Wenn eine Frau tot ist, steht immer der Ehemann oder der Freund unter Verdacht. Das sollte auch in diesem Fall so sein. Schaut euch Bens Frau genauer an. Seine Beinahefrau. Vielleicht hat sie ihn umgebracht, weil er die Hochzeit abgeblasen hat.»

«Nun mal langsam, Matt. Olivia hatte nichts mit dem zu tun, was Ben passiert ist.»

«Warst du jede Sekunde bei ihr?», fragte Matt herausfordernd. Er wartete nicht auf eine Antwort. «Eben. Warst du nicht. Dann weißt du es nicht.» Er wandte sich an Ellery. «Glaubst du echt, dass ein Typ wie Ben in einen Pool fällt und ersäuft?»

«Ich habe keine Ahnung, was passiert ist», sagte sie leise. Sie war mittendrin in dieser leidvollen Szene und doch außen vor, nicht Teil dieser Hochzeitsgesellschaft, aber auch kein ganz normaler Gast des Resorts. Eine Motte, etwas zu nah am Licht.

«Scheiße.» Matt musterte ihr Gesicht. Seine Wut war erloschen. «Ich weiß, wer du bist. Du bist die, die ihn gefunden hat, oder?»

«Ja.»

«Danke, dass du da warst», sagte Matt treuherzig zu Ellery, und Tränen stiegen ihm in die Augen. «Die sagen, du hast alles versucht, um ihn zu retten.»

Mit einem Mal war Ellery vollkommen erschöpft. Ja, sie hatte Ben gefunden, aber sie wünschte, es wäre anders. Sie gehörte ja nicht einmal zu dieser Hochzeitsgesellschaft.

Sie gehörte zu niemandem mehr, außer zu ihren Kindern, und die waren drei Bundesstaaten entfernt, und sie wusste nicht, wann sie sie wiedersehen würde. Nicht einmal eine Nachricht konnte sie ihnen schreiben, geschweige denn sie anrufen. Sie blickte auf und sah, dass Andy ihre Verzweiflung bemerkt hatte. Er nahm seine Kaffeetasse und stand auf.

«Also gut, Ellery», sagte er. «Lass uns gehen.»

19.

Sie war überrascht, als Andy sie in sein Zimmer führte. An der Tür stand *Lupine.*

Noch überraschter war sie, zusammengerollt und mit verweinten Augen Olivia auf dem Sofa liegen zu sehen.

Der Schmerz in ihrem Gesicht war unbeschreiblich. Ellery kannte das, wenn man kein Mensch mehr war. Wenn man nur noch aus Verlust und Nervenenden bestand. Man war zu nichts geworden und fühlte doch alles.

«Es tut mir so leid.» Diesmal konnte Ellery nicht anders. Sie ging zu Olivia hinüber, kniete sich neben das Sofa und umarmte sie. Sie hielt Olivia so fest, wie sie eines ihrer Kinder gehalten hätte, wenn ihnen so etwas passiert wäre.

Olivia zitterte. Ellery hielt sie noch zwei, drei Sekunden länger fest.

«Kannst du es mir erzählen?», fragte Olivia. «Was ist eigentlich passiert?»

Auch hieran konnte Ellery sich erinnern, sowohl von dem Unfall als auch von der Scheidung. Man musste alles in Erfahrung bringen, was man konnte.

«Ich habe ihn im Pool gesehen», sagte Ellery. «Ich habe ihn herausgezogen. Aber es war zu spät.»

Olivias Augen füllten sich mit Tränen. Weil sie es nicht ertragen konnte, schaute Ellery an Olivia vorbei auf das Gemälde an der Wand, das ungemachte Bett, die Lampe auf dem Tisch, die wegen des Generators nicht sehr hell leuchtete.

«Kannst du mir noch mehr sagen?», bat Olivia.

«Er hatte seinen Anzug an», sagte Ellery. «Und er hatte die Blume am Revers.»

Olivia stieß einen erstickten Laut aus. Andy schlug die Hände vors Gesicht. Ellery hatte gedacht, Olivia würde vielleicht wissen wollen, dass Ben seinen Hochzeitsanzug trug. Vielleicht hatte er die ganze Zeit vorgehabt, zur Trauung zu gehen, oder hatte zumindest einen triftigen Grund für sein Fernbleiben.

«Es tut mir so leid.» Ellery blickte Olivia in die Augen. «Das ist alles, woran ich mich erinnern kann.» Aber das stimmte nicht.

Die Form seines Hinterkopfes ... Hatte Ben seine Hochzeit verpasst, weil er da längst tot gewesen war?

Es klopfte laut an der Tür.

«Mach nicht auf», flüsterte Olivia.

Nochmaliges Klopfen und dann das Geräusch eines Schlüssels. Ellery stand auf, und Andy trat einen Schritt vor. Die Tür öffnete sich.

Es war Nat. Craig, der Sicherheitschef, war bei ihr und seltsamerweise auch Maddox, der Ehemann der Influencerin. Seine blonden Haare standen ihm zu Berge. Er hatte eine Jeans und eine weite North-Face-Jacke an. «Hallo», sagte er und sah aus, als wäre ihm äußerst unbehaglich zumute. Ellery war verwirrt. Warum war er hier?

«Wir dachten, es wäre niemand im Raum», sagte Nat. «Wir haben angeklopft.»

«Und dann sind Sie einfach reingekommen», sagte Andy gereizt und stellte sich schützend zwischen die Neuankömmlinge und Olivia. «Was wollen Sie?»

«Wir überprüfen noch einmal, ob alle Räume mit Strom versorgt werden», sagte Nat. «Der Generator läuft, aber die Leistung ist recht niedrig.»

«Ich bin Elektriker», platzte Maddox heraus und warf Olivia einen Blick zu. «Ich meine, früher war ich Elektriker. Sie haben gefragt, ob jemand sich mit Generatoren auskennt und helfen kann, also mache ich das. Tut mir leid, dass wir stören.»

«Unsere Elektrikerin war nicht auf dem Gelände, als der Erdrutsch passierte», erklärte Nat knapp. «Und jetzt kommt sie nicht mehr zu uns durch.»

«Also, ähm, hier drin scheint alles in Ordnung zu sein.» Maddox griff nach der Klinke. «Das Licht ist an, sieht gut aus.»

«Wir teilen außerdem allen mit, dass die Essenszeiten leicht angepasst wurden.» Nats Blick war auf Ellery gefallen, und Ellery meinte Missbilligung darin zu lesen - aber warum? Die Bitte, Stillschweigen zu bewahren, konnte unmöglich für Bens Verlobte gelten. «Wir servieren von neunzehn bis zwanzig Uhr ein vereinfachtes Menü im Restaurant. Ms Haring, Ihnen bringen wir natürlich Essen auf Ihr Zimmer, wenn Sie das wünschen.»

Olivia stand auf. «Danke», sagte sie zu Andy und Ellery. «Ich glaube, ich gehe dann mal auf mein Zimmer.» Ihr Blick huschte zu Nat. «Wenn Sie mir zum Abendessen eine Suppe oder einen Salat bringen lassen könnten, wäre ich Ihnen dankbar.» Sie ging hinaus.

«Wir sehen uns dann im Restaurant. Bis später», sagte Nat, ging mit Craig und Maddox hinaus und schloss die Tür.

«Na ja», setzte Ellery an. «Ich muss dann auch mal ...»

«Olivia ist nicht ...», sagte Andy hastig. «Ich möchte nicht, dass du denkst ...» Er stockte und versuchte es erneut. «Sie ist nicht grob, sie ist ...» Er brach ab.

«Egal wie Olivia sich verhält, für mich ist das absolut in

Ordnung», sagte Ellery sanft. «Du musst dich nicht für sie entschuldigen. Ihr Verlobter ist gestorben. Vielleicht habe ich ihr auch zu viel zugemutet.»

«Nein, sie wollte es wissen», sagte Andy. «Sie hat mich gebeten, dich zu suchen.» Er öffnete Ellery die Tür. «Sie und ich, wir mussten die Leiche identifizieren.»

«Aber ich …» Ellery beendete den Satz nicht. Sie hatte ihnen doch bereits gesagt, wer es war. Und Nat kannte Ben ja auch. Das spielte alles keine Rolle, wurde ihr klar. Jemand aus Bens Umfeld musste bestätigen, dass er es war.

Würden Olivia und Andy all das noch einmal durchstehen müssen, wenn die Polizei kam?

«Der Arzt hat uns gesagt, dass du diejenige warst, die Ben gefunden hat. Dann bat mich Olivia, dich zu holen, und jetzt platzt auch noch Nat mit irgendwelchen Leuten hier herein …» Er atmete aus. «Das ist ganz schön viel auf einmal.»

«Das kann ich nachempfinden», sagte Ellery sanft. «Ich meine, ich kann es nicht nachempfinden, aber ich fühle mit euch.»

Eine der anderen Mütter war auf Maddies Schulanfangsfeier auf Ellery zugekommen, angeblich um sich zu vergewissern, dass es Ellery nach der Scheidung gut ging. In den Augen der Frau aber hatte dieses seltsame, besondere Leuchten gelegen, das manche Menschen angesichts des Unglücks eines anderen bekommen.

«Wie geht es Ihnen?», hatte die Frau gefragt, und Ellery hatte zum ersten Mal in ihrem Erwachsenenleben einfach geradeaus gestarrt und war an jemandem vorbeigegangen, von dem sie wusste, dass er versuchte, mit ihr zu sprechen.

Du kennst mich nicht einmal, hatte sie gedacht. *Ich schulde dir nichts.*

20.

Bevor sie ins Bett ging, griff Ellery nach ihrem Handy, um Abby eine Textnachricht zu schreiben und ihr zu erzählen, was passiert war. Sie hatte es vollständig aufgeladen, bevor sie - wieder einmal - feststellte, dass es nicht funktionierte. Wie oft würde sie das noch tun? Und wie oft würde sie noch versuchen, ihre Kinder zu kontaktieren, obwohl sie wusste, dass es nicht möglich war? Ihr war elend zumute.

Ich werde trotzdem alles aufschreiben, beschloss Ellery. *Alles, was ich sagen möchte.* Sobald sie wieder Empfang hatte, könnte sie die ganzen Textnachrichten auf einen Schlag absenden. Sie öffnete die Notiz-App auf ihrem Handy, zögerte dann aber.

Was, wenn der Generator irgendwann ausfiel? Sollte sie den Akku ihres Handys schonen? Die Dunkelheit und der Dauerregen draußen verstärkten ihre Bedrückung noch. Sie waren abgeschnitten vom Rest der Welt, mitten in der Wildnis. Zudem kannte sie niemanden, nicht *wirklich*.

Atme.

Ellery erinnerte sich daran, dass Ravi in der Sauna in sein Begrüßungsheft geschrieben hatte. Sie ging zum Schreibtisch, nahm ihres heraus und blätterte nach hinten, zu den leeren Seiten für Notizen. Sie holte einen Stift aus ihrer Handtasche. Hotelkugelschreiber mochte sie nicht.

Über die erste freie Seite schrieb sie «Abby». Darunter schrieb sie alles, was sie ihrer Freundin gerne per Textnachricht mitgeteilt hätte.

Ich habe eine Leiche gefunden.
Es war der Bräutigam.
Er könnte ermordet worden sein.

Die Worte zu schreiben, beruhigte und schmerzte zugleich, machte es das Grauen doch real.

Ich wünschte, du wärst hier. Ich weiß nicht, was ich machen soll.

Bei dem anderen Horrorereignis hatte sie wenigstens Abby gehabt.

«Steig jetzt in den Bus», sagte Abby streng zu Colby Howard, der dafür berüchtigt war, mit Trödelei die Abfahrt zu verzögern oder auf der Suche nach Naschereien abzuhauen. «Diesmal lassen wir dich hier, wenn du nicht da bist, das schwöre ich dir.»

«Geht klar, Coach», sagte Colby. Er wusste, dass sie das nie tun würde.

Annabel Walsh zählte die Mädchenmannschaft durch. Sie war eine der Älteren und die Mannschaftskapitänin, eine von Ellerys und Abbys Lieblingen. «Können wir ihr aufs College folgen?», hatte Abby gefragt. «Wäre das seltsam?» Ellery hatte verstanden, was sie meinte. Bei manchen Kindern war es schwer, sie gehen zu sehen, nachdem man sie jahrelang trainiert hatte.

Es wurde dunkel. Auf ihrem Handy leuchtete ein Anruf auf. Luke.

«Geh ran, damit er nicht sauer wird», sagte Abby. «Ich scheuche derweil die Bande in den Bus.»

Luke hatte nicht verstanden, warum Ellery das Leichtathletikteam hatte trainieren wollen. Sie wollte etwas nur für sich machen. Ja, sicher, eigentlich ging es nicht um sie, sondern um das Team, ja, sie halste sich damit viel auf, im Grunde waren das Überstunden, aber sie machte das ganz klar für sich selbst. Sie war in der Highschool Läuferin gewesen und hatte nie damit aufgehört. «Mies bezahlt ist es auch noch», hatte Luke gesagt. «Es sind nur ein paar Monate im Jahr», hatte sie entgegnet.

«Seid ihr bald da?», fragte Luke.

«Wir sind noch nicht mal losgefahren», sagte sie, drehte dem Team den Rücken zu und stieg für eine Minute aus dem Bus, um etwas Privatsphäre zu haben. Hayley Verlander und ein paar andere Mädchen trotteten zum Bus, Hayley filmte etwas mit ihrem Handy. Sie filmte eigentlich immer. Ellery bedeutete ihnen, sich zu beeilen. Schwatzend stiegen sie ein, und sie war allein.

Luke schwieg. Er war sauer. «Na gut», sagte er schließlich. «Die Kinder vermissen dich. Sie dachten, du wärst jetzt zu Hause.»

Sie bezweifelte, dass Kate sie sehr vermisste – sie hatte ein reges Sozialleben –, aber bei dem Gedanken an Ethan und Maddie, die wirklich auf sie warteten, zog es ihr das Herz zusammen. «Es tut mir leid», sagte sie. «Wir sind bei den Lakewood-Läufen, wir haben es also weit nach Hause. Es gab ein paar Fehlstarts, und dann konnten sie einen der Timer nicht finden, also sind wir ein bisschen spät dran. Ist Michaela schon weg?» Sie sorgte immer dafür, dass sie für die Leichtathletikwettkämpfe eine Babysitterin hatte, damit Luke nicht früher von der Arbeit nach Hause musste.

«Ja, sie ist um halb sieben gegangen», sagte Luke.

«Es gibt noch Enchiladas zum Aufwärmen fürs Abendessen», sagte Ellery.

«Hab ich gefunden.»

«Okay.» Durch das Busfenster sah sie, wie ihre Schüler sich drinnen hinsetzten, lachten und einer von ihnen Abby etwas hinhielt, was sie nicht erkennen konnte. «Tut mir leid, dass ich zu spät bin. Geht es dir gut?»

«Mir geht's gut», sagte Luke. «Aber die Kinder vermissen dich, wenn du so viel weg bist. Deine Leichtathletiksaison ist hart für sie.»

Da war es. Das Schuldgefühl. Luke sprach es für sie aus, aber sie spürte es immer. Warum entschied sie sich dafür, mit anderen Kindern zusammen zu sein, wo sie doch eigene zu Hause hatte? Einmal hatte sie Luke gefragt: «Glaubst du, ich bin eine gute Mutter? Eine gute Ehefrau?» Und er hatte erwidert: «Ich glaube, du bist eine gute Freundin.» Das hatte sie bis ins Mark getroffen.

«Na gut», sagte sie. «Ich bin bald zu Hause.»

Sie atmete schwer. *Mach weiter.* Sie schrieb für jedes ihrer Kinder etwas auf. Was würde sie jetzt für ein paar Minuten FaceTime mit ihnen geben!

Ellery blätterte um und beschriftete die nächste Seite mit «Fragen». Dort notierte sie einige der Fragen, die sie und Ravi sich in der Sauna gestellt hatten.

Wer hat Ben zuletzt lebend gesehen?
Um wie viel Uhr ist er gestorben?
Warum trug er immer noch seinen Hochzeitsanzug?
Hat er Broken Point jemals verlassen?

Und noch eine Frage, die ihr in den Sinn kam:

Was genau stand in Bens Nachricht?

Sie überlegte, ob sie Andy danach fragen könnte. Sie tippte mit ihrem Stift gegen das Heft und dachte nach. Dann schrieb sie zwei weitere Fragen auf. Die dringendsten.

Wie ist Ben gestorben?
Wie komme ich nach Hause?

Jemand hämmerte an ihre Tür. Ellery schrak hoch. Offensichtlich war sie mit dem Kopf auf dem Schreibtisch eingeschlafen. Sie sammelte sich einen Moment, bevor sie leise zur Tür ging. Sie war sich nicht sicher, ob sie auf ein so aggressives Klopfen reagieren wollte. Wer war das? War etwas passiert? Ellery schaute durch den Türspion und sah Nina. Im dunstigen Licht des frühen Morgens war ihr Gesicht aschfahl.

Ellery öffnete ihr.

«Du und Ravi hattet recht», sagte Nina. «Noch jemand ist tot.»

DER REGEN PRASSELTE auf ihre Kapuze, auf ihre Schultern, ihre Jacke. Schlamm klebte an ihren Stiefeln; die Bäume schirmten sie ein wenig vor dem Unwetter ab. Auch sie weinten, manchmal gleichmäßig, dann wieder in heftigen Schluchzern, die der Wind mit dem Meeresrauschen herantrieb. Unter ihren Füßen das Gestein der Klippen, die darauf warteten, dass Zeit, Wasser und Wind sie auf neue Weise formten und freilegten, was sich unter der obersten Erdschicht befand. Obenauf die Pflanzen, die sich mit aller Kraft ins Gestein krallten.
Doch unter der Oberfläche etwas anderes.

MONTAG

HEUTE IM RESORT BROKEN POINT

Die Natur bietet Ausnahmen
zu jeder Regel.
Margaret Fuller

Wetter: Regen
Sonnenaufgang: 7:15 Uhr
Sonnenuntergang: 18:29 Uhr
Höchsttemperatur: 19 °C
Tiefsttemperatur: 13 °C

ÜBER DAS KUNSTWERK:
Teile
von Anonymous,
2016 (Bronze)

Trifft man im Wald auf *Teile*, könnte man die kunstvoll geformten Gesichter und Hände, die den Baum bedecken, zunächst für Baumpilze halten. Das war auch die Intention des Künstlers. Die Natur soll als Vermittlerin dienen und den Menschen die Schönheit des menschlichen Körpers erfahrbar machen.
Ein abgestorbener Mammutbaum beherbergt die Körperteile. Kein Lebewesen wurde für diese Installation verletzt oder getötet.

21.

«Bitte treten Sie zurück», ordnete Nat an. Zum ersten Mal wirkte die Resortleiterin unsicher.

Menschen waren den Weg empor zum Aussichtspunkt geströmt, der dem Resort seinen Namen gab – die zerklüftete Landzunge mit den drei Bäumen, die sich daran festklammern, und dem atemberaubenden Ausblick auf den Ozean. Sie waren in verschiedenen Stadien morgendlichen Anziehens unterwegs – einige vollständig bekleidet, andere hatten sich Mäntel über ihre Pyjamas geworfen, aber alle wollten sehen, was passiert war. Ellery bemerkte die Freunde des Bräutigams, die sich am Geländer versammelt hatten, ein Stück weiter Nat und Carlos vom Parkservice, beide mit vorgeschobenen Unterkiefern und ernstem Blick. Ellery schaute über die Menge – keine Spur von Olivia, Andy, Catherine oder Catherines Ehemann (Wie hieß er noch gleich? Ellery hatte ihn kaum zu Gesicht bekommen). Grace war da, den Arm ihres Vaters fest umklammert, während sie versuchte, ihnen durch die Menschenmenge einen Weg zurück zum Resort zu bahnen. Gary hielt seinen Krückstock fest in der Hand. «Entschuldigung», sagte Grace immer wieder. «Könnten Sie uns bitte durchlassen?» Der Weg war gepflastert, aber von Schlamm überflutet und deshalb schmaler als normal. Das Geländer war an mehreren Stellen herausgebrochen und abgestürzt.

Bens Studentenverbindungsfreunde verstanden nicht gleich, was Grace und Gary wollten, machten aber dann eilig Platz, indem sie sich auf der dem Berg zugeneigten Seite des Weges zusammendrängten. «Geht zurück ins Resort», sagte Grace mit scharfer Stimme. «Macht schon. Das Letzte, was wir brauchen, ist ein weiterer Unfall.»

«Entspann dich», sagte einer mit roter Nase, «das ist unser Freund da unten, wir haben jedes Recht …»

«Na, dann», sagte Grace. «Ihr könnt gaffen, so viel ihr wollt, sobald ihr uns vorbeigelassen habt.»

Ellery, Ravi und Nina waren unter den Letzten, die das Resort in Richtung Klippe verlassen hatten. Als Vater und Tochter an ihnen vorbeigingen, traf sich Ellerys Blick mit dem von Grace. Bevor Ellery ihre Hilfe anbieten konnte, hatte Grace schon «Wir kommen zurecht» gesagt, und Ellery war überzeugt, aus ihr sprach in jenem Moment die zertifizierte Ersthelferin. Einen Augenblick später waren beide in der Menge verschwunden.

«Die beiden haben ihn gefunden», sagte Nina. «Vater und Tochter wollten zum Aussichtspunkt und haben gesehen, dass Matt abgestürzt ist.»

«Was zur Hölle haben die bei diesem Wetter da oben gewollt?», fragte Ravi.

«Keine Ahnung», sagte Nina. «Aber sie haben die Leiche da unten liegen sehen und sind zurückgekommen, um Nat und Carlos zu holen. Die Nachricht hat sich natürlich wie ein Lauffeuer verbreitet.»

«Woher weißt du überhaupt, dass der Typ Matt heißt?», fragte Ravi. «Die Burschis sehen doch alle gleich aus.»

«Ravi», tadelte Nina ihn.

Nat hatte inzwischen die Menge zum Umkehren in Richtung Resort bewegt und stand von ihren Mitarbeitern umringt am Gipfel. Canyon war kreidebleich. Carlos sah müde aus, war jedoch hoch konzentriert. «An ihn heranzukommen, wird nicht einfach», sagte er zu Nat.

«Sie haben es auf weiße Männer abgesehen», rief der Mann mit der roten Nase. «Jeder von uns könnte der Nächste sein. Wir sind in Gefahr. Seit Jahren stehen wir unter Beschuss. Aber die Leute kriegen das gar nicht mit, denen ist das egal.»

«Jason», sagte ein anderer aus der Gruppe und rollte mit den Augen, «halt endlich die Klappe.»

Doch Jason kam jetzt erst richtig in Fahrt. «Genau aus diesem Grund ist der zweite Zusatzartikel zur Verfassung so wichtig, der es uns erlaubt, Waffen zu tragen», sagte er. «Wenn das Resort Waffen erlauben würde, wäre das alles nicht passiert.»

«Ich dreh durch», sagte Ravi. «Können wir die Burschenschaftler bitte in ihren Zimmern einschließen?»

«Wie wäre es mit der Sauna?», schlug Nina vor. «Und auf höchste Stufe stellen?» Als Ravi und Ellery sie überrascht anschauten, wurde sie rot. «Sorry», sagte sie. «Aber das Ganze hier wird ziemlich schnell zu *Herr der Fliegen.*»

«Canyon.» Carlos deutete auf die jungen Männer, «schaffen Sie diese Jungs hier weg.» Sein Blick fiel auf Maddox. «Sie sind doch Elektriker», sagte er. «Können Sie uns helfen?» Bevor Maddox antworten konnte, zeigte Carlos auf jemanden hinter Ellery. Sie drehte sich um und sah, dass Andy sich ihnen angeschlossen hatte. «Und Sie bitte auch. Alle anderen gehen zurück zum Hauptgebäude oder in ihre Zimmer. Da das offensichtlich nicht klar war, hier noch einmal für alle: Sie sollen nicht hier draußen herumstromern. Das Letzte, was wir brauchen, ist, dass noch einer von Ihnen über die Klippe geht.»

22.

Nat wäre stinksauer auf uns», sagte Ravi, als er, Ellery und Nina eine halbe Stunde später vorsichtig den Weg hoch zum Broken Point entlanggingen.

«Aus gutem Grund», sagte Nina. «Was wir machen, ist idiotisch.» Die drei hatten Wanderschuhe und Parkas angezogen und kamen nur langsam voran. Jeder Schritt erforderte volle Konzentration. Ein Großteil des Pflasters war von Schlamm oder Wasserlachen weggespült worden, die den Weg hinabströmten. Da sie die Trainierteste zu sein schien, ging Ellery voran und versuchte, ohne hineinzutreten und sie zu zerstören, den Stiefelabdrücken zu folgen, von denen sie glaubte, dass sie von Carlos stammten. Die anderen gingen im Gänsemarsch hinter ihr her.

«Wir müssen uns alles genau anschauen, bevor der Tatort kontaminiert wird», sagte Ravi.

«Wie kommst du darauf, dass er das nicht längst ist?», fragte Nina.

«Oh, das ist er ganz sicher», stimmte Ravi zu. «Aber von Minute zu Minute wird es schlimmer. Der Regen ist noch nicht vorbei. Und sie werden den Weg da rauf auf jeden Fall absperren. Ich bin überrascht, dass sie das nicht schon getan haben.»

«Hier ist es», sagte Ellery und sah sich um.

Sie standen an der Stelle, an der Nat und Carlos vorhin gestanden hatten, auf halbem Weg zum Gipfel. Die drei Bäume ganz oben waren in der Ferne zu sehen. Eine hölzerne Brüstung trennte den Pfad vom Abgrund. Wo sie standen, war die Querstrebe zersplittert, die Holzpfosten ragten hell wie Zähne aus dem matschigen Boden. Die fehlende Querstrebe war ein paar Meter tief gefallen und steckte nun unter ihnen im Schlamm. Und noch weiter unten, am Kliff …

«Sie sagen, dass das Matt ist», sagte Ravi leise.

Als Ellery auf die Gestalt hinuntersah, kam ihr die ganze Situation so unwirklich vor wie damals, als sie aus dem Flugzeug auf eine Stadt mit Autos und Straßen und Schulen und blauen Pools geblickt und gedacht hatte: *Entweder ist das da unten nicht real, oder ich bin nicht real; irgendetwas hieran ergibt keinen Sinn.*

Vielleicht ergab es mehr Sinn, wenn man näher herankam.

Obwohl sie dem Tod schon einmal ganz nah gewesen war und das auch keinen Sinn ergeben hatte.

Es war dunkel draußen, und sie waren nur noch dreißig Meilen von zu Hause entfernt, waren schon fast in Colorado Springs. Die Leichtathletikteams waren gut gelaunt, weil sie beim Wettkampf gut abgeschnitten hatten – das Training in ihrer Höhenlage verschaffte ihnen Vorteile, wenn sie in niedrigere Lagen kamen, und viele der Kinder und Jugendlichen hatten persönliche Bestleistungen erzielt. Jetzt gaben sie sich den typischen Nach-Wettkampf-Aktivitäten hin: Einige schliefen, andere spielten Karten, manche hörten Musik; ganz hinten im Bus wurde unter viel Gekicher Wahrheit oder Pflicht *gespielt.*

Ellery war müde und zufrieden. Sie und Abby saßen mit Henry Solomon, dem Trainer der Jungs, in der ersten Reihe. Pete, ein Busfahrer, den sie alle kannten und mochten, saß am Steuer.

Es war wie auf allen Fahrten. Sie, Abby und Henry unterhielten sich über ihre Kinder, ihre Ehepartner oder Strategien für das nächste Teammeeting. Sie wusste es nicht mehr.

Woran sie sich erinnerte: Sie wandte sich um, um die Kinder, die Wahrheit oder Pflicht *spielten, zu ermahnen, weil es etwas laut wurde, und sah, als sie sich wieder nach vorn drehte, die Lichter auf sie zukommen. Sie hörte Abby «Scheiße» sagen und Pete auf die Hupe drücken und sah ihn das Lenkrad herumreißen ...*

«Ich versuche, hier irgendwelche Fußabdrücke zu finden.» Ravi richtete sein Handy auf den Boden. «Aber ich sehe nur Matsch.»

«Ich bin mir ziemlich sicher, dass wir Carlos' Stiefelabdrücken gefolgt sind», sagte Ellery. «Jedenfalls war das der Plan. Die stammen von seinen Arbeitsstiefeln.»

«Interessant, dass Nat sich in so einer Situation auf ihn verlässt und nicht auf Security-Craig», sagte Ravi.

«Mir kommt er auch viel kompetenter vor», sagte Ellery. «Vielleicht wird er befördert, wenn das hier durchgestanden ist.»

«Sollte er», sagte Ravi. «Beförderungen für alle, die in diesem Chaos einen guten Job machen. Und wenn wir den Mord aufklären, kriegen wir eine Ehrenmedaille.»

«Wohl eher nicht», sagte Ellery. «Wir ruinieren gerade einen möglichen Tatort.»

«Hier sind ein paar Schuhabdrücke.» Nina zeigte nach unten. «Näher am Rand. Vielleicht sind das die von Matt?» Ravi zoomte die Stelle auf seinem Handy heran und machte ein Foto.

«Das hier könnten Nats sein.» Ellery zeigte auf kleinere Stiefelabdrücke. «Oder die von Grace. Und vielleicht sind das da Garys?» Sie beugte sich vor und betrachtete eine größere Gruppe von Abdrücken, nicht so tief wie die, die sie für Abdrücke von Carlos' Arbeitsschuhen hielt. «Vielleicht habe ich mich auch geirrt, und wir sind die ganze Zeit Garys Spuren gefolgt.»

«Siehst du noch irgendwelche anderen Abdrücke?», fragte Ravi. Gebeugt gingen sie das Stück noch einmal ab.

«Dort?», fragte Ellery und zeigte darauf. «Und vielleicht dort?» Sie war sich nicht sicher.

Ravi machte ein paar Fotos, schaltete das Handy dann aus, um den Akku zu schonen, und schob es in die Tasche seines Parkas.

«Wir könnten versuchen, Schuhabdrücke von Grace, Gary, Nat und Carlos zu bekommen», schlug Nina vor. «Ihnen folgen oder so? Was für eine abgedrehte, furchtbare Situation.»

«Da hast du recht.» Ravi hatte den Rückweg angetreten und setzte vorsichtig Schritt um Schritt, seine ledernen Wanderschuhe waren schlammbedeckt. «Zwei Menschen, die auf unterschiedliche Weise in den Tod stürzen. Wir sterben hier wie die Fliegen.»

Ellery blieb noch einen Moment stehen, den Blick nicht auf die Leiche tief unter ihr gerichtet, sondern auf die Lücke in der Brüstung. An einer Stelle war die Querstrebe nicht herausgebrochen, sie war sauber herausgetrennt.

«Ja», sagte Nina sehr leise. «Jetzt sehe ich es auch.»

23.

Beim Haupthaus trafen sie auf Rachel, die Trauzeugin. Ihr langes blondes Haar war gewollt nachlässig hochgesteckt, wie die jungen Frauen das gerade trugen, und Ellery stellte fest, dass sie beide gleich groß waren, etwa einssiebzig. Rachel fixierte sie mit eindringlichem Blick.

«Na, was gefunden?», fragte sie.

«Wie bitte?», fragte Nina.

«Ich habe euch in Richtung Gipfel gehen sehen. Keine Sorge, ich werde euch nicht bei Nat verpetzen. Habt ihr was rausgekriegt?»

«Nicht wirklich», sagte Ellery. Dieser saubere Bruch im Zaun war seltsam, aber bedeutete er etwas?

«Das Ganze ist mir komplett unverständlich», sagte Rachel. «Matt war ein Arsch, aber den Tod hatte er nicht verdient. Jason hingegen ... Ich hätte nichts dagegen, wenn den mal jemand ausknipsen würde.» Sie schüttelte den Kopf. «Seine Mutter ist letztes Jahr gestorben, und Ben hat sich aus Mitleid weiter um ihn gekümmert, auch wenn er das definitiv nicht hätte tun sollen.»

«Und Ben selbst?», fragte Ravi. «War er auch ein Arsch, der aber den Tod nicht verdient hatte?»

«Ben war der Beste», sagte Rachel schlicht.

«Das hören wir immer wieder», sagte Ravi, «obwohl er seine Braut am Altar hat stehen lassen.»

«Entschuldigung, gehört ihr zur Hochzeitsgesellschaft?» Rachels Ton war nicht feindselig wie Catherines am Abend zuvor, sie wirkte eher neugierig, strahlte aber etwas unangenehm Kaltes aus. «Spielt ihr Detektiv oder was? Ich verstehe nicht, warum ihr hier herumschnüffelt.»

«Wir sind in einem Resort gefangen, in dem zwei Menschen ums Leben gekommen sind», sagte Ravi. «Natürlich haben wir ein Interesse daran zu erfahren, was hier vor sich geht.»

«Ich habe Bens Leiche gefunden», sagte Ellery. Sie begegnete Rachels Blick. «Ich mache mir Sorgen.»

Rachel nickte. «Olivia hat es mir erzählt. Sie sagte, du bist nett.»

Ellery war es so leid, dass alle sie nett fanden. Ihr Mann hatte sie verlassen. Sie vermisste ihre Kinder. Sie hatte eine Leiche gefunden. Wie passte Nettsein zu diesem Wirrwarr an Allzumenschlichem?

«Dann wird es wohl stimmen», sagte sie bitter. «Ich bin supernett.»

Rachels Blick flackerte. «Ich lasse euch dann mal allein», sagte sie. «Sagt mir Bescheid, wenn ich zum Kreis der Verdächtigen gehöre.» Sie ging in Richtung des Restaurants.

Ravi und Nina sahen Ellery aus irgendeinem Grund anerkennend an.

«Respekt», sagte Ravi. «Ich wusste, dass du es draufhast.»

«Was habe ich drauf?»

«Du hast eine scharfe Zunge», sagte Ravi. «Ich hatte so ein Gefühl, dass du es draufhast. Du lässt den Leuten viel durchgehen, aber wenn sie es übertreiben …»

Nina lächelte. «Ich fand es auch schön, dich so kraftvoll zu sehen.»

«Für uns ist es gut, dass du die Leiche gefunden hast», sagte Ravi. «Die Leute wehren nicht gleich ab, wenn du dich nach Ben erkundigst.»

Sein Ton war sanft, und sie wusste, dass er nicht vergessen hatte, wie fassungslos und aufgewühlt sie am Vortag gewesen war.

«Also gut», sagte Ravi nach einem Moment. «Rachel denkt auch, dass hier was nicht stimmt. Sie ist nicht dumm. Jeder mit ein bisschen gesundem Menschenverstand weiß, dass zwei Todesfälle innerhalb von vierundzwanzig Stunden nichts Gutes bedeuten.»

«Wie viele Gäste hat das Resort eigentlich?», fragte Nina.

«Keine Ahnung, aber es gibt sechsunddreißig Zimmer», sagte Ellery. «Drei pro Gebäude. Dazu kommen fünf Cottages.» Ravi und Nina starrten sie an. «Das steht im Willkommensheft», rechtfertigte sie sich. «Aber ich weiß nicht, wie viele Gäste aktuell da sind. Das könnten wir erfragen.»

«Und achte darauf, dass zwei abgezogen werden», sagte Nina trocken.

«Ich habe immer noch nicht alle Unterkünfte gesehen», sagte Ravi. «Alles, was für mich wichtig ist, kenne ich, die Galerie, das Haupthaus, das Restaurant, das Spa, den Pool.»

«So ist das wahrscheinlich auch gedacht», sagte Nina. «Sie haben es so konzipiert, dass jede Unterkunft ihren eigenen kleinen Bereich hat, der für die anderen nicht einsehbar ist.»

«Wir müssen uns einen Überblick verschaffen», sagte Ravi. «Im wahrsten Sinne des Wortes. Wir brauchen Karten. Ich versuche, einen Übersichtsplan zu finden. Wir treffen uns in fünfzehn Minuten in der Sauna. Bringt diese Willkommenshefte mit und alles, was nützlich sein könnte.»

24.

Die Sauna war eiskalt und dunkel. Nur ein paar kleine Sicherheitsleuchten am Boden verströmten ein schwaches Licht. Als Nina Wasser über die Steine goss, gab es kein Zischen, keinen Dampf.

«Verdammt.» Ravi stellte seine Tasche auf den Boden und zog den Reißverschluss seines Mantels hoch. «Die haben den Ofen ausgeschaltet.»

«Vielleicht ist das ganz gut», sagte Ellery. «Auf die Weise haben wir die Sauna ganz für uns.»

Wahrscheinlich weil die Wände aus Holz waren, fand sie den Raum trotzdem noch heimelig.

«Ich frage mich, wie schalldicht es hier ist», sagte Ellery.

«Guter Punkt. Geh raus und teste das mal», sagte Ravi. «Wir schreien.»

Ellery trat nach draußen. Der Himmel und die Luft waren feucht und wattig. Der Mulch war vom Wasser aus den Beeten gespült worden und floss nun als dunkler Brei am Wegrand entlang. Eine dünnblättrige Pflanze trotzte der Sintflut. Nina als Landschaftsarchitektin würde wahrscheinlich wissen, was das war. Ellery mochte den Gedanken, dass jeder Mensch auf der Welt über irgendeine Art Spezialwissen verfügte, sei es aufgrund seiner Arbeit, seiner Leidenschaften oder seiner persönlichen Geschichte. Manche Kenntnisse erwarb man gezielt und umfassend, andere zufällig und nebenbei, gelegentlich beides. Das war ihr noch einmal bewusster geworden, als sie Kate in dem Kino besucht hatte, wo sie diesen Sommer jobbte. Sie hatte festgestellt, dass ihre Tochter wusste, wie man Projektoren bedient, Getränkeautomaten repariert und Popcorn herstellt. Sie hatte ihr selbst völlig fremde Begriffe gekannt und eine Kompetenz verströmt, die Ellery ihr nicht zugetraut hätte.

War das nicht in einer Ehe so ähnlich? Schließlich hatte der Partner ein Berufsleben, das man sich nicht wirklich vorstellen konnte, selbst wenn man es versuchte. Und man konnte nie wirklich nachempfinden, was der andere durchgemacht hatte, in der Zeit, in der man nicht zusammen war.

Der Lastwagen hält nicht an, dachte Ellery. Er hält nicht an. Sie sah zu Pete, der das Lenkrad des Busses so weit wie möglich herumriss. Auf dem Sitz neben ihr schrie Abby «SICHERHEITSGURTE!» nach hinten zu den Schülerinnen und Schülern, und dann sah Ellery die weißen Lichter auf sie zurasen. Dann der Aufprall.

Petes Blut auf der Windschutzscheibe.

Ihr Körper nach vorne geschleudert.

Das Ende.

Von allem.

Ellery schlotterte. Aus der Sauna war nichts zu hören, also stieß sie die Tür auf. «Nichts», sagte sie. «Habt ihr wirklich geschrien?»

«Aber ja», sagte Ravi. «Aber gehen wir auf Nummer sicher. Ich gehe raus. Ihr zwei schreit.»

Ellery ließ sich auf die Bank unter Nina sinken. «Okay», sagte Nina. «Ich zähle bis drei. Eins, zwei, drei …»

Nina schrie kehlig und durchdringend. Ellery stellten sich die Nackenhaare auf. Ihr eigener Schrei kam heiser und kurz heraus, schriller, als sie erwartet hätte, aber schwach. Offensichtlich wusste sie nicht, wie man schreit.

Nina musterte sie besorgt. «Das musst du aber noch

üben», sagte sie. «Vor allem, wenn ein Mörder in der Nähe ist. Versuchen wir es noch einmal.»

Doch da kam Ravi schon wieder herein. «Ich habe nichts gehört», sagte er. «Ihr habt doch geschrien, oder?»

«Oh ja», sagte Nina. «Aus voller Kehle.»

«Irre», sagte Ravi. «Wir haben hier im Grunde einen schalldichten Mordraum.»

Nina räusperte sich.

«Nein, entschuldige», sagte Ravi. «Ich meinte einen Ort, an dem wir über Mord *reden* können.» Er zog eine Karte aus seiner Tasche und breitete sie zwischen ihnen auf der Bank aus. «Die liegen an der Rezeption aus», sagte er. «Wir sind wirklich auf uns allein gestellt. Meilenweit keine anderen Ferienresorts, und der Highway 1 ist die einzige Straße.»

«Mist.» Nina seufzte.

Ravi entfaltete eine weitere Karte. «Hier sind die Wanderwege eingezeichnet. Die in Broken Point selbst und ein paar in der Umgebung. Auf einem davon warst du doch unterwegs, oder?»

«Ja.» Ellery tippte auf die Karte. «Ich glaube, der hier war es.»

«Glaubst du, dass man über den Weg hier wegkommt?», fragte Ravi.

«Nicht wirklich», sagte Ellery. «Die Wege hier führen alle zum Meer. Ich schätze, man könnte versuchen, von einem aus den Highway zu erreichen, aber der ist ja nicht passierbar.»

«Das wäre Zeitverschwendung», stimmte Nina zu. «Außerdem regnet es noch.»

«Lasst uns noch mal den Lageplan des Resorts anschauen.» Ellery schlug ihr Heft auf. «Die kleinen Zufahrtsstraßen, die das Personal nutzt, sind nicht eingezeichnet, und wo die Mitarbeiter, die im Resort wohnen, untergebracht sind, auch nicht. Ich meine, einige dieser Gebäude auf der Herfahrt gesehen zu haben.»

«Wer lebt alles auf dem Gelände?», fragte Ravi.

«Ich glaube, Nat, Carlos, Brook und Canyon», sagte Nina. «Und der Arzt. Und der Koch und das Küchenpersonal. Und der Securitytyp. Wie hieß der noch mal?»

«Craig», sagte Ravi angewidert. «Das sind eine ganze Menge Leute.»

«Glaubst du, jemand von denen könnte es gewesen sein?», fragte Ellery.

«Das liegt doch nahe, oder?», sagte Ravi.

«Du hast das richtig in Erinnerung, Ellery», sagte Nina, die in dem Heft blätterte. «Hier steht, dass es sechsunddreißig Gästezimmer und fünf Cottages gibt. Alle für je zwei Personen ausgelegt.»

«Sogar die Cottages?», fragte Ravi.

«Ja», sagte Nina. «Hier steht, dass die Cottages größer sind, für den Fall, dass Leute als Gruppe kommen und sich tagsüber irgendwo treffen wollen. Am Esstisch ist Platz für bis zu acht Personen, aber trotzdem gibt es nur ein Doppelbett.»

«Übernachten die Hochzeitsgäste in den Cottages?», fragte Ravi.

«Ich bin mir nicht sicher», sagte Ellery. «Olivia erwähnte, dass sie in einem Zimmer übernachtet, als ich mit ihr und Andy sprach. Aber natürlich könnte sie auch ein Cottage gemeint haben.»

«Haben sie und Ben zusammen übernachtet?»

«Keine Ahnung.»

«Die Cottages sind wahnsinnig teuer», sagte Nina. «Ich habe mich erkundigt. Wir reden hier von zehntausend Dollar pro Nacht.»

«Ich hab's gesehen.» Für Ellery war es unvorstellbar, so viel Geld für eine Übernachtung übrig zu haben.

«Zuerst mal müssen wir herausfinden, wer wo wohnt», sagte Nina.

«Wir können morgen früh an die Türen klopfen, bevor die Leute Zeit haben, für den Tag irgendwohin zu gehen», sagte Ravi.

«Unter welchem Vorwand?», fragte Nina.

«Wenn wir ihnen etwas bringen, das sie brauchen, können wir sie stören», sagte Ellery.

«Was soll das denn sein?», fragte Ravi. «Backen wir ihnen Kekse?»

«Warum nicht? Die Belegschaft ist am Limit, sie alle müssen jede Menge zusätzliche Aufgaben übernehmen und kriegen garantiert nicht viel Ruhe. Vielleicht sollten wir Brook fragen, wie wir helfen können.»

«Igitt», sagte Ravi. «Willst du damit sagen, dass wir uns für niedere Tätigkeiten melden sollen?»

«Eine Überlegung ist es wert», sagte Nina.

«Wenn du meinst.» Ravi blätterte weiter, Nina und Ellery taten es ihm nach.

DIE KUNSTSAMMLUNG VON BROKEN POINT

Die Sammlung von Broken Point ist eine der bedeutendsten privaten Kunstsammlungen im Bundesstaat Kalifornien, und ihr Standort in einem Luxusresort ist einzigartig. Umfasste sie bei der Eröffnung des Resorts im Jahr 1996 neun Werke, sind es heute insgesamt dreizehn, darunter Gemälde, Textilien, Skulpturen, Paravents und Skizzen. Während in der Galerie das ganze Jahr über wechselnde Ausstellungen gezeigt werden, sind die betreffenden dreizehn Werke dauerhaft über das gesamte Gelände verteilt installiert. Eine Kuratorin stellt sicher, dass sie ordnungsgemäß gepflegt werden, und hält nach weiteren Stücken Ausschau, die die Sammlung komplettieren könnten.

Wir sind der Überzeugung, dass Kunst nicht nur kuratiert, geschützt und betrachtet werden sollte, sondern auch in einem Kontext, der Natur zum Beispiel, erlebt werden darf. Die Sammlung in Broken Point ist auch insofern einzigartig, als wir unsere Gäste einladen, sich auf eine Entdeckungsreise zu begeben. Deshalb liefern wir weder in diesem Heft noch anderswo Informationen über den jeweiligen Standort der einzelnen Werke, sondern laden Sie ein, die Werke während Ihres Aufenthalts in Broken Point zu entdecken. In der Galerie, in Gemeinschaftsbereichen, eingebettet in die Landschaft, am Ende von verborgenen Pfaden und, wenn Sie Glück haben, sogar in Ihrem Zimmer.

Darunter fanden sich Informationen zu den dreizehn Werken.

«Wir haben das gestohlene Kunstwerk völlig außer Acht gelassen. Glaubst du, dass es einen Zusammenhang gibt?»

«Wissen die anderen Gäste, dass eins fehlt?», fragte Ellery.

«Keine Ahnung», sagte Ravi. «Aber ich dachte gerade, wenn wir nach der Kunst fragen, sind die Leute weniger misstrauisch, als wenn wir wegen der Todesfälle herumschnüffeln. Wir könnten so tun, als hätten wir uns vorgenommen, alle Kunstwerke zu finden. Schließlich gibt es nicht viel anderes zu tun, jetzt, wo wir hier eingesperrt sind.»

«Sie haben die Beschreibungen aus dem Heft auf die Karten geschrieben, die wir jeden Tag bekommen, aber ich muss zugeben, dass ich die nicht groß beachtet habe», sagte

Nina. «Schau dir mal das hier an.» Sie hielt ihr Heft hoch und zeigte auf eine der Beschreibungen.

Altar
von Kristin Sands,
1996
(Granit)

> *Altar* wurde für das Resort Broken Point in Auftrag gegeben und ist bis heute ein ikonisches Kunstmal des Resorts. Kristin Sands, bekannt für ihre überdimensionalen Steinskulpturen, hat ihrem *Altar*, für den sie sich eine rege Nutzung wünscht, die Form eines Steinhaufens gegeben.

«Ein Kunstmal?», wunderte sich Ellery. «Gibt es das Wort überhaupt?»

«Wer hat diese Textchen verfasst?», fragte Ravi. «Werner Herzog? Aber der Altar selbst gefällt mir.»

«Mir auch», sagte Nina. «Ich fühle mich ziemlich unbehaglich, wenn ich davorstehe, und irgendwie gefällt mir die Vorstellung, dass Menschen vor so etwas heiraten.»

«Das hier habe ich auch gesehen», sagte Ravi. «Das ist in der Galerie, ganz normal in einer Vitrine.»

Treibholzkrone
von Camille Gray,
2013
(Treibholz, Steine, Strandglas)

> Camille Gray verwendet für ihre Skulpturen ausschließlich Fundstücke und ist bereit, auf genau das richtige Stück Holz oder Stein zu warten, ein Prozess, der Jahre dauern kann. In einer Umkehrung der Art und Weise, wie Kronen oft präsentiert werden, mit Steinen oder Juwelen als Blickfang auf

> einer Basis aus Gold oder anderem Metall, ist diese Krone mit Glas und Stein bedeckt, aber an den Stellen, an denen normalerweise Edelsteine angebracht wären, schmucklos, wodurch das Treibholz darunter als die eigentliche Kostbarkeit sichtbar wird.

«Dreizehn Werke insgesamt», überlegte Nina. «Wollen die das Schicksal herausfordern?»

«Vielleicht sind sie nicht abergläubisch. Oder die Kuratorin sucht deshalb nach weiteren Stücken», sagte Ellery mit einem Lächeln.

«Ravi?» Nina schnipste mit den Fingern. «Hallo? Wo bist du gerade?»

Ravi blickte mit großen Augen von der Begrüßungsbroschüre auf. «Ich glaub's nicht», sagte er. «Seht euch das an.»

Sie beugten sich über das Heft und lasen.

> Die Sammlung des Resorts wird von Catherine Haring, einer renommierten Kuratorin und Kunsthändlerin aus San Francisco, betreut.

«Interessant, interessant», sagte Nina.

«Kein Wunder, dass Olivias Mutter sie nicht auf dem Standesamt heiraten lassen wollte», sagte Ellery. «Catherine hatte den perfekten Ort ausgesucht.»

Ravi und Nina sahen sie überrascht an.

«Ich habe am Abend vor der geplanten Trauung mit Olivia gesprochen», erklärte Ellery. «Kurz nur. Oben in der Galerie. Erinnerst du dich, Ravi? Du hast uns gesehen. Da hat sie mir gesagt, dass sie und Ben eigentlich auf dem Standesamt und nur im kleinen Kreis heiraten wollten, es aber aus Rücksicht auf ihre Familie nicht getan haben.»

Ravi und Nina starrten sie immer noch an. «Es scheint

so, als hättest du inzwischen mehr oder weniger mit der gesamten Hochzeitsgesellschaft gesprochen», staunte Ravi.

«Nicht wirklich», wehrte Ellery ab. «Wahrscheinlich haben die mit mir geredet, weil ich allein unterwegs bin. Ihr wisst schon, alle anderen sind mit jemandem zusammen oder Teil einer Gruppe.»

«Trotzdem sollten wir dich auf der Liste der Verdächtigen lassen», sagte Ravi grinsend. «Bist du sicher, dass du Ben nicht vorher schon kanntest?»

«Kann mich nicht erinnern», scherzte Ellery, doch das Bild von ihm im Wasser, die toten Augen in den Himmel gerichtet, war wieder da, und sie holte zittrig Luft.

«Hey.» Ravi legte ihr eine Hand auf den Arm. «Das war blöd. Ich weiß, dass das hart für dich ist. Tut mir leid.»

«Schon gut», sagte Ellery. «Für einige da draußen ist es weiß Gott schlimmer.» *Bleib rational und klar,* redete sie sich gut zu. *Denk nicht an andere Tragödien, andere Todesfälle, andere weit aufgerissene, blicklose Augen.*

«Nina und ich haben etwas Seltsames bemerkt», wechselte sie das Thema. «Draußen am Aussichtspunkt. Die Lücke in der Brüstung. Ist dir das auch aufgefallen, Ravi?»

Er nickte. «Da war eine glatte Kante, nicht gezackt durchgebrochen wie an den anderen Stellen, an denen das Geländer zerstört war. Es sah aus, als hätte jemand die Nieten herausgeschraubt, damit sich das Geländer dort löst.»

«Stimmt genau.»

«Okay», sagte Nina nach einem Moment. «Ich glaube, wir sollten uns aufteilen. Ich kann das Personal zu den Kunstwerken befragen. Ich könnte sagen, dass ich an einem Landschaftsprojekt arbeite und inspirierend finde, was sie hier gemacht haben. Etwas in der Art.»

«Ellery, du gehörst ja inzwischen gewissermaßen zur

Hochzeitsgesellschaft», sagte Ravi. «Vielleicht redet Olivia noch einmal mit dir. Außerdem kennst du diesen Andy und kannst vielleicht sogar mit Brook oder Canyon sprechen. Wir brauchen Informationen über die Gäste, die Anzahl der Übernachtungen und solche Dinge.»

«Wir zwei haben die Scheißjobs», sagte Nina trocken. «Was wirst du in der Zeit machen?»

«Ich werde schauen, ob ich mit Nat reden kann», erwiderte Ravi. «Mal sehen, ob ich noch mehr Informationen bekomme. Zwar steht sie nicht unbedingt auf mich, so viel zum Thema Scheißjobs, aber ich glaube, sie steht auf niemanden. Vielleicht wäre es mit Carlos einfacher, doch der Typ ist rund um die Uhr busy, den werde ich kaum erwischen. Bei Rachel könnte ich es auch versuchen. Vielleicht erfahre ich da etwas. Sie kommt mir nett vor.»

«Dann los.» Ellery stand auf. Nichts von dem, was sie vorhatten, wollte sie tun. Aber sie musste nach Hause.

25.

Ellery wusste nicht, wo Brook sich aufhielt, also ging sie zuerst zum Haupthaus hinüber.

Sie fand die junge Frau in dem großzügigen Gemeinschaftsraum neben der Lobby beim Aufräumen. Im großen Kamin knisterte ein Feuer. Schmutziges Geschirr mit zerknüllten Servietten darauf stand auf den Tischen und auf dem Boden herum. Das Unwetter draußen hatte sich am Morgen ein wenig gelegt, tobte aber jetzt am Mittag nur umso schlimmer. Das Licht draußen war grüngrau und trüb. Wieder hatte Ellery das Gefühl, als verwischte die Grenze zwischen unten und oben - alles war nur noch Wasser, und sie trieben darin.

«Lassen Sie mich Ihnen helfen.» Sie griff nach einer Serviette, die auf den Boden gefallen war.

«Nein, nein, Sie sind Gast.» Brook richtete sich auf und hielt ein rot verschmiertes Glas in der Hand, in dem noch die Selleriestange von einer Bloody Mary steckte. «Was kann ich für Sie tun? Ist mit Ihrem Zimmer alles in Ordnung?»

«Mein Zimmer ist wunderbar», sagte Ellery. «Ich wollte nur nachfragen, ob es irgendwelche Neuigkeiten gibt. Ich weiß, das ist unwahrscheinlich.» Sie blieb bewusst unklar, welche Art von Neuigkeiten sie zu hören hoffte.

«Wir stehen in Kontakt mit der Polizei», sagte Brook. «Sie werden so schnell wie möglich hier sein.» Sie zögerte, als wäre sie nicht sicher, wie viel sie preisgeben durfte.

Für Ellery war offensichtlich, dass man nicht von zwei

Unfällen ausging und Nat sich noch nicht für eine Sprachregelung den Gästen gegenüber entschieden hatte. Brook beschloss zu sagen: «Die haben im Moment natürlich auch noch andere Notfälle. Aber wir haben hohe Priorität.»

«Da bin ich froh», sagte Ellery. «Gut, dass Sie mit denen in Kontakt stehen. Hat man Ihnen irgendwelche Updates zum Wetter geben können?»

«Ja», sagte Brook. «Es soll noch mindestens zwei Tage regnen.»

Zwei weitere Tage! «Gibt es sonst noch Neuigkeiten? Was hat denn hier stattgefunden, hab ich was verpasst?», fragte sie, während sie sich eine der unbenutzten Servietten schnappte und einen Fleck von einem der Beistelltische wischte.

«Vorhin sind ein paar Gäste hier gewesen», sagte Brook. «Die jungen Männer wollten auf ihren Freund anstoßen, der abgestürzt ist.»

«Es war nett von Ihnen, das zu arrangieren.»

«Sie wollen heute Abend eine Gedenkfeier für Matt und Ben abhalten», sagte Brook. «Deshalb schließen wir den Raum hier für den normalen Betrieb. Die Lobby ist natürlich weiterhin geöffnet.»

«Das verstehe ich», sagte Ellery und hörte Ravi sagen: *Gedenkfeier? Es ist ja nicht so, dass die Burschis Armeeveteranen wären.* Aber sie waren Menschen, die Angehörige hatten, und sie hatte Mitgefühl mit Olivia, mit Bens Freunden, mit Matts Freunden und Familie. Hatte man es ihnen schon gesagt? Sie dachte an Matt gestern, sein gerötetes Gesicht, seine blutunterlaufenen Augen, seine Sorge und Trauer um Ben. «Ich bin sicher, dass Olivia, ihre Familie und Andy froh sein werden, dass es so eine Veranstaltung gibt.»

«Ich weiß nicht, wer alles teilnimmt.» Brook hatte mit

dem Putzen aufgehört und betrachtete einen Weinfleck auf dem dicken rot-braun gemusterten Teppich. «Gerade ist es ein bisschen schwierig, mit all den verschiedenen Anfragen und was für wen arrangiert werden muss, Schritt zu halten.» Sie seufzte. «Wir sind unterbesetzt. Einige unserer Leute wohnen außerhalb und können nicht herkommen.»

«Ich kann mir vorstellen, dass Sie alle Hände voll zu tun haben», sagte Ellery.

«So etwas passiert hier oben schon mal», erwiderte Brook. «Unpassierbare Straßen, Schlammlawinen - geschenkt. Das gehört dazu, wenn man so in der Wildnis lebt. Aber dass *Gäste* ...» Sie hielt inne. Ellery stellte sich vor, dass Brooks Satz, wenn sie ihn denn vervollständigt hätte, gelautet hätte: *Dass Gäste sterben, ist neu.*

«Sie leisten wunderbare Arbeit», sagte Ellery. «Zumal angesichts dieser aberwitzigen Situation.»

Die Eingangstür öffnete sich, und Ravi, Nat und Canyon traten ein. Ravi winkte Ellery zu. Sie winkte zurück, lässig, ungezwungen, als gäbe es keine Vereinbarung zwischen ihnen.

«Hey», sagte Ravi. «Da bist du ja. Ich habe Nat gefragt, wie wir helfen können. Es muss doch etwas geben. Wir können nicht Däumchen drehen, und das Personal rackert sich ab. Das ist nicht hinnehmbar.»

Ellery hob die Augenbrauen. *Du übertreibst*, versuchte sie ohne Worte zu sagen. *Bleib cool.*

Vertrau mir, gab er ohne Worte zurück. *Schau her und staune.*

Ein Golfcart kam schlitternd im Schlamm vor dem Gebäude zum Stehen. Ein Mitarbeiter, den Ellery schon einmal gesehen hatte, dessen Namen sie aber nicht kannte, stieg aus und ließ einen großen, gut gekleideten Mann mit grauen Haaren und leichtem Bauchansatz heraus. «Hier entlang, Mr Haring», sagte der Mitarbeiter. «Unsere Managerin wird in Kürze bei uns sein.» Nat nickte ihm zu, und die beiden Männer verschwanden durch eine Tür hinter der Lobby.

Ein leidender Ausdruck huschte über Nats Gesicht. Sie strahlte eine Müdigkeit aus, wie sie einen am Ende einer sehr, sehr langen Party befällt, deren Gastgeberin man war und die man eigentlich nur bereut.

«Ich bin sicher, Brook fällt etwas ein, womit Sie helfen können», sagte sie zu Ravi und Ellery und folgte Mr Haring und ihrem Mitarbeiter.

Brook runzelte die Stirn. «Lassen Sie mich kurz nachdenken.»

«Geben Sie uns etwas Sinnloses und Nerviges, was Sie nicht mögen», sagte Ravi. «Aber nicht Toiletten putzen. So dringend will ich dann doch nicht helfen.»

Brook lachte und ging mit ihnen zu einer Tür hinter der Rezeption, die Ellery vorher nicht aufgefallen war. «Ich hab eine Idee. Sie könnten die Karten schreiben, die wir jeden Morgen an die Türen hängen. Vielleicht ist Ihnen aufgefallen, dass das Wetter jeden Tag von Hand eingetragen wird.»

«Super. Haben wir die Vorhersage?», fragte Ravi.

«Die Polizei hat sie heute Morgen durchgegeben.» Brook führte sie hinaus und einen kurzen, überdachten Gang entlang zu einem niedrigen Gebäude, von dem Ellery angenommen hatte, dass es Gästezimmer beherbergte. Brook schloss auf und führte sie durch einen Raum, der wie ein Aufenthaltsraum für das Personal aussah (Mikrowelle, ein paar runde Tische, gepolsterte Stühle und eine Küchenzeile), in das, was eindeutig das Herz des Resorts war. Dieser Raum war im Gegensatz zur gesamten übrigen Anlage zweckmäßig und kühl eingerichtet. In der Mitte verlief eine lange Theke aus Edelstahl zum Falten von Wäsche und Sortieren von Vorräten. Waschmaschinen und Trockner in Industriegröße liefen auf Hochtouren, und eine der Wände war mit großen Körben zugestellt, die auf Golfcarts verladen oder hierhin und dorthin gerollt werden konnten.

«Das Wetter könnte sich natürlich ändern, aber wir können ja immer nur die aktuelle Vorhersage aufschreiben.» Brook schloss mehrere Schränke auf und öffnete sie, und Reinigungsmittel, Handtücher, Waschlappen und eine Menge hübscher kleiner Toilettenartikel für die Zimmer wurden sichtbar.

«Jemand müsste die Reinigungskörbe auffüllen», sagte Brook. «Die Leiterin des Housekeeping wohnt auf dem Gelände, aber nicht alle ihre Mitarbeiter, und im Moment ist sie etwas überfordert. Nach dem Frühstück haben sie das Restaurant und die Küche fertig gemacht, damit alles für das Mittagessen bereit ist, aber die Reinigung der Zimmer steht noch an.»

«Da helfen wir gern», sagte Ravi. «Essen und Sauberkeit sind das A und O.»

«Hier in der Schranktür hängt eine Liste mit den Dingen, die in jeden Korb gehören», erklärte Brook. «Die werden sich freuen, dass sie ihre Körbe nicht selbst auffüllen müssen.»

«Wunderbar», sagte Ravi. «Soll ich mit den Körben anfangen oder die Karten beschriften?»

Brook warf ihm einen prüfenden Blick zu. «Nat ist streng, was die Karten angeht. Wie sauber ist Ihre Handschrift?»

«Ich schreibe wunderschön», sagte Ravi.

«Schreiben Sie doch vielleicht mal beide etwas.» Brook reichte ihnen einen schwarzen Stift und ein Blatt Papier.

Es stellte sich heraus, dass Ravis Handschrift grauenhaft war. Er warf ihnen einen um Verzeihung heischenden Hundeblick zu.

«Also wirklich.» Brook grinste. Ellery war froh über diesen Moment der Leichtigkeit. «Ihr Job ist es, die Körbe aufzufüllen», sagte Brook.

Ravi tat, als wäre er am Boden zerstört. Ellery klopfte ihm auf den Rücken.

«Mach dir nichts draus», sagte sie. «Ich bin Lehrerin und muss leserlich schreiben können, damit die Schüler wissen, was an der Tafel steht.»

«Du lügst, um mich zu trösten», sagte Ravi. «Heutzutage schreibt keiner mehr an Tafeln. Ihr habt alle Smarttablets oder Bildschirme oder was auch immer. Und ich hatte Lehrer, deren Handschrift vollkommen unleserlich war.»

«Das kommt vor», stimmte Ellery zu, «ist aber, anders als bei Ärzten und Anwälten, die Ausnahme.» Sie wusste nicht, was Ravi beruflich machte. Es hatte dieses Gespräch über ihre Arbeit und die von Nina gegeben, aber Ravi hatte das Thema gewechselt, bevor die Sprache auf ihn gekommen war. Sie hatten über das Resort gesprochen, über die Hochzeit. Den Promi, der inkognito da war.

Vielleicht war das ganze Gespräch ein Bluff, dachte sie. *Vielleicht ist Ravi selbst diese geheimnisvolle Berühmtheit.*

«Die Karten sind vorgedruckt.» Brook holte einen Stapel Karten und einen Becher mit schwarzen Stiften aus einem der Schränke. «Wir halten eine bestimmte Reihenfolge ein, damit sich die Zitate und vorgestellten Kunstwerke nicht doppeln, das passiert erst, wenn ein Gast länger als dreizehn Tage bleibt. Innen an der Schranktür hängt ein Kalender, in dem vermerkt ist, welche Karte an welchem Tag verwendet werden soll. Sie sind nach dem täglichen Zitat durchnummeriert. Das Stegner-Zitat ist Tag eins und so weiter. Morgen sind wir bei Emily Dickinson.»

Ellery betrachtete den Stapel dicker, wertig bedruckter cremefarbener Karten. Die Schrift hatte ein tiefes, rostiges Orange, eine ungewöhnliche Farbe, die ihr gefiel und sie daran erinnerte, dass ihre Großmutter, um sich von den Normalsterblichen abzuheben, ihre Briefe immer mit brauner Tinte geschrieben hatte. «Es ist schön, ein Markenzeichen zu haben», hatte sie gesagt.

Mörder hatten auch Markenzeichen. So stand das jedenfalls in Krimis.

«Wie viele Karten soll ich ausfüllen?», fragte Ellery und hielt den Atem an.

Aber Brook zögerte nicht, ihr die Zahl zu nennen. «Siebenundzwanzig», sagte sie, und Ellery hob seitlich, so, dass Brook es nicht sehen konnte, den Daumen.

Ravi und sie hatten etwas herausgefunden. Siebenundzwanzig der Zimmer und Cottages waren belegt.

Auf dem cremefarbenen, edlen Papier zu schreiben, war seltsam befriedigend. Ellery konnte hören, wie Ravi mit Brook plauderte, während sie gemeinsam an den Körben arbeiteten und sie mit Handtüchern, Toilettenartikeln und dergleichen befüllten. «Ehrlich gesagt», sagte er jetzt, «habe ich was aufgeschnappt. Eines der Kunstwerke wurde gestohlen?»

Ellery hörte, wie etwas klirrend zu Boden viel. Sie hielt den Atem an. «Ups», sagte Ravi. «Lassen Sie mich das aufheben.»

«Von wem haben Sie das?», fragte Brook.

«Ähm, von Ihnen, um ehrlich zu sein», sagte Ravi gespielt demütig. «Ich schwöre, ich habe nicht gelauscht. Es war der Morgen der Hochzeit. Ich bin am Empfang vorbei, und Sie und Nat haben sich bei geöffneter Bürotür unterhalten, dann aber geschwiegen, als Sie mich sahen.»

«Ach ja, stimmt», sagte Brook. «Alles ist in bester Ordnung. Sie haben sich bestimmt verhört. Es tut mir leid, wenn Ihnen das Sorge bereitet hat.»

Die Tür schwang auf, und Maddox kam herein. Er trug Arbeitshandschuhe, und seine gewachste Jacke war schmutzig und glänzte vom Regen. Seine Stiefel waren über und über mit Schlamm bedeckt, und auch seine Jeans hatte etwas abbekommen.

«Wo ist Nat?», fragte er Brook. «Ich muss mit ihr über den Generator reden.» Seine Stimme war rauer, als Ellery sie in Erinnerung hatte, als hätte er gebrüllt. Er wirkte vollkommen erschöpft.

«Ich gehe sie suchen.» Brook eilte an Maddox vorbei, der Ravi und Ellery verwirrt musterte und ihr folgte.

«Sieh an, sieh an», sagte Ravi und näherte sich Ellery. «Hast du über den Waschmaschinen- und Trocknerlärm hinweg gehört, was sie gesagt hat?»

«Ja, hab ich.»

«Interessant, oder? Sie hat doch tatsächlich die Aesop-Handseifenflaschen fallen lassen, als ich das fehlende Kunstwerk erwähnte. Dieses Aesop-Zeug ist teuer. Also ich glaube keine Sekunde, dass alles in Ordnung ist.»

«Ich auch nicht.»

«Meinst du, wir könnten uns als Housekeeping ausgeben und die Toilettenartikel ausliefern? Ob das funktioniert?» Ravi stemmte die Hände in die Hüften und betrachtete die gefüllten Körbe und den Stapel mit den von Ellery beschrifteten Karten.

«Das kaufen uns die Leute nicht ab.»

«Wahrscheinlich hast du recht. Aber wo wir schon mal unbeaufsichtigt hier rumschnüffeln können - was wollen wir uns ansehen?»

Gerade als Ellery antworten wollte, öffnete sich die Tür, und eine dunkelhaarige Frau betrat mit durchgedrücktem Rücken und erhobenem Kinn den Raum. «Brook hat mir gesagt, dass Sie hier sind. Ich bin Isabel, die Leiterin des Housekeeping.» Sie sah sich um, als wäre sie überrascht, dass der Raum nicht völlig verwüstet war. Ihr Blick blieb auf Maddox' matschigen Stiefelabdrücken hängen. «Das waren nicht wir», wollte Ellery sich sofort vor der strengen Frau rechtfertigen. «Danke für Ihre Hilfe», sagte Isabel. Bildete sich Ellery das ein, oder hatte die Frau das sarkastisch gesagt? «Ich übernehme ab hier.»

«Schön, Sie kennenzulernen, Isabel.» Ravi streckte die Hand aus. «Ich bin Ravi.»

Isabel nickte ihm zu, gab ihm aber nicht die Hand, sondern öffnete einen der Trockner. Zwei ihrer Mitarbeiterinnen kamen herein und trugen die Körbe hinaus. «Im Restaurant wird jetzt das Mittagessen für Sie serviert.»

«Ich glaube, wir sind entlassen», sagte Ravi, und Ellery nickte. Sie verließen den Raum und das Haupthaus und gingen an den mit Plastikplanen bedeckten Golfcarts vorbei, die das Reinigungspersonal benutzte, um die Toilettenartikel zu verteilen. Regen trommelte auf glitschige grüne Blätter und sammelte sich in Pfützen auf den Gehwegplatten, die ein Angestellter des Resorts mit einem Abzieher entfernte. Ellery hatte den Eindruck, dass die Feuchtigkeit ihr allmählich in die Knochen sickerte, und atmete den üppigen und leicht fauligen Geruch von Erde und Vegetation ein, die zu viel Wasser aufnahmen.

«Zum Mittagessen?», fragte Ravi und hielt sich seinen Mantel über den Kopf.

«Zum Mittagessen.» Ellery schlug ihre Kapuze hoch, unter der sie wie immer das Gefühl hatte, ein Pferd mit Scheuklappen zu sein, was sie hasste. «Ich komme gleich nach. Ich muss noch kurz in mein Zimmer.»

Sie kannte das schon - Trauer und Angst übermannten sie. Damit sie sich später wieder zusammenreißen konnte, musste sie sich der Angst und der Trauer für eine Weile ergeben.

26.

Mit Mühe schaffte Ellery es bis in ihr Zimmer.

Sie setzte sich auf die Bettkante und krümmte sich, rollte sich dann auf dem Bett zusammen, um dem Schmerz zu entgehen.

Dies war die andere Version dessen, was in der ersten Nacht im Resort passiert war, als sie ihren Tisch im Restaurant verlassen und in den Waschraum hatte gehen müssen, um dort zu weinen. Sie kam zurecht, zumindest äußerlich, erledigte, was zu erledigen war, unterrichtete, fuhr Auto und machte den Kindern Essen, aber manchmal holten Schmerz, Trauer, Verlust und alles andere sie unvermittelt ein. Dann zog sie sich zurück und weinte, und wenn das nicht ging, biss sie die Zähne zusammen und hielt durch.

Ihre Augen waren geschlossen, sie hörte den Regen auf das Dach trommeln.

Wieder hatte Ellery das Gefühl zu ertrinken. Sie war allein, war physisch und emotional von den Menschen, die sie liebte, und dem Leben, das sie kannte, abgeschnitten, und nicht zu wissen, wann sie zurückkehren würde, war schier unerträglich. Ihre Situation jetzt erinnerte sie an die Zeit vor etwas mehr als zwei Jahren, als die Welt aus den Fugen geraten war.

Es ging so schnell, dass sie alle mittendrin waren, bevor sie recht wussten, dass etwas begonnen hatte, und doch gab es so viele Momente, die herausstachen und die sie benennen konnte – Momente, in denen eine Welt begann und endete.

Der Sattelschlepper raste auf sie zu.

Ellery starrte wie hypnotisiert in die blendenden Scheinwerfer und wünschte sich, der Fahrer des Lastwagens würde aufwachen, den Kopf heben und sie rechtzeitig sehen. Die Wucht der Kurve, als Pete das Lenkrad noch mehr herumriss und versuchte, den Bus beiseitezubewegen, ihr Körper, der schmerzhaft nach vorne in den Sicherheitsgurt getrieben wurde, Abbys Körper auf dem Nebensitz, auch in den Sicherheitsgurt gepresst, ihre Augen, die im Rückspiegel auf die von Pete trafen, die Angst darin. Wie still alles wurde. Und dann

die Schreie,

die brutale Wucht des Aufpralls, ein Erdbeben aus schabendem Metall und quietschenden Reifen.

Wie sie sich überschlugen.

Wieder und wieder.

Sie musste zum Mittagessen. Sie musste in Bewegung bleiben, irgendwann heim zu den Kindern gelangen. Am Ende lief alles darauf hinaus: zu den Kindern.

«Also los», sagte sie laut. «Ich zähle bis drei. Eins, zwei, drei ...»

Sie setzte sich im Bett auf und betrachtete sich im Spiegel über dem Schreibtisch.

Sie hatte die Kunstwerke in ihrem Zimmer bislang nicht weiter beachtet. War dieser Spiegel schon immer da gewesen? Hatte da früher nicht ein Gemälde oder ein Foto gehangen?

Sie erinnerte sich an andere Gegenstände. Das Vintage-Telefon aus schwarzem Metall mit Wählscheibe, mit dem man nur vier Nummern anrufen konnte (Rezeption, Concierge, Zimmerservice, Housekeeping). Eine kleine graue Vase mit sonnenuntergangs- und elfenbeinfarbenen Blumen mit ein wenig Grün dazwischen. Die lederne Schreibunterlage, auf der das Willkommensheft gelegen hatte. Sie starrte im schwachen Licht der Deckenlampe, die - vielleicht wegen des Generators - flackerte, ihr Spiegelbild an.

Atme. Der Spiegel hing wahrscheinlich schon die ganze Zeit hier.

Was aber, wenn nicht? Was, wenn in ihrem Zimmer *der umherziehende Warhol* gehangen hatte und sie zu doof und traurig gewesen war, es zu bemerken, und ihn jemand jetzt abgehängt und durch einen Spiegel ersetzt hatte, vielleicht um ihr den Kunstraub und sogar den Mord anzuhängen?

Langsam, aber sicher verlor sie den Verstand.

Sie ging zur Tür und zog ihre schlammbedeckten Stiefel an. Aus Richtung der Cottages, kaum zu erkennen zwischen den Bäumen, kam jemand. War das Maddox?

Sie wollte ihn gerade rufen und nach dem Notstromaggregat fragen, als er stolperte und sich mit einer Hand an einem der Bäume abfing. Ellery erhaschte einen Blick auf sein Gesicht, das hart und kalt wirkte und viel älter, als er eigentlich war. Plötzlich hob er den Kopf und blickte lauernd in ihre Richtung, doch er schien sie nicht zu sehen, es war, als wäre sie unsichtbar.

Er ließ den Baum los, und sie meinte ihn fluchen oder stöhnen zu hören, als er weiterging und aus ihrem Blickfeld verschwand.

Sie musste auch in Bewegung bleiben.

27.

Ellery nahm sich eines der Lunchpakete, die auf dem langen Buffettisch lagen, und sah sich im Restaurant um. Ihr war immer noch unbehaglich zumute, aber Maddox war nicht im Raum.

Ravi saß mit Rachel an einem der Tische und unterhielt sich angeregt mit ihr. Obwohl es zu ihrem Plan gehörte, sich mit den anderen Gästen zu unterhalten, wurde es Ellery ganz elend. In kürzester Zeit hatte sie sich daran gewöhnt, mit Ravi und Nina zu essen. Jetzt war sie wieder auf sich allein gestellt, wenn auch nur vorübergehend, und es fühlte sich noch schlimmer an als am Tag ihrer Anreise, denn jetzt war eine unbestimmte Gefahr im Raum, jetzt war der Tod in ihrer Mitte.

Jemand winkte ihr von einem der Tische aus zu. Grace. Erleichterung überkam Ellery, als sie zu Grace und ihrem Vater hinüberging. Sie mochte Grace und Gary, ihre offensichtliche Zuneigung zueinander, dass sie die Natur liebten und nicht dem Luxus verfallen waren, der sie umgab. Ravi würde sich freuen, dass sie es geschafft hatte, mit ihnen zu essen. Sie sollte die beiden nach Matts Leiche fragen, war sich aber nicht sicher, ob sie sich dazu würde durchringen können. Sie wusste, wie es war, wenn die Leute mit einem über etwas Schreckliches sprechen wollten und man nicht bereit dazu war.

Aber es stellte sich heraus, dass Grace und Gary durchaus darüber sprechen wollten.

«Nicht mit allen», sagte Grace nach der Begrüßung und

hob die Tasche vom Stuhl, mit der sie verhindert hatten, dass sich ungebetene Gäste zu ihnen setzten. Ellery fühlte sich geschmeichelt und fragte sich, ob sie den Platz gar für sie frei gehalten hatten. «Aber mit dir schon. Du hast dasselbe durchgemacht.»

«Die Leichenfinder», sagte Gary und nickte. «Wir sind ein düsterer kleiner Club.»

«Oh, Dad.» Graces Haare waren zu zwei Zöpfen geflochten, aus denen sich ein paar Strähnen herausgemogelt hatten. Sie trug einen grünen Hoody, ihr Gore-Tex-Parka hing über der Stuhllehne. Jetzt nahm sie ihr Besteck wieder zur Hand. Gary hatte sein Sandwich und die Pommes schon gegessen. Neben seinem Teller stand ein Erfrischungsgetränk mit einer Limette auf dem Rand.

«Das sind wir wirklich», sagte Ellery.

«Wir hatten mehr Glück als du», sagte Grace. «Wir waren immerhin weit weg. Und es war eindeutig, dass wir nichts tun konnten.»

Ellery fragte sich, was sie über Bens Zustand wussten und darüber, wie sie ihn gefunden hatte. Es schien, als wüssten sie zumindest einige Details.

«Wir mussten ihn nicht identifizieren», sagte Grace. «Musstest du?»

«Nein», sagte Ellery. «Die Braut und sein bester Freund mussten das machen.»

«Wenn junge Menschen sterben, ist das eine Tragödie», sagte Gary leise. «Das kann man nicht schönreden. Was für eine Verschwendung.»

Du hast so recht, dachte Ellery, aussprechen konnte sie es nicht, weil ihre Kehle wie zugeschnürt war.

«Dad hat in seinem Beruf viel Schlimmes erlebt», erklärte Grace. «Er war früher Richter.»

Obwohl Gary seine Giants-Cap trug, konnte Ellery ihn problemlos auf der Richterbank vor sich sehen. Er strahlte Würde und Selbstbewusstsein aus, aber keinerlei Arroganz.

«Ich kann mir vorstellen, dass Sie schon alles gesehen haben.»

«Zumindest eine ganze Menge», sagte Gary. «Ein paar wirklich schreckliche Dinge. Jedenfalls Fotos davon, und ich habe mir Aussagen anhören müssen, die ich mein Lebtag nicht vergessen werde. Für die Familienangehörigen und die Ersthelfer ist es natürlich immer schlimmer. Über das Sorgerecht für Kinder zu entscheiden, ist auch hart, die Fälle gehören zu denen, die mich am meisten verfolgen.» Ellery zuckte zusammen.

«Verzeihen Sie.» Gary hatte es sofort bemerkt. «Sie haben so etwas vielleicht selbst durchgemacht. Wie rücksichtslos von mir.»

«Das konnten Sie ja nicht wissen.» Ellery öffnete ihr Lunchpaket. Das Personal hatte wieder mit Steinguttellern und Stoffservietten eingedeckt, und sogar kleine Blumenarrangements standen auf den Tischen. Ellery war leicht angewidert. Warum nicht Geige spielen, während die Titanic unterging? Warum nicht besondere Momente schaffen, wenn die Straßen wegen Steinschlag unpassierbar sind? Das hier war so absurd wie die schicken Karten, die sie am Morgen im Housekeeping-Raum ausgefüllt hatte. «Wir hätten jetzt eigentlich unseren zwanzigsten Hochzeitstag», sagte sie zu Grace und Gary. «Weil ich nicht wollte, dass an meiner Stelle seine Freundin mitfährt, bin ich allein gefahren. Was ein Fehler war. Ich habe meine Kinder schon kurz nach der Abfahrt vermisst, und jetzt weiß ich nicht, wann ich sie wiedersehe.» Beinahe versagte ihr die Stimme.

Gary tätschelte ihr mitfühlend die Hand. «Sie sind nicht

die Einzige, die nicht hätte herkommen sollen», sagte er. «Bei mir ist es der fünfzigste Hochzeitstag. Goldene Hochzeit.» Er senkt den Blick. «Meine Frau ist vor fünf Monaten gestorben.»

«Das tut mir sehr leid.»

«Big Sur war ihr Lieblingsort», sagte Gary. «Vor Jahrzehnten sind wir hier immer campen gewesen. Jetzt ist es natürlich anders als früher. Und wir waren auch nicht immer am selben Ort. Wir haben die ganze Küste entlang überall mal übernachtet. Sheila hat es geliebt, neue Gegenden kennenzulernen.» Verlegen wischte Gary sich mit seiner Serviette über die Augen.

«Was für eine schöne Geste, dass Sie hergekommen sind, um Ihrer Frau zu gedenken», sagte Ellery.

«Genau das hatten wir vor, aber dann haben wir Matt gefunden», warf Grace ein. «Uns war klar, dass wir bei dem Wetter nicht die schmalen Wege da draußen entlanggehen sollten. Aber wir haben beide gute Ausrüstung dabei und wussten ja nicht, ob im Laufe des Wochenendes der Regen aufhört, also haben wir es gewagt. Wir hatten nicht vor, die ganze Wanderung zu machen, nur bis zu dem Punkt, an dem wir unser Vorhaben umsetzen konnten.»

Was für ein Vorhaben war das?, wollte Ellery fragen.

«Wir wollten meiner Frau gedenken, aber wir waren auch in illegale Aktivitäten verwickelt.» Gary lachte, hatte aber Tränen in den Augen.

«Die Asche meiner Mutter.» Grace beugte sich vor und sprach leise, damit sie an den Nachbartischen nicht gehört wurde. «Wir wollten sie am Broken Point verstreuen. Dort hat Dad ihr damals den Antrag gemacht. Leider wurde schnell klar, dass der Weg unterspült war und wir da nicht hochkonnten.»

«Dir wurde das klar», sagte Gary. «Ich war wild entschlossen, bis nach oben zu gehen. Ein aberwitziges Unterfangen, das sehe ich jetzt ein.»

«Du trauerst, Dad», sagte Grace. «Du musst nicht rational sein. Jedenfalls waren wir stehen geblieben, und ich versuchte gerade, ihn zu überreden, die Asche dort zu verstreuen, wo wir waren, als wir nach unten schauten und Matt sahen. Wie er da lag, war klar, dass er sich das Genick gebrochen hatte.» Sie schluckte. «Ich habe schon früher verletzten Wanderern geholfen. Ich bin zwar keine Rettungssanitäterin oder so, aber ich habe das schon mal gesehen. Wenn jemand sich das Genick gebrochen hat, dann weiß man das.»

«Ich hätte nicht darauf bestehen sollen, dass wir über die überspülten Wege hoch zum Gipfel gehen», sagte Gary. «Auch wenn Broken Point ihr Lieblingsort war.» Er fuhr sich mit der Hand übers Gesicht. «Und außerdem», sagte er, «weiß ich das gar nicht so genau. Was, wenn unser Zuhause ihr Lieblingsort war? Oder unser Garten? Wieso denke ich, es war dieser verdammte Gipfel?»

«Ich glaube, man kann mehrere Lieblingsorte haben», sagte Ellery. «Zumal in einer so langen Ehe.» *Das machst du wunderbar*, schalt sie sich stumm. *Belehrst die Leute über die Ehe und das Leben, obwohl du in beidem versagt hast.*

Aber Gary und Grace sahen sie dankbar an.

«Wie auch immer.» Gary räusperte sich. «Diese ganze Situation ist ein Albtraum. Wir müssen so schnell wie möglich weg hier. Hören Sie auf mich, junge Frau. Gehen Sie nirgendwo allein hin. Grace lasse ich auch nicht aus den Augen ...»

Ellery bemerkte, dass sein Krückstock neben seinem Stuhl stand.

Was soll ich denn machen, ich bin nun mal allein hier, dachte sie und überlegte, ob sie es aussprechen sollte, aber Gary redete schon weiter, und ihr wurde klar, dass alle anderen mit jemandem oder als Teil einer Gruppe da waren. Trotzdem waren zwei Menschen gestorben. Zusammen war man also nicht unbedingt sicherer. Möglicherweise sogar wesentlich weniger sicher, je nachdem, in wessen Begleitung man war.

Das Personal hatte gerade angesagt, dass demnächst abgeräumt würde, als Andy in einem blauen karierten Hemd und einer Basecap hereinkam. Selbst aus der Entfernung konnte Ellery die Bartstoppeln in seinem Gesicht und die Schatten unter seinen Augen sehen. Er sah sich suchend um, und sie war überrascht, als sein Blick auf ihr landete. Er winkte, ließ jedoch die Hand gleich wieder sinken. Sie winkte zurück.

«Das ist der beste Freund des Bräutigams, oder?», sagte Gary. «Armer Kerl.» Mit steifen Knien ging Andy zum Buffettisch und blieb unschlüssig vor den Lunchpaketen stehen.

«Wir haben uns vor der Wanderung am Samstag kurz mit ihm unterhalten», sagte Grace. «Ich fand ihn nett.»

«Ich auch, und zwar trotz der Dodgers-Cap.» Gary zwinkerte Ellery zu.

«Haben Sie was dagegen, wenn ich ihn bitte, sich zu uns zu setzen?», fragte Ellery. Andy wirkte irgendwie verloren. Wie sie selbst schien auch er allein hier zu sein, auch wenn er streng genommen zur Hochzeitsgesellschaft gehörte.

Genauso ging es ihr mit Olivia. Jetzt, wo Ben weg war, schienen sowohl Andy als auch Olivia ihren Bezugspunkt, ihren Anker verloren zu haben. Was keinen Sinn ergab, oder? Olivias Eltern und Freunde waren hier, und Andy sollte mit anderen jungen Leuten zusammen sein, mit angenehmen, naturverbundenen, schönen, klugen, freundlichen Menschen. Mit Menschen wie Grace?

«Meinetwegen gern», sagte Gary, und sein Blick brachte sie dazu, sich zu fragen, ob er etwas Ähnliches über Andy und seine Tochter gedacht hatte.

Alle Gesichter wandten sich ihnen zu, als jetzt Nat, Carlos und Craig das Restaurant betraten. Sie trugen Regenmäntel und matschbedeckte Stiefel. Ellery fragte sich erschaudernd, was sie in den letzten Stunden wohl gemacht hatten. War es ihnen gelungen, Matts Leiche zu bergen? Wer würde ihn für die Behörden identifizieren? Wo bewahrten sie die beiden Leichen auf? Und Maddox - was hatte er währenddessen gemacht? Wie stand es um den Generator?

«Wenn ich um Ihre Aufmerksamkeit bitten dürfte», rief Nat und hatte sogleich die ungeteilte Aufmerksamkeit aller. «Wir wollen Sie auf den neuesten Stand bringen. Ich habe gute und schlechte Nachrichten und ein paar ganz normale Neuigkeiten. Wenn ich durch bin, können Sie mir gern Fragen stellen. Bitte nicht vorher.»

Gary verschränkte die Arme vor der Brust. Ellery beugte sich vor. Was mochten die schlechten Nachrichten sein?

«Die erste und wichtigste Neuigkeit betrifft die Polizei», sagte Nat. «Man ist sehr um Ihre Sicherheit besorgt und will Sie so schnell wie möglich evakuieren und zu Ihren Familien nach Hause bringen.»

«Ist mir bis jetzt gar nicht aufgefallen», sagte jemand halblaut.

«Eine Naturkatastrophe dieser Größenordnung erfordert konzentriertes Vorgehen und viele Einsatzkräfte», ging Nat auf die Kritik ein. «Die Polizei hat rund um die

Uhr gearbeitet, um Menschen von Campingplätzen und aus anderen gefährdeten Gebieten zu evakuieren. Wir sind hier ja vergleichsweise sicher. Zumal wir davon ausgehen, dass Mr Taylors Tod ein tragischer Unfall war.»

Aber Dr. Anand denkt das nicht, wunderte sich Ellery. Sie wusste noch, wie er sie angesehen hatte, als sie tropfnass auf dem Sofa im Haupthaus saß. Ihr wurde klar, dass sie ihn seitdem nicht mehr zu Gesicht bekommen hatte. Wo war er abgeblieben?

Sie konzentrierte sich wieder auf Nat. «Ich möchte betonen», sagte die gerade, «dass wir nach wie vor davon ausgehen, dass das, was mit Mr Colton» - so hieß Matt also mit Nachnamen, dachte Ellery - «passiert ist, ebenfalls ein Unfall war.»

Am Tisch der Hochzeitsgäste und auch an einigen der anderen Tische wurde Murren laut.

«Einem Helferteam um Carlos ist es gelungen, Mr Coltons Leiche zu bergen. Wir danken seinen Freunden dafür, dass sie sich bereit erklärt haben, ihn zu identifizieren.»

Ellery blickte hinüber zu Jason und den anderen Hochzeitsgästen. Sie wirkten aufgewühlt und wütend. Und traurig. Zwei von ihnen waren tot. Wer von ihnen hatte Matt wohl identifizieren müssen? Wie hatte er aus der Nähe ausgesehen? Irgendwo da draußen waren Matts Eltern, seine Familie. Ob sie schon wussten, dass er tot war?

Ellery hatte einen Kloß im Hals. *Nicht weinen*, ermahnte sie sich. *Das ist nicht deine Tragödie.* Und mit etwas Glück würde es auch nicht zu ihrer werden. Nicht dieses Mal.

«Schon diese Aktion war gefährlich, und wir haben eine Ahnung davon bekommen, vor welchen Problemen die Polizei und andere Rettungskräfte im Moment stehen», erklärte Nat. «Die Zufahrtsstraße zum Resort ist nach wie vor unpassierbar, die Polizei hat uns berichtet, dass der Highway in mehreren Bereichen gesperrt ist.»

«Die sollen ein paar Hubschrauber herschicken», rief einer der Hochzeitsgäste.

«Genau das werden sie auch tun, sobald das Wetter besser ist. Aber im Moment wäre das zu gefährlich. Wir wollen nicht noch mehr Todesopfer», sagte Nat eindringlich. «Die Polizei bittet uns, uns auf dem Gelände und in den Gebäuden aufzuhalten. Ich weiß, es fühlt sich für Sie vermutlich nicht so an, aber wir haben mehr Glück als die meisten anderen.»

Ellery wusste, dass das stimmte, aber genauso wusste sie, dass ihre Instinkte schrien: *Hau ab von hier! Fahr zu deiner Familie! Was immer du tun musst, um hier wegzukommen, tu es.*

«Die Situation könnte sich verschlimmern, wenn Sie unsere Warnung, das Resortgelände zu verlassen, weiterhin missachten», sagte Nat mit Blick auf den Tisch, an dem Ellery saß. Wusste sie von dem Ausflug, den Ellery, Nina und Ravi gemacht hatten? Oder schaute sie Grace und Gary an? Ellery senkte den Blick, zwang sich, zu essen und nicht noch einmal in Richtung Ravi oder Nina zu blicken.

Nat gab zwei Mitarbeitern ein Zeichen, die daraufhin mehrere große Kartons öffneten. «Wir verteilen jetzt eine Liste mit Regeln und Sicherheitsmaßnahmen, die Sie bitte befolgen, außerdem Notfallrucksäcke mit Taschenlampen, Erste-Hilfe-Sets und anderen Gegenständen, die Sie bei sich tragen sollten.» Der eine Mitarbeiter verteilte weiße Schnellhefter. Unter dem Logo des Resorts stand *Notfallmaßnahmen* aufgedruckt. Der zweite Mitarbeiter begann, schwarze Rucksäcke, auch mit Resortlogo, auszuteilen.

Jason, der schon die ganze Zeit vor sich hin gemurmelt hatte, platzte der Kragen. «Sollen wir in aller Seelenruhe abwarten, bis uns jemand ertränkt? Oder von einer Klippe stößt?»

Nats Stimme übertönte das aufbrandende Stimmengewirr an den Tischen. «Ich möchte noch einmal betonen, dass es sich hierbei um einfache Unfälle handeln könnte, einer wegen des Regens und einer wegen Missachtung der Naturkatastrophe draußen in den Bergen.»

«Oder wir haben es mit einem Serienmörder zu tun.» Jason stand auf.

«Und? Was dann?» Craig trat mit zusammengebissenen Zähnen einen Schritt vor.

«Junge», sagte Gary von ihrem Tisch aus, «das ist nicht hilfreich.» Er verfügte über die Art von Autorität, mit der manche Menschen geboren wurden und andere nicht. Da er sie normalerweise nicht zur Schau stellte, war sie nur umso wirksamer. Ellery fühlte sich an den Morgen erinnert, als seine Tochter mit der gleichen Souveränität auf dem Weg draußen die Freunde des Bräutigams zurechtgewiesen hatte.

«Nennen Sie mich nicht Junge», murmelte Jason, setzte sich aber wieder hin. Craig verschränkte die Arme. Carlos schaute auf die Uhr. Ellery wusste, dass die Crew Probleme zu lösen hatte, von denen die Gäste nichts ahnten.

«Wir empfehlen, dass Sie immer in Begleitung eines Freundes sind», sagte Nat. «Zum einen, damit der- oder diejenige Ihnen helfen kann, wenn etwas passiert - wenn Sie beispielsweise ausrutschen oder hinfallen. Der Regen macht auch die Wege des Resorts gefährlich, die wir geöffnet lassen - und zum anderen, damit Sie sich sicher fühlen.»

«Das ist also der Notfallplan?», rief ein Gast, den Ellery nicht kannte. «Das Buddy-System?»

Nat blickte eisig in den Raum, wartete, bis das Raunen verstummt war und dann noch ein paar Augenblicke, bis das Schweigen unangenehm wurde.

«Wir schließen das Resort mit Ausnahme der Gästezimmer, dieses Restaurants und des Haupthauses», sagte Nat. «Weitgehend gilt das schon seit Beginn des Unwetters, aber jetzt ist es offiziell. Auf diese Weise können wir gleichzeitig Strom sparen. Bitte lesen Sie sich die Mappen durch, tragen Sie die Rucksäcke bei sich, bleiben Sie mit Freunden oder Familienmitgliedern zusammen und passen Sie auf sich auf.» Jedes ihrer Worte hatte Gewicht, es war, als würde sie einen Teil der Verantwortung auf alle im Raum Anwesenden übertragen. *Tun Sie, was man Ihnen sagt. Hören Sie auf, sich wie Kinder zu benehmen. Dies ist ein Notfall.*

«Es ist sehr wahrscheinlich, dass irgendwann der Strom ausfallen wird», fuhr Nat fort. «Das bleibt nicht aus, selbst wenn man wie wir einen erstklassigen Generator hat. Das Wichtigste ist, nicht in Panik zu geraten, wenn es dann passiert. Wenn es da, wo Sie dann gerade sind, trocken und sicher ist, warten Sie bitte ab, bis der Strom wieder da ist oder jemand kommt, um Sie zu holen. Das steht alles in der Mappe. Das Abendessen wird heute Abend um siebzehn Uhr bereitgestellt, damit wir das dann noch vorhandenen Tageslicht nutzen können.» Ihr Blick huschte durch den Raum und blieb an Ravi hängen, der aufgestanden war. Zu Ellerys Überraschung bedeutete Nat Ravi, zu ihr nach vorn zu kommen.

«Danke, Nat!», sagte Ravi fröhlich. «Ich habe vorhin gefragt, ob ich Ihnen allen ein paar Worte sagen darf. Ich habe nämlich eine Idee und hoffe, dass Sie sich dafür begeistern lassen.»

Ellery sah, dass einige Leute, die noch nicht mit Ravis

Charme in Berührung gekommen waren, verunsichert wirkten. Die anderen schauten ihn gespannt an. Rachel lächelte sogar. Hatte er die Trauzeugin innerhalb eines Mittagessens dazu gebracht, ihn zu mögen?

«Wie Nat schon sagte, werden wir hier wahrscheinlich eine Weile festsitzen», sagte Ravi. Er ignorierte das Gemurmel und Stöhnen um sich herum und fuhr fort. «Leider können wir weder außerhalb des Geländes wandern gehen noch die Einrichtungen innerhalb des Geländes vollumfänglich nutzen. Das Personal ist sowieso schon am Limit und kann uns nicht babysitten. Also dachte ich, es könnte doch Spaß machen ...»

«Ja, klar, Spaß», murmelte jemand verächtlich.

«... wenn wir uns gegenseitig unterhalten würden», fuhr Ravi fort. «Was wir hier haben, ist doch eine recht interessante Ansammlung von Menschen. Unter anderen Umständen würden wir kaum miteinander interagieren und weiterhin in den Gruppen, mit denen wir angereist sind, unterwegs sein. Aber jetzt, wo wir kein WLAN haben, können wir einander kennenlernen und voneinander profitieren. Ich habe zum Beispiel erfahren, dass Experten für Kunst, Landschaftsgestaltung, Geschichte, Strafrecht, Finanzen und Klettern unter uns sind, um nur einige zu nennen.»

Alle begannen, sich umzusehen, um herauszufinden, wer die genannten Experten sein könnten.

«Ich hab eine Mikrobrauerei», rief einer der Freunde des Bräutigams.

«Ich bin Masseurin», rief Morgan. Ellery schaute hinüber und sah, dass sie und Maddox an einem Tisch in der Nähe saßen. Sie fragte sich, wann er hereingekommen war.

«Eine Massage wär jetzt was», sagte Jason feixend zu einem der anderen Männer.

«Für dich keine Massage», knurrte Maddox. Trotzdem fand Ellery, dass er gelassener wirkte als vorhin. Ruhiger, mehr wie er selbst.

Morgan rief fröhlich in den Raum: «Ich behalte mir das Recht vor, den Service gegebenenfalls zu verweigern», und die Leute lachten.

«Das ist doch ein Anfang», sagte Ravi. «Ich habe hier ein Blatt Papier, und jeder, der will, kann eintragen, was er anbieten möchte. Nat sagt, wir dürfen den Gemeinschaftsraum nutzen.» Er strahlte die Anwesenden an. «Ich hänge die Liste mit den Angeboten im Haupthaus aus, sobald wir alle beisammenhaben. Wie Nat bereits erwähnte, ist es im Moment eine gute Idee zusammenzubleiben, und das erreichen wir mit unseren Aktivitäten.»

«Brillant», sagte Gary und beäugte Ravi. «Ein kluger Mann.»

Maddox winkte Nat und gab ihr zu verstehen, dass er mit ihr sprechen wolle. Sie nickte und winkte ihn zu sich. Gemeinsam gingen sie weg.

Maddox genießt bereits ihr Vertrauen, dachte Ellery. Er verströmte tatsächlich Kompetenz und Ruhe.

Wo ist Olivia?, fragte sie sich dann. Es gab so viele Menschen, um die man sich Sorgen machen musste und denen man nicht helfen konnte. Sie spürte, wie ihre Hände unter dem Tisch zitterten und ihr Herz pochte. *Beruhige dich. Denk daran: Wenn du ruhig bleibst, bist du bald wieder zu Hause.*

28.

Ravi hatte sie angemeldet. Als er mit seinem Angebotsblatt herumgegangen war, hatte er Nina, Ellery und sich selbst für die ersten drei Massagetermine bei Morgan notiert. Nat hatte zugesichert, die Stromversorgung des Spas noch einen Tag lang zu gewährleisten.

«Maddox ist so dermaßen hilfsbereit», schwärmte Ravi. «Wahrscheinlich wollte sie ihm und Morgan das nicht abschlagen. Oder sie will verhindern, dass wir auf die Barrikaden gehen.»

Das Spa befand sich in der Nähe des Pools. Wieder einmal fiel Ellery auf, wie gut die Gebäude in die Landschaft eingepasst waren, und ihr wurde klar, dass sie immer noch nicht genau wusste, wo sich alles befand. Sie nahm sich vor, ihre Karte noch einmal genau zu studieren. Die meisten der Gebäude waren niedrig und verwittert, und in ihren Fenstern spiegelten sich Bäume und Sträucher. Man wusste nie genau, wo man war, zumal jetzt bei Nebel.

Wärme hüllte sie ein, als sie, Ravi und Nina in die Lobby des Spas traten. Ellerys Augen brauchten einen Moment, um sich an das Dämmerlicht zu gewöhnen. Im Kamin brannte ein Feuer, in breiten Glasschalen trieben Kerzen auf dem Wasser, dazwischen Blüten. *Kamelien*, dachte Ellery und erschauerte.

Morgan stand hinter einem hölzernen Pult. Kleine Flaschen, Phiolen und Spa-Produkte waren im Regal zu ihrer Rechten ausgestellt, neben dem Regal standen Körbe mit Decken.

«Willkommen.» Morgan kam hinter dem Pult hervor. Ihr langes blondes Haar war zu einem Pferdeschwanz gebunden, und sie trug eine Art taillierten schwarzen Kittel. Selbst schwanger war sie so schmal, dass das Kleidungsstück am Bauch locker saß. «Das Personal erlaubt mir, die Spa-Uniform zu tragen», sagte sie und drehte sich ein wenig. «Was halten Sie davon?»

«Sie sehen fantastisch aus», sagte Ravi aufrichtig. «Superprofessionell. Danke, dass Sie das für uns machen, zumal Sie ja schwanger sind.»

«*So* dick bin ich ja noch nicht», erwiderte Morgan. «Und Morgenübelkeit hatte ich gar keine.» Sie warf einen Blick auf einen Zettel vor sich. «Nina, wie es aussieht, sind Sie die Erste. Die Umkleidekabine für Frauen ist gleich da drüben, erste Tür links. Bademäntel und Handtücher liegen bereit.»

«Danke», sagte Nina. «Das ist wirklich nett von Ihnen.» Sie ging den Flur entlang. Ellery hatte ein ungutes Gefühl. Sollte sie ihr anbieten mitzugehen? Niemand sollte allein sein.

«Wie toll, dass Nat uns das Spa zur Verfügung stellt», schwärmte Morgan. «Ich schätze, sie fanden, dass es zu viel Aufwand wäre, den Massagetisch durch den Regen in die Zimmer zu schleppen. Natürlich nutzen wir nur das Foyer, die Umkleideräume und einen der Massageräume. Was schade ist, denn das Dampfbad ist ein Traum. Waren Sie mal drin?»

«Nein», erwiderte Ravi, «aber wir haben die Sauna benutzt, bevor sie den Strom abgestellt haben.»

«Oh, schön», sagte Morgan. «Ich war nicht drin, weil ... Sie wissen schon.» Sie tätschelte ihren Babybauch. «Das Dampfbad habe ich auch nicht benutzt, aber Madd sagt, es ist der Hammer. Ich hab nur einen Blick darauf geworfen.»

«Auf Madd oder das Dampfbad?», fragte Ravi, und Morgan kicherte los.

«Das ist wirklich sehr nett von Ihnen», sagte Ellery.

«Kein Problem», sagte Morgan. «Ich war sehr gerne Massagetherapeutin, aber als LikeMe-Influencerin verdiene ich viel mehr.»

«Wie haben Sie und Maddox sich eigentlich kennengelernt?», fragte Ravi. «Moment, lassen Sie mich raten: Highschool-Liebe? Wo sind Sie beide aufgewachsen?»

«In einer Kleinstadt im Mittleren Westen», sagte Morgan fröhlich. Ellery horchte auf. Plötzlich klang Morgans Lachen unecht, ihr Gesicht wurde zu einer Maske. Bis jetzt war sie immer so offenherzig gewesen. An Ravis hochgezogenen Augenbrauen erkannte Ellery, dass er es auch mitbekommen hatte.

Bevor sie noch etwas sagen konnten, kam Nina in einem flauschigen weißen Bademantel und schwarzen Badelatschen zurück. «Ich bin bereit.»

«Perfekt.» Morgan bedeutete Nina, ihr zu folgen. Ihre Schritte hallten durch den Flur.

«Das war seltsam, oder?» Ravi setzte sich auf eines der schnörkeligen Sofas neben den mit Kerzen geschmückten Couchtisch. «Wir sollten uns mal mit Morg und Madd beschäftigen, glaube ich.»

«Ich fand das auch seltsam», stimmte Ellery zu. Sie stand auf und ging zu dem Tisch, auf dem kleine Wassergläser und eine hohe durchsichtige Wasserkaraffe mit einer Amethystsäule in der Mitte bereitstanden. Wahrscheinlich sollte das Wasser durch den Amethyst angereichert werden. *Wie wär's mit Frieden und Ruhe und Rettungshubschraubern,* dachte sie, goss sich und Ravi ein Glas ein und setzte sich wieder hin.

«Es war fast so, als hätte sie das einstudiert.»

«Wenn sie unsere Mörderin ist, habe ich das jedenfalls nicht kommen sehen», sagte Ravi.

«Ich auch nicht.» Ellery nahm einen Schluck. War sie leicht zu beeinflussen oder schmeckte das Wasser tatsächlich nach den Steinen? Und sollte sie erwähnen, dass sie Maddox gesehen hatte und er … wie eigentlich … ausgesehen hatte? Erschöpft? Zornig? Sie waren alle erschöpft und zornig.

«Vielleicht ist Morgan eine Geheimagentin», sagte Ravi, «und nutzt die Massagen, um alle zum Reden zu bringen. Am Ende klärt sie die Morde ratzfatz auf.»

«Während der Massage redet man aber eigentlich nicht.»

«Stimmt auch wieder», sagte Ravi.

Das letzte Mal, dass Ellery eine Massage bekommen hatte, war vor vier Jahren an ihrem sechzehnten Hochzeitstag gewesen. Sie und Luke hatten in einem Spa in der Innenstadt eine Paarmassage gebucht. Das war ihr erstes Mal gewesen, und zuerst hatten sie sich grinsend und kichernd angeschaut, hatten sich aber recht schnell entspannt (Luke war sogar eingeschlafen). Danach hatten sie ausgeruht und weich geknetet in einem Diner Hamburger und Milchshakes bestellt und Händchen haltend nebeneinander gesessen. Ihre Brust zog sich zusammen. Das war gewesen, bevor es zwischen ihnen schwierig wurde, bevor Luke damit drohte, sich eine Wohnung zu nehmen, und vor dem Unfall. Aber laut Luke war er auch vor dem Unfall schon nicht mehr glücklich mit ihr gewesen.

«Erzähl mal», sagte Ravi. «Was hast du in der Zeit, in der wir getrennt waren, rausgefunden?»

«Nicht annähernd so viel wie du», sagte Ellery. «Ich bin beeindruckt. Du hast das ganze Restaurant auf deine Seite gebracht und Leute angestiftet, sich für Vorträge und Massagen und wer weiß was noch alles anzumelden, und außerdem hast du dich mit Rachel angefreundet.»

«Ich weiß nicht, ob ich sie und mich als Freunde bezeichnen würde», sagte Ravi. «Aber ja, ich habe mich zu ihr gesetzt, und jetzt kennen wir uns ein bisschen.»

«Hat sie dir gesagt, wo Olivia ist?»

«Nein, aber ich habe etwas Interessantes erfahren. Olivias Vater ist nicht ihr echter Vater.»

«Was?»

«Er hat sie adoptiert, als er Catherine geheiratet hat. Da war Olivia fünf. Ihr biologischer Vater war nie ein Thema.»

«Das hat Rachel dir alles erzählt?»

«Ja», sagte Ravi. «Sie ist kein Fan von diesem Adoptivvater. Als ich beiläufig sagte, dass er nicht besonders in die Hochzeit involviert zu sein schien, sagte sie gleich, das sei typisch und dass er immer, ich zitiere, nur Platzhalter war.»

«Wie traurig», sagte Ellery.

«Lass uns uns umziehen gehen.» Ravi stand auf. «Ich möchte keine Zeit verschwenden. So eine Massage dauert nur dreißig Minuten.»

«Trotzdem ein großzügiges Angebot», sagte Ellery.

«Unbedingt», stimmte Ravi zu.

Ellery ging in die Frauenumkleidekabine. Die Fliesen waren kalt an ihren nackten Füßen, als sie aus ihren Stiefeln und Socken stieg. Sie stellte sich vor, dass das nicht immer der Fall war. Wahrscheinlich gab es eine Fußbodenheizung, die nur eben wegen der Umstände nicht eingeschaltet war. Die holzgetäfelten Wände hatten eine satte warme Farbe, die sie an die Sauna erinnerte. Sie faltete ihr Shirt und ihre Jeans zusammen, zog ihren BH aus und legte alles in einen Spind. Aus einer Laune heraus schaltete sie ihr Telefon ein, um zu sehen, ob es in diesem Teil des Resorts wundersamerweise Empfang gab. Der Bildschirm leuchtete auf, und sie flehte: «Nur ein Balken bitte, bitte, bitte», aber nichts. Sie hatte kein Netz und musste darauf vertrauen, dass das Resort über die Polizei die Angehörigen der Gäste informierte. Ellery schaltete das Handy wieder aus, legte es auf ihre Sachen und schloss die Spindtür. Die Spinde waren aus dem gleichen Holz wie die Wände, nur durch die Schlösser und Scharniere hervorgehoben.

Sollte sie sich überhaupt die Mühe machen, ihre Sachen einzuschließen? Unfähig, eine Entscheidung zu treffen, was ihr in den letzten Jahren manchmal passiert war, ließ sie sich auf die Bank vor den Spinden sinken. In dem warmen Dämmerlicht lehnte sie ihren Kopf gegen das Holz der Tür.

Niemand schrie mehr. Die Kinder klagten oder wimmerten, Laute, die Ellery bis ins Mark drangen. Aber immerhin waren sie nicht totenstill. Sie griff nach ihrem Gurt, wollte aufstehen und anfangen, die Jungen und Mädchen aus dem Bus zu schaffen. Ihre Finger waren steif und gehorchten ihr nicht (später erfuhr sie, dass sie sich vier Finger gebrochen hatte, als sie sich beim Überschlagen des Busses am Vordersitz abgestützt hatte), und sie brauchte einen Moment, um den Riegel zu finden. Als sie aufstehen konnte, hielt sie sich am Vordersitz fest (sie hatte immer noch keine Schmerzen) und festigte ihren Stand, schaute nach rechts und links, als wolle sie gleich die Straße überqueren. Der Bus stand wieder aufrecht. Später erfuhr sie, dass er sich zweimal überschlagen hatte.

Oh Gott.

Abby war okay, das sah sie. Ihre Freundin stand mit blutender Stirn im Gang und telefonierte mit den Rettungskräften. Coach Solomon war aus dem Sitz geschleudert worden. Er war nicht angeschnallt gewesen. Sie konnte nicht hinsehen.

Pete hing schief auf dem Fahrersitz. Die Windschutzscheibe war geborsten, und sein Kopf hing in einem schrecklichen Winkel auf seinem Brustkorb. Überall Blut. Überall Glas. In seinen Oberarmen steckten Scherben.

Ellery strаffte sich. Da womöglich ein Mörder auf dem Gelände war, beschloss sie, den Spind abzuschließen, und steckte den kleinen Messingschlüssel in die Tasche ihres Bademantels. Beim Verlassen des Umkleideraums erblickte sie sich selbst im raumhohen Spiegel neben der Tür, und sowohl ihre Umgebung als auch sie selbst sahen in ihren Augen seltsam aus. Wo zum Teufel war sie? War das hier tatsächlich ihr Leben? Sie erinnerte sich wieder an den Spiegel in ihrem Zimmer. Er musste schon vorher dort gewesen sein. Wenn da vorher ein Gemälde gehangen hatte, hätte sie sich daran erinnert, oder nicht?

Sie und Ravi waren erst seit ein paar Minuten wieder in der Lobby des Spas, als Nina selig lächelnd zu ihnen herauskam.

«Sie sagt, du sollst ihr fünf Minuten zum Aufräumen geben», sagte Nina zu Ellery.

«Wie war es?», fragte Ravi.

«Ich mache mich nie wieder über Morgan lustig, das schwöre ich», sagte Nina sanft. «Und falls sie die Mörderin ist, muss sie einen sehr guten Grund für ihre Tat gehabt haben, und ich würde sie decken.»

«So gut ist sie?», fragte Ravi.

Nina nickte und rollte die Schultern. «Ich schwöre, sie hat den Knoten gelöst, den ich seit fünf Jahren hatte.»

«Ich kenne diesen Knoten», sagte Ravi. «Über den redest du pausenlos.»

«Wir müssen Morgan um jeden Preis schützen», sagte Nina. «Mir gefällt die Vorstellung nicht, dass sie mit einem von Bens unmöglichen Freunden oder wem auch immer allein in diesem Massageraum ist. Im Grunde mit irgendjemandem außer einem von uns dreien. Oder natürlich Maddox.»

«Ellery und ich haben uns gefragt, ob Morgan die Mörderin ist», sagte Ravi. «Vielleicht sind wir diejenigen, die in Gefahr sind.»

«Das bezweifle ich sehr», sagte Nina. «Nicht diese fröhliche schwangere Blondine mit dem vielseitig einsetzbaren Ehemann.»

«Du liebes bisschen», sagte Ravi. «Als Nächstes folgst du Morg&Madd noch auf LikeMe. Diese Massage hat dich wirklich bekehrt.»

«Ihr Mann ist nicht mein Typ», sagte Nina. «Aber ich kann die Attraktivität von Kompetenz nicht leugnen.» Sie lächelte. «Und wenn ich ganz ehrlich bin, glaube ich, dass ich schon bekehrt wurde, als die zwei getanzt haben.»

«Wenn Maddox so kompetent ist, könnte er unser Mörder sein», sagte Ravi. «Ein kompetenter Mörder wäre gar nicht gut.»

Morgan tauchte in der Tür auf, und Ellery merkte, wie sie rot wurde. Hatte sie alles mit angehört?

«Jetzt Sie», sagte sie zu Ellery.

«Noch mal vielen Dank», sagte Nina. «Das war himmlisch.»

Morgan winkte lächelnd ab und führte Ellery den Flur entlang zum Massageraum. Als sie allein war, zog Ellery ihren Bademantel aus, kletterte auf die Liege, legte sich auf den Bauch und zog das frische Laken und die weiche Decke über sich. Das Licht war gedämpft und wohltuend, sanftes Meeresrauschen umfing sie. Ellery fühlte sich wie in einem weichen Kokon oder als wäre sie ein Insekt aus längst vergangenen Zeiten, das versehentlich in einer Pfütze aus Harz gelandet war und sich dachte: *Was soll's, werde ich halt von Bernstein umschlossen.*

«Bist du bereit?», fragte Morgan vor der Tür.

«Ja.»

Morgan kam leise herein, ging zu dem Gerät mit dem Meeresrauschen und stellte es leiser. *Wie viel Strom schluckt dieses Ding?*, fragte sich Ellery. *Was ist mit diesen Lampen? Die werden nicht viel Strom verbrauchen, aber in unserer Situation zählt jedes Watt. Wird Strom wirklich in Watt gemessen?*

«Die ätherischen Öle, die sie hier haben, sind großartig», sagte Morgan. «Superhochwertig. Welches möchtest du? Wir können uns doch duzen, oder?»

Ellery drehte den Kopf, um in die kleine Holzkiste voller brauner Fläschchen zu schauen, die Morgan in der Hand hielt. «Gerne duzen», sagte sie. «Ich weiß nicht. Lavendel?»

«Dann machen wir es anders», sagte Morgan. «Schließ die Augen. Ich halte dir ein paar davon unter die Nase, und du sagst mir, welches für dich passt.»

Ellery roch an den ihr hingehaltenen Fläschchen. *Zu scharf. Zu süß. Zu stark.* «Das hier», sagte sie schließlich. Etwas in ihr hatte bei dem Duft gezuckt. Er war zitrusartig, nicht zu süß und erinnerte sie daran, wie es sein musste, draußen zu sein und sich wohlzufühlen. «Das finde ich toll.»

«Bergamotte. Okay. Einen Moment.» Morgan setzte sich am Kopfende der Massagebank auf einen Hocker und träufelte etwas von dem Öl auf das Gesichtskissen. «Leg das Gesicht wieder hin», sagte sie zu Ellery. Ellery gehorchte.

Morgans Hände waren warm und kräftig. Die Wellen brachen sich unermüdlich und erzeugten sanftes Rauschen. Bergamotte roch nach Heimat und gleichzeitig nach Ferne. «Atme tief ein», sagte Morgan.

Ellery tat es. Ihre Brust fühlte sich eng und verkrampft an, sie bekam kaum Luft in ihre Lungen.

«Noch mal», sagte Morgan milde. «Tiefer, wenn du kannst. Versuch es dreimal.» Ihre Hände massierten weiterhin sanft Ellerys Rücken und Schultern, und Ellery hatte das Gefühl, dass ihre Muskeln die Berührung in sich aufsogen und sie an jedes Nervenende in ihrem Körper weiterleiteten.

So lange war es her, dass jemand sie berührt hatte, und es fühlte sich herrlich an. Wieder holte sie stockend Luft.

Und dann begann sie zu weinen. Ihre Schultern bewegten sich auf und ab. Tränen flossen in das Kissen. Der Hals tat ihr weh.

«Entschuldigung», sagte sie zu Morgan, ihre Stimme durch das Kopfkissen gedämpft. «Entschuldigung.»

«Alles ist gut.» Morgans Stimme war fast unerträglich sanft. «Das kommt oft vor.» Sie bewegte ihre Hände zu Ellerys Schultern und massierte sie mit genau dem richtigen Druck. «Ich mache weiter», sagte sie. «Du atmest weiter und weinst weiter. Abgemacht?»

«Ja», sagte Ellery. «Danke.»

Am Ende der Massage entschuldigte Ellery sich erneut.

«Wirklich, das war gut so», wehrte Morgan ab. «Das war einer der Gründe, warum ich diesen Job so geliebt habe. Es geht nicht darum, dass die Leute weinen oder traurig sind, gar nicht. Aber ich hatte den Eindruck, ihnen wirklich helfen zu können.» Sie lächelte. «Natürlich waren manche auch übergriffig.»

«Ich hoffe, hier kommt das nicht vor», sagte Ellery.

«Das würde keiner wagen», sagte Morgan. «Nicht, solange Maddox da ist.»

In diesem Moment endete das Meeresrauschen abrupt, und das Licht erlosch. Draußen im Wartebereich hörte Ellery Ausrufe, dann wurde es still.

«Mist», sagte Morgan. «Der Strom ist ausgefallen.»

29.

Ellery und Morgan tasteten sich an der Wand entlang zum Wartebereich vor. «Keine Sorge», sagte Morgan. «Ich bin sicher, Maddox bringt den Generator im Handumdrehen wieder zum Laufen.»

Ravi und Nina saßen im Kerzenschein zusammen auf einem der Sofas. Sobald Ravi sie sah, rief er: «Kein Strom! Ich glaub es nicht.»

«Ich auch nicht», sagte jemand anders trocken.

Auf dem zweiten Sofa saßen zwei weitere Personen. Ellery ging noch ein paar Schritte in den Raum hinein und erkannte Olivia - also war sie in Sicherheit und wohlauf, Gott sei Dank - und Catherine. Beide Frauen hatten ihr Haar zurückgebunden und trugen Leggings. Olivia hatte einen wertigen Hoodie an, Catherine einen beigefarbenen Kaschmirpullover.

Das flackernde Kerzenlicht warf seinen Widerschein auf die Gesichter der beiden Frauen. Mutter und Tochter so nebeneinander zu sehen, ließ Ellery die Unterschiede zwischen ihnen erkennen.

Als sie Olivia auf dem Pfad in der Nähe der *LOVE*-Skulptur kurz für Catherine gehalten hatte, war es dunkel gewesen. Die Haring-Frauen sahen sich zwar ähnlich und waren gleich schlank und anmutig, aber es war nicht so, dass sie nur eine jüngere und eine ältere Version des gleichen Gesichts gehabt hätten. Olivias Augen waren größer, ihre Lippen voller. Catherines Wangenknochen waren höher, ihre Augenbrauen anders geformt.

«Keine Sorge», sagte Morgan fröhlich. «Erst mal können wir weiter massieren. Ich nehme einfach ein paar Kerzen mit rüber. Ravi ist der Nächste, ihr zwei kommt gleich danach. Hoffentlich wird es nicht so schnell kalt hier drin.»

«*Ladies first*», sagte Ravi. «Angesichts der Umstände brauchen Sie dringender eine Massage als ich.» Ohne eine Antwort von Catherine und Olivia abzuwarten, ging er vor zur Lobby. «Ich gehe mit Ellery zurück. Nina?»

«Ich bleibe», sagte Nina. «Du hast jetzt jemanden an deiner Seite, Morgan. Du weißt schon, das Buddy-System.»

«Oh!», sagte Morgan überrascht. «Das ist lieb. Danke.» Sie schaute zu Catherine und Olivia. «Wer möchte zuerst?»

Catherine schaute ihre Tochter an.

«Ich.» Olivia griff nach einer der Kerzen. «Kann ich die mit in die Umkleide nehmen?»

«Klar», sagte Morgan. «Ich glaube, hier gibt es irgendwo noch welche. Lass mich mal nachschauen.»

«Ich helfe dir.» Nina stand auf. «In unseren Notfallrucksäcken haben wir ja auch Taschenlampen.»

Ellery und Ravi warfen sich ihre Rucksäcke über die Schultern, setzten ihre Kapuzen auf und öffneten die Tür.

Das unaufhörliche Rauschen des Regens hüllte sie sofort ein. Nach der Dunkelheit im Spa kam ihnen das trübe Nachmittagslicht beinahe grell vor.

«Ich komme mir vor wie damals am College», sagte Ravi und zupfte an dem Rucksack. «Dass ich so einen getragen habe, ist Jahre her.»

«Ich bin oft mit Rucksack unterwegs», erzählte Ellery. «Als Lehrerin oder Lehrer gibt man es auf, gut aussehen zu wollen. Praktikabilität ist alles. Was hast du denn normalerweise dabei? Eine Art Ledertasche? Italienisches Design?»

«Ja.» Ravi lachte. «Die wäre bei diesem Regen sofort hin.»

Er hielt inne. «Interessant, dass Olivia und Catherine sich eine Massage gönnen, wo doch zwei aus ihrer Gruppe tot sind.»

«Vielleicht denken sie, dass das Schlimmste bereits passiert ist.»

«Das Schlimmste ist nie schon passiert.» Ravi nickte einem Mann mit Rucksack, Regenjacke und Stiefeln zu, der ihnen entgegenkam. Der Mann nickte zurück.

«Kennst du ihn?», fragte Ellery Ravi im Weitergehen.

«Nein», sagte er. «Nur vom Sehen.»

«Wie viele Massagen hat Morgan überhaupt geplant?», fragte Ellery. «Wird sie ihre ganze Zeit im Spa verbringen und umsonst arbeiten?»

«Oh, dagegen haben wir uns schon was überlegt», sagte Ravi. «Wir sagen, dass sie nur so und so viele Leute pro Tag schafft. Und jetzt, wo der Strom ausgefallen ist», er zuckte mit den Schultern, «kann sie eh ganz leicht absagen.»

«Das ist gut», sagte Ellery. «Auf keinen Fall soll sie die unangenehmen Freunde des toten Ben massieren müssen.»

«Außer Andy», sagte Ravi. «Der ist ein anständiger Mensch und mit Sicherheit der Außenseiter der Gang.»

«Armer Andy», sagte Ellery.

«Kennst du das, du triffst jemanden und vertraust ihm sofort?», fragte Ravi. «Auch wenn du später merkst, dass du wahrscheinlich niemandem vertrauen solltest, zum Beispiel wenn du in einem Resort festsitzt und ständig Leute sterben?»

«Ja, kenne ich.»

«So jemand ist Morgan für mich», sagte er. «Obwohl sie sich seltsam verhalten hat, als ich sie nach ihrer Herkunft gefragt habe, vertraue ich ihr. Und für dich ist Andy so jemand, oder?»

«Ich denke schon», sagte sie. «Vielleicht auch Olivia.»

«Wir nennen zwei Personen? Okay, Grace vertraue ich auch.»

«Das verstehe ich», sagte Ellery. «Sie ist großartig.»

«Ja. Aber es ist gut möglich, dass du und ich zu vertrauensselig sind. Wir sollten mehr wie Nina sein. Obwohl, warte. Sie vertraut Morgan und Maddox, vermute ich. Selbst sie ist nicht immun.»

«Die Massage war aber auch fantastisch», sagte Ellery. «Es tut mir leid, dass du keine bekommen hast.»

«Schon gut.» Ravi schwang seine Taschenlampe. «Hey. Glaubst du, Nat ist bewusst, dass sie uns potenzielle Mordwaffen gegeben hat? Ich bin kein Naturbursche oder so, aber die Dinger sind das Beste vom Besten. Zwar ein bisschen leicht, aber wenn man etwas Kraft aufwendet ...»

Ellery zuckte zusammen. Daran hatte sie nicht gedacht.

«Sie könnten auch Verteidigungswaffen sein», sagte sie gespielt lässig.

«Im Schwertkampf bin ich ganz mies.» Ravi hielt die Taschenlampe vor sich und täuschte einen Dolchstoß auf einen der traurigen, tropfnassen Bäume an, die den Weg säumten. Dann hob er die Lampe in Richtung Ellery und forderte sie zum Duell. Sie lachte, aber das Herz tat ihr weh, als sie daran dachte, wie Ethan und Kate das dauernd gemacht hatten, als sie klein waren. Stöcke aus dem Garten, Poolnudeln, die Spieße, an denen sie eigentlich Marshmallows rösten wollten. Fast alles konnte in einen Degen verwandelt werden.

«Stopp.» Ravi blieb abrupt stehen. «Hier wohne ich.» Sie waren bei dem Gästezimmer angekommen, an dem neben der Tür auf einem Holzschild *Weide* stand.

«Okay», sagte Ellery. «Sehen wir uns beim Abendessen?»

«Nein, nein», sagte Ravi. «Der Ritterlichkeit halber sollte ich dich zu deiner Tür begleiten. Außerdem reißt mir Nat sonst den Kopf ab. Stichwort Buddy-System. Ich kann dich nicht allein da draußen rumlaufen lassen, wo du möglicherweise mit einer Taschenlampe ermordet wirst.»

«Aber dann wärst du allein, und ich müsste dich zurückbegleiten, wenn es nach Nat geht», sagte Ellery. «Das wird die unendliche Geschichte.»

«Oder wir ziehen zusammen», schlug Ravi vor. «Ich bin allerdings ein Löffler. Du würdest es hassen, mit mir in einem Bett zu schlafen.»

Ellery lachte. «Alles gut. Mein Zimmer ist ganz in der Nähe, wie du weißt.»

«Perfekt», sagte Ravi. «Aber in Wahrheit weiß ich nicht, wo dein Zimmer ist. Und das, obwohl ich schon mal dort war. Ich meine, mir ist klar, dass dein Zimmer in der Nähe sein muss, doch ich verlaufe mich hier die ganze Zeit. Musst du da lang?» Er zeigte nach rechts.

«Nein, da lang.» Sie zeigte nach links.

«Okay, verstanden. Du bist links von mir, wenn ich aus meiner Tür komme. Aus irgendeinem Grund biege ich, egal, in welchem Hotel oder Resort ich bin, immer rechts ab. Ich denke wohl, dass alles zu meiner Rechten sein wird. Obwohl ich weiß, dass das nicht sein kann.»

Ellery lachte. «Lustige Geschichte.»

«Dann hole ich dich zum Abendessen ab», sagte Ravi. «Jetzt, wo ich weiß, wo ich hinmuss.»

«Perfekt.»

Die Lichter über ihnen flackerten. Die Fenster erstrahlten golden in der hereinbrechenden Dämmerung.

«Oh, schau nur», sagte Ravi. «Das nenne ich Timing.»

30.

An ihrer Tür hing ein Zettel. Von wem konnte der sein? Ellery warf einen Blick über die Schulter. Niemand. Der Zettel war in der Mitte gefaltet und mit Klebeband befestigt. Sie riss ihn ab, ging hinein und verriegelte die Tür, bevor sie ihn auseinanderfaltete.

«Gedenkfeier heute Abend nach dem Dinner», stand in ordentlicher Handschrift darauf. «Bitte sei um 20 Uhr da.» Keine Unterschrift, die Handschrift war gleichmäßig und sah aus wie gedruckt.

Von wem kam die Nachricht, und warum war sie nicht unterschrieben? Ellery glaubte nicht, dass sie von einem der Freunde des toten Bräutigams stammte. Von denen hatte sie nur mit Matt gesprochen gehabt, und der war tot. Andy? Olivia? Hatte Olivia den Zettel auf dem Weg zum Spa dagelassen? Catherine hätte Ellery garantiert zu nichts eingeladen.

Das Dinner war eine formellere Angelegenheit als das Mittagessen, keine Lunchpakete, viel Tafelsilber. Das Ganze erinnerte ein wenig an das Hochzeitsdinner vom Samstagabend (obwohl bei diesem Wetter natürlich nicht auf der Terrasse gegessen werden konnte). Ellery, Ravi und Nina hatten zusammen etwas abseits gesessen, und Ravi hatte konspirativ geflüstert, dass sie sich nach dem Essen aufteilen und Leute kennenlernen sollten, sich aber eine gemeinsame Mahlzeit verdient hätten. Ellery hatte den beiden nichts von dem Zettel an ihrer Tür gesagt. Sie war sich nicht ganz sicher, warum.

Nach dem Essen begannen Grace und Gary eine Diskussion darüber, welches Team in diesem Jahr am ehesten die World Series gewinnen würde, und der Anzahl der Leute nach zu urteilen, die blieben und mitdiskutierten, würde sie gut besucht sein. Ravi und Nina unterhielten sich mit einigen der Gäste am Buffet, wo das Personal Tee und Nachtisch bereitgestellt hatte. Alles schien ganz normal und unter Kontrolle zu sein. Aber nur, wenn man die Schatten unter den Augen des Personals ausblendete, die fahrigen Gesten der Gäste und die Tatsache, dass der Dauerregen draußen immer noch alles überflutete.

Ellery war in dem überdachten Gang, der trotz der Bemühungen des Personals voller Pfützen war, auf dem Weg zum Haupthaus, das für die Gedenkfeier, die die jungen Männer für Ben und Matt organisiert hatten, erleuchtet war. Durch die Fenster fiel gelboranges Licht, die Jalousien waren heruntergelassen. Als sie näher kam, bemerkte sie die Silhouetten der jungen Männer und hörte, wie einer von ihnen ein Lied anstimmte, das wie ein Burschenschaftstrinklied klang, und die anderen einstimmten.

Sie stieß die Tür auf. Canyon saß mit grimmigem Blick am Empfangstresen.

«Hallo», sagte sie. «Wie geht es Ihnen?»

«Wie schon? Ich spiele für eine Horde Jungs den Babysitter», sagte er.

«Das tut mir leid für Sie», sagte sie, aber er war perfekt für den Auftrag - stark genug, um jeden der Männer im Zaum zu halten, falls sie sich betranken. «Die Gedenkfeier findet hier statt, oder? Für Ben und Matt?» Ellery nickte in Richtung der Tür, die zum Gemeinschaftsraum führte.

«Ja.» Canyon sah überrascht aus. «Wollen Sie da freiwillig rein?»

Sie streckte ihm den Zettel entgegen. «Ich bin mir nicht sicher. Der hing an meiner Tür. Keine Ahnung, von wem der ist.» Canyon nahm den Zettel und las mit gerunzelter Stirn.

«Das ist eher von der Braut oder dem Kumpel des Bräutigams, diesem Wandertypen.» Er schnippte mit den Fingern. «Andy. Die machen ihr eigenes Ding. Sie sind im Personalraum.» Canyon deutete in Richtung des Gebäudes mit den grauen Schindeln, in dem sie und Ravi am Morgen dem Housekeeping geholfen hatten. «Sie haben ihre eigenen Getränke mitgebracht. Ich musste eigentlich nur aufschließen.» Er neigte den Kopf in Richtung des Gemeinschaftsraums. «Die Truppe hier ist wesentlich betreuungsintensiver.»

«Sie sind alle so toll und aufmerksam», sagte Ellery.

«Mal sehen, wie lange wir durchhalten. Es wird noch schlimmer werden.» Canyons warme braune Augen wirkten müde. «Dass zwei Menschen gestorben sind und es eine Schlammlawine gab, ist schon ziemlich schlimm. Aber das war noch nicht alles. Morgen müssen wir, um Strom zu sparen, die Gäste umverlegen, was für ziemlichen Ärger sorgen wird. Das Essen wird nicht mehr so gut sein. Irgendwann fällt der Strom wahrscheinlich ganz aus. Dann wird es richtig übel.»

«Haben Sie so was in der Art in Broken Point schon mal mitgemacht?», fragte Ellery. Er schien zu jung zu sein, um bei der letzten großen Schlammlawine dabei gewesen zu sein, aber unmöglich war es nicht.

«Nein», sagte er. «Aber mein ältester Bruder hat 2017 während der Schlammlawine hier gearbeitet. Er hat mir erzählt, wie es war. Und auch ohne zufällige oder nicht zufällige Todesfälle war das schlimm.» Das Funkgerät auf dem

Empfangstresen knackte und rauschte und verstummte dann wieder.

«Entschuldigung.» Canyon sah Ellery reumütig an. «Ich hätte das mit dem Zusammenlegen der Gäste und dem Stromausfall nicht sagen sollen. Nat und Brook wären sauer, wenn sie das wüssten.» Die Fassade des Mitarbeiters eines Luxusresorts bröckelte, und Canyons direktes, offenes Wesen kam zum Vorschein. Ellery mochte ihn.

«Machen Sie sich deshalb keine Sorgen», sagte sie. «Ich gehe dann mal zur Gedenkfeier in den Personalraum, wenn das okay ist?»

Canyon nickte.

Sie trat hinter die Rezeption und ging durch die unauffällige Tür hinaus. Etwas nagte an ihr, eine Ahnung, dass etwas nicht stimmte, die sie am Rande ihres Bewusstseins wahrnahm.

Die Tür zum Housekeeping war abgeschlossen, aber die Fenster an der Vorderseite des Gebäudes waren erleuchtet. Sie klopfte.

Gemurmel, dann Schritte. Die Tür schwang auf.

Sie überlegte, ob sie Olivias ganze Familie hier antreffen würde, aber nur Andy, Olivia und Rachel waren da. Sie trugen alle übergroße weiße Hoodies mit einem Foto auf der Vorderseite, das ein Kleinkind in einem Halloweenkostüm zeigte. Sie hatten drei Sessel um einen Couchtisch herum aufgestellt, auf dem Tisch und darunter standen ein paar Sixpacks. Ihre Regenmäntel hingen tropfnass an Haken bei der Tür, und ihre schlammverdreckten Stiefel standen im Schuhregal. Andy und Olivia wirkten übernächtigt und erschöpft, als hätten sie geweint. Sie schienen überrascht, Ellery zu sehen.

Rachel bat Ellery herein. «Gut, dass du es gefunden hast.

Mir ist erst hinterher aufgefallen, dass ich vergessen habe, die Nachricht zu unterschreiben», sagte sie.

«Welche Nachricht?», fragte Olivia.

«Ich habe an ihrer Tür einen Zettel hinterlassen und sie eingeladen», Rachel zog einen vierten Sessel heran und griff nach einer Bierflasche. Darauf war in leuchtenden Farben ein springender Fisch abgebildet.

«Bens Lieblingsbier.» Andy deutete auf die Flasche. «Bedien dich. Wir sind hier, um ihn zu ehren und Erinnerungen auszutauschen.»

Ellery fühlte sich fehl am Platz. Sie setzte sich nicht. «Ich bin wirklich nur gekommen, weil ...»

«Wir haben diese Sweatshirts an, weil das das süßeste Bild überhaupt von ihm ist», sagte Olivia, lehnte sich zurück und rückte ihr Shirt zurecht, damit Ellery das Foto besser sehen konnte. Es zeigte Ben als Kleinkind mit Pausbacken, der in ein Pinguinkostüm gesteckt worden war und auf einem mit Herbstlaub bedeckten Rasen saß, was ihm nicht zu gefallen schien.

«Es ist wirklich süß», stimmte Ellery zu. Ihr Herz schmerzte. Es gab nicht viel, was sie mehr liebte als ein kleines Kind in einem Halloweenkostüm. Entweder wussten sie nicht, dass sie als Pinguin, Erbse in der Schote, Bär oder Kürbis verkleidet waren, oder sie glaubten, dass tatsächlich klebrige Fäden aus ihren Handgelenken schießen würden, wenn sie ihren Spider-Man-Anzug trugen, dass der Zauberstab, den sie bei sich hatten, funktionierte und so weiter.

Wenn Wünschen doch nur helfen würde.

«Ich habe sie für die Hochzeitsfeier bedrucken lassen, damit die Leute sie tragen, wenn sie uns in die Flitterwochen verabschieden», sagte Olivia. «Jetzt habe ich also eine Schachtel, aus der Bens Gesicht mich anstarrt. Ich hab

Andy und Rachel gezwungen, auch eins anzuziehen. Willst du auch eins?» Sie stieß einen Laut aus, der halb Lachen, halb Schluchzen war. «Natürlich willst du keins.» Olivia hielt sich die Hände vors Gesicht und krümmte sich leicht, was Ellery daran erinnerte, wie sie am Abend der Trauung unter diesem Baum gehockt hatte. «Du kanntest ihn ja gar nicht.»

«Es tut mir so leid», sagte Ellery. Sie blickte von Andy zu Rachel und ging dann zur Tür. «Ich war mir nicht sicher, wer mich eingeladen hat, und wollte nicht unhöflich sein. Aber ich weiß wirklich nicht ...»

«Wir sind auch hier, um herauszufinden, wie er gestorben ist», sagte Rachel. «Deshalb habe ich dich eingeladen.»

«Rachel.» Olivia hob das Gesicht, die Trauer darin war so groß, dass Ellery sich am liebsten abgewandt hätte. «Sie hat uns doch schon alles gesagt, was sie weiß.»

Ellery griff nach der Türklinke. Gar nichts hatte sie gesagt. Als sie mit Andy und Olivia gesprochen hatte, hatte sie Bens Hinterkopf nicht erwähnt. Hätte sie das tun sollen? Andy und Olivia hatten die Verletzung doch sicher bemerkt, als sie die Leiche identifizierten?

«Bleib hier.» Rachel hatte mehr als nur ein paar Bier intus, das konnte Ellery sehen, aber die Augen der Trauzeugin waren klar, und ihre Stimme war hart.

In Ellery sträubte sich alles dagegen. «Danke, aber ich gehe lieber wieder.» Sie drehte den Türgriff und ließ den Geruch von Regen und nasser Erde in den trauergeschwängerten Raum. Sie würde nicht zu diesen Menschen gehören, den Ghulen, die von Tragödien magisch angezogen wurden, sich in fremde Trauer hüllten und jede Kleinigkeit, die sie über das Ereignis oder die beteiligten Personen wussten, aufbauschten, um sich selbst größer und bedeutender zu machen. Trauerparasiten nannte Abby solche Leute, die sich vom Trauma anderer Menschen ernährten und in deren Nähe sein wollten. Nach dem Unfall hatten sie viele von ihnen in ihrer Nähe gehabt.

«Bitte bleib», sagte Olivia. Ellery drehte sich um und sah, wie Olivia mit einer Flasche Wasser in der Hand und geradem Rücken aus ihrem Sessel aufstand. «Es wäre wirklich toll, wenn du bleiben würdest. Ich war nur überrascht. Und ich habe ein schlechtes Gewissen, weil wir dich immer wieder fragen, wie es war, ihn zu finden. Wahrscheinlich willst du nicht daran erinnert werden.» Andy stand ebenfalls auf und bot Ellery erneut ein Bier an.

«Nein danke», sagte sie, unsicher, was sie tun sollte. Hier bei ihnen bleiben oder in ihr Zimmer gehen?

Und waren sie ganz ehrlich zu ihr? Ellery fragte sich kurz, ob jemand im Raum - einer oder alle drei - längst wusste, was mit Ben passiert war und wer es getan hatte. Vielleicht versuchten sie herauszufinden, wie viel sie wusste. In diesem Fall wäre es besser für sie, nichts über Bens Leiche zu sagen, was über das hinausging, was sie ihnen bereits erzählt hatte.

Ellery erinnerte sich an das, was Matt über Olivia gesagt hatte. Sollte sie ihr misstrauen?

Ohne ihre Stiefel oder ihren Mantel auszuziehen, ging Ellery zu dem freien Sessel, legte den Rucksack daneben ab und setzte sich hin. Sie hatte bemerkt, dass niemand sonst im Raum seinen Rucksack dabeizuhaben schien, zumindest sah sie keinen.

«Es gibt jetzt zwei Tote», sagte Rachel unvermittelt. «Und wir sitzen hier fest. Wir müssen das irgendwie lösen.»

«Ich weiß wirklich nicht mehr, als ich euch schon gesagt habe», sagte Ellery.

«Das stimmt nicht», sagte Rachel.

Ellery blinzelte.

«Du und deine Freunde habt versucht, was rauszukriegen», sagte Rachel. «Irgendwas müsst ihr dabei doch herausgefunden haben. Ich mag Ravi. Er ist toll. Aber irgendwie traue ich dem Typ nicht über den Weg. Du dagegen hast den Blick einer Mom, die im Elternbeirat groß mitmischt.»

«Na vielen Dank auch», sagte Ellery trocken.

«Das ist ein Kompliment», sagte Rachel. «Mit dem Blick erreichst du alles. Und ich wette, hier klappt das auch. Die Leute reden mit dir, oder?»

«Rachel», wies Olivia sie müde zurecht.

«Schon gut», sagte Ellery. «Sie hat ja recht. Die Leute reden mit mir. Auch wenn ich nicht wirklich scharf drauf bin.»

Andy sah sie überrascht an, aber Rachel lachte. «Verstehe.»

«Wir versuchen herauszufinden, was passiert ist», sagte Ellery. «Natürlich sind wir anders als ihr nicht direkt betroffen, aber wir sitzen schließlich auch hier fest, und dass Ben gestorben ist, ist furchtbar.»

Jemand hämmerte an die Tür. Ellery zuckte zusammen, aber die anderen schienen nicht überrascht zu sein.

«Ich habe mich schon gefragt, wann er auftaucht.» Rachel stand auf. Schon ging das Gehämmer wieder los. Mit einem Ruck zog sie die Tür auf, sodass die Person mit erhobenem Arm praktisch in den Raum fiel.

«Ups!» Es war einer der Freunde des Bräutigams. «Entschuldigung. Ich dachte, ihr hättet mich beim ersten Mal nicht gehört.»

«Geduld», sagte Rachel, «ist eine Tugend. Aber danke fürs Kommen, Trevor.»

«Rachel.» Trevor neigte ironisch übertrieben den Kopf. Er hatte welliges dunkles Haar und war ein wenig zu stark gebräunt. «Olivia. Andy.» Er verbeugte sich. Als er Ellery erreichte, sah er für einen Moment verwirrt aus. Dann sagte er: «Oh. Die Leichenfinderin. Schön, Sie zu sehen.»

31.

Trotz des holprigen Auftritts kam Trevor Ellery nicht betrunken vor. Vielmehr schien er nicht zu wissen, wie er sich verhalten sollte.

«Wie läuft es drüben bei der Jungs-Gedenkfeier?», fragte Rachel.

«Ziemlich scheiße.» Trevor zog seinen Mantel aus und setzte sich auf die Armlehne von Rachels Sessel. Diese wich zurück, aber er schien es gar nicht zu bemerken. «Alle fragen nach dir.» Trevor zeigte auf Andy. «Du solltest mit mir rübergehen.»

«Danke, aber mir geht's gut hier.»

«Ich weiß, dass einige der Jungs scheiße zu dir waren, Mann, aber wir wissen beide, dass du zu uns gehörst.»

Der Ernst und die Leidenschaft, mit der Trevor das sagte, erinnerten Ellery an die Art und Weise, wie Matt am Tag vor seinem Tod im Restaurant gesprochen hatte.

«Dieser Mann hier kannte Ben besser als wir alle», sagte Trevor jetzt an sie alle gewandt. «Selbst besser als du.» Er zeigte auf Olivia. «Wenn einer von uns glaubt, dass er Ben besser gekannt hat als dieser Mann hier, dann will er sich wichtigmachen. Meint ihr nicht auch?»

«Ja», sagte Olivia.

Rachel und Andy tauschten einen Blick.

«Wir versuchen herauszufinden, ob jemand Ben umbringen wollte», sagte Rachel.

«Na, du selbst vielleicht», sagte Trevor. «Weil er dir deine beste Freundin ausgespannt hat oder so was.»

«Olivia ist meine Cousine», sagte Rachel genervt. «Sie gehört zur Familie und geht mir nicht verloren.»

«Richtig, richtig», Trevor nickte weltmännisch. «Blut ist dicker als Wein.»

«Wasser», korrigierte Rachel.

«Wie auch immer. Das gibt dir nur ein weiteres Motiv. Würdest du für deine Familie töten?»

«Wir sind hier nicht in einem blöden Mafiafilm, Trevor», fuhr Olivia ihn an. «Ben ist tot, und wir haben ihn nicht umgebracht, sondern versuchen herauszufinden, wer es war. Möchtest du uns helfen, oder sollen wir dich in die Gruppe der Verdächtigen aufnehmen?»

Von einer Sekunde auf die andere wechselte Trevors Gesichtsausdruck von hochmütig zu beschämt. «Du hast recht», sagte er. «Wir sollten gemeinsam versuchen herauszufinden, wer das war. Und wir dürfen Matt nicht vergessen. Matt ist auch tot.» Er sah aus, als würde er gleich weinen.

«Fangen wir mit Ben an, weil er der Erste war und weil drei von uns seine Leiche gesehen haben.» Rachels Ton war sanfter als zuvor. «Olivia und Andy mussten ihn identifizieren, und Trevor, das ist Ellery. Wie du gesagt hast, ist sie diejenige, die ihn gefunden hat.»

«Tut mir leid, dass ich deinen Namen nicht wusste», sagte Trevor zu Ellery.

«Kein Problem.»

«Trevor, weißt du, ob Ben auf der Arbeit irgendwelche Probleme hatte?», fragte Rachel. «Wir können uns nur schwer vorstellen, wer einen Grund hätte haben können, ihm etwas anzutun. Er war zu sehr ... Ben.»

«Ich weiß, was du meinst», sagte Trevor. «Deshalb glaube ich, dass es ein Serienkiller ist, der es auf junge Männer abgesehen hat, oder so etwas.»

«Das ziehen wir in Betracht», sagte Rachel. «Aber noch mal: Was ist mit Bens Job?»

«Keine Ahnung. Ben und ich sind zwar beide in San Francisco gelandet, aber wir waren nicht in derselben Firma. Ich hatte immer den Eindruck, ihm geht's gut. Nicht dass er damit geprahlt hätte oder so.» Er seufzte. «Die meisten Leute steigen ins Investmentbanking ein, weil sie Kohle scheffeln wollen. Auch Ben ging es darum, ganz klar. Er mochte Luxus und wollte auf eigenen Füßen stehen. Doch darüber hinaus faszinierte ihn das Business auf eine andere Weise als uns andere. Er nahm immer wieder auch kleinere Klienten an, Leute, die nicht viel Geld hatten und nicht sicher waren, wie sie mit dem, was sie hatten, umgehen sollten. Einwanderer, Menschen, die er interessant fand und denen er helfen wollte. Er hatte mit seiner Firma ausgehandelt, dass sie ihn nebenbei freiberuflich arbeiten ließen.» Er warf Olivia einen Blick zu. «Aber ich bin sicher, dass du das alles weißt.»

Sie nickte. «Ja.»

«Vielleicht hatte einer dieser Klienten ein Problem mit ihm oder so?», fragte Rachel.

«Kann ich mir nicht vorstellen.» Trevor rutschte unruhig auf der Sessellehne herum und dachte nach. «Ben hat sich von allem, was zwielichtig war, ferngehalten. So war er schon immer. Oder nicht?» Trevor sah Andy fragend an, der nickte.

«Also wahrscheinlich auch keine Drogen oder so etwas», sagte Rachel.

«Ich kann es nur noch einmal sagen», sagte Olivia leicht verärgert. «Ben hätte sich nie auf so etwas eingelassen. Erstens war er nicht so, und zweitens wegen dem, was seinen Eltern passiert ist.» Sie blickte zu Ellery. «Bens Eltern sind ums Leben gekommen, weil ein Typ unter Drogen auf der falschen Straßenseite gefahren ist.»

«Vielleicht gibt es eine Verbindung zwischen unseren beiden Todesfällen. Muss ja trotzdem kein Serienkiller gewesen sein», sagte Ellery. «Weißt du, wer die letzte Person war, die einen von ihnen lebend gesehen hat?»

«Darüber haben die Jungs und ich auch schon gesprochen», sagte Trevor. «Wir haben alle Einzelzimmer, was irre ist angesichts der Preise hier. Aber weil es nur Doppelbetten gibt, wollte keiner von uns zu zweit wohnen.» Er warf Olivia einen Blick zu. «Deine Mutter hat uns den Rabatt für die Nebensaison besorgt, was cool war. Aber trotzdem ist das irre teuer.»

«Ich weiß», sagte Olivia. «Das ist einer der Gründe, warum wir jetzt geheiratet haben. Im Oktober ist weniger los, sodass man Nebensaisonpreise bekommt. Und das Wetter ist normalerweise immer noch gut.» Sie seufzte. «Das hat ja wunderbar geklappt. Und meine Mutter liebt die Ausstellung, die es gerade in der Galerie oben gibt. Sie fand, das wäre die perfekte Kulisse für einen Cocktailempfang und sogar als Ausweichort für die Trauung geeignet, für den Fall, dass es regnet.»

«Sie hat wirklich an alles gedacht», sagte Ellery.

«Stimmt», erwiderte Rachel trocken. «Das Wetter hat ihr allerdings einen Strich durch die Rechnung gemacht.»

«Ben hat gesagt, es sei einfacher, ihren Wünschen zu folgen, als eine eigene Meinung zu haben», sagte Trevor.

Gab es also doch eine kleine Schwachstelle in Bens Perfektion, fragte sich Ellery. War er kein Fan seiner Schwiegermutter gewesen oder hatte zumindest etwas dagegen gehabt, dass sie die Organisation der Hochzeit komplett an sich riss?

Aber Olivia schien sich daran nicht zu stören. «Sie hat nie wirklich eine eigene Hochzeit gehabt. Sie und mein Vater waren nicht verheiratet, und als sie Rick heiratete, war das eher pragmatisch und schlicht.»

«Ben hat gesagt, dass die ganze Chose mehr für sie war als für euch beide», sagte Trevor. Rachel und Andy tauschten schon wieder Blicke. Wieder diese Einhelligkeit, die Ellery vorher schon bemerkt hatte. *Soll ich ihm sagen, er soll die Klappe halten, oder machst du das?*, schien der Blickwechsel zu sagen. Aber Olivia blieb gelassen.

«Da ist schon was dran», sagte sie. «Du weißt ja, wie das ist, Eltern wollen ihren Kindern immer das geben, was sie selbst nicht hatten. Und indem ich sie meine Hochzeit nach ihren Wünschen gestalten ließ, hatte ich das Gefühl, ihr etwas schenken zu können.» Sie seufzte. «Ich habe sie das Ruder übernehmen lassen, aber Ben fand das nicht so prickelnd.»

«Habt ihr euch deswegen gestritten?», fragte Ellery.

«Nicht wirklich», erwiderte Olivia. «Ich konnte sehen, dass es schwer für ihn war. Ich hätte nicht darauf bestehen sollen.»

«Du hast nicht *darauf bestanden*», sagte Andy. «So hat Ben das nie dargestellt.» Er funkelte Trevor böse an, aber der knibbelte gerade das Etikett von seiner Bierflasche ab und bemerkte den Blick nicht.

«Ich weiß, aber das macht es im Grunde noch schlimmer», sagte Olivia. «Ich hätte es besser wissen müssen. Weil ich ihn darum bat, tat Ben, was er normalerweise tat. Er unterdrückte seine Gefühle und machte bei dem mit, was für alle anderen am besten war.» Ellery war verblüfft, wie wütend sie klang. «Er war immer selbstlos, hat sich viel zu wenig um seine eigenen Bedürfnisse gekümmert.» Ihre

Stimme brach. Wut, Liebe, Trauer huschten im Wechsel über ihr Gesicht.

«Selbstlos war er.» Trevor blickte von seiner Bierflasche auf. «Weißt du, dass Jasons Mutter gestorben ist und es ihm finanziell nicht so gut geht?» Olivia nickte, ihre Lippen waren fest zusammengepresst.

«Ben hat die Rechnung für sein Zimmer übernommen.» Trevor schüttelte den Kopf. «Jason hat uns das vorhin weinend erzählt. Ben war ein wirklich guter Mensch. Das alles ergibt keinen Sinn.»

«Nicht für Ben, nicht für Matt», sagte Olivia leise.

«Wer war also die letzte Person, die Ben oder Matt gesehen hat?», fragte Rachel.

«Wir glauben, dass ich Matt zuletzt gesehen habe», sagte Trevor. «Ansonsten könnte es höchstens jemand von außerhalb unserer Gruppe gewesen sein. Er war in Zimmer Heidelbeere, ich bin nebenan in Tanne. Nachdem die anderen Jungs in ihre Zimmer zurückgegangen waren, haben wir gestern noch ein paar Bier getrunken und über Ben gesprochen. Wie verrückt das ist. Matt war sich sicher, dass Ben ermordet worden ist. Zu diesem Zeitpunkt dachte ich noch, dass es ein Unfall gewesen sein muss.»

«Hat Matt gesagt, warum er glaubt, dass Ben ermordet worden sein könnte?», fragte Rachel.

«Nicht wirklich.» Trevor kratzte sich am Kopf. «Nicht dass ich mich an viel erinnern könnte.»

«Wann hat Matt dein Zimmer verlassen?»

«Ich glaube, gegen eins.»

«Und wie war er drauf?», fragte Rachel.

«Nicht gerade gut», sagte Trevor. «Er fühlte sich schrecklich wegen dem, was Ben zugestoßen war. Er sagte, er hätte ihn beschützen müssen, da er ja schließlich der Trauzeuge gewesen ist und so. Er hat endlos über die Nachricht geredet, in der stand, dass Ben nicht zur Trauung kommen würde.» Trevor warf Olivia einen Blick zu. «Er war sicher, dass jemand Bens Handy gehackt hat. Ben hätte dich nie im Leben am Altar stehen lassen, hat er gesagt. Und selbst wenn, hätte er es dir nie in einer Gruppennachricht gesagt. Auf keinen Fall.»

«Ganz meine Meinung», sagte Rachel.

«Was stand denn in der Nachricht?» Ellery konnte nicht anders. Alle wandten sich ihr zu. «Wenn ich fragen darf.»

«Ich habe sie nicht bekommen», sagte Trevor. «Er hat sie nur an Olivia, Matt, Rachel und Olivias Eltern geschickt.»

Und an Andy, dachte Ellery. Auch Rachel und Olivia warfen Andy einen Blick zu, der mit den Schultern zuckte.

«In Bens Nachricht stand: *Ich kann nicht. Tut mir leid.*» Olivia schloss schmerzlich die Augen.

Alle schwiegen.

«Das ist alles?», fragte Ellery entsetzt. Obwohl alle (außer Catherine) Ben für einen wirklich netten Kerl hielten, hatte er nur sechs läppische Worte benutzt, um die Hochzeit abzusagen.

«Ich weiß.» Olivia warf Ellery einen Blick zu.

Ellery fragte sich, ob Olivia wütend war. Aber am Abend der Beinahehochzeit, als sie zusammengesunken bei der LOVE-Skulptur gehockt hatte, hatte sie nicht wütend gewirkt. Ihr Herz war gebrochen gewesen.

«Matt wirkte nicht deprimiert oder so», sagte Trevor. «Keinesfalls so, als würde er von einer Klippe springen. Wenn überhaupt, war er sauer und ein bisschen betrunken. Aber irgendwie neben sich stand er schon.» Andy schob eines der Sixpacks näher an Trevor heran, und der griff sich ein weiteres Bier. «Als ob er etwas auf dem Herzen hätte.»

Er drehte den Kronkorken mit bloßen Händen ab, was Ellery zusammenzucken ließ. Schnitt das nicht in die Haut? «Ich könnte mich aber auch irren. Wie heißt es so schön? Hinterher ist man immer schlauer.»

«Du hast Matt nicht zurück zu seinem Zimmer begleitet?»

«Nein», sagte Trevor. «Wie gesagt, wir waren Nachbarn. In sein Bett hat er es in dieser Nacht garantiert noch geschafft. Denn als sie ihn fanden, hatte er ein anderes Hemd und eine andere Hose an.»

«Wer hat dir das gesagt?»

«Das habe ich mir selbst gesagt. Als ich ihn gesehen habe.»

«Moment mal», sagte Rachel. «Du hast Matt gesehen? Du hast die Leiche identifiziert?»

«Das nicht», sagte Trevor. «Aber Carlos und ein paar seiner Leute haben Matt von dort, wo er lag, in eine Hütte da draußen geschleppt. Sie sagten, ihn weiter wegzubringen, wäre riskant, weil die Polizei irgendwann kommen und den Tatort inspizieren würde, aber ihn wer weiß wie lange dort draußen liegen lassen wollten sie auch nicht.» Er runzelte die Stirn. «Es war eine Notlösung. Sie sollten dafür besser keinen Ärger bekommen.»

«Ich bin sicher, die Polizei wird das auch so sehen.» Ellery war sich da nicht so sicher, aber sie stimmte Trevor zu. Matt dort draußen liegen zu lassen, dem Regen und den Tieren ausgesetzt, wäre schrecklich gewesen.

«Nat hat mir und den anderen Jungs ein paar Bilder gezeigt, die sie von Matt gemacht haben, bevor sie die Leiche wegbrachten.» Trevor schluckte, sein Adamsapfel bewegte sich auf und ab. «Das war definitiv er. Der Mantel und die Stiefel waren die gleichen wie in der Nacht zuvor. Das war nicht verwunderlich, wir alle tragen das gleiche Zeug, seit es angefangen hat zu regnen. Aber sein Hemd und seine Hose waren neu.»

«Wie hat er … ausgesehen?», fragte Rachel.

«Tot.» Trevor warf Ellery einen Blick zu, und eine Art Einvernehmen blitzte zwischen ihnen auf. «Wir müssen rauskriegen, was da passiert ist.» Er blinzelte und schaute Rachel an, dann Andy, dann Olivia. «Moment mal. Was zum Teufel habt ihr da alle an?»

32.

Das ist Ben als kleiner Junge», sagte Rachel. «Olivia hat die für alle machen lassen, als Gag für die Verabschiedung in die Flitterwochen.» Sie deutete mit dem Kinn auf die Kisten auf dem Boden. «Nimm ein paar mit zu den Jungs.»

«Ähm, okay», sagte Trevor, machte aber keine Anstalten, sich ein Shirt zu nehmen. Er senkte den Blick. Baby Ben, bevor einer von ihnen (außer vielleicht Andy?) ihn gekannt hatte. Baby Ben, bevor er viel zu jung sterben würde.

«Also gut», sagte Ellery. «Wenn ihr alle denkt, dass Ben die Textnachricht nicht selbst geschickt hat, ist die Frage, wer ihn zuletzt gesehen hat, noch wichtiger.»

«Bist du so was wie eine verdeckte Ermittlerin oder so?», fragte Trevor Ellery.

«Nein.»

Er musterte sie zweifelnd. «Du hast Bens Leiche gefunden. Vielleicht hattest du einen Tipp bekommen? Hat dir jemand gesagt, wo du suchen sollst? Oder dass etwas passieren würde? Warum sonst bist du allein in einem Luxusresort? Verschweigst du uns etwas?» Er beugte sich vor und blickte wütend in die Runde. «Stecken wir mitten in einer Sache, die größer ist, als wir uns vorstellen können?»

«Ja, in dem Sinne, dass Menschen sterben», sagte Ellery. «Aber ich bin keine Ermittlerin, sondern Lehrerin. Und allein bin ich hier, weil mein Mann und ich uns gerade haben scheiden lassen und die Reise bereits bezahlt war.»

«Dumm gelaufen.» Trevor lehnte sich zurück. «Zumindest ist er nicht tot.»

«Auch wieder wahr», stimmte Ellery zu. «Kannst du mir den geplanten Ablauf der Trauung erzählen? Ihr kennt ihn alle, aber ich ja noch nicht.»

Rachel griff in ihre Tasche und reichte Ellery eine golden umrandete Karte mit einer goldenen Blumenzeichnung am oberen Rand. Ellery spürte, dass sie rot wurde, als sie die erste formelle Zusammenkunft sah. *Freitagabend Cocktails und Horsd'œuvres in der Galerie.* Das war die Veranstaltung, bei der sie und Ravi sich eingeschlichen hatten, weil sie es witzig fanden und keine Ahnung hatten, was alles passieren würde.

Der nächste Programmpunkt war ein Brunch in der Slipstream-Bar. Ellery hatte online Bilder von der Bar gesehen. Es handelte sich um einen umfunktionierten Airstream-Verkaufswagen, der auf der anderen Seite des Hügels mit Blick aufs Meer zwischen den Bäumen stand. Auf den Fotos waren Lichterketten von Mammutbaum zu Mammutbaum gespannt. Picknicktische aus Mammutbaumholz - deren Oberflächen im Dämmerlicht schimmerten - und Adirondack-Stühle, die um niedrigere, runde Tische versammelt waren, füllten die Lichtung um die Bar herum.

«Und Ben war beim Brunch dabei?», fragte Ellery.

«Ja», sagte Trevor. «Wir haben angestoßen und so.» Er warf Andy, der den Brunch für die Wanderung hatte sausen lassen, einen bösen Blick zu. Ben war ein sehr verständnisvoller Freund gewesen, fand Ellery. Dass ein guter Freund am Tag der Hochzeit so ausscherte, schien ungewöhnlich. Aber andererseits war die Freundschaft zwischen Ben und Andy insgesamt ungewöhnlich. So etwas sah man zwischen Männern nicht oft.

«Ich war nicht beim Brunch.» Andy warf Ellery einen Blick zu. «Ich war auf dieser Wanderung. Ben hatte gesagt, ihm reiche es, wenn ich zur Trauung auftauche.» Sein Gesicht verfinsterte sich. «Ich hätte bei ihm bleiben sollen. Ich hätte ein besserer Trauzeuge sein sollen.»

«Warst ja gar kein Trauzeuge», sagte Trevor. «Das war Matt.»

«Sicher», sagte Andy. «Richtig.» Ellery bemerkte, dass seine Hände zu Fäusten geballt waren. Dies war das erste Mal, dass sie etwas wie Wut an ihm bemerkte.

«Aber Ben war nicht sauer auf dich.» Trevor schien dem Gesagten die Schärfe nehmen zu wollen. «Er war sogar froh, dass du draußen warst und Spaß hattest. Das war kein Problem für ihn.»

«Ich weiß.» Jetzt war Andy richtig wütend, sah Ellery. «Weil ich nämlich schon für ihn da war.»

«Ja», sagte Rachel. «Das warst du.»

«Ben war das recht», sagte Olivia zu Ellery. «Er kennt Andy. Andy hasst Empfänge und Reden und so etwas.» Ihr Blick huschte zu Andy und dann zurück zu Ellery. «Ben hat das alles auch nie gemocht, musste aber beruflich viel davon absolvieren. Er konnte Andy gut verstehen.»

Ellery wünschte, sie hätte wenigstens einmal mit Ben sprechen können. So erfuhr sie alles nur aus zweiter Hand. Sie fragte sich, wie ihre engsten Freunde sie selbst beschreiben würden. Bekamen sie mit, ob sie mit etwas einverstanden war oder nicht? Gab es jemanden in ihrem Leben, der sie wirklich sehr genau kannte?

Abby, ganz sicher. Sie wünschte sich, Abby wäre hier. Beim letzten Mal hatte das viel ausgemacht.

Ellery zeigte auf den nächsten Punkt auf dem Zeitplan und las ihn laut vor.

«Trauung, Zeremonienhain, goldene Stunde.»

Einen Moment lang herrschte Stille. Draußen regnete es

immer noch in Strömen, und die Außenbeleuchtung und die Fenster warfen Lichtkegel durchs Dunkel.

«Ich wünschte, wir hätten das mit der goldenen Stunde nie draufgeschrieben», sagte Olivia schließlich. «Meine Mutter hat mich davor gewarnt. Ständig simste mir irgendwer, um zu fragen, wann das denn nun sei. Ich fand einfach, dass es so viel schöner klang.»

Ellery erinnerte sich daran, dass sie berührt gewesen war, als Olivia ihr am Freitagabend bei dem kurzen Gespräch erzählt hatte, dass die Trauung zur goldenen Stunde stattfinden würde.

Dennoch war interessant, dass Catherine Olivia hierbei gewähren ließ, anstatt ihre Wünsche wie üblich zu übergehen. «Aber Ben kannte die Uhrzeit?», fragte Ellery.

Olivia lachte bitter. «Ja, Ben wusste, wann wir heiraten.»

Ellery biss sich verlegen auf die Lippe. «Ich wollte nicht verletzend sein.»

«Sogar *Andy* kannte die Uhrzeit», sagte Olivia.

Andy zuckte zusammen. Rachel und Trevor sahen Olivia überrascht an.

«Entschuldigung.» Olivia schüttelte den Kopf. «Gerade kommt alles falsch rüber. Ich weiß, dass du Ben überhaupt nicht kanntest. Du kannst also nicht wissen, ob er ein pünktlicher Mensch war oder was wir verabredet hatten. Du hast ihn nur tot gesehen. Da war er schon weit weg.» In der Formulierung lag eine bittere Schönheit.

Olivia griff nach Andys Hand und drückte sie. «Entschuldige. Dir sind Oberflächlichkeiten egal. Das war einer der Gründe, warum Ben dich geliebt hat. Und du bist immer da, wenn man dich braucht, immer.» Andy sah ihr schmerzerfüllt in die Augen. «Du hast recht, du warst wirklich für ihn da.» Sie warf Rachel einen Blick zu. «Du auch.»

Ellery wollte weg. Sie kam sich wie ein Eindringling vor. Aber ein paar Fragen musste sie noch stellen. «Hat jemand Ben zwischen dem Brunch und dem Zeitpunkt, an dem die Trauung stattfinden sollte, gesehen?»

«Ich nicht», sagte Olivia. «Wir hatten vereinbart, uns erst am Altar wiederzusehen. Es kam mir romantisch vor, das so zu machen, und außerdem musste ich mir die Haare machen und mich schminken lassen.»

«Ich habe ihn noch gesehen», sagte Trevor. «Ben hat uns allen passende Manschettenknöpfe besorgt und ist zu unseren Zimmern gekommen, um sie uns zu überreichen.»

«Weißt du noch, wann das war?», fragte Ellery.

«Kurz nachdem wir vom Brunch zurück waren», sagte Trevor. «Um sicherzugehen, frage ich die anderen Jungs.»

«Wie wirkte er?»

«Gut», sagte Trevor. «Klar, schon ein bisschen nervös oder abgelenkt. Er heiratete ja, also war das normal.»

«Hast du Ben da auch gesehen?», fragte Ellery Andy.

«Nein», erwiderte Andy. «Ich hab die anderen erst wiedergesehen, als wir zusammen zum Wäldchen gingen.»

«Dir hat Ben keine Manschettenknöpfe gegeben?» Sie kam sich aufdringlich vor, danach zu fragen, aber wenn Andy von Ben keine Manschettenknöpfe bekommen hätte, wäre das seltsam gewesen.

«Er hatte mir mein Geschenk bereits gegeben», sagte Andy.

«Weil er wusste, dass du vielleicht spät von der Wanderung zurückkommst?», fragte Ellery nach.

«Genau.»

«Hast du ihn nach dem Brunch noch mal gesehen?»

«Ich glaube, nicht», sagte Andy.

Gab er sich absichtlich begriffsstutzig? Ellery erinnerte

sich daran, wie er bei dieser Wanderung plötzlich aus dem Wald getreten war und sie beunruhigt hatte.

«Welches Zimmer hatte Ben?»

«Er war in Schafgarbe», sagte Olivia. «Das ist neben meinem. Ich bin in Goldrute. Rachel ist auf der anderen Seite von mir, in Iris.»

«Keiner von euch übernachtet in den Cottages?»

«Nur meine Eltern», sagte Olivia. «Weil es größer ist, habe ich ihr Cottage, das Wildrose heißt, genutzt, um mich für die Trauung fertig zu machen. Meine Mutter darf manchmal kostenlos dort übernachten, als Bezahlung dafür, dass sie ab und an als Kuratorin für das Resort tätig ist. Dort wurde auch alles für die Hochzeit angeliefert. Die Blumen und so. Der Bereich für die Braut, so haben es alle genannt.»

«Wir wissen also nicht, wer Ben zuletzt gesehen hat», sagte Ellery. «Hat jemand sein Handy gefunden?»

«Nein», erwiderte Olivia. «In seinem Zimmer ist es nicht. Nat hat nachgeschaut. Und sie und Dr. Anand sagten, dass er es nicht bei sich hatte. Du hast es nicht gesehen, oder?»

«Nein.» Ellery runzelte die Stirn und versuchte, sich zu erinnern, ob auf der Terrasse neben dem Pool oder auf einem der Stühle etwas gelegen hatte. Aber es hatte keinen Sinn. Sie hatte nur die Leiche und das Wasser gesehen.

«Bevor wir alle keinen Empfang mehr hatten, habe ich versucht, ihn anzurufen.» Olivia schluckte. «Es ging jedes Mal direkt die Mailbox dran.»

«Und in seinem Zimmer habt ihr nichts gefunden, was uns irgendwie helfen könnte?»

«Nein», sagte Olivia. «Nur das Übliche. Kleidung und so. Seine Brieftasche ist weg, die Schlüssel für unseren Mietwagen fehlen auch.»

Rachel warf den anderen einen Blick zu – Andy, Olivia,

Trevor. Es sah tatsächlich so aus, als hätte Ben geplant, die Hochzeit und das Resort zu verlassen. Aber das hatte er nicht.

Wieso der Anzug? Er trug immer noch seinen Anzug und die Blume. Warum hatte er sich nicht umgezogen?

War er in Eile gewesen?

Und warum wurde er hier im Resort gefunden, so viele Stunden nach der goldenen Stunde?

Warum hatte er das Resort nicht verlassen?

Wer hatte ihn festgehalten?

Ellery las den letzten Punkt auf dem Zeitplan vor. «*Dinner und Tanz auf der Terrasse des Haupthauses.*»

Rachel schnaubte. «Wie das ausgegangen ist, wissen wir.» Sie funkelte Trevor an. «Ihr wart totale Arschlöcher. Besonders Jason.»

«Und dann der Regen», sagte Ellery.

«Das Wetter war perfekt», sagte Rachel, «bis es nicht mehr perfekt war.»

«Das könnte man eigentlich über den ganzen Tag sagen», merkte Trevor an, offensichtlich beeindruckt von seiner eigenen Tiefgründigkeit.

Ellery schaltete ihr Handy ein. Sie hatte es immer noch bei sich, aus Gewohnheit und für alle Fälle. Sie wollte Akku sparen und lud es immer auf, sobald sie in ihrem Zimmer war (und der Generator ordnungsgemäß funktionierte).

«Darf ich ein Foto vom Zeitplan machen?», fragte Ellery. «Um mir alles zu merken?» Sie blickte auf ihr Handy. Keine Nachricht von niemandem, null Balken, kein WLAN-Signal. Sie waren immer noch isoliert.

«Den kannst du behalten», sagte Rachel. «Ich kenne den Ablauf auswendig.»

«Hast du den Zeitplan erstellt?» Ellery steckte die Karte

in die Vordertasche ihres Rucksacks. Vielleicht war das eine von Rachels Aufgaben als Trauzeugin gewesen.

Rachel schnaubte abermals. «Glaubst du wirklich, Catherine hätte mir die Verantwortung für etwas so Wichtiges wie den Zeitplan überlassen?», sagte sie. «Außerdem hatte ich schon ...» Auf einen scharfen Seitenblick von Olivia hin verstummte sie und errötete. «Damit habe ich mich abgefunden», sagte sie nach einer Weile. «Ich kann das verstehen. Hochzeiten sind für die Leute eine große Sache. Vor allem, wenn es um die eigene Tochter geht.»

Ellery fragte sich, warum Rachel nervös gewirkt und wieso Olivia sie mit einem Blick zum Schweigen gebracht hatte. Schließlich hatte Olivia schon bei ihrer ersten Begegnung in der Galerie ganz offen gesagt, dass sie etwas Kleineres vorgezogen hätte und dass Catherine die Showmasterin war. Olivia hatte sich damit abgefunden, sich ihrer Mutter unterzuordnen.

Aber was war mit Ben?

Jetzt sah Olivia wieder unendlich erschöpft und tieftraurig aus.

Sie riss sich zusammen, so gut sie konnte, sank aber zwischendurch immer wieder kurz in sich zusammen - ein Muster, das Ellery gut kannte.

«Wer würde Ben etwas antun?», fragte Olivia. «Das ergibt keinen Sinn.»

«Es kann eigentlich nur so sein, dass er zur falschen Zeit am falschen Ort gewesen ist», sagte Rachel sanft.

Ellery zuckte unwillkürlich zusammen. Wie oft hatte sie nach dem Unfall genau diese Worte gehört? *Wenn wir nur etwas früher oder etwas später losgefahren wären oder wenn der Lkw-Fahrer nicht so müde gewesen wäre oder wenn wir weiter die Straße hinunter hätten sehen können ...*

«Nun denn.» Trevor stand auf. «Ich gehe dann mal besser zurück.» Er griff nach einem der Sweatshirts. «Das nehme ich mit, falls das Angebot noch gilt.»

«Klar», sagte Olivia. «Nimm noch ein paar für die Jungs mit, wenn du willst.»

Trevor griff in den Karton, holte mehrere Hoodies heraus und klemmte sie sich unter den Arm.

Andy stand ebenfalls auf. «Ich bringe dich zum Haupthaus.»

Trevor lachte schallend. «Du glaubst, ich hab's nötig, dass du meine Hand hältst?» Ihm fiel auf, dass er seinen Parka noch nicht angezogen hatte, er legte die Sweatshirts auf den Tisch und zog die schwere Jacke an. Ellery bemerkte ein Blitzen.

«Warte mal», sagte sie. «Trägst du die Manschettenknöpfe, die Ben dir geschenkt hat?»

«Ja», erwiderte Trevor. «Wir alle tragen sie heute Abend zu Ehren von Ben und Matt.» Er streckte die Arme aus, damit Ellery sie besser sehen konnte. Sie waren aus Gold und mit *HYB* graviert.

Aber das waren nicht Trevors Initialen. Sie blickte fragend zu ihm auf.

«Das steht für *Have your back*», sagte er. «Bin für dich da. Das war schon auf dem College unser Spruch. Es fing eigentlich mit Ben und Olivia an. Er wollte sie zum Essen einladen, hatte aber furchtbare Angst. Er war total in sie verknallt. Wir haben ihm alle gesagt, er soll es wagen und dass wir für ihn da sind. Es hat geklappt, und er meinte, dass wir ihm Glück gebracht hätten. Also schickten wir von nun an die drei Buchstaben in unseren Gruppenchat, wenn jemand Hilfe brauchte. Als ich mich zum Beispiel für eine Beförderung bewarb, schrieb ich den Jungs: «Hey, ich brauche ein *HYB*.» Und sie antworteten alle mit *HYB*. Dann wusste man, dass alle einem die Daumen drückten. Irgendwann hat jemand den Namen des Gruppenchats in *The HYB-Boys* geändert.» Trevor fuhr sich mit der Hand durch seine lockigen Haare. «Was für ein Horror. Ben war der liebste Mensch. Man konnte nicht anders, als ihn zu mögen, weil er wirklich immer das Beste für alle wollte.»

Ben war wirklich ein guter Mensch gewesen, dachte Ellery. Er hatte schöne Momente festhalten wollen. Das verstand sie gut. Man musste gut zu den Menschen sein, solange sie noch da waren und etwas davon hatten, das hatte ihn sicher der Tod seiner Eltern gelehrt.

«Ich gehe dann mal», sagte Trevor. «Ihr braucht mich nicht mehr, oder?»

«Du bist echt in Ordnung», sagte Olivia sanft.

«Könnt ihr mir die Namen aller Hochzeitsgäste nennen?», fragte Ellery, nachdem Trevor weg war.

«Klar», sagte Rachel.

«Wo unterrichtest du?» Olivia neigte den Kopf und musterte Ellery mit gerunzelter Stirn. «Ich habe die ganze Zeit das Gefühl, dich zu kennen.»

«In Colorado», sagte Ellery. «Du bist in Kalifornien aufgewachsen, oder? Dann kann ich dich nicht unterrichtet haben.» Sie griff in ihren Rucksack, holte die Karte mit dem Ablaufplan heraus und gab sie Rachel zurück. «Hier kannst du die Namen draufschreiben.»

Rachel schrieb die Namen auf die Rückseite der Karte und gab sie Olivia. Olivia las die Liste durch. «Sind alle drauf», sagte sie und gab die Karte an Ellery zurück.

«So wenige?», fragte Ellery. Die Freunde des Bräutigams, die Trauzeugen, Olivias Eltern, die Braut und der Bräutigam.

«Das sind alle, die bei der eigentlichen Trauung dabei sein sollten», sagte Rachel. «Zum Dinner waren mehr eingeladen. Catherine hat ihnen abgesagt, sobald klar war, dass Ben nicht kommt. Und später sollte es in San Francisco einen größeren Empfang geben, auch in einer Galerie.»

Ellery dachte darüber nach, dass jeder sich in verschiedenen Kreisen bewegte. Kollegen, Freunde, alte Highschool-Buddys, die Familie, in der man aufwuchs, die Familie, die man gründete. Hin und wieder gab es Überschneidungen oder Kreise innerhalb von Kreisen. Und dann gab es den Kreis von Menschen, die einen am besten kannten. Er konnte winzig klein sein oder sogar nur aus einer einzigen Person bestehen.

Ellerys Hände waren kalt, als die Erinnerungen sie wieder überfielen.

Der Bus, das Eis, die Stille und das Weinen …

Da war Annabel Walsh, ihr langes dunkles Haar voller Blut. Ellery legte die Hand an Annabels Wange. Gott, bitte. Bitte, bitte. Sie wusste nicht, was sie tun sollte. Sollte sie Annabel bewegen? Irgendetwas an der Art, wie sie verdreht dalag, sagte Ellery, dass Annabel sehr schwer verletzt war.

«Ich hatte meinen Sicherheitsgurt nicht angelegt», sagte Annabel verängstigt.

«Schon gut», sagte Ellery. «Alles wird gut.» Sie legte ihre andere Hand auf Annabels andere Wange. War das richtig? Annabel schloss die Augen. Ihre Haut war sehr kalt. In diesem Moment gab es nur sie beide.

Bens Eltern waren tot. Aber die Person, die er am meisten geliebt hatte, war noch da: Olivia.

ES REGNETE NICHT MEHR, aber die Gesichter waren tränenüberströmt, das Wasser sammelte sich in den hohlen Händen oder rann über die Finger.
In der Broschüre war dieses Kunstwerk als kunstvoll geformte Gesichter und Hände, die man mit Pilzen verwechseln könnte, beschrieben worden. Bei anderem Wetter und anderem Licht mochte das vielleicht sogar stimmen. Aber für sie sahen sie aus wie Menschen, die weinen, die etwas festzuhalten versuchen, um es am Ende doch loslassen zu müssen.
Gesichter in einer Vielzahl von Ausdrücken waren dargestellt, Hände in einer Vielzahl von Gesten. Die Gesichter zeigten Lachen, Überraschung, Ekstase, Frieden, Grauen und andere Emotionen, die sie nicht genau benennen konnte, aber zu kennen meinte. Die Hände waren gefaltet, bewegten sich, waren zu Fäusten geballt, ausgestreckt, ausgreifend.
Die Skulptur ragte etwa einen Meter über dem Erdboden aus dem Stamm des toten Mammutbaums und reichte drei bis vier Meter nach oben. Sie konnte sehen, wo die Bohrungen angesetzt waren, an einigen Stellen war der tote Baum mit Stahlstangen verstärkt.
In der Broschüre stand auch, dass bei der Installation kein Lebewesen zu Schaden gekommen sei. Das stimmte natürlich nicht, das wusste sie. Lebewesen wurden immer geschädigt und schädigten.
Sie ging weiter.

DIENSTAG

HEUTE IM RESORT BROKEN POINT

Die Natur ist ein Spukhaus – die Kunst eines,
das sich den Spuk herbeiwünscht.
Emily Dickinson

Wetter: zeitweise regnerisch
Sonnenaufgang: 7:15 Uhr
Sonnenuntergang: 18:28 Uhr
Höchsttemperatur: 20 °C
Tiefsttemperatur: 13 °C

ÜBER DAS KUNSTWERK:
Fin
von Page Horowitz,
2018 (Glas, Stahl, Granit)

Mit dem Titel *Fin*, Flosse, bezieht sich Horowitz auf ein Zitat des Malers Ala Bashir. «Die Dunkelheit ist der Ort, an dem wir beginnen und an dem wir enden».
Fin bezieht sich nicht nur auf die Form des Kunstwerks, sondern auch auf das französische Wort für Ende. Die auf rohen Granit montierte Glas- und Stahlformation evoziert verschiedene Formen – eine Rückenflosse, Feuer oder eine Wasserfontäne.

33.

Ellery erwachte von den Schreien einer Frau.

War es mitten in der Nacht oder schon früher Morgen? Sie blickte auf die Uhr, aber weder auf dem Display noch sonst irgendwo im Raum war Licht. Der Strom war wieder ausgefallen.

Ellery griff unter ihr Kissen, ihre klammen Finger schlossen sich um ihre Taschenlampe. Deren Gewicht in ihrer Hand beruhigte sie, aber dann fiel ihr ein, dass alle im Resort ähnlich bewaffnet waren. Sollte sie bleiben, wo sie war? Sollte sie zu Ravi oder Nina gehen? Sie erhaschte einen Blick in den Spiegel, der ihr immer noch falsch vorkam an diesem Platz. Im Licht der Taschenlampe sah sie furchterregend aus. Die Nächte bei Freundinnen fielen ihr ein, als sie sich als kleine Mädchen, während sie sich Gruselgeschichten erzählten, immer wieder gegenseitig mit entsetzlichen Fratzen Angst eingejagt hatten.

Aus Gewohnheit griff Ellery nach dem Lichtschalter am Bett. Nichts. Natürlich. Seltsam, wie der Körper immer wieder etwas tat, von dem der Kopf bereits wusste, dass es nicht funktionierte. Aus der Kälte in ihrem Zimmer schloss sie, dass der Strom wahrscheinlich schon vor einiger Zeit ausgefallen war.

Dann fing es wieder an.

Das Schreien.

Es kam aus dem Zimmer neben Ellerys.

Ellery sprang aus dem Bett, zog Stiefel und Mantel an und öffnete die Tür. Der Morgen war neblig und grau, sie konnte nicht weit sehen. Aber als sie lauschte, wurden ihr innerhalb weniger Augenblicke drei Dinge klar.

Es regnete nicht mehr.

Catherine war diejenige, die schrie.

Olivia wurde vermisst.

34.

Ellery war davon ausgegangen, dass neben ihr niemand wohnte. Bis zu diesem Morgen hatte sie nie jemanden reingehen sehen und hatte auch nie etwas gehört. Dass sie in einer solchen Situation nicht ermittelt hatte, wer das Zimmer neben ihr hatte, kam ihr jetzt wie ein schlimmes Versäumnis vor. War nebenan zu hören gewesen, wie sie mit ihren Kindern telefonierte? Hatten sie sie weinen gehört?

Von dort, wo sie stand, konnte sie Catherine nämlich deutlich hören. «*Olivia. Olivia.* Wo ist sie?»

Es war der archaische Schrei einer Mutter, die ihr Kind vermisst. Ellery schloss die Augen. Sie konnte das nicht noch einmal durchmachen.

Sie sollte weg. Sie sollte ins Haupthaus gehen und fragen, wann es wieder Strom geben würde. Oder sie könnte für ein, zwei Stunden bei Ravi unterkriechen.

Aber sie tat weder das eine noch das andere.

Rachel öffnete die Tür des Zimmers und trat heraus. Bevor sie sie hinter sich schloss, erhaschte Ellery einen Blick auf Catherine, die, den Kopf in die Hände gelegt, auf dem Bett saß. Ihr Mann, Brook und Canyon standen mit betroffenen Gesichtern neben ihr. Wie waren sie alle in diesen Raum gelangt? Waren sie die ganze Zeit dort gewesen? Aber nein, Olivia hatte gesagt, ihre Eltern würden in einem der Cottages wohnen. Rachels Zimmer war das nicht. Ihres hieß Goldrute und war neben dem von Olivia. Wessen Zimmer war das also?

«Mein Zimmer ist nebenan», sagte Ellery zu Rachel. «Ich habe das Schreien gehört. Ist Olivia verschwunden?»

«Zumindest können wir sie nirgendwo finden», sagte Rachel. «Und Catherine dreht durch.»

«Kann ich irgendwie helfen?»

«Ich weiß nicht», sagte Rachel, die aschfahl war. «Nat und Carlos sind auch verschwunden.»

«Warte mal», sagte Ellery. «Sind sie mit Olivia zusammen weg?» Sie versuchte zu begreifen, was vor sich ging. Aus irgendeinem Grund machte das plötzliche Nichtvorhandensein des Regens alles unwirklich. Sie hatte sich an das konstante Prasseln gewöhnt. Es war zu einem Begleiter geworden, einem gefährlichen, der die Landschaft um sie herum aushöhlte, die Polizei fernhielt, das Gelände rutschig und unbeständig machte, aber immerhin zuverlässig und stetig da war.

«Nein», sagte Rachel. «Als wir Nat und Carlos melden wollten, dass Olivia vermisst wird, waren nur Brook und Canyon da. Brook sagte mir, dass Nat und Carlos gleich bei Tagesanbruch aufgebrochen sind.»

«Wo wollten sie denn hin?», fragte Ellery.

«Ich schätze, sie wollten, sobald der Regen aufgehört hatte, versuchen, sich zur Polizei durchzuschlagen. Aber sicher bin ich nicht. Ich weiß nur, dass sie weg sind und Brook und Canyon jetzt das Sagen haben.»

«Wie spät ist es?»

«Ungefähr neun. Vor etwa zwanzig Minuten haben wir bemerkt, dass Olivia nicht da ist. Wir wohnen nebeneinander, und sie hat mir ihren Ersatzschlüssel gegeben. Vorhin bin ich den Flur runter, um nach ihr zu sehen.»

«Du bist *den Flur runter*?» Hatte Rachel nicht gesagt, dass sie neben Olivia wohnte?

«Ich musste mitten in der Nacht umziehen», sagte Rachel. «Bei mir hat es reingeregnet. Ich wollte Olivia nicht wecken und fragen, ob ich bei ihr schlafen kann. Also bin ich zur Rezeption gegangen, und Nat hat mir einen Schlüssel gegeben, damit ich heute Nacht irgendwo unterkommen konnte. Das war wahrscheinlich gegen ein Uhr morgens. Als ich Olivia heute Morgen nicht finden konnte, bin ich zu Andy, aber der hat sie auch nicht gesehen.» Rachel legte sich die Hände an die Schläfen. «Also bin ich los, um es Nat und Carlos zu sagen. Aber nur Brook und Canyon waren da. Sie haben versprochen, Catherine Bescheid zu geben. Sie ist hergekommen, den Rest weißt du.»

Warum war Rachel nicht zuerst zu Catherine gegangen? Ellery glaubte, die Antwort zu kennen. In Notfällen folgte man seinem Instinkt und ging zu der Person, die am wahrscheinlichsten wusste, was passiert war oder wie man helfen konnte, und dann zur nächstwahrscheinlichen Person und zur nächsten. Rachel war nicht davon ausgegangen, dass Catherine wusste, wo Olivia war, oder in der Lage sein würde, bei der Suche zu helfen.

Die Tür hinter ihnen öffnete sich, und Canyon kam heraus. «Das ist schlimm.» Er sah besorgt aus. «Wir müssen sie finden.»

«Wo sind Nat und Carlos hin?» Wegzufahren passte nicht zu den beiden – sie hatten während der gesamten Zeit die Zügel fest in den Händen gehalten.

«Sie haben eines der Geländefahrzeuge genommen und wollen zur Polizei», sagte Canyon. «Vielleicht haben sie Glück.»

«Aber hat die Polizei nicht bessere Fahrzeuge und bessere Ausrüstung als das Resort? Wenn die also noch nicht da sind, wird das doch seinen Grund haben?»

«Nat und Carlos haben uns ihre Entscheidung nicht erklärt», sagte Canyon trocken. «Sie haben mir und Brook die Verantwortung übertragen und wollen am späten Nachmittag zurück sein. Gestern Abend fiel der Strom aus, und Maddox kam vorbei, um sich das anzusehen. Schließlich hat er gesagt, dass wir den Generator wohl nicht wieder zum Laufen bringen. Das könnte für Nat den Ausschlag gegeben haben. Außerdem könnten sie, falls alle Polizeifahrzeuge bereits im Einsatz sind, die Beamten in ihrem Fahrzeug hochbringen. Ich glaube, Nat will so schnell wie möglich jemanden vor Ort haben.» Er seufzte. «All diese Überlegungen wurden angestellt, bevor nun eine dritte Person vermisst wird.»

«Wo die anderen beiden Personen sind, wissen wir», sagte Ellery. «Theoretisch. Natürlich weiß ich nicht, wo Sie Bens Leiche aufbewahren, oder auch Matts.» Sie machte eine Pause, aber Canyon schien nicht bereit zu sein, diese Information zu teilen. «Wo ist Andy?», fragte sie.

«Er und einige der Mitarbeiter suchen draußen», sagte Rachel. «Olivias Stiefel und ihr Mantel sind weg. Ich habe ein paar Fußabdrücke gefunden, die von ihr stammen könnten. Sie sehen aus, als wären sie entstanden, nachdem es aufgehört hatte zu regnen.»

«Also ist sie erst seit ein paar Stunden weg.» Ellery versuchte, beruhigend zu klingen: «Sie könnte jeden Moment auftauchen.»

Sie hatte nicht bemerkt, dass sich die Tür hinter ihr geöffnet hatte. «In ein paar Stunden kann alles Mögliche passieren», sagte Catherine mit schriller Stimme.

Natürlich hatte sie recht. Ben war innerhalb von Minuten oder Sekunden gestorben. Matt auch.

In den letzten Jahren hatte Ellery sich oft umgesehen

und gedacht: *Wo ist der Experte, die verantwortliche Person? Wer kann mir helfen?* Nur um dann festzustellen, dass es niemanden gab. *Sie* war diese Person. Man konnte von Kindern nicht verlangen, das Unerträgliche zu regeln. War man der Erwachsene, hatte man die Rolle des Anführers zu übernehmen und die ganze Last zu tragen, damit sie das nicht tun mussten.

Dieses Mal sollte jemand anders die Führung übernehmen. Sie wusste auch schon, wer.

Gary öffnete ihr. «Pssst», machte er. «Meine Tochter schläft noch.» Ellery erhaschte einen Blick auf einen Deckenberg auf der Couch. Graces lockiges Haar quoll über das Kissen. Das Innere des Cottages war hell und geräumig, mit einem atemberaubenden Blick auf das Meer. Ellery fragte sich, wie es sich ein Richter leisten konnte, an einem Ort wie diesem Urlaub zu machen.

Gary trat zu ihr nach draußen und ließ die Tür angelehnt. Er musterte Ellery. «Wie kann ich Ihnen helfen?»

«Ich nehme an, Sie ahnen es schon», sagte Ellery. «Olivia wird vermisst.»

«Ich bin kurz rausgegangen, als ich Schreie hörte», sagte Gary. «Die Eltern der Braut sind im Nachbarcottage. Wildrose.» Er deutete auf das Dach, das zwischen der Vegetation kaum zu sehen war.

«Sie sind alle in dem Zimmer neben meinem versammelt», sagte Ellery. «Die Mutter ist verzweifelt.»

Gary wusste, worauf sie anspielte. «Lassen wir das Personal und die anderen Fachleute sich darum kümmern.»

«Carlos und Nat sind weg», sagte Ellery. «Sie sind weggefahren, sobald der Regen aufgehört hatte.»

Gary schaute bestürzt, fing sich aber schnell wieder. «Trotzdem gibt es wahrscheinlich nichts, was ich tun könnte, um zu helfen.»

«Wahrscheinlich nicht.» Ellery blickte demonstrativ über seine Schulter, dorthin, wo seine Tochter schlief. *Das Kind eines anderen wird vermisst.* «Aber sollten wir es nicht wenigstens versuchen?»

35.

Ich arbeite aber nicht bei der Polizei», sagte Gary zu Catherine. Als Ellery mit Gary in Rachels provisorisches Zimmer zurückgekehrt war, erfuhr sie, dass die anderen in den Gemeinschaftsraum im Haupthaus umgezogen waren. Rachel hatte Ellery zu Catherine und ihrem Ehemann Rick begleitet, die dort mit einer Tasse Kaffee saßen. «Ich war früher Richter, aber kein hoher.»

«Alles klar», sagte Rick. «Das verstehen wir, oder?» Er sah Catherine an.

Catherine nickte. Sie war eindeutig am Ende ihrer Kräfte, aber sie wahrte auch jetzt noch die Form und hatte ihren Pyjama gegen Hose und Pullover getauscht. Sie trug kein Make-up, und ihr Haar war zurückgebunden. «Aber Sie wissen, wie man Fakten auswertet und ein Urteil fällt», sagte sie zu Gary.

«Und manchmal ist dieses Urteil falsch», sagte Gary. Ein Mitarbeiter kam leise herein und reichte ihm eine Tasse Kaffee. Er nickte. «Als Richter hat man nie alle Fakten beisammen. Menschen sagen nicht immer die Wahrheit. Manchmal tun sie es, und man hat mehr Fakten als sonst, und dennoch kann es passieren, dass man ein falsches Urteil fällt.» Er lehnte sich auf seinem Stuhl zurück. «Jetzt, wo ich nicht mehr auf der Richterbank sitze, kann ich das freiheraus sagen. Die Leute hören es nicht gern.»

«Das kann ich mir vorstellen.» Catherine schien sich entschlossen zu haben, Gary zumindest vorübergehend zu vertrauen.

«Alles klar», sagte Gary. «Hat Olivia eine Nachricht hinterlassen oder einen Hinweis, wo sie sein könnte?»

Catherine reichte ihm ein Blatt Papier. Ellery erkannte es als eine der leeren Seiten aus einem Begrüßungsheft, die sauber herausgerissen war.

«*Bitte mach dir keine Sorgen um mich*», las Gary vor. Er blickte auf. «Das ist alles?»

«Ja.»

«Keine Unterschrift.» Gary studierte den Zettel. «Und das ist definitiv ihre Handschrift?»

«Ja.» Catherine schien sich ganz sicher zu sein. «Sie ist unverwechselbar.»

Gary gab den Zettel zurück. Weil Ellery neben ihm saß, erhaschte sie einen Blick darauf. Sie war sich nicht ganz sicher, warum Catherine ihre Anwesenheit duldete, möglicherweise hatte Rachel sich für sie verbürgt.

«Was von ihren persönlichen Gegenständen fehlt?», fragte Gary.

«Ihr Handy. Ihre Brieftasche. Ein paar Kleidungsstücke.»

«Stiefel und Mantel?», fragte Gary.

«Ja», sagte Rachel.

«Was für ein Mantel und welche Stiefel?»

«Ein Burberry-Regenmantel», sagte Catherine. «Sorel-Stiefel.»

«Ich glaube, sie hat ihre Salomon-Schuhe an», korrigierte Rachel. Zwischen den beiden Frauen herrschte eine ungute Spannung. Ellery war sich sicher, dass Gary es auch bemerkt hatte.

«Wir können das noch einmal überprüfen», sagte Gary. «Es ist also möglich, dass sie alleine losgegangen ist. Sie ist nicht völlig unpassend gekleidet oder unvorbereitet. Wie erfahren ist sie in der Natur?»

«Sie ist eine gute Wanderin», sagte Catherine mit verzweifelter Zuversicht. Sie wandte sich an Rachel: «Ihr beide habt doch vor ein paar Sommern zusammen mit Freunden diese Rucksacktour gemacht.»

«Ja, aber da hatten wir einen Guide», sagte Rachel. «Das war einer unserer Freunde, der sich echt auskennt. Ich glaube nicht, dass Olivia oder ich in der Lage gewesen wären, so etwas alleine durchzuziehen.»

«Das stimmt.» Catherine seufzte. «Ich kann mir nicht vorstellen, dass sie sich entscheidet, alleine loszuwandern.»

«Vielleicht wollte sie auch nur ein wenig an die frische Luft», sagte Gary ermutigend.

Das war zu viel für Catherine. Sie stand auf. «Wir sollten nach ihr suchen.»

«Ich kann nicht genug betonen, dass alle in den Gebäuden bleiben sollten», sagte Brook. «Der Regen hat zwar aufgehört, aber es ist immer noch extrem gefährlich da draußen.»

«Aber Andy habt ihr losgeschickt», sagte Catherine vorwurfsvoll.

«Andy hat mehr Outdoorerfahrung als die meisten anderen Gäste, und er wird von einem unserer Mitarbeiter begleitet», erklärte Brook. Ellerys Gedanken schweiften zu Grace. War sie qualifiziert, nach einer vermissten Person zu suchen? Oder galt das Zertifikat als Ersthelferin im Gelände eher für medizinische Notfälle, Verletzungen beim Wandern und solche Dinge?

Gary schlug aber sowieso nicht vor, dass Grace losziehen und nach Olivia suchen sollte. «Wissen Sie, was sie noch anhatte?», lenkte er das Gespräch wieder auf Olivias Kleidung.

«Ihre Sachen von gestern, glaube ich», sagte Rachel. «Sie hat ihre schmutzige Kleidung in ihrem Koffer im Schrank verstaut. Ich habe sie vorhin durchgesehen, und die Sachen, die sie gestern Abend trug, waren nicht dabei.» Sie riss die Augen auf. «Hätte ich Handschuhe tragen sollen?»

«Sicher nicht», sagte Gary. «Was hatte sie gestern Abend an?»

«Mit Fleece gefütterte Leggings. Das sind ihre Lieblingsleggings, weil sie schnell friert und es hier eher kühl ist. Darüber ein langärmeliges Laufshirt oder so etwas. Und darüber hatte sie ihr Ben-Sweatshirt an.»

«Ihr Ben-Sweatshirt?»

«Ja. Das haben wir alle.» Rachel stand auf. «Ich hole eins.»

Alle wandten sich um, als die Tür des Haupthauses aufging und Morgan und Maddox, gefolgt von Gästen, die Ellery noch nicht kennengelernt hatte, hereinkamen. Die Gäste steuerten direkt die Rezeption an, an der ein Mitarbeiter Dienst hatte. Morgan und Maddox traten durch die offene Tür in den Gemeinschaftsraum.

«Entschuldigen Sie die Störung.» Maddox hatte sich nicht die Mühe gemacht, seine matschigen Stiefel an der Tür auszuziehen. Immerhin blieb er vor dem Teppich stehen. Er hatte eine Tasche mit etwas Schwerem - Werkzeug, vermutete Ellery - über die Schulter gehängt und hielt Morgans Hand. Sie trug eines von Maddox' übergroßen Arbeitshemden, das abgenutzt und verwaschen aussah.

«Ich habe mich zu früh gefreut», sagte sie leise zu Ellery. «Ich habe mich den ganzen Morgen übergeben.»

«Sie sehen robust aus», sagte Catherine zu Maddox. «Warum hat man Sie nicht für die Suche nach meiner Tochter eingeteilt?»

«Ich arbeite hier nicht.» Maddox klang müde.

«Andy auch nicht, und trotzdem hilft er suchen», fuhr Catherine ihn an.

«Ich werde mir den Generator noch einmal ansehen», sagte Maddox, statt zu antworten, an Brook und Canyon gewandt. «Morgan kommt mit mir. Aber ich glaube nicht, dass ich das Ding wieder zum Laufen bringen kann.»

«Danke, dass du es versuchst, Mann», sagte Canyon. «Möchtest du, dass einer von uns mitgeht?»

«Wenn der Generator sowieso hinüber ist, wäre es sinnvoller, Sie würden nach meiner Tochter suchen», beharrte Catherine. «Vielleicht Sie beide?» Sie blickte von Maddox zu Canyon.

«Wir können einen Gast, der nicht mit der Hochzeitsgesellschaft verwandt ist, nicht bitten, sich auf diese Weise in Gefahr zu begeben», versuchte Brook, Maddox zu retten.

Aber Maddox musste nicht gerettet werden. «Ich suche nicht nach ihr», sagte er. «Ich bleibe bei meiner Frau.»

In diesem Moment kehrte Rachel mit dem Ben-Hoodie zurück. Als sie den Raum betrat, gingen Morgan und Maddox Hand in Hand hinaus. *Aus einer Kleinstadt im Mittleren Westen,* erinnerte sich Ellery an Morgans fröhliche Worte. Irgendetwas daran hatte gezwungen geklungen, aber jetzt fand Ellery, dass die tiefe Verbundenheit zwischen den beiden sichtbar war.

«Das ist der Hoodie.» Rachel hielt ihn hoch. «Angesichts der Tragödie hat Olivia nur ein paar verschenkt.»

«Danke», sagte Gary. «Dann wissen wir, was Olivia anhat. Sie ist angemessen gekleidet, hat eine Nachricht hinterlassen, und es gibt keine Anzeichen für einen Kampf. Das sind gute Nachrichten.»

Catherine nickte bei seinen Worten. Zu gern wollte sie glauben, dass ihrer Tochter nichts passiert war. Ellery versuchte, sich alles zu merken, was besprochen wurde, damit sie Ravi und Nina später davon berichten konnte.

«Es sei denn, jemand, dem sie vertraute, hat sie mitgenommen. Dann gibt es natürlich auch keine Kampfspuren», sagte Rachel.

«Das können nur Sie, ich oder Andy sein», sagte Catherine. Ihr Mann blickte auf. Ellery beobachtete, wie ein Ausdruck über sein Gesicht huschte, als er beschloss, nichts zu sagen. Hatte Catherine ihn ausgelassen, weil Olivia ihm nicht vertraute? Noch während sie darüber nachdachte, stürmte Grace in den Raum.

«Was ist passiert?» Sie legte Gary eine Hand auf die Schulter und wandte sich Ellery zu, als ob sie wüsste, dass Ellery ihn hergebracht hatte.

«Olivia wird vermisst», sagte Ellery.

«Das tut mir leid», sagte Grace, «aber was hat mein Vater damit zu tun?»

«Er ist die einzige Person, die Erfahrung mit solchen Dingen hat», sagte Ellery.

«Er ist nicht bei der Polizei», sagte Grace.

«Genau das habe ich auch gesagt», sagte Gary. «Aber ich helfe gerne, wenn ich kann.»

«Das ist aber nicht sein Job.» Grace warf einen finsteren Blick in die Runde. Ellery musste an ihre älteste Tochter Kate denken, die die meiste Zeit sanft und zugewandt war, aber wenn man sich über ihren Bruder lustig machte oder sie gegen ihren Willen etwas tun sollte – dann war Vorsicht geboten.

«Ist schon gut, Grace», sagte Gary. «Ich kann zumindest versuchen zu helfen. Ich bin erst seit ein paar Jahren im Ruhestand.»

«Was, wenn wir diesen Securitytypen um Hilfe bitten?», sagte Rachel. «Diesen Craig? Der findet Olivia im Handumdrehen.»

Während sie noch darüber nachdachten, öffnete sich die Tür, und Andy, Craig und ein paar Angestellte des Resorts betraten das Foyer. Catherine rief: «Was haben Sie herausgefunden?»

Craig kam in den Gemeinschaftsraum und hinterließ dabei eine Schlammspur auf dem Parkett und dem Teppich. Er blieb stehen, seine Beine waren bis zu den Knien mit Schlamm bedeckt, und sein Gesicht war wie versteinert.

«Ich befürchte, nichts Gutes», sagte er.

36.

Catherines Gesicht verwandelte sich in eine Grimasse des Schmerzes.

«Es geht nicht um Olivia», sagte Andy, der direkt hinter Craig stand, schnell. «Keine Sorge.»

Craig sah verärgert aus, als hätte er sich mit seiner dramatischen Ankündigung absichtlich in Szene gesetzt und gehofft, den Moment der Erleichterung noch etwas hinauszuzögern. «Wir haben etwas gefunden.» Er deutete auf einen Mitarbeiter, der eine Plastiktüte hochhielt. «Zeigen Sie es ihnen.» Der Mitarbeiter, ein junger Mann mit langen blonden Haaren, griff in die Tüte und holte eine Krone heraus. Sie war aus Treibholz gefertigt und mit Glas, Muscheln und Steinen besetzt. Sie war so schön, dass Ellery einen Seufzer ausstieß.

Brook eilte vor, um die Krone an sich zu nehmen. «Ich wusste nicht einmal, dass noch eins fehlt!» Sie zuckte zusammen, aber nur Ellery schien den Fauxpas bemerkt zu haben. Vielleicht weil die anderen Gäste nichts von dem früheren Kunstraub wussten? Vielleicht dachten sie, «noch eins» könnte sich auf fehlende Dinge im Allgemeinen beziehen - zuerst Olivia, jetzt die Krone? Wahrscheinlicher war, dass sie gar nicht groß mitbekommen hatten, was Brook gesagt hatte.

«Wir wissen nicht, ob das nichts mit Olivia zu tun hat.» Craig warf Andy einen bösen Blick zu. «Glauben Sie, dass Ihre Tochter die Krone gestohlen haben könnte?»

«Er ist wirklich ein lausiger Ermittler», murmelte Rachel.

«Niemals würde Olivia ein Kunstwerk stehlen.» Catherine griff nach der Krone, und Brook übergab sie ihr nach kurzem Zögern. Catherine drehte die Krone in den Händen und betrachtete sie. «Sie scheint unbeschädigt zu sein. Ich werde sie mir später noch einmal genauer ansehen, und Brook und ich können sie dann an ihren Platz zurückbringen.» Catherine hatte den Rücken durchgedrückt, ihre Stimme war fest. «In der Zwischenzeit», sagte sie, «sollten wir überlegen, wie wir meine Tochter wiederfinden.»

37

Das waren wirklich ereignisreiche zwölf Stunden», sagte Ravi.

Nachdem Catherine sich von dem Schreck, Craig könnte ihre Tochter aufgefunden haben, erholt hatte, wurden Ellery und mehrere andere, darunter auch Craig, kurzerhand von ihr weggeschickt. Catherine, Rachel, Brook, Andy, Gary und Grace (die darauf bestanden hatte, bei ihrem Vater zu bleiben) hatten sich in den Personalraum zurückgezogen, um ungestört ihre nächsten Schritte zu besprechen. Ellery hatte ihnen nachgesehen – Catherine trug die Krone aus Treibholz in den Händen wie eine Königin, und Brook schritt wie eine Hofdame hinter ihr her. (Ellery fragte sich, ob Rachel und die anderen den Personalraum nach dem Gedenkabend aufgeräumt hatten oder ob noch Bierflaschen auf dem Tisch standen und auf dem Boden der Karton mit den Baby-Ben-Hoodies.)

Canyon war ebenfalls gegangen, er wollte Maddox suchen.

«Wirklich ereignisreich.» Ellery zog die Füße unter sich. Sie war vom Haupthaus aus sofort zu Nina gegangen, und nun saßen sie zu dritt in deren Zimmer und tauschten sich aus. Ellery hatte die beiden über die Geschehnisse des Morgens informiert und darüber, was bei der Gedenkfeier am Abend zuvor gesagt worden war. Um sich warm zu halten, hatten sie ihre Mäntel anbehalten und sich zusätzlich in Decken gewickelt. Die Vormittagssonne schien milchig durch die Fenster.

«Der Suchtrupp kam also mit der *Treibholzkrone* zurück», sagte Ravi, «aber ohne Olivia.»

«So sieht's aus.»

«Ich frage mich, was sie unternehmen werden, um sie zu finden», sagte Nina. «Meint ihr, Brook und Canyon kommen mit solchen Situationen zurecht? Ohne Nat und Carlos herrscht hier ein gewisses Machtvakuum.»

«Ich könnte mir vorstellen, dass Security-Craig das Kriegsrecht ausrufen wird», sagte Ravi. «Jetzt, wo Nat weg ist, kriegt er bestimmt Machthunger.»

«Brook ist seine Vorgesetzte», sagte Nina. «Sie ist die stellvertretende Managerin.»

«Aber wird er sich ihr unterordnen?», fragte Ravi.

«Dafür wird Canyon schon sorgen», sagte Nina.

«Was glaubst du, wo Olivia hin ist?», fragte Ravi.

«Keine Ahnung.» Ellery presste die Lippen zusammen. «Aber mir macht dieses Muster Angst. Seit Sonntag ist jeden Morgen jemand tot oder verschwunden. Ben, Matt, Olivia.»

«Nat und Carlos», fügte Ravi hinzu.

«Stimmt», sagte Nina. «Aber die haben sich abgemeldet. Und sie kennen die Gegend besser als die anderen. Sie haben bessere Ausrüstung und können die Geländefahrzeuge nutzen. Dass sie noch nicht zurück sind, ist normal. So eine Fahrt dauert, selbst wenn alles glattläuft.»

«Vielleicht sind sie zusammen durchgebrannt», scherzte Ravi. «Aber den Eindruck machten sie eigentlich nicht. Ben, Matt und Olivia scheinen mehr miteinander verbunden zu sein als die beiden.» Er klappte sein Begrüßungsheft auf und klickte beim Nachdenken auf seinem Stift herum.

Ellery schlug ihr Heft ebenfalls auf und blätterte zu der Seite mit den Fragen.

Wer war die letzte Person, die Ben lebend gesehen hat?
Um wie viel Uhr ist er gestorben?
Warum trug er immer noch seinen Hochzeitsanzug?
Hat er Broken Point jemals verlassen?
Was genau stand in Bens Nachricht?
Wie ist Ben gestorben?
Wie komme ich nach Hause?

Einige der Fragen konnten sie nun halbwegs beantworten. Trevor war wahrscheinlich der Letzte, der Matt lebend gesehen hatte, bei Ben wusste man es nicht (oder sie gaben es nicht zu). In der Textnachricht stand: *Ich kann nicht. Es tut mir leid.* Aber sehr viel mehr als vor zwei Tagen wussten sie immer noch nicht. Sie fügte noch ein paar Fragen hinzu.

Wer hat Olivia zuletzt gesehen?
Ist sie freiwillig gegangen?
Gibt es einen Zusammenhang zu den Kunstdiebstählen?

«Worin besteht die Verbindung?», fragte Ravi und klickte weiter mit dem Stift. Ellery blickte überrascht auf. Das war es, was sie als Nächstes hatte schreiben wollen: *Gibt es eine Verbindung zwischen den drei Toten/Vermissten (abgesehen von der Hochzeit)?* Nat und Carlos hielt sie noch außen vor.

«Sie sind jung», fing Nina an. «Sie gehören zur Hochzeitsgesellschaft.»

Ravi schrieb mit. «Wir müssen herausfinden, was die Handschrift dieses Mörders ist.» Er hob den Kopf und tippte mit dem Stift an seine Lippen. «Oder sagt man Methode?»

«Die Vorgehensweise», sagte Nina. «Denke ich.»

«Wissen wir, ob Matt einen Schlag auf den Hinterkopf bekommen hat?»

«Ich habe niemanden etwas darüber sagen hören», sagte Ellery. «Trevor und die Trauzeugen mussten ihn anhand von Fotos identifizieren.»

«Und Trevor hat ausdrücklich gesagt, dass Matts Kopf in Ordnung aussah?»

«Na ja, nein.»

Ravi beugte sich vor und zeigte in Ellerys Heft auf eine der Fragen. «*Gibt es einen Zusammenhang zu den Kunstdiebstählen?*», las er vor. «Die Krone war in einer Vitrine in der Galerie», sagte er. «Ich habe sie gesehen, als wir uns unter die Hochzeitsgesellschaft gemogelt haben.»

«Wie sollte jemand sie von da oben stehlen?», überlegte Nina. «Zumal bei dem Wetter?»

«In gewisser Weise haben die Abgeschiedenheit des Ortes und das Wetter den Diebstahl erleichtert», sagte Ravi. «Vielleicht ist da oben auch der Strom ausgefallen, und die Alarmanlagen und Kameras funktionierten nicht. Die Krone wäre dann leicht zu stehlen gewesen. Und durch die Morde und den Erdrutsch waren alle abgelenkt.»

«Haben sie gesagt, wo sie die Krone gefunden haben?», fragte Ravi.

«Nein, aber Andy weiß es vielleicht», erwiderte Ellery. «Ich kann ihn fragen.»

Ravi blätterte in seinem Heft vor zu den Beschreibungen der Kunstwerke. «Lasst uns mal schauen, welche Kunstwerke wir gesehen haben und wo sie jeweils waren. Vielleicht kommen wir so darauf, welches Exponat noch fehlt.»

Ellery und Nina folgten seinem Beispiel.

«Los geht's», sagte er. «Die *Treibholzkrone*, von der wir wissen, dass sie gestohlen wurde, war in der Galerie. Ebenso wie *Andeutung*, das riesige Ölgemälde von Clare Han. Es hing im Hauptraum der Galerie.» Er wandte sich an Ellery.

«Du hast es auch gesehen, oder? Es war ja auch kaum zu übersehen.»

«Ja.» Ellery ging weiter die Liste durch. «*Ohne Titel* hab ich nicht gesehen.»

«Das habe ich gesehen», sagte Nina. «Es liegt an einem der Wege, neben einem kleinen Teich.»

«Kannst du uns zeigen, wo?»

Nina zeigte darauf, und sie markierten die Stelle auf ihren Karten.

«Und keiner von uns weiß, wo die Warhol-Skizze hängt», sagte Ravi. «Richtig?»

«Richtig», sagten Ellery und Nina im Chor.

«Das hier kennen wir», sagte Nina. «*Altar*. Der steht im Wäldchen. Was ist mit *Teile*? Das klingt toll. Hab ich aber noch nicht gefunden.»

«Ich auch nicht», sagte Ravi.

«Ich habe die hier in der Nähe des Wäldchens gefunden.» Ellery tippte auf die Beschreibung der Skulptur, bei der sie Olivia am Abend der geplatzten Hochzeit hatte weinen sehen.

Love
von Casey Hoyt
1994
Holz

Obwohl nicht als direkte Antwort auf die leuchtende Kühnheit von Robert Indianas berühmten *LOVE*-Skulpturen konzipiert, ist Hoyts *LOVE* dennoch ein kraftvoller organischer Kontrapunkt, der das Wort in den Kontext der Natur stellt.

Hatte sie erwähnt, dass sie Olivia an jenem Abend begegnet war?

Weder Ravi noch Nina hatten die Skulptur gesehen. Sie zeigte ihnen, wo auf ihren Karten sie ihren Platz markieren konnten. Dann wandten sie sich der nächsten Beschreibung zu.

Karneol
von Cody Carter
1995
Kalkstein, roter Lack

Die aufgebrochenen Formen der für diese Skulptur verwendeten Steine erinnern an Geoden, bei denen sekundäre Formationen im Inneren von Sediment- oder Vulkangestein auftreten. Carter verwendete für die Bruchstellen roten Lack, der den an die Oberfläche drängenden Lavakern der Erde symbolisiert.

«*Karneol* ist ein tolles Wort», schwärmte Ravi. «Es klingt königlich. Oder fleischlich. Irgendwie beides.»

«Ist das nicht eine Art Edelstein?», fragte Nina.

«Ich glaube, schon», sagte Ellery. «Ich meine, dass eine der Protagonistinnen in *Little Women* einen hatte oder haben wollte. Vielleicht haben sie einen gestohlen?»

«Sie würden nie stehlen», sagte Ravi.

«Jo würde stehlen», sagte Nina.

«Amy ganz klar auch», sagte Ellery.

«Okay, okay.» Ravi hob die Hände. «Ich wusste nicht, dass sie so verdorben sind. Ich dachte, die sind alle lieb und süß.»

«Nur Beth und Meg», sagte Ellery.

«Ich habe *Karneol* gesehen», beendete Nina den kleinen Schlagabtausch. «Direkt an einem der Wege auf einer Lichtung. Es ist riesig und nicht zu übersehen. Es zieht einen magisch an.»

«Wenn es riesig ist, wurde es eher nicht gestohlen», sagte Ravi. «Tatsächlich können wir die meisten Skulpturen wahrscheinlich ausschließen, oder?»

«Ja, wahrscheinlich», stimmte Nina zu. «Aber lass uns die Liste zu Ende durchgehen, damit wir sicher sind, alle gesehen zu haben. Ein paar könnten kleiner sein, wie die Krone.»

Fin
von Page Horowitz
2018
Glas, Stahl, Granit

Mit dem Titel *Fin*, Flosse, bezieht sich Horowitz auf ein Zitat des Malers Ala Bashir. «Die Dunkelheit ist der Ort, an dem wir beginnen und an dem wir enden». *Fin* bezieht sich nicht nur auf die Form des Kunstwerks, sondern auch auf das französische Wort für Ende. Die auf rohen Granit montierte Glas- und Stahlformation evoziert verschiedene Formen – eine Rückenflosse, Feuer oder eine Wasserfontäne.

«Das war heute Morgen auf unserer Karte», sagte Ellery.

«Das Zitat ist auch toll», sagte Ravi. «*Die Dunkelheit ist der Ort, an dem wir beginnen und an dem wir enden.* Glaubst du das auch?»

«Ja», sagte Nina. «Das ist buchstäblich wahr. Wir starten unseren Lebensweg im Dunkeln und gehen im Tod jeder für sich zurück in die Dunkelheit.»

«Glaubst du nicht, dass es danach noch etwas gibt?», fragte Ravi.

«Nein», sagte Nina nur.

Beide sahen Ellery an.

Sie dachte an Annabel, und das Herz tat ihr weh.

«Ich hoffe, dass es danach weitergeht», sagte sie leise. «Ich brauche diese Hoffnung. Im Mutterleib war es dunkel und sicher. Wer weiß, wie sich die nächste Dunkelheit anfühlen wird.»

«Wir wissen, dass niemand *Fin* hätte von der Stelle bewegen können», sagte Ravi nach einer Weile des Schweigens. «Wir haben ja alle gesehen, wie groß das ist, oder? Ist bei der Feuerstelle.» Ellery nickte und Nina auch.

«Das nächste Exponat könnte man vielleicht stehlen», sagte Nina, während sie die Beschreibung durchlasen. «Es ist klein.»

Sprung
von Cora Beck
1973
Pastellkreide

Dieses lebendige Werk wurde von unserer Kuratorin nach dem Tod der Künstlerin erworben und vermittelt Lebenslust und Spielfreude. Beck zeigt Kinder, jedes in einem anderen Stadium der Bewegung, wie sie von einer kleinen Klippe ins Meer springen. Im Laufe der Jahre haben wir viele Gäste beim Anblick dieses entzückenden Bildes lächeln sehen.

«Ich habe leider nicht gelächelt, weil ich es nicht gesehen habe», sagte Ravi. «Ihr etwa?»

«Ich glaube, schon», überlegte Ellery. «Aber wo?»

«Geht mir genauso», sagte Nina.

«Vielleicht weil es gestohlen wurde!» Ravis Gesicht hellte sich auf. «Ich notiere es als Diebstahlkandidaten.» Er las die nächste Beschreibung laut vor.

Unsere Gedanken sind
von Maggie Morgan
1996
Stahl, Granit

Dieses Werk ist Teil einer Serie. Jede Bank ist wie die anderen auch aus Stahl und Granit gefertigt, aber jeweils ganz eigen geformt. Die Titel der Werke sind zu Plattitüden verkommenen Wendungen entnommen, die Beileid mit Hinterbliebenen ausdrücken sollen.

Sie waren alle still. «Ich habe gehört, dass eine davon oben auf Broken Point steht», sagte Nina. «Unter einem der drei Bäume da.»

«Es sei denn, sie wurde gestohlen», sagte Ravi.

«Oder ist bei einem Erdrutsch in die Tiefe gerissen worden», sagte Ellery.

Media Res
von Lin Marsh, 198
Lack

Dieser von japanischen Paravents aus dem 18. und 19. Jahrhundert inspirierte Paravent besteht aus sechs Paneelen, die Mohnblumen in verschiedenen Stadien ihres Lebenszyklus darstellen. Blüte und Verfall ist ein charakteristisches Thema von Marshs Werken. Ihr Statement dazu: «Leben und Tod bestimmen uns in unseren Handlungen, aber ich ziehe es vor, allein dem Leben eine Bühne zu bieten.»

«Den kennen wir alle, oder?», sagte Ravi. «Er steht im Haupthaus in der Lobby.» Nina und Ellery nickten. «Ich bin so froh, von Menschen umgeben zu sein, die schöne Dinge bemerken», sagte Ravi. «Wie stehen die Chancen, dass Jason und Konsorten eine Ahnung haben, wo sich der

Paravent befindet? Sie halten die Skulpturen wahrscheinlich für Gartenmöbel.»

«Catherine weiß, was sie tut», sagte Nina bewundernd. «Die Kunstwerke an sich sind schon interessant, aber sie hat auch noch Werke mit interessantem Subtext ausgewählt. Außerdem leben die meisten Künstler noch. Sie unterstützt also Menschen, die heute Kunst schaffen, und lenkt die Aufmerksamkeit auf sie.»

«Wahrscheinlich ist das fehlende Stück die Warhol-Skizze oder *Sprung*», sagte Ravi. «Interessant. Nicht nur sind beide kleinformatig, sie stammen auch von den einzigen Künstlern, die nicht mehr leben. Glaube ich jedenfalls. Es sei denn, Marsh ist tot.» Er hielt inne. «Heißt das, dass sie am wertvollsten sind?»

«Nicht unbedingt», sagte Nina. «Leider kann ich gerade nicht googeln.»

«Erinnerst du dich, wir haben einen Promi hier ...», sagte Ravi nach einer Weile.

«Das sagst du ständig», erwiderte Nina. «Aber glaubst du nicht, dass der inzwischen enttarnt wäre? Und wenn jemand wirklich Berühmtes hier wäre, hätte uns die Polizei doch bestimmt ganz oben auf die Evakuierungsliste gesetzt?»

Ravi ließ sich nicht davon abbringen. «Die unbekannt-bekannte Person könnte Künstler sein. Jemand, der so berühmt ist, dass wir uns gar nicht vorstellen können, dass er hier ist.» Er zeigte auf die Liste. «Nina, du kennst dich doch ein bisschen mit Kunst aus. Ellery und ich sind eher ahnungslos. Oder, Ellery, kennst du irgendwelche Namen, außer Warhol, von dem wir wissen, dass er tot ist?»

«Nur Clare Han», sagte Ellery. «Und Casey Hoyt.» Sie errötete. «Ich sollte mich mehr mit Kunst beschäftigen.»

«Ach was.» Ravi winkte ab. «Das sind die beiden Namen, die ich auch kannte. Und siehst du, was ich sehe? Die Übereinstimmung?»

«Keine Ahnung», sagte Ellery nach einem Moment des Nachdenkens. «Sie arbeiten komplett verschieden.»

«Die Initialen sind gleich», sagte Ravi.

«Heilige Scheiße», sagte Nina.

«C. H.» Ravi grinste stolz.

«Okay …» Ellery war sich nicht sicher, was das beweisen sollte.

«Das sind Catherine Harings Initialen», sagte Ravi triumphierend. «Was, wenn sie nicht nur Kuratorin ist, sondern inkognito Kunst macht und ihre Werke hier ausgestellt hat, aber jetzt hat jemand das Zeug gestohlen? Oder sie selbst hat es gestohlen.»

«Warum sollte sie das tun?», fragte Nina. Aber für Ellery klang Ravis Vorschlag überraschend stimmig.

«Vielleicht braucht sie Geld», sagte Ravi.

«Würde sie dann nicht etwas Neues machen und das verkaufen?», fragte Ellery.

«Vielleicht ist sie nicht mehr so gut», sagte Ravi.

«Das kommt mir ziemlich abwegig vor», sagte Nina.

«Ja, kann sein», gab Ravi zu. «Aber ich denke, wir sind uns einig, dass *Sprung* und die Warhol-Skizze sich am ehesten zum Klauen eignen. Richtig?»

«Richtig», sagte Ellery. Das leuchtete ihr ein. Alles andere war zu unhandlich. Wie sollte man eine Statue stehlen oder einen Kronleuchter abmontieren oder gar unbemerkt mit einer Skulptur oder Bank im Gepäck das Resort verlassen?

Das schien noch schwieriger zu sein, als mit einem Mord davonzukommen.

38.

Mittagessen gab es im Haupthaus statt im Restaurant. Wegen der Temperatur, vermutete Ellery. Sowohl der Gemeinschaftsraum als auch das Wildrye hatten Kamine, aber das Restaurant hatte hohe Decken und war viel größer und wahrscheinlich schwieriger warm zu bekommen. Als Ellery, Nina und Rachel den Gemeinschaftsraum betraten, seufzten sie unwillkürlich.

«Herrlich», sagte Nina. «In meinem Zimmer ist es ganz schön kalt.»

Grace schürte das Feuer, und Maddox und Andy stapelten neben dem Kamin Holzscheite auf. Die Möbel im Gemeinschaftsraum waren beiseitegeschoben worden, und wie für ein Seminar hatte man Stuhlreihen aufgestellt. Hinter den Fenstern erstreckte sich der Rasen, und dahinter lag das Meer. Zu sehen war es nicht, dafür hingen die Wolken noch zu tief.

«Kein Eis und keine Gläser», sagte Ravi frustriert und hielt seine Wasserflasche hoch, während sie sich auf dreien der Stühle niederließen. «Postapokalyptische Zeiten.»

«Bitte setzen Sie sich», rief Brook. «Wenn alle sitzen, ist es leichter für uns, die Anwesenheit zu überprüfen.»

«Die zählen uns durch», sagte Ravi erschrocken.

«Na ja, da ständig Leute verschwinden, ergibt das Sinn», sagte Nina.

«Hat einer von euch sein Begrüßungsheft hier?», fragte Ravi. «Wir könnten die Namen mitschreiben. Wir kennen immer noch nicht alle Gäste.»

«Ich habe meins dabei», sagte Ellery.

«Toll.» In einem ungelenken Balanceakt versuchte Ravi, sein Mittagessen und seine Wasserflasche in einer Hand zu jonglieren und gleichzeitig sein Heft aus der Manteltasche zu holen. «Wir können beide mitschreiben.» Seine Flasche fiel auf den Boden und rollte unter den Vordersitz, und Grace, die neben Gary vor ihnen saß, drehte sich um und gab sie ihm zurück.

Sie saßen viel dichter als im Restaurant. Die Gäste wirkten mitgenommen. Ungekämmt, mit matschigen Schuhen und müden, ängstlichen Augen hockten sie auf ihren Stühlen. *Sie sind jetzt Überlebende*, dachte Ellery. Sie kannte diesen Blick.

Bis auf Andy, der mit Olivias Eltern weiter vorne saß, saßen die Freunde des toten Bräutigams hinter Ellery, Ravi und Nina.

«Jeden Morgen ist jemand gestorben», empörte sich Trevor. «Und jetzt wird Olivia vermisst. So kann das nicht weitergehen.»

«Nein», sagte Jason laut. «Das muss aufhören.» *Dafür werde ich sorgen*, konnte Ellery ihn fast sagen hören, so tapfer klang er. Nur war er leider genauso hilflos wie sie alle. Wo war Olivia?

«Was meinst du?», flüsterte Ravi Ellery zu. «Wird Jason die Dinge selbst in die Hand nehmen?»

Ellery warf einen Blick über die Schulter. Jason sah übernächtigt aus und hatte gerötete Augen. Er erwiderte ihren Blick, und sie glaubte das Ausmaß seiner Verzweiflung zu erahnen. Sie wandte sich wieder nach vorne. Brook und Canyon standen dicht nebeneinander vor den Fenstern. Sie hatten die Jalousien heruntergelassen, und im an sich großen Gemeinschaftsraum fühlte es sich beengt an.

Brook hob die Hand. «Ich bitte um Ihre Aufmerksamkeit», sagte sie. «Bitte herhören.» Als die Gespräche nicht abebbten, steckte sie zwei Finger in den Mund und stieß einen durchdringenden Pfiff aus. Schlagartig wurde es still.

«Danke», sagte Brook. «Wir haben einiges anzukündigen und möchten dies so knapp wie möglich halten.» Craig verschränkte die Arme.

«Angesichts der aktuellen Lage ergreifen wir zusätzliche Notfallmaßnahmen», sagte Brook. «Bitte hören Sie erst mal nur zu, am Ende wird Zeit für Fragen sein.»

«Zuerst überprüfen wir die Anwesenheit.» Canyon hielt ein Klemmbrett in den Händen. «Heben Sie bitte die Hand, wenn wir Ihren Namen aufrufen.»

Ellery meldete sich, als sie an der Reihe war, und schrieb ansonsten hastig die Namen mit.

«Das Buddy-System ist ab jetzt Pflicht», sagte Canyon. «Keiner ist allein unterwegs. Wir bringen Gäste, die in den Cottages wohnen, in Zimmern unter. Alle, die derzeit allein wohnen, werden ab jetzt ein Zimmer mit jemand anderem aus ihrer Gruppe teilen.» Die Leute begannen zu tuscheln, aber Brook hob die Hand, und sie verstummten.

«Das dient erstens der Sicherheit, zweitens müssen wir so weniger Fläche heizen. Wir hoffen immer noch, dass wir die Stromversorgung wieder zum Laufen bringen können», fuhr Canyon fort. Er hielt das Klemmbrett hoch. «Wenn wir hier durch sind, teilen Sie Brook bitte mit, bei wem Sie übernachten möchten. Uns ist bewusst, dass das eine große Unannehmlichkeit ist, aber wir wollen verhindern, dass weitere Personen vermisst werden. Das Personal hilft Ihnen gerne beim Umzug Ihrer Sachen.»

«Wir werden uns also die Betten teilen?», fragte ein Witzbold. Einige Leute lachten nervös.

Canyon nickte nur. «So ist es», sagte er. «Jeder wird auf ein wenig Komfort verzichten.»

«Das ist doch verrückt», sagte ein anderer Gast. «Es bedeutet, dass einer von uns mit dem Mörder in einem Raum schlafen wird.» Canyon gingen die Argumente aus.

Brook schaltete sich ein. «Wenn Sie Bedenken bezüglich einer Person haben, mit der Sie sich ein Zimmer teilen sollen, sagen Sie uns das bitte», sagte sie. «Wir werden eine Lösung finden.»

Die zwei sind ein gutes Team, dachte Ellery, *wie Nat und Carlos. Wie Ravi und Nina, Grace und Gary. Ich und Abby.*

«Aber das bedeutet, dass wir Ihnen vertrauen müssen», sagte Trevor. «Vielleicht ist der Mörder jemand vom Personal.» Er warf Jason einen Beifall heischenden Blick zu, aber Jason war in Gedanken versunken und hatte ihn wahrscheinlich gar nicht gehört. «Nur Personen aus der Hochzeitsgesellschaft sind tot oder werden vermisst.»

Brook ignorierte ihn und fuhr fort. «Wir stellen bis auf Weiteres die Reinigungsdienste ein, um Personal zur Verfügung zu haben, das sich in der Gegend auskennt und bei der Suche nach Olivia helfen kann. Sie als Gäste können uns unterstützen, indem Sie sich in Ihren Zimmern oder im Haupthaus aufhalten. Wir wollen nicht, dass noch jemand verloren geht, während wir auf Nat und Carlos warten – und auf die Polizei.»

«Glauben Sie wirklich, dass die hierher durchkommen?»

«Ja, das glaube ich», sagte Brook, und Ellery fragte sich, ob sie wirklich über den Optimismus verfügte, den ihre Stimme ausstrahlte. «Das Abendessen findet heute um achtzehn Uhr hier statt. Bis dahin können Sie sich gerne mit der Person, die Sie als Ihren Buddy ausgewählt haben, im Haupthaus oder in Ihrem Zimmer aufhalten. Für den

Fall, dass Sie etwas benötigen, wird die Rezeption rund um die Uhr mit einem Mitarbeiter besetzt sein.»

«Zwei Mitarbeitern», rief Rachel.

«Was?», fragte Brook.

«Das Personal sollte auch zu zweit unterwegs sein», sagte Rachel. «Zu Ihrer Sicherheit. Und damit keiner von Ihnen einen von uns umbringt.»

Einer von Bens Freunden kicherte.

«Einverstanden.» Brook verdrehte leicht die Augen. «So machen wir es.»

Canyon hielt das Klemmbrett hoch. «Bitte kommen Sie in die Lobby und teilen uns mit, mit wem Sie zusammenwohnen möchten.»

Stimmengewirr erhob sich. Diejenigen, die bereits zusammenwohnten, gingen nach draußen, um Brook das mitzuteilen. Morgan winkte Ellery, Ravi und Nina kurz zu, als sie und Maddox rausgingen, um sich anzustellen. Canyon ging durch die Tür hinter der Rezeption, die zum Personalraum führte.

Ellery hatte wieder dieses Gefühl, gänzlich allein zu sein, aber diesmal löste es noch mehr Panik in ihr aus.

Ravi und Nina würden natürlich ein Paar bilden. Wer könnte ihr Buddy sein?

Sie warf Rachel einen Blick zu. Vertrauten sie einander genug? Oder würden Rachel und Andy sich ein Zimmer teilen wollen? Aber als Ellery Andy entdeckte, sah sie, dass er bereits von einem der Freunde des Bräutigams angesprochen worden war und nickte.

«Du kannst bei uns wohnen», sagte Nina zu Ellery. «Jeder kann mal auf dem Boden schlafen. Oder vielleicht haben sie ein Extrabett.»

«Passt schon, danke», wehrte Ellery ab. «Ich komme klar.»

«Tust du nicht», sagte Nina. «Hier ist irgendwo ein Mörder.»

«Meine Güte, wie sich die Zeiten geändert haben», sagte Ravi. «Jetzt ist Nina diejenige, die spießig ist.»

«Hör auf zu quatschen und überzeuge sie lieber, bei uns einzuziehen», sagte Nina.

«Wir sind Fremde für sie.» Ravi sah Ellery verständnisvoll an. «Ich an deiner Stelle würde nicht mit uns in einem Zimmer wohnen wollen.»

«Es ist nicht so, dass ich euch nicht traue», sagte Ellery. «Aber ich kenne euch nicht.» Sie schüttelte den Kopf. «Sorry, das kam falsch rüber. Ich kenne euch, aber eben nicht so, wie ihr euch kennt.»

«Okay», sagte Nina nach einer Pause. «Das verstehe ich.»

«Sag denen, dass du lieber allein bleiben möchtest», sagte Ravi. «Wir unterstützen dich.»

«Ich versuch's.» Die Schlange rückte nur langsam voran. Jeder schien Brook etwas sagen zu wollen.

«Wir sollten fragen, ob wir in meinem Zimmer bleiben können statt in deinem», sagte Ravi zu Nina. «Meins ist größer.»

Ellery blickte an Brook vorbei zu Canyon, der durch die Tür hinter der Rezeption wieder aufgetaucht war. Irgendetwas nagte an ihrem Unbewussten, wollte ihr etwas sagen. Was konnte das sein?

Es dauerte ein paar Sekunden, bis sie registrierte, was nicht stimmte. Sie berührte Nina am Arm und beugte sich vor. «Leute», sagte sie, «ich weiß, welches Kunstwerk fehlt.»

39.

Der Paravent.» Ravi verstand sofort. «Er ist weg.»

«Vielleicht haben sie ihn beiseitegeschoben, damit alle Platz haben», sagte Nina.

«Er stand da drüben.» Ravi zeigte vorsichtig auf Hüfthöhe in die Richtung. «Seitlich der Rezeption. Da hätten sie ihn nicht wegschieben müssen.» Er öffnete sein Begrüßungsheft und blätterte zur Beschreibung des Paravents.

«Wann habt ihr ihn zuletzt gesehen?», fragte er.

«Ich habe ihn beim Einchecken bewundert», sagte Ellery.

«Ich auch», sagte Nina.

«Ich auch», sagte Ravi. «Aber hat eine von euch ihn später noch einmal gesehen?»

«Ich wette, als Brook uns gestern zum Housekeeping gebracht hat, war er nicht mehr da», sagte Ellery. «Ich bin mir fast sicher. Wir sind ja hinter den Empfangstresen gegangen. Klar war ich aufgeregt, aber wenn ich zwanzig Zentimeter neben dem Paravent vorbeigegangen wäre, wüsste ich das.»

«Sehe ich genauso», sagte Ravi.

«Aber dass er weg war, ist euch nicht aufgefallen?», fragte Nina.

«Nein», sagte Ravi nach einer Pause. «Ich hab sein Fehlen nicht bemerkt.»

Ellery schüttelte ebenfalls den Kopf.

Jetzt waren sie bei Brook angekommen und unterbrachen ihr Gespräch. «Mit wem würden Sie gerne das Zimmer teilen?», fragte Brook Ellery.

«Ich kenne hier niemanden», sagte Ellery. «Ich bin allein gekommen und würde mich wohler fühlen, wenn ich allein bleiben könnte.»

Sie sprach leise, um nicht die Aufmerksamkeit der Leute auf sich zu ziehen, aber ihr Ton war bestimmt.

Brook zögerte. «Das kann ich nicht empfehlen.» Sie warf einen Blick auf Ravi und Nina, die die Letzten in der Schlange waren, abgesehen von Rachel, die noch hinter ihnen wartete.

«Ich habe Ravi und Nina erst hier im Resort kennengelernt», sagte Ellery noch leiser. «Es ist schön, Zeit mit ihnen zu verbringen, aber ich kenne sie kaum besser als Sie.»

Brook zögerte. «Okay.» Sie machte sich eine Notiz. «Ich finde etwas für Sie.»

«Danke.»

«Gut gemacht», sagte Ravi anerkennend, nachdem sie wieder im Gemeinschaftsraum waren.

Rachel kam von der Lobby herein und trat zu ihnen an den Kamin. «Hey.»

«Alles in Ordnung?», fragte Nina sie.

«Nein», erwiderte Rachel. «Ellery, kann ich kurz mit dir reden?»

«Natürlich», sagte Ellery überrascht. Wollte Rachel mit ihr das Zimmer teilen? Würde sie am Ende gegen ihren Willen zustimmen? Rachel hatte etwas an sich, das es einem schwer machte, Nein zu sagen.

Sie zog Ellery ans Bücherregal. Eine Frau stöberte im Regal nach Lesestoff, aber als sie Rachels Gesichtsausdruck sah, verzog sie sich rasch.

«Ich möchte runter zur Slipstream-Bar gehen», flüsterte Rachel Ellery zu. «Hast du Lust mitzugehen?»

Ellery schaute sie verständnislos an.

«Ich weiß, dass wir hierbleiben sollen. Aber es ist nur eine halbe Meile. Ich habe zwei Paar dieser Wanderstöcke gebunkert, die sie hier haben. Die können wir benutzen.»

«Das scheint mir keine gute Idee zu sein», entgegnete Ellery. «Warum fragst du ausgerechnet mich? Und warum willst du da überhaupt hin?»

«Andy ist mit den Leuten vom Resort unterwegs, um denen bei irgendetwas zu helfen. Du hast die richtigen Stiefel und Outdoorausrüstung. Ich möchte nicht allein da hin. Und bei dir mache ich mir keine Sorgen, dass du mich umbringen willst.»

Seltsamerweise stieg Ärger in Ellery hoch. *Warum eigentlich nicht?*, wollte sie fragen. «Warum willst du ausgerechnet zur Slipstream-Bar?», fragte sie stattdessen.

«Etwas, das Olivia gesagt hat, hat mich stutzig gemacht», sagte Rachel. «Ich möchte mir selbst ein Bild machen.»

40.

Zwar hatte der Regen vorerst aufgehört, aber der Weg zur Slipstream-Bar war trotzdem eine rutschige Angelegenheit. Das Wasser floss in Rinnsalen über den Boden, kleine Schluchten, Seen und Pfützen hatten sich gebildet. Mit jedem Schritt überquerten sie eine ganze Wasserlandschaft.

Der Weg führte zwischen den Bäumen hindurch einen Abhang hinunter in Richtung des Highways. Anders als beim Wanderweg zum Gipfel gab es hier keine steilen, blanken Felsen auf beiden Seiten, sondern es ging sanft bergab quer durch den Wald. Trotzdem kamen sie ins Schwitzen, die Wanderstöcke gaben ihnen Halt in Matsch und Schlamm. Ellery dachte an Garys Krückstock, als sie ihren in den Schlamm stieß, um nicht auszurutschen.

«Bergab ist es schwieriger», sagte Rachel. «Der Rückweg wird leichter, oder?»

«Stimmt.» Ellery konzentrierte sich auf ihren Stand, rutschte trotzdem aus und fiel auf den Hintern.

«Du Arme.» Rachel half Ellery beim Aufstehen. «Alles in Ordnung?»

Ihr tat nichts weh, aber jetzt war sie voller Schlamm. «Ja. Ich bin okay.»

«Deine Freunde bringen mich um, wenn du nicht heil zurückkommst.»

Ellery hatte Ravi und Nina erzählt, was sie vorhatten. Sie waren nicht begeistert gewesen, hatten aber versprochen, sie bei Brook nicht zu verpetzen.

«Du hast zwei Stunden», hatte Ravi streng zu Rachel gesagt. «Danach schickt Brook einen Suchtrupp los.»

«Warum hast du eigentlich nicht jemanden von der Hochzeitsgesellschaft gefragt?», fragte Ellery jetzt. «Wenn Andy keine Zeit hat?»

Rachel schnaubte. «Wen denn? Catherine? Trevor? Jason?»

Andy war also die einzige Person von der Hochzeitsgesellschaft, der Rachel wirklich vertraute. Interessant.

Die Lichtung, auf der sich die Bar befand, sah aus wie eine dystopische Filmkulisse – die intelligente, gruselige Art Endzeitfilm, bei der es nicht nur um verbrannte Erde geht, sondern um Leben, das ohne die Menschheit, die es abwechselnd vergewaltigt und plündert oder zu heilen versucht, ganz ungerührt weitergeht. Der silberne Trailer war nicht weggeschwemmt worden und schien in recht gutem Zustand zu sein, aber die Lichtung war kaum wiederzuerkennen.

«Scheiße», sagte Rachel. «Was für ein Chaos.»

Ellery, die den Trailer von der Website und dem Willkommensheft kannte, war ebenfalls schockiert. Die zwischen den Bäumen aufgehängten Kugelleuchten waren von herabgefallenen Ästen zerschlagen worden. Mitten auf der Lichtung war ein Mammutbaum umgestürzt. Die Feuerstelle hatte sich offenbar mit Wasser gefüllt, bis die Umrandung aus Steinen, die sie zusammenhielt, weggeschwemmt worden war. Die Adirondack-Stühle waren umgekippt und teilweise in Schlamm versunken. Die Farben der Lichtung, Grün- und Grautöne, Rost- und Brauntöne, wurden durch das Wasser bereichert und vervielfältigt.

«Canyon hat mir gesagt, dass er und einer der anderen vom Team hier waren und nachgesehen haben, ob sich jemand im Trailer oder in den Toiletten aufhält.» Rachel zeigte auf ein hölzernes Hüttchen, das sich zwischen den Bäumen auf der der Bar gegenüberliegenden Seite der Lichtung befand. «Aber sie sind gleich wieder weg, weil das Gelände so groß ist.»

Ellery hoffte gegen alle Wahrscheinlichkeit, dass sie und Rachel Olivia wohlbehalten und unversehrt auffinden würden. Vielleicht war sie heute Morgen auf eine Wanderung gegangen und hatte sich verletzt - nichts Gefährliches, aber etwas, das sie ausgebremst hatte, ein verstauchter Knöchel vielleicht. Oder Olivia hatte, weil der Weg hoch zum Resort schlammig und schwer zu bewältigen war, in dem silbernen, ovalen Trailer Zuflucht gesucht. Dort konnte man sich sicher einschließen - ein ansprechend gestalteter oberirdischer Bunker. Und es gab wahrscheinlich jede Menge Alkohol und Snacks darin.

Vielleicht saß Olivia im Trailer und wartete darauf, gefunden zu werden. Ellery wollte es so gern glauben. Oder Matt war gar nicht wirklich tot, sondern nur verletzt, und war von dort, wo sie ihn abgelegt hatten, zum Trailer gegangen, um sich vor demjenigen zu verstecken, der ihn umbringen wollte. Es war weit hergeholt, aber warum nicht? Warum nicht? Was, wenn alles gar nicht so schlimm war, wie es schien? Was, wenn alles gut ausgehen würde?

Aber so tun, als wäre Ben nicht tot, konnte sie nicht. Sie war dort gewesen. Sie hatte ihn aus nächster Nähe gesehen. Sie hatte seinen toten Körper berührt.

Sie und Rachel kämpften sich über die Lichtung voran. Wenn sie keine Schnürstiefel getragen hätten, hätte der Schlamm ihnen die Schuhe direkt von den Füßen gesaugt.

So suppte er nur oben in den Schaft, als Ellery an einer besonders tiefen Stelle in den Matsch einsank.

«Man kann Tote nicht wiederbeleben», hatte Luke zu ihr gesagt, als sie versucht hatte, eines von Maddies Lieblingskuscheltieren zu flicken, das beim Waschen auseinandergefallen war. «Alles hat ein Ende.» Das Spielzeug war buchstäblich zerfallen, obwohl Ellery es immer in einem Wäschesack gewaschen hatte. Ihr war ganz elend gewesen bei dem Gedanken, wie Maddie sich fühlen würde, wenn sie am nächsten Morgen aufwachen und feststellen würde, dass Elefant Molly nicht schön sauber war, wie Ellery ihr das versprochen hatte, sondern unrettbar kaputt.

«Ich muss das irgendwie hinkriegen», hatte Ellery mit belegter Stimme gesagt, und Mollys Eingeweide waren ihr zwischen den Fingern hindurchgerieselt, als sie verzweifelt versucht hatte, sie wieder unter die fadenscheinige Stofftierhaut zu stecken.

«Du kannst nichts tun», sagte Luke. «Hör auf zu heulen.» Sie hatte überrascht aufgeschaut. Dieser scharfe Ton war in ihren ersten Ehejahren selten gewesen und hatte sie bis zum Ende irritiert.

In einem Gespräch, ein paar Wochen nach jenem, bei dem er ihr gesagt hatte, dass er die Scheidung wolle, fiel ihr die Stofftiersache wieder ein, während sie tränenüberströmt flehte, er möge bei ihr bleiben. Sie war bereit, alles zu tun. Ihm gefiel sein Leben nicht? Das konnten sie doch ändern! Sie könnten einen neuen Paartherapeuten ausprobieren oder in den Urlaub fahren. Sie hatten doch für ihren Hochzeitstag diese Reise geplant … Sogar umziehen würde sie, wenn er das wollte.

Wollte er sich woanders einen neuen Job suchen?

«Du kannst nichts tun», sagte er. «Hör auf zu heulen.

Du kannst Tote nicht wiederbeleben. Alles endet irgendwann.»

Aber doch nicht wir, hatte sie sagen wollen, *nicht unsere Familie, nicht so bald.*

Rachel und sie überprüften zuerst die Toiletten. Abgeschlossen. Rachel zog ein Schlüsselbund aus der Tasche ihres Regenmantels. Die Schlüssel hingen an einer Messingschlaufe mit einer ledernen Lasche, auf der das Logo des Resorts aufgedruckt war. «Von Maddox», sagte Rachel mit einem Gesichtsausdruck, der nicht zu Fragen einlud. Unbehagen kroch Ellery unter die Haut. Sie kannte hier kaum jemanden, auch die Trauzeugin nicht, die über den Elektriker, dem das Personal zu vertrauen beschlossen hatte, offenbar Zugang zu den Schlüsseln des Resorts hatte. Wusste Morgan, dass Maddox großzügig Schlüssel an attraktive, alleinstehende Frauen verteilte? Sie hatte sich darauf verlassen, dass Morgan und Maddox eine Einheit bildeten. Sein angespannter Kiefer fiel ihr wieder ein, die Art, wie er sie damals vor den Gästezimmern übersehen hatte.

Nach einer kurzen Pause folgte sie Rachel hinein.

Rachel schaltete das Licht ein, und sie schauten sich um. Ellery konnte nichts Besonderes erkennen. Die Einrichtung war rustikal, mit Holzkabinen, abgegriffenen Bronzebeschlägen und einem langen Edelstahlspülbecken, auf dessen Rand Flaschen mit derselben edlen Handseife standen, die es im gesamten Resort gab. Da waren ein paar schlammige Fußabdrücke vor den Kabinen und dem Waschbecken. Die Kabinentüren standen offen.

«Die Fußabdrücke stammen wahrscheinlich von vorhin», sagte Rachel. «Die werden auch hier drin nach ihr gesucht haben. Beim Hochzeitsbrunch war es nicht matschig.»

Sie gingen hinaus und schlossen ab. Ellery fiel auf, dass Rachel die Schlüssel in der Hand behielt, statt sie wieder in die Tasche zu stecken.

Als sie sich dem Trailer näherten, sah Ellery, dass das hölzerne Barschild mit dem eingekerbten *Slipstream* von dem Baum daneben abgerissen und heruntergefallen war.

«Weißt du, wo die Krone gefunden wurde?», fragte Ellery.

«Beim Parkservice», sagte Rachel. «Andy ist in das Gebäude gegangen, um zu sehen, ob jemand da war, und da lag die Krone im Regal. Er hat sie in sein Sweatshirt gewickelt und Craig übergeben.» Sie seufzte. «Ich kann mir nicht vorstellen, dass Olivia sie an sich genommen hat.»

Rachel steckte einen Schlüssel in das Schloss des Airstream-Trailers, und die Tür schwang mit einem metallischen Scheppern auf. Rachel stieg hinein und trat beiseite, damit Ellery sich neben ihr auf die Schwelle stellen konnte.

Es war ziemlich eng in der Bar, auch wenn es einer der größeren Wohnwagen war und nicht der winzige kugelige, käferartige, den Ellery immer witzig gefunden hatte, wenn sie ihm auf dem Campingplatz oder auf der Straße begegnet war. Er enthielt gegenüber vom ausgefrästen Ausschank eine Spüle, eine Anrichte, einen kleinen Kühlschrank und alles, was es in einer Bar brauchte - silberne Shaker, Flaschen in verschiedenen Größen und mit verschiedenen Etiketten, einen Stapel elfenbeinfarbener Servietten, einen Stapel Getränkekarten, Zapfhähne.

Ellery scannte den Trailer und entdeckte die schlammigen Fußspuren, die einen Großteil des Bodens bedeckten. «Jemand war hier», sagte Ellery. «Wahrscheinlich die, die sich auch in den Toiletten umgesehen haben.»

Sie sah auf ihre schlammigen Stiefel hinunter. Sie sollten

besser nicht weiter hineingehen. Von da, wo sie jetzt standen, konnten sie den Raum überblicken.

Olivia war nicht da.

Aber als Ellery genauer hinsah, fühlte sich etwas falsch an. Die Flaschen auf dem Bord wiesen Lücken auf. Ein Glas war in die Spüle gestellt worden, ein anderes stand am äußersten Rand des Tresens. Ellery hatte das Bedürfnis, es mehr in die Mitte zu schieben, aber wahrscheinlich sollte sie besser nichts anfassen.

«Sieht so aus», sagte Rachel.

Die Abdrücke waren getrocknet. Waren sie von heute Morgen? Das war möglich. Vielleicht waren Canyon und noch jemand hereingekommen, hatten sich umgesehen und etwas getrunken. Sie konnte es ihnen nicht verübeln.

Ellery nahm eine der Getränkekarten aus einem Schuber, der an der Wand neben der Tür hing. Papier und Typo waren die, die für alle Druckerzeugnisse des Resorts verwendet wurden. Doch im Gegensatz zu den Speisekarten, die sie gesehen hatte, waren die Karten für die Bar laminiert. Weil man möglicherweise Getränke darauf verschüttete? Oder hatte es was mit der allgemeinen Feuchtigkeit des Waldes zu tun?

Slipstream-Draft, stand darauf. *Unser Hausbier, hergestellt aus Hopfen und heimischem Cassis.*

Ellery wusste, dass etwas, das sich sehr schnell bewegte, einen Sog erzeugte, und hatte das Gefühl, selbst in so einen Sog geraten zu sein, gefangen in einer Strömung, die von etwas viel Größerem und Stärkerem erzeugt wurde.

«Sollen wir noch weiter hinein?», fragte sie, ohne sich sicher zu sein, ob sie das überhaupt wollte.

Auch Rachel zögerte. «Ich will keine Spuren kaputt machen. Wir sehen ja auch so, dass sie nicht hier ist, oder?»

Ellery nickte. «Du hast recht.»

Sie bemerkte etwas Zusammengeknülltes auf der Bank. Es war zu groß, um ein Barhandtuch zu sein, und es erinnerte Ellery an etwas. «Ist das …?»

Rachel sah hinüber. «Oh.» Mit ein paar schnellen Schritten war sie auf der anderen Seite des Trailers. Ellery blieb in der Tür stehen und hatte noch weniger Lust als sowieso schon immer, mit irgendwem in einem engen Raum zu sein.

Innerhalb von Sekunden war Rachel wieder da und hielt Ellery das Fundstück hin.

Es war ein zerknittertes Sweatshirt, verschmiert mit etwas Rotem.

Bens Gesicht blickte sie an.

41.

Das ist kein gutes Zeichen.» Rachel starrte auf den Hoodie. «Was sollen wir machen?»

«Wir müssen das melden», sagte Ellery. Dr. Anand blitzte in ihrem Kopf auf. Obwohl sie keinen Experten brauchte, um zu wissen, wie getrocknetes Blut auf einem Kleidungsstück aussah. Sie war achtzehn Jahre lang Mutter gewesen.

Und dann war da der Unfall passiert.

Rachel lachte. Sie hielt abrupt inne und sah Ellery an. «Sorry, tut mir leid. Ich weiß nicht, warum ich gelacht habe. Was du gesagt hast, ist nicht lustig. Nichts hier ist lustig.»

«Das ist der Schock», sagte Ellery.

«Du hast recht. Wir müssen es melden.» Rachel griff unter den Tresen und holte eine große Mülltüte hervor. «Und es ist gut, dass wir zwei sind, die Bescheid wissen wegen des blutigen Sweatshirts. Wenn nur eine Person etwas weiß, stirbt sie, richtig? Wie Ben und Matt?» Ihre Hände zitterten, als sie das Sweatshirt in die Mülltüte packte. «Und was sie wussten, ist verloren.»

«Bist du sicher, dass das Olivias Sweatshirt ist?», fragte Ellery. «Welche Größe hat sie?»

«XS.» Rachel hob den Müllbeutel an und musterte den Hoodie. «Soll ich ihn herausholen, damit wir die Größe überprüfen können? Meine Fingerabdrücke sind eh schon drauf. Lieber nicht noch mehr berühren, oder?» Ihre Hände zitterten die ganze Zeit. «Die Polizei muss sich das ansehen.»

«Gib her.» Ellery griff nach der Plastiktüte. Rachel zö-

gerte. «Ich verspreche, dass ich den Hoodie nicht anfasse.»
Nach einem Moment reichte Rachel ihr die Tüte. Ellery schüttelte sie vorsichtig, bis das Etikett sichtbar wurde. XS.

Sie sahen sich an.

«Hatte noch jemand XS?», fragte Ellery.

Rachel schüttelte den Kopf, sie war bleich. «Ich bin sie mit Olivia durchgegangen, als wir hier ankamen. Sie hat eine S für mich bestellt, eine M für Andy, und weil sie keine Lust hatte, sie nach ihren Größen zu fragen, hat sie für alle Verbindungsjungs welche in XL bestellt.»

«Was ist mit Catherine?», fragte Ellery. «Und Olivias Stiefvater?»

«Die haben keinen bekommen. Die Hoodies waren für die jüngeren Gäste.»

«Verstehe.» Ellery schaute sich im Trailer um. Es gab Fußabdrücke und benutzte Gläser, aber keinerlei Anzeichen für einen Kampf. War das gut? Oder war Olivia mit jemandem hier gewesen, dem sie vertraute? Sie hatten etwas getrunken, und dann …? Ellery drehte sich der Magen um.

«Olivia ist nicht hier drin. Wir sollten abschließen und zurückgehen», sagte Rachel mit schwacher Stimme.

«Sollen wir die Gläser mitnehmen?», fragte Ellery. «Da könnten Spuren drauf sein. Fingerabdrücke.»

«Ich weiß nicht, wie wir das machen sollen, ohne sie zu kontaminieren.»

«Ich auch nicht», sagte Ellery. «Aber ich will nicht, dass irgendwelche Beweise verschwinden.»

«Ich schätze, wir können nur die Tür abschließen und das Beste hoffen. Wenn wir sie in die Tüte mit dem Hoodie stecken, werden doch alle Spuren von den Gläsern abgewischt. Selbst wenn wir sie in extra Plastiktüten stecken, passiert wahrscheinlich dasselbe. Vielleicht hätten wir auch den Hoodie gar nicht erst anfassen und einpacken sollen.» Sie seufzte. «Ich weiß gar nicht, was ich hier eigentlich tue. Wenn wir wenigstens Handyempfang hätten. Wenn ich wenigstens etwas nachschauen könnte oder wir einen verdammten Anruf machen könnten.»

Ellery stand neben Rachel, als diese mit zitternden Händen die Tür abschloss. Sie nahmen ihre Wanderstöcke auf und machten sich an den Rückweg. Als sie an der Feuerstelle vorbeikamen, blieben sie beide stehen und betrachteten die Reste der Asche, die nicht die Lichtung hinuntergespült worden waren. «Ist das Stoff?» Ellery deutete auf ein helleres Fleckchen, das inmitten der Asche wie Gewebe aussah.

«Ich glaube, schon», sagte Rachel.

Ihre Blicke trafen sich. Sollten sie es mitnehmen? Würden sie damit einen Tatort verunreinigen und ein Beweisstück unbrauchbar machen?

«Was hat Olivia eigentlich gesagt, das dich beunruhigt und veranlasst hat hierherzukommen?», fragte Ellery.

«Das war beim Brunch.» Rachel strich sich eine Haarsträhne aus dem Gesicht und hinterließ dabei einen Schlammfleck auf ihrer Stirn. «Sie und Ben waren begeistert von dem Trailer. Sie hat gesagt, dass sie mit ihm irgendwann auch einen haben will. Das habe ich gehört.» Es war das erste Mal, dass Ellery Rachel mit Tränen in den Augen sah. «Sie waren so verliebt. Das alles ergibt keinen Sinn.»

Ellery hatte Ben nicht kennengelernt, und mit Olivia hatte sie auch nur kurz gesprochen, sie wusste nicht, was die beiden für Menschen waren. Also erwiderte sie nichts, sondern stand nur ratlos und überfordert zwischen demolierten Tischen und umgekippten Stühlen und blickte auf ein blutiges Sweatshirt in einem Müllbeutel.

«Wir sollten gehen», sagte Rachel leise.

«Okay.» Ellery spürte es auch, dieser Ort verströmte eine bedrohliche Atmosphäre. Früher hatten die Leute sich hier amüsiert und einander zugeprostet. Vielleicht war unter den jetzt zerborstenen Lichterketten getanzt worden. Ein Hochzeitsbrunch hatte hier stattgefunden, und dann war eine Frau, die beinahe geheiratet hätte, vielleicht hierher zurückgekehrt, um sich an den beinahe schönsten Tag ihres Lebens zu erinnern. Jetzt fühlte man sich hier beobachtet, eingeschlossen und abgeschnitten vom Rest des Resorts. Wer versteckte sich womöglich in den Bäumen um sie herum? Eilig machten sie sich mit ihren Stöcken an den Anstieg.

«Verdammt», sagte Rachel. «Die sind alle weg.» Sie und Ellery standen auf Strümpfen in Olivias Zimmer, ihre schlammigen Stiefel hatten sie vor der Tür abgestellt. Rachel hatte ihren Zweitschlüssel benutzt, um sie hereinzulassen, und nun starrten sie in einen Karton, in dem sich nur noch ein einziges Sweatshirt mit Baby-Ben-Aufdruck befand.

«Was für eine beschissene Idee war das denn, nach allem, was passiert war, diese Hoodies zu verteilen?», schimpfte Rachel mit Tränen in den Augen. «Jetzt haben viele Leute einen, und Olivia könnte ihren getragen haben, als sie ...» Rachel brach ab.

Falls sie schauspielert, dachte Ellery, *ist sie sehr, sehr gut.* «Kann ich den Hoodie mal sehen?», fragte sie. «Den im Karton, nicht den ... von Olivia.»

«Wenn du meinst.» Rachel schien sich zu fragen, wozu das gut sein sollte. Sie schob den Karton mit dem Fuß zu Ellery hinüber, die holte den Hoodie heraus und breitete ihn aus. Der knopfäugige kleine Ben im Pinguinkostüm blickte ihnen traurig entgegen. Die Qualität des Fotos war nicht besonders gut, aber wie süß Ben war, wie er die Person, die ihn fotografierte, mit Liebe und Vertrauen im Blick ansah, war nicht zu übersehen. Ellery musste schlucken. Sie hatte Bens Augen im Tod gesehen, war Zeugin seines allerletzten Blicks geworden.

Jemand saß hinter Ben auf der Treppe. Ellery schaute genauer hin. Es war ein jüngerer Mann mit einem sanften Gesichtsausdruck.

«Olivia sagt, das ist Bens Vater», erklärte Rachel. «Seine Mutter hat das Foto gemacht.»

Ob der Mann auf der Eingangstreppe hinter den Kürbisfratzen, die die Treppe flankierten, wusste, dass er im Bild war? Er schien zu glauben, dass er außerhalb saß. Aber Bens Mutter hatte ihn im Bild festgehalten, wie er seinen Sohn mit einer stillen Freude ansah, die so echt war, dass sie viele Jahre später auf ein Kleidungsstück übertragen wurde. Das Kind vor und die Mutter hinter der Kamera, die sich gegenseitig ansahen, der Vater als dritter Punkt des Dreiecks in der zärtlichen Szene. Olivia, da war sich Ellery sicher, hatte das Foto nicht nur ausgewählt, weil Ben so ein süßer Fratz gewesen war, sondern auch wegen der Art und Weise, wie die Liebe, die seine inzwischen toten Eltern für ihn empfunden hatten, die Szene durchdrang, ohne überdeutlich zu sein. Ein Bild von den dreien wäre zu ergreifend oder auch traurig gewesen. Aber dieses beiläufige, charmante Foto hätte Ben sicher zum Lachen gebracht, wenn es ihn und Olivia in die Flitterwochen verabschiedet hätte.

Würden sie Olivia finden? Lebte sie noch?

Ellery warf einen Blick in den Karton, aber es gab keine Rechnung oder Quittung.

«Weißt du, wie viele gestern noch drin waren?»

Rachel schüttelte den Kopf. «Ich habe den Karton gestern Abend aus dem Personalraum geholt, sie aber nicht gezählt, sondern sie einfach hier abgeladen.»

«Du, Olivia und Andy hattet einen an, als ich reinkam», versuchte Ellery sich zu erinnern. «Das sind drei. Und dann hat Trevor ein paar mitgenommen. Weißt du, wie viele?»

«Nein.»

«Hast du deinen noch?»

Rachel nickte. «Er ist in meinem Zimmer.»

«Und du bist sicher, dass der Hoodie noch da ist?», fragte Ellery. «Niemand könnte ihn gestohlen haben?»

«Ich sollte nachsehen.» Rachel war blass geworden. «Ich meine, es geht doch keiner in mein Zimmer und klaut da was, oder?» Unwillkürlich tastete sie nach ihrer Jackentasche, in die sie die von Maddox geliehenen Schlüssel gesteckt hatte. Ihr Blick traf Ellerys. «Ich schätze, nichts und niemand ist mehr sicher.»

«Davon sollten wir vorerst ausgehen.» Ellery dachte an ihr Zimmer, an den Spiegel, von dem sie hätte schwören können, dass da vorher ein Gemälde hing. «Ach, noch etwas», sagte sie. «Ich glaube, ich weiß, welches der Kunstwerke gestohlen wurde.» Sie zögerte. Sollte sie es Rachel sagen? Bis jetzt hatten sie, Ravi und Nina alles nur untereinander besprochen. Aber durfte Ellery Rachel wirklich etwas verschweigen, wie nebensächlich es auch erscheinen mochte, das ihr helfen könnte, Olivia zu finden?

«Welches?»

«Der Paravent», sagte Ellery. «Er stand in der Lobby, mit Mohnblumen drauf.»

Sie war überrascht, als sie sah, wie Rachel in sich zusammensank. «Der wurde nicht gestohlen», sagte sie. «Den hat Catherine.»

«Was?»

«Catherine hat ihn sich geben lassen, damit Olivia ihn benutzen konnte, um sich für ihre Trauung umzuziehen.»

Ellery traute ihren Ohren nicht.

«Auf diese Weise konnte sich Olivia im selben Raum wie wir alle fertig machen, hatte aber etwas Privatsphäre», erklärte Rachel. «Catherines Cottage war gewissermaßen das Basislager für die Hochzeitsvorbereitungen. Olivia hat sich dort geschminkt, frisiert und umgezogen.»

«Verstehe.» Ellery nahm an, dass das durchaus Sinn ergab. Sie meinte so etwas schon in Filmen gesehen zu haben. Leute, die der Braut Dinge hinter den Paravent reichten, dann großes Trara, wenn alle sie in ihrem Hochzeitskleid erblickten.

«Catherine hat den Umzug des Paravents in das Cottage überwacht und die Kosten für Transport und Versicherung übernommen», sagte Rachel. «Der Besitzer des Resorts konnte ihr das nicht abschlagen.»

«Ist das ein normaler Vorgang?» Die Kunst im Resort schien auf seltsame Weise mobil zu sein. Da war *der umherziehende Warhol*, die Krone, die verschwand und wieder auftauchte, der Paravent und das fehlende Kunstwerk, welches auch immer das sein mochte.

«Nein, das glaube ich nicht», sagte Rachel. «Aber da Catherine die Sammlung kuratiert hat, haben sie eine Ausnahme gemacht. Offenbar ist ihr der Paravent besonders wichtig. Catherine bekommt, was sie will. Anderen wäre das nicht ermöglicht worden, da bin ich sicher.»

«Manchmal hat man das Gefühl, dass das Resort Catherines Eigentum ist», sagte Ellery.

Rachel lachte. «Brook sagt auch, dass es sich immer so anfühlt, wenn Catherine hier übernachtet.»

«Wie oft ist sie da?»

«Ich glaube, ein paarmal im Jahr, um nach der Kunst zu sehen.»

«Macht sie das Personal wahnsinnig?»

«Für die ist es, als würde einer der Chefs zu Besuch kommen. Sie sind gestresst, weil sie unter Beobachtung stehen, aber wollen sie auch beeindrucken.»

Das konnte Ellery sich gut vorstellen. «Der Paravent ist also immer noch in Catherines Cottage?»

«Ich glaube, schon», sagte Rachel. «Er sollte am Sonntag bei unserer Abreise zurückgebracht werden, aber dann ist dieser Horror passiert, und bei dem Regen haben sie ihn wahrscheinlich auch nicht rüberbringen wollen.»

«Meinst du, das Personal hat Maddox gesagt, welches Kunstwerk fehlt?» Ellery wollte mehr über Rachels Beziehung zu ihm wissen - war es einfach so, dass er wie sie selbst Mitleid mit Rachel hatte, weil deren Cousine verschwunden war? Das könnte ein Grund sein, ihr die Schlüssel zu leihen, die das Personal ihm anvertraut hatte. Oder ging es hier um mehr? War seine Beziehung zu Morgan nicht so stabil, wie es schien? Und wie lange hatte er - oder vielleicht Morgan oder eben Rachel - schon Zugang zu den Schlüsseln?

«Nein, das weiß er, glaube ich, nicht», erwiderte Rachel. Als könnte sie Ellerys Gedanken lesen, fügte sie hinzu: «Er versteht, dass ich Olivia um jeden Preis finden will und dafür mehr riskiere als Brook oder Canyon. Ist ja auch klar, die beiden müssen hier Schadensbegrenzung betreiben. Die ganze Situation ist ziemlich brenzlig.»

«Sollen wir ihm von dem Hoodie erzählen?», fragte Ellery, als sie die Tür zu Olivias Zimmer abschlossen. «Vertraust du ihm?»

«Nein.» Rachel steckte den Schlüssel ein. «So weit würde ich nicht gehen.»

42.

Ellery würde zu spät zum Abendessen kommen. Hoffentlich schickten Ravi und Nina nicht gleich einen Suchtrupp los. Ihr schwirrte immer noch der Kopf wegen dem, was sie und Rachel gefunden hatten, und sie hatte keine Ahnung, was sie tun sollte.

«Ich glaube, ich werde es Brook erzählen», hatte Rachel auf dem Flur gesagt, als sie zurückgekehrt waren. «Aber kannst du es erst mal für dich behalten? Wenigstens für ein, zwei Stunden?»

Dr. Anand, dachte Ellery wieder und zog vor ihrer Tür die schlammigen Stiefel aus. Sie war sich nicht sicher, wie sie gerade auf ihn kam. Vielleicht, weil er nett zu ihr gewesen war oder weil er irgendwie Experte war. Die anderen irrten wie aufgescheuchte Hühner umher und versuchten, zu überleben und nach Möglichkeit das Resort zu verlassen.

Ellery schloss die Augen und atmete ein paarmal tief durch. *Sei vorsichtig. Du musst es nach Hause schaffen.* Sie wollte gerade ihre nassen Socken ausziehen, als es klopfte. Alarmiert schaute sie durch den Spion.

Brook.

Ellery scannte hektisch das Zimmer, als müsste sie belastendes Material verstecken. Aber was für Material sollte das sein? Das Sweatshirt in der Plastiktüte war bei Rachel. Und Rachel würde Brook wahrscheinlich sowieso bald davon erzählen.

Sie öffnete die Tür. Brook hatte ein Päckchen dabei. «Entschuldigung», sagten sie gleichzeitig und lächelten beide verkrampft.

«Sie zuerst.» Brook nickte Ellery zu.

«Ich versuche, das Zimmer nicht in eine Schlammpfütze zu verwandeln», sagte Ellery also. «Ich bin ein bisschen spazieren gegangen, nicht abseits der Wege oder so, aber es ist immer noch ziemlich schlammig.»

Bist du irre?, hörte sie Abby förmlich fragen. *Geht es noch offensichtlicher? Du bist die schlechteste Lügnerin überhaupt, lenkst ihre Aufmerksamkeit genau auf das, was sie nicht bemerken soll.* Ellery biss sich auf die Lippe, um nicht loszukichern. Sie vermisste Abby so sehr.

Aber Brook interessierte sich nicht für Ellerys schlammige Kleidung. «Machen Sie sich keine Gedanken deswegen. Hier. Das ist für Sie.» Sie hielt Ellery das Päckchen hin. «Ich bitte nochmals um Entschuldigung. Es kam am Samstag mit der Anweisung, es vor Ihrer Abreise am Sonntagmorgen in Ihr Zimmer zu bringen, aber dann wurde die Hochzeit abgesagt, und dann haben Sie Mr Taylor entdeckt, und wir sitzen hier fest ...» Sie hielt inne. «Es musste gekühlt werden, hätte es auf meinem Schreibtisch gestanden, hätte ich es nicht vergessen ...»

Ellerys Herz machte einen Satz. Könnte das Päckchen von Luke sein? Was, wenn er ihr etwas zu ihrem Jahrestag geschickt hatte?

Wenn es gekühlt werden musste, könnten es Blumen sein. Vermisste er sie auch?

Sie wollte nichts als die Tür schließen und es öffnen, aber Brook blieb stehen und schien noch etwas mit ihr besprechen zu wollen. «Ich habe mich gefragt ...», begann Brook, hielt dann inne und warf einen Blick über ihre Schulter. Als sie Ellery wieder ansah, sah sie regelrecht ängstlich aus.

«Möchten Sie hereinkommen?» Ellery öffnete die Tür ganz.

«Ja, danke.» Brook kam herein, und Ellery benutzte ihre schlammige Socke, um ihre noch schlammigeren Stiefel aus dem Weg zu schieben.

Jetzt mit geschlossener Tür und im schwachen Schein der Notlaterne konnte Ellery Brooks Gesicht nicht gut sehen, und ein scharfer Stich des Misstrauens durchfuhr sie. Sie kannte die stellvertretende Leiterin des Resorts nicht wirklich; sie waren nur seit ein paar Tagen in derselben Notgemeinschaft. Canyon hätte sie niemals in ihr Zimmer gelassen, obwohl sie ihn mochte, wieso dann Brook? Frauen konnten auch Serienkiller sein. Unauffällig hielt sie das Päckchen vor sich. Gegen ein Messer oder eine Pistole würde es nichts ausrichten. Im Grunde hätte sie Brook bitten müssen zu gehen. Interessant, stellte sie fest, dass sie, um nicht unhöflich zu wirken, in Kauf nahm, umgebracht zu werden.

Im Notfall würde sie schreien. Das würde Rachel im Nebenzimmer sicher hören, oder? Es war ja nicht so, dass sie in der schalldichten Sauna gefangen war.

«Ich weiß, dass Sie, Ravi und Nina sich nach der verschwundenen Kunst erkundigt haben, aber natürlich verpflichtet meine Position mich zur Diskretion», sagte sie hastig. «Doch jetzt, da auch die Krone gestohlen wurde, habe ich mich gefragt, ob die Morde irgendwie mit unserer Kunst zusammenhängen.» Brook holte tief Luft. Ellerys Herzschlag beschleunigte sich. Würde Brook ihr sagen, welches der Kunstwerke verschwunden war?

«Haben Sie neue Erkenntnisse?», fragte Brook jedoch nur.

«Nein, leider nicht.» Ellery hoffte, dass Brook ihr in dem

dunklen Raum ihr Unbehagen nicht ansah. Technisch gesehen hatte sie nicht gelogen. Der Paravent war gar nicht gestohlen worden. So vieles hatte Ellery an diesem Tag herausgefunden, aber Brook hatte ja nur nach der gestohlenen Kunst gefragt.

«Schade», sagte Brook. «Wir haben immer noch nichts von Nat und Carlos oder der Polizei gehört, und Olivias Familie ist in größter Sorge.» Sie seufzte. «Ich bin sicher, die Polizei wird morgen hier sein. Anders als andere Resorts haben wir keinen Hubschrauberlandeplatz, sonst wären sie sicher schon da.»

«Ist die Polizei über den Kunstdiebstahl informiert?», fragte Ellery.

«Nein», entgegnete Brook. «Die Besitzer des Resorts sind informiert, wollten es jedoch vorerst nicht melden. Und in den letzten Tagen haben wir auch sie nicht mehr erreichen können.»

«Richtig.» Ellery zuckte zusammen. Wenn Brook ihr nicht sagen wollte, welches Kunstwerk fehlte, und sie Brook nicht sagen wollte, was sie wirklich erfahren hatte, dann war das Gespräch zu seinem natürlichen Ende gekommen. Jetzt wollte sie wirklich wissen, was in ihrem Päckchen war und wer es geschickt hatte. «Also, nochmals vielen Dank, dass Sie das Päckchen vorbeigebracht haben.»

«Ich rate Ihnen, vorsichtig zu sein», sagte Brook.

«Vorsichtig in Bezug worauf?», fragte Ellery.

«Generell», sagte Brook. «Ich kann verstehen, dass Sie und Ihre Freunde Nachforschungen anstellen. Aber achten Sie auf Ihre Sicherheit, oder noch besser, warten Sie auf die Polizei. Bitte halten Sie sich an die Regeln.» Sie nickte in Richtung von Ellerys schlammigen Stiefeln und wusste ganz klar, dass Ellery sich weiter entfernt hatte, als erwünscht war. Doch bevor Ellery etwas sagen konnte, drückte Brook den Rücken durch. «Wie auch immer, das mit Ihrem Päckchen tut mir leid.»

«Kein Problem», sagte Ellery. «Wirklich.» Brook wandte sich ab, und trotz der Ermahnung, die die junge Frau gerade ausgesprochen hatte, konnte Ellery sich nicht zurückhalten und musste zumindest diese eine Frage noch stellen. «Können Sie mir einen Tipp geben?», fragte sie. «Was das fehlende Kunstwerk angeht?»

Zu ihrer Überraschung antwortete Brook. «Es ist eine der Skulpturen», sagte sie und ging hinaus in die Dunkelheit.

Das Päckchen war per Express versendet worden, sah Ellery, und der Absender war eine Konditorei, deren Name ihr bekannt vorkam. *Madrone Bakery.* Aber sie hatte dort noch nie etwas gekauft. Und wer hätte ihr Kuchen schicken sollen?

Luke, sagte die Hoffnung.

Sie befahl der Hoffnung, den Mund zu halten. Für so etwas hatte sie jetzt echt nicht die Nerven.

Kein Absender, nur die Adresse der Bäckerei. Auf die Vorderseite hatte jemand mit rotem Filzstift groß *Kühlen* und *Am Sonntagmorgen zuzustellen* geschrieben. Ellery benutzte ihren Schlüssel, um das Päckchen zu öffnen. Das Geräusch des durch den Karton fahrenden Metalls ließ sie frösteln. In dem Päckchen war eine Schachtel mit dem Logo der Konditorei. Als Ellery sie öffnete, sah sie, dass es sich um einen wunderschönen, mit einer cremeweißen Kokosglasur überzogenen Gugelhupf handelte. Daneben befand sich in einem winzigen Umschlag ein Kärtchen.

Sollte das eine Art Hochzeitstorte sein?

Ellerys und Lukes traditionelle mehrstöckige Hochzeitstorte war mit weißem Fondant überzogen gewesen, was zwar elegant ausgesehen, aber schrecklich geschmeckt hatte. Sie hatten jeweils einen Bissen für die Fotos genommen und waren dann zum nächsten Punkt des Protokolls übergegangen - sie konnte sich nicht mehr erinnern, was es gewesen war, vielleicht das Werfen des Brautstraußes? Ihre Mutter hatte die oberste Schicht für sie eingefroren, damit sie sie an ihrem ersten Jahrestag essen konnten, wie es anscheinend Brauch war, und Ellery erinnerte sich daran, dass sie die Torte von einer Gefriertruhe in die nächste geschoben hatten (sie waren im ersten Jahr ihrer Ehe dreimal umgezogen, immer auf der Suche nach etwas Besserem, Billigerem). Schließlich waren sie im Souterrain der Eltern eines Freundes gelandet, hatten ihre Torte aus der Gefriertruhe genommen und vertilgt, indem sie sie aushöhlten und die weiße Fondantschale zurückließen, die aussah wie ein Iglu, ein modernes Kunstwerk. *Vergrößere den Kuchen und nenne ihn «Aushöhlung»*, dachte sie, *dann kannst du ihn irgendwo auf dem Gelände als Symbol für ein ausgehöhltes Herz ausstellen.*

Glückwunsch, stand auf die Karte gedruckt. *Du hast es geschafft.*

Fast hätte Ellery gelacht. «Noch nicht ganz», sagte sie laut in den Raum hinein.

Aber sie wusste, wie es gemeint war. Wäre alles glattgegangen und der Kuchen am Sonntagmorgen pünktlich geliefert worden, wäre ihr zwanzigster Hochzeitstag überstanden gewesen. Ellery hätte diesen Tag - den ersten Jahrestag ihres Singlelebens - erfolgreich hinter sich gebracht und wäre zu ihren Kindern zurückgekehrt. Stattdessen hatte sie seit der Entdeckung der Leiche keine Zeit gehabt, an das unselige Jubiläum auch nur zu denken. Sie war viel zu sehr damit beschäftigt gewesen, einen Mord aufzuklären, mehrere inzwischen, und zuzusehen, dass sie überlebte und ihre Kinder wiedersah.

Noch etwas stand auf dem Kärtchen: *Höre auf deinen Bauch.*

Keine Unterschrift.

43.

Für diesen Kuchen würde ich töten», stöhnte Ravi, als Ellery den weiß glasierten Gugelhupf im Gesellschaftsraum auf den Tisch stellte.

«Ich gebe ihn freiwillig her», sagte Ellery. Sie hatte jemanden vom Personal, auf dessen Namensschild Gavin stand, um ein Messer gebeten, aber es musste eine Vorschrift geben, die besagte, dass man Gästen des Resorts keine potenziellen Waffen aushändigen durfte, denn Gavin schnitt den Kuchen höchstpersönlich in dünne Scheiben.

Das Abendessen war vorbei. Die Gäste waren entweder auf ihre Zimmer zurückgekehrt oder noch geblieben, um nach Brettspielen oder Büchern zu stöbern oder sich zu unterhalten. Bens Freunde hatten den Billardtisch in der kleinen Nische im hinteren Teil des Gemeinschaftsraums in Beschlag genommen. Mit ihnen in der Nähe fühlte sich das Haupthaus für Ellery so sicher an wie kein anderer Ort in der Anlage. Im Kamin knisterte ein Feuer. Das Personal klappte die zusätzlichen Stühle zusammen und räumte die letzten Reste des Abendessens weg (hier eine zerknitterte Serviette auf dem Boden, dort eine braune Papierschachtel).

Gavin hatte den Kuchen auf runden Porzellantellern angerichtet, und Ravi schnappte sich einen. «Ich glaube, das ist das größte Stück», sagte er. «Ellery, willst du das haben?»

«Nein danke.» Ellery nahm einen Teller mit einem kleineren Stück. Ravi bot auch Nina das größte Stück an, doch sie schüttelte den Kopf.

«Ich will lieber nichts. Nicht, wenn Ellery nicht sicher ist, von wem es kommt.»

«Das Päckchen war unversehrt», sagte Ellery. «Und Brook hat zugestimmt, dass ich den Kuchen nach dem Essen mit allen teilen darf.»

«Das reicht mir.» Ravi nahm eine Kuchengabel. «Machen wir es so: Ich esse mein Stück, und wenn ich nicht abkratze, kannst du auch eins essen.»

Ellery dachte wieder an die Nachricht.

Herzlichen Glückwunsch. Du hast es geschafft. Höre auf deinen Bauch.

Sollten die Worte bedrohlich oder ermutigend sein?

Normalerweise hätte sie sie vielleicht für leere Worthülsen gehalten, aber angesichts der Situation schienen sie von Bedeutung zu sein, besonders der letzte Satz. Konnte sie ihrem Bauchgefühl trauen, wo sie doch nicht einmal ihrem Herzen trauen durfte, das Luke gegen alle Vernunft zurückhaben wollte.

«Meine Freundin Abby könnte den Kuchen geschickt haben», sagte Ellery, als sie sich in einer Sitzgruppe in der Nähe des Fensters niederließen. Andere Gäste holten sich ebenfalls Kuchen. Ellery lächelte Grace und Gary an und winkte Morgan und Maddox zu, die wie immer Händchen hielten. Vielleicht hat er wirklich nur helfen wollen, indem er Rachel die Schlüssel gegeben hat. «Mein Hochzeitstag war am Samstag. Und das hier sollte am Sonntagmorgen geliefert werden, nachdem ich es überstanden hatte.»

«Das ergibt Sinn», stimmte Ravi zu. «Abby ist deine beste Freundin, oder? Vielleicht dachte sie, eine Unterschrift wäre nicht nötig, weil eh klar ist, dass der Kuchen von ihr kommt.»

«Oder vielleicht war er von ...» Ellery hielt inne.

«Nein», sagte Ravi. «Denk nicht mal dran. Dein Ex-Mann schickt keinen Kuchen.»

«Du hast recht.» Sie lebte jetzt in einer Welt, in der einer der für sie wichtigsten Jahrestage von der Person ignoriert wurde, mit der sie ihn geteilt hatte. Ellery senkte die Stimme. «Was denkst du, warum Brook nur mich gewarnt hat, vorsichtig zu sein? Warum nicht auch euch beide?» Sie hatte Ravi und Nina beim Abendessen von ihrem Gespräch mit Brook erzählt – die Warnung, das neue Puzzleteil zu dem fehlenden Kunstwerk – und hatte die beiden auch über das informiert, was Rachel ihr über den fehlenden Paravent berichtet hatte. Auch die Wanderung zur Slipstream-Bar hatte sie nicht ausgelassen (einschließlich der Fußabdrücke, der beiden benutzten Gläser und der fehlenden Flaschen).

Weil Rachel sie darum gebeten hatte, hatte sie das blutige Sweatshirt nicht erwähnt. Inzwischen waren allerdings mindestens zwei Stunden vergangen. Sicherlich wäre es in Ordnung, ihnen jetzt davon zu berichten.

«Sie musste das Päckchen ausliefern und hat die Gelegenheit genutzt», sagte Ravi. «Sie ist wahrscheinlich davon ausgegangen, dass du es uns später sowieso erzählen würdest. Außerdem weiß sie, dass Nina und ich im selben Zimmer wohnen. Vielleicht war es einfacher für sie, mit einem von uns allein zu sprechen.»

Auch wenn es den meisten anderen Gästen nicht aufgefallen war, wussten Brook und das gesamte Personal, dass Ellery allein war.

«Vielleicht war dieser Kuchen gar nicht für dich bestimmt», sagte Nina. «Vielleicht wurde er falsch zugestellt. Ich denke immer noch, er könnte vergiftet sein.»

Sie sahen beide auf den Kuchen und dann auf Ravi, der sich einen weiteren Bissen in den Mund schob.

«Das», Ravi schloss die Augen und kaute, «halte ich für abwegig.»

«Das Päckchen muss für mich gewesen sein», sagte Ellery. «Die Schachtel war fest verschlossen. Auf dem Etikett stand mein Name.»

«Vielleicht gab es zwei Lieferungen von derselben Konditorei», sagte Ravi. «Und sie haben die Kartons vertauscht und das Klebeband neu aufgeklebt, weil sie wollten, dass du diesen Kuchen bekommst.»

«*Willst* du, dass er vergiftet ist?», fragte Ellery.

«Im Moment ist mir das völlig egal.» Ravi nahm einen weiteren Bissen und schloss abermals selig die Augen.

«Während wir darauf warten, dass Ravi stirbt», sagte Nina, «habe ich ein paar Ideen, was das Kunstwerk angeht.»

«Das gestohlene?», fragte Ellery.

«Ja.» Nina holte ihr Begrüßungsheft hervor. «Wir sind davon ausgegangen, dass das Gemälde *Sprung* und das Warhol-Bild am wahrscheinlichsten fehlen, weil sie leicht zu stehlen sind. Aber jetzt wissen wir, dass es eine Skulptur ist.» Sie hielt inne. «Falls wir Brook glauben.»

«Meinst du, sie wollte uns auf eine falsche Fährte locken?», fragte Ravi.

«Nein», sagte Ellery. «Aber ich könnte mich irren.»

«Okay», sagte Nina. «Nehmen wir an, wir können Brook vertrauen, und es handelt sich um eine Skulptur. Wenn ich mir die Beschreibungen hier ansehe» – sie tippte auf eine aufgeschlagene Seite im Willkommensheft – «dann scheint mir, dass die einzige Skulptur, die verschwunden sein könnte, die Bank oben am Broken Point ist. Das

Werk mit dem Titel *Unsere Gedanken sind.* Erinnert ihr euch?»

«Aber das ergibt doch keinen Sinn.» Ravis Gabel verharrte in der Luft. «War die nicht aus Stahl und Granit? Die zu bewegen ist ein Ding der Unmöglichkeit.»

«Bei den anderen Kunstwerken ist es noch unmöglicher», wandte Nina ein.

«Und wegen des Wetters war keiner da oben, um sich zu vergewissern, dass die Bank noch dort steht», sagte Ellery.

«Warum sollte jemand eine Bank stehlen?», fragte Ravi. «Wie wollen sie die denn weiterverkaufen?»

«Es gibt illegale Kanäle für den Verkauf von Kunst», sagte Nina. «Private Sammler, geheime Auktionen. Die Leute machen das seit Jahrzehnten, ach was, Jahrhunderten.»

«Aber eine Bank? Echt jetzt?» Ravi war nicht überzeugt.

«Sie ist immer noch ein Kunstwerk», sagte Nina. «Und wertvoll.»

Ravi schüttelte den Kopf. «Brook führt uns mit ihrem Hinweis auf Abwege, fürchte ich. Beziehungsweise auf Klippenwege.»

«Matt ist auf dem Weg dorthin abgestürzt», sagte Ellery. «Das ist interessant.»

«Stimmt», sagte Nina. «Und die Leute geben oft Bänke als Platz des Gedenkens in Auftrag. Vielleicht hatte die Bank für jemanden eine Bedeutung.»

Ellery griff nach Ninas Willkommensheft und überflog die Beschreibung. «Klingt nicht so, als wäre die Bank ein Auftragswerk gewesen, aber irgendwie aufgeladen mit Bedeutung. *Unsere Gedanken sind …* bei den Hinterbliebenen heißt es doch. Das ist ein Werk über Verlust und Trauer. Und es war Teil einer Serie. Vielleicht hatte jemand die anderen Werke und wollte seine Sammlung vervollständigen?»

«Wir haben also Kunst und Bedeutung und Geld», sagte Nina lakonisch. «Die drei sind schon oft eine unheilige Verbindung eingegangen.»

«Entschuldigt», sagte jemand. Ellery fuhr herum. Morgan und Maddox waren unbemerkt zu ihnen getreten. Hatten sie gehört, worüber sie sich unterhielten?

Ellery hoffte, dass nicht.

«Hallo, Morg», sagte Ravi betont fröhlich. «Madd. Wie geht's dir? Hast du schon ein Stück gegessen?» Er deutete auf seinen Kuchenteller.

«Ja, und er war fabelhaft», sagte Morgan. «Ich kann nicht glauben, dass wir die Aidan-Stone-Torte hier haben. Meinst du, er hat sie selbst geschickt?»

«Die was?», fragte Ellery perplex.

«Du hast sie erkannt.» Ravi klatschte in die Hände. «Ich bin so froh, dass nicht alle um mich herum Banausen sind.»

«Klär uns auf, Morgan», bat Nina. «Da Ravi es offenbar nicht für nötig gehalten hat.» Sie warf ihm einen bösen Blick zu.

«Ihr kennt doch Aidan Stone, oder», fragte Morgan. «Den Filmstar?»

Alle nickten.

«Zu besonderen Anlässen, Geburtstag oder so, schickt Aidan Stone Kollegen, Menschen aus seiner Familie oder Bekannten so einen Kuchen», erklärte Morgan. «Jeder fühlt sich wahnsinnig geehrt, wenn er den Kuchen bekommt. Das muss ihn jedes Jahr Tausende von Dollar kosten.»

«Woher weißt du, dass das der Kuchen ist?», fragte Nina.

«Ich habe Bilder gesehen», sagte Morgan. «Und ich habe die Schachtel dort auf dem Tisch gesehen. *Madrone Bakery.*»

«Ellery hat ihn bekommen», klärte Ravi Morgan auf. «Echt jetzt?», staunte Morgan. «Du kennst Aidan Stone?»

«Nein, eher nicht», erwiderte Ellery.

«Ich will die ganze Geschichte hören.» Morgan zwinkerte Ellery zu.

«Ich kenne ihn wirklich nicht.» Ellery war verwirrt.

«Von wem ist der Kuchen dann?», fragte Morgan. «Was steht auf dem Kärtchen?»

«*Herzlichen Glückwunsch*», sagte Ellery.

«Das war's?»

«Ja.» Das andere wollte sie nicht erzählen. *Du hast es geschafft. Hör auf deinen Bauch.*

«Feind hört mit», sagte Nina leise, hob dann das Kinn und sprach mit jemandem hinter Ellery. «Hallo, ihr zwei.»

«Hallo», sagte Gary. «Ich will nicht stören, aber könnten wir euch alle für eine Runde *Monopoly* begeistern?»

«Oh, ja», freute sich Morgan. «Ich liebe dieses Spiel.»

Sie verteilten sich um einen der Tische im Gemeinschaftsraum und machten Platz für das Spielbrett. Rachel und Andy tauchten auf, als sie gerade anfangen wollten, also luden sie sie ein mitzuspielen. «Ich mache den Banker», sagte Andy.

«Im echten Leben auch?», fragte Ravi beiläufig und nahm das Spielgeld, das Andy an sie austeilte.

«Nein», sagte Andy. «Da mache ich was ganz anderes.»

«Und das wäre?», fragte Ravi.

«Grafikdesign», sagte Andy. «Freiberuflich.»

«Ich hätte auf Surfer getippt», frotzelte Ravi.

«Schön wär's», sagte Andy sehnsüchtig. «Im Sommer arbeite ich immerhin in einem der Nationalparks als Guide. Eden.»

«Das klingt nach einem geilen Job», sagte Ravi, und Nina brach in Gelächter aus. «Was ist?», fragte Ravi. «Ich sage die ganze Zeit *geiler Job*.»

«Das hast du noch nie gesagt», sagte Nina. «Und du gehst auch nie in Nationalparks.»

«Das ist nicht wahr.»

«Nächsten Sommer machst du es einfach», sagte Andy. «Du meldest dich, und ich nehme dich mit zum Canyoning.»

«Zu was, bitte?»

Andy war so gut gelaunt und lebendig, wie Ellery ihn seit der Wanderung nicht mehr gesehen hatte. «Ich biete Canyoningtouren an», sagte er. «Du wirst es lieben.» Er zeigte auf Ellery. «Ellery kennt die Gegend um den Nationalpark Eden. Sie ist dort aufgewachsen.»

«Ist das so?» Ravi hob fragend die Augenbrauen.

«Ja», sagte sie.

Sie würfelten darum, wer anfangen durfte. Gary reckte die Faust in die Luft, als er eine Sechs würfelte. Grace verdrehte lachend die Augen.

«Was machst du so im echten Leben, Rachel?», fragte Ravi ein paar Runden später.

«Ich arbeite für einen Senator», sagte Rachel.

«Herrje», sagte Nina. «Bitte sag mir, dass es nicht Blaine Welch ist. Der Typ ist das Böse.»

Rachel erwiderte nichts. Sie nahm ihre Spielfigur - den Fingerhut - und bewegte sie zwei Felder voran. «Reading Railroad», sagte sie. «Besitzt die jemand?»

«Du machst Witze», sagte Nina. «Habe ich etwa richtig geraten?»

Rachel reichte Andy zweihundert Dollar, und er gab ihr die Besitzurkunde für die Eisenbahn. «Du bist dran, Gary», sagte sie.

«Arbeitest du für ihn?», fragte Ravi. «Der, der wie ein Karnickel aussieht?»

«Ein böses Karnickel», stimmte Nina zu.

«Aber nicht Bad Bunny», stellte Ravi klar. «Ein Rapper ist der so gar nicht.»

«Wirklich nicht», sagte Rachel.

Ravis Gesicht hellte sich auf. «Ein Frettchen! Er sieht aus wie ein Frettchen.»

«Stimmt», sagte Rachel. «Ich habe während meines Studiums ein Praktikum bei ihm gemacht. Und dann hat er mich eingestellt. Seine politischen Ansichten sind schrecklich. Er ist schrecklich. Ich habe meine Seele verkauft. Aber das Gehalt ist gut.» Sie lächelte schief. «Der Rest seiner Familie ist nett. Seine Frau, sein Sohn. Sie sind einfach großartig.»

«Sieht sein Sohn auch aus wie ein Frettchen?», fragte Ravi. «Frettchen sind kein Umgang für dich.»

«Sein Sohn sieht super aus, und seine Politik ist anders. Darüber streiten er und sein Vater ständig.»

«Ich will trotzdem ein Foto sehen, um sicherzugehen, dass du nicht mit einem Frettchenjungen zusammen bist», sagte Ravi. «Und wenn wir schon dabei sind, will ich auch einen Beweis, dass du nicht für seinen Vater stimmst.»

«Ich bin nicht mit dem Sohn *zusammen*», sagte Rachel. «Ich habe nur gesagt, dass er überhaupt nicht wie sein Vater ist.»

Bevor sie den Schlagabtausch fortsetzen konnten, stürmte Catherines Ehemann herein.

«Wer war das?!», brüllte er und sah dabei genauso wütend wie verängstigt aus. Er hielt etwas hoch, das aussah wie ein Gesicht. Schlamm troff davon auf den Boden, wie feuchtes, geronnenes Blut, dunkel und klumpig. Ellery blinzelte. Der Raum drehte sich.

«Mir geht es nicht gut», sagte sie und spürte, wie sie vom Stuhl rutschte.

ICH BIN EIN SPUKHAUS, *dachte sie. Ich bin weder Kunst noch sonst wie Erschaffenes. Ich bin nichts, das Schönheit verströmt, nur ein lebendiges Ding, ein Mensch, in dessen Skelett die Menschen, die ich liebe, widerhallen und mich von innen heraus zerbrechen.*

MITTWOCH

HEUTE IM RESORT BROKEN POINT

Anders als die anderen Geschöpfe haben wir vergessen, wie man ein guter Gast ist, wie man leichtfüßig über die Erde wandelt.

Barbara Ward

Wetter: Regen
Sonnenaufgang: 7:16 Uhr
Sonnenuntergang: 18:27 Uhr
Höchsttemperatur: 13 °C
Tiefsttemperatur: 7 °C

ÜBER DAS KUNSTWERK:
Nocturne
von Holland Corrigan,
1996 (Glas, Stahl)

Dieser exquisite mundgeblasene Kronleuchter ist eine Hommage an die Farben und Gefühle der Nacht. *Nocturne* besteht aus über siebenhundert frei- und mundgeblasenen Glasstücken und wurde von der Künstlerin selbst vor Ort arrangiert.

44.

Wo bin ich?», fragte Ellery.

«Auf der Krankenstation», sagte Ravi.

«Die haben eine Krankenstation?» Ellery hätte gedacht, dass es so etwas nur in Internaten oder in Ostküsten-Sommercamps für reiche, von Mücken zerstochene Kinder gab.

«Ich weiß nicht, wie die das hier nennen», sagte Ravi. «Ich hab nur geraten.»

«Was ist passiert? Habe ich mit dem Kuchen alle vergiftet?»

«Du hast niemanden vergiftet», sagte Ravi. «Außer dir geht es allen gut.» Er hob den Zeigefinger. «Wenn man davon absieht, dass sie nach wie vor durchdrehen, weil wir in dieser Situation sind. Aber umgekippt ist außer dir niemand. Es liegt also nicht am Kuchen.»

«Nach dem, was die anderen gesagt haben, ist Ihnen schwindelig geworden», sagte Dr. Anand. «Dehydrierung wahrscheinlich.»

«Dehydrierung ist ziemlich hollywoodesk», sagte Ravi.

«Hat Ihre Familie eine Vorgeschichte mit Schwindel?», fragte Dr. Anand.

Ihr war immer noch leicht schwindelig, als sie nickte. «Ja», sagte sie. «Meinem Vater war oft schwindelig. Aber ich kannte so etwas bis jetzt noch nicht. Ist das ein Gefühl, als würde sich der Raum drehen, und man weiß nicht, wo oben und unten ist?»

«Genau», bestätigte Dr. Anand. «Wenn Sie nach Hause kommen, gehen Sie am besten zu Ihrem Hausarzt und lassen sich durchchecken. Aber was mich betrifft, können Sie am frühen Nachmittag in Ihr Zimmer zurückkehren, wenn Sie sich stabil genug fühlen.»

«Wie spät ist es?», fragte Ellery.

«Elf», sagte Ravi.

«Was ist letzte Nacht passiert?»

«Wir haben dich hierhergebracht, du warst ziemlich weggetreten. Dr. Anand hat dir eine Infusion gegeben und etwas, das dir beim Schlafen helfen sollte. Erinnerst du dich daran?»

Jetzt, wo Ravi es sagte, erinnerte sie sich. Sie erinnerte sich daran, dass Dr. Anand ihr ein paar Fragen gestellt hatte, sie erinnerte sich daran, dass sie etwas unterschrieben hatte, um der Behandlung zuzustimmen, sie erinnerte sich an die Dankbarkeit, auf das kleine Bett sinken und sich dem Schwindel in ihrem Kopf hingeben zu dürfen.

«Moment», sagte sie, als ihr etwas anderes einfiel. «War Andy hier?»

Ravi nickte. «Er hat dich hergetragen. Nina war auch da. Und Grace und Gary. Rachel. Oh, und Brook. Morgan und Madd haben später nach dir gesehen.»

«Sie hatten ein ziemliches Gefolge», sagte Dr. Anand. «Wie ein Hollywoodstar, wie ihr Freund richtig gesagt hat.» Er lächelte Ravi an, der zurücklächelte.

Ellery musterte Ravi, der noch erschöpfter wirkte, als sie sich fühlte.

«Warst du etwa die ganze Zeit hier? Seit gestern Abend?» Tränen schossen ihr in die Augen, die sie peinlich berührt mit ihrem Ärmel abwischte. Diese Menschen kannten sie erst seit ein paar Tagen und sorgten sich bei einem kleinen Schwächeanfall mehr um sie, als Luke nach dem Autounfall, in den sie und Ethan verwickelt gewesen waren.

«Nina und ich haben uns abgewechselt», sagte Ravi leise. «Auch wenn er sehr vertrauenswürdig wirkt, trauen wir dem Arzt nicht.»

«Schönen Dank auch», sagte Dr. Anand. «Das weiß ich zu schätzen.» Er ging zur Tür. «Ich komme nachher wieder, um nach Ihnen zu sehen.»

«Was war das für ein Gesicht, das Catherines Mann hochgehalten hat?», fragte sie Ravi, als Dr. Anand draußen war. Sie hielt inne. «Wie heißt er überhaupt?» War das eine Folge des Schwindels, oder wusste sie den Namen wirklich nicht? «Heißt er Bill?»

«So ähnlich», sagte Ravi. «Er heißt Rick.»

«Er sah aus, als wäre er kurz davor, jemanden umzubringen», sagte Ellery.

«Anscheinend hat Rick hervorragende Beschützerqualitäten, wenn es um Catherine geht», erwiderte Ravi.

«Eines der Rätsel ist damit jedenfalls gelöst, oder? Das fehlende Kunstwerk?» Jetzt im Nachhinein war ihr klar, dass es sich um das Metallgesicht handeln musste.

Ravi nickte. «Es ist eines der Gesichter aus der Skulptur *Teile*. Jemand hat es im Blumenbeet in der Nähe von Catherines Cottage vergraben, und der Regen hat es frei gespült, schätze ich. Catherine hat sich zu Tode erschreckt.»

«Catherine ist immer noch in ihrem Cottage?», fragte Ellery. War sie nicht in ein Zimmer gezogen wie alle anderen auch? Aber natürlich war das nicht das wichtigste Detail dessen, was Ravi gesagt hatte.

«Catherine ist eben Catherine», bestätigte Ravi. «Ich glaube, sie lassen sie dort, weil sie nach dem Verschwinden ihrer Tochter in keiner guten Verfassung ist. Außerdem wäre ohne ihre Anwesenheit der Paravent unbeaufsichtigt.»

«Also stiehlt jemand ein Gesicht von der Skulptur *Teile* und vergräbt es bei Catherines Cottage, wo es später gefunden wird? Das ergibt nicht viel Sinn», sagte Ellery ratlos. «Warum nur einen Teil einer Skulptur stehlen? Und wenn jemand Catherine hätte Angst einjagen wollen, hätte derjenige es ihr doch vor die Haustür gelegt oder es zumindest nicht vergraben?»

«Ganz meine Meinung», sagte Ravi. «Und wenn sie es wirklich verstecken und später unbemerkt abholen wollten, nachdem die ganze Sache vorbei ist, warum es dann so schlecht und so nah am Cottage vergraben?»

«Vielleicht haben sie es gestohlen, nachdem die Beschränkungen verkündet wurden», sagte Ellery. «Dann hätten sie es nicht aus dem Resort bringen können. Nein, warte. Wir wussten schon vor dem Erdrutsch, dass ein Kunstwerk fehlt.»

«Und es ist ja nicht so, dass die Beschränkungen die Leute davon abgehalten hätten, auf Wanderschaft zu gehen», sagte Ravi trocken.

«Was ist sonst noch passiert?» Ellery wusste, dass Ravi längst etwas gesagt hätte, wenn es gute oder schlechte Nachrichten gäbe, aber sie fragte trotzdem.

«Nichts», sagte Ravi.

«Und das Wetter?»

«Immerhin regnet es nicht. Aber es ist bewölkt, und anscheinend ist ein weiterer Sturm im Anmarsch. Canyon hatte Empfang, als er außerhalb des Resorts war, um zu schauen, ob wir hier bald mal wegkönnen. Natürlich hat er die Gelegenheit genutzt und das Wetter gecheckt.»

«Er hatte Empfang?!?» Ellery rappelte sich auf. Ihr wurde kurz schwindelig, aber nicht so schlimm wie am Abend zuvor. Sie musste ihre Kinder kontaktieren.

Ravi hob die Hand. «Denk nicht einmal daran», sagte er. «Rauszugehen ist nach wie vor zu gefährlich. Er und der andere Mitarbeiter, mit dem er zusammen unterwegs war, haben das Quad umgekippt, als sie versucht haben, hierher zurückzukommen.»

«Oh nein. Geht es ihnen gut?»

«Ja, aber Brook ist außer sich», sagte Ravi. «Verständlicherweise. Canyon und der andere Typ mussten den ganzen Weg zurück zum Resort laufen, und das hat fast die ganze Nacht gedauert.»

«Ich bin so froh, dass es ihnen gut geht», sagte Ellery. Wenn noch zwei Menschen etwas zugestoßen wäre …

«Sie haben versucht, zu einem höher gelegenen Punkt zu gelangen, um die Hauptstraße einsehen zu können und herauszufinden, wo Nat und Carlos abgeblieben sind», sagte Ravi. «Und sie hofften auf Handyempfang. Sie haben festgestellt, dass die Straßen weiter unten durch das abfließende Wasser und die Schlammlawinen völlig verschlammt sind. Canyon hat ein paar Nachrichten rausgeschickt, in denen er um Hilfe bat, das Wetter gecheckt und einen Screenshot davon gemacht. Als sie versucht haben, ein paar Anrufe zu tätigen, brach die Verbindung ab. Sie sind sich nicht mal sicher, ob ihre Nachrichten durchgekommen sind und ob sie den aktuellen Wetterbericht haben. Es ist wirklich gefährlich da draußen, und wer weiß, was mit Nat und Carlos passiert ist.»

Ellery schwang die Beine über die Bettkante.

Ravi legte eine Hand auf ihren Arm, um sie am Aufstehen zu hindern. «Das sind die wichtigsten Neuigkeiten», sagte er. «Zugegeben, ich hätte dir das als Erstes sagen sollen. Aber das Letzte, was wir brauchen, ist, dass du von hier weggehst, bevor du fit bist, hinfällst und dir den Kopf aufschlägst.» Er zuckte zusammen. «Schlechte Wortwahl, sorry.»

«Schon okay», sagte Ellery. «Es gibt im Moment keine guten Worte.»

«Außerdem haben Nina und ich mit deiner Anwesenheit auf der Krankenstation einen weiteren Ort, wo wir hingehen können», sagte Ravi trocken. «Jetzt können wir in unser Zimmer gehen, ins Haupthaus und hierher. Nina und ich haben uns übrigens unterhalten», fuhr er leise fort. «Und wir halten beide Catherine für eine Verdächtige im Mordfall Ben. Sie mochte ihn nicht, und die Skulptur wurde vor ihrer Tür gefunden.»

«Das sind nur Indizien», entgegnete Ellery.

«Stimmt, aber Indizien sind alles, was wir haben.» Ravi warf einen Blick auf die Tür, durch die Dr. Anand verschwunden war. «Aber es gab laut Canyon kein Blut am Poolrand oder im Wasser. Wäre Catherine wirklich stark genug, seine Leiche zum Pool zu schleppen?»

«Vielleicht schon.» Ellery dachte nach. «Schwierig wäre es, aber nicht unmöglich. Und sie könnte Hilfe gehabt haben. Wenn Rick tatsächlich alles für sie tut, hätte er ihr dann nicht auch hierbei geholfen?»

«Was wäre Catherines Motiv, Matt zu ermorden?»

«Weil er wusste, dass sie Ben ermordet hatte?»

«Ganz genau», sagte Ravi. «Auch das können wir nicht beweisen. Aber es passt alles zusammen.»

«Aber Olivia?», wandte Ellery ein. «Ihrer Tochter würde Catherine nie etwas antun.»

«Vielleicht ist sie wirklich allein losgezogen und hat sich verirrt oder eine Verletzung zugezogen.»

Ellery nickte. «Okay. Falls Catherine die Mörderin ist, hat sie Olivia nichts angetan.»

«Und falls Catherine nicht die Mörderin ist, war Olivia vielleicht dem Mörder auf der Spur», dachte Ravi laut nach. «Wir haben aber keine konkreten Hinweise, dass sie verletzt wurde, oder?»

Ellery fiel das blutige Sweatshirt, das sie und Rachel entdeckt hatten, ein. Sie musste mit Rachel sprechen, um sicherzustellen, dass sie Ravi und Nina von dem Fund erzählen durfte. Oder sollte sie es ihm jetzt sagen?

Ravi sah sie mit einem Ausdruck an, der sowohl wachsam als auch abwartend wirkte. Wusste er es bereits? Sie hasste die Position, in die Rachel sie gebracht hatte, in der Loyalität gegenüber einer Person Vertrauensbruch einer anderen gegenüber bedeutete.

«Warte mal.» Ihr war etwas eingefallen. «Du hast vorhin gesagt, dass Catherine unser unbekannt bekannter Promi sein könnte. Was wäre, wenn Ben das herausgefunden hätte? Das könnte ein weiteres Motiv sein.»

«Könnte sein», stimmte Ravi zu. «Aber ich glaube, ich lag falsch. Catherines Gesicht kennt man, zumindest in der Kunstwelt. Und auch außerhalb davon ist sie keine völlig Unbekannte, die inkognito reisen kann.»

Ellery stimmte ihm zu.

«Und noch etwas», sagte Ravi. «An sie wurde der Aidan-Stone-Kuchen nicht geliefert.»

Ellery sah ihn fragend an.

Er hob die Augenbrauen und wartete offensichtlich auf eine Erklärung.

Wollte er damit sagen, dass sie selbst die inkognito anwesende Prominente war? Denn das war lächerlich. Sie tat nichts von dem, was Ravi am ersten Abend ihrer Begegnung aufgezählt hatte. Sie leitete kein Filmstudio, hatte keine App entwickelt und eine Kryptowährung schon gar nicht.

Trotzdem machte sich ein mulmiges Gefühl in ihrem Magen breit. Was, wenn er diesen schrecklichen Artikel im *People Magazine* gesehen hatte? Was wusste er?

Sie versuchte zu lachen. «Also ich bin nicht unser inkognito reisender Promi. Das wüsste ich.»

Ravi hielt ihrem Blick stand. «Okay.»

Moment mal - bedeutete das, dass er dachte, sie sei imstande, jemanden umzubringen?

Enttäuschung und Verzweiflung machten sich in ihr breit.

«Ich merke gerade», sagte sie, «dass mir immer noch schwindelig ist. Wenn es dir nichts ausmacht, würde ich mich gerne noch ein, zwei Stunden allein ausruhen.»

«Das halte ich für keine gute Idee», sagte Ravi.

«Vertraust du Dr. Anand wirklich nicht?», fragte Ellery. «Er ist kein Mörder. Sein Job ist es, sich um Menschen zu kümmern.»

Ravi hob die Augenbrauen. «Ärzte töten ständig Menschen.»

«Wenn er mich aus irgendeinem Grund tot sehen wollte, wäre ich es schon», sagte Ellery.

«Nein, wärst du nicht», sagte Ravi stur. «Nina und ich haben auf dich aufgepasst.»

«Entschuldigen Sie.» Dr. Anand stand in der Tür. Sie beide zuckten zusammen. «Ich war im Nachbarzimmer und habe zufällig mitbekommen, dass meine Patientin sich ausruhen möchte.» Er lächelte Ravi an, aber die Botschaft war klar. Zeit für dich zu gehen.

Beschützte Dr. Anand sie? Oder hielt er sie für die Mörderin und beschützte alle anderen?

Sie sah Ravi an. Man konnte nicht wissen, wer vertrauenswürdig war. Die Menschen, die einen liebten, konnten einen verraten, alles konnte sich in Minutenschnelle in sein Gegenteil verkehren.

«Möchten Sie gehen?», fragte Dr. Anand leise, nachdem Ravi weg war. «Ich kann Ihnen hier nicht mehr Sicherheit bieten, als Sie anderswo haben. Aber mir schien, Sie wollten allein sein, also habe ich ihn gebeten zu gehen.»

«Danke», erwiderte Ellery. «Ich möchte gern zurück in mein Zimmer.»

«Kommen Sie jederzeit her, falls Ihnen schwindelig wird oder Sie eine weitere Infusion benötigen», sagte Dr. Anand.

«Danke.» Es hatte eine Zeit gegeben, in der sie Dr. Anand vertraut hätte. Aber das war vorbei. Ellery sah, dass er das wusste. Und es tat ihr leid. Was war das für eine Welt, die erforderte, dass Menschen einander misstrauten?

Und natürlich durfte er ihr keine Details über Bens Tod enthüllen, ihr sagen, wie lange er schon tot gewesen war, als sie ihn fand.

«Ich erkenne Sie wieder», sagte Dr. Anand.

Sie erstarrte. «Sie müssen sich irren.»

«Nein», beharrte er. «Ich glaube nicht, dass ich mich irre.» Er lächelte sanft. «Vor ein paar Jahren war ich für eine Konferenz in Colorado. Auf Reisen schaue ich jeden Abend die Nachrichten. Ich möchte wissen, was dort passiert, wo ich gerade bin.»

Neuer Schwindel erfasste Ellery.

«Klug von Ihnen, unter dem Radar zu bleiben.» Er nickte ihr zu, verließ den Raum und schloss die Tür fest hinter sich.

Gott sei Dank hatten sie ihr kein Krankenhausnachthemd oder so etwas angezogen. Ihre Stiefel standen unter einem Stuhl, und jemand hatte auch ihren Mantel gebracht. Ellery stand auf und überprüfte die Taschen. Alles war noch da – ihr Willkommensheft, ihr Stift, ihre Brieftasche, ihr Telefon, ihr Zimmerschlüssel.

Zitternd zog sie ihre Stiefel und ihren Mantel an. Sie wärmten kein bisschen.

Es war kaum Mittag, aber sie wusste, dass sowohl ein Sturm als auch die Nacht auf dem Weg zu ihnen waren.

Es würde bitterkalt werden.

45.

B*itte lass mich niemandem begegnen,* dachte Ellery auf dem Weg in ihr Zimmer. Sie hatte Glück - in der Ferne sah sie ein paar Leute, die dick eingemummelt um eine Feuerstelle hockten, aber niemand kreuzte ihren Weg. Als sie sich sicher war, dass der Schwindel wirklich verflogen war, ging sie schneller. Also hatte jemand sie erkannt oder meinte sie erkannt zu haben. Das war keine große Sache, das konnte sie aushalten.

Als sie in ihrer Tasche nach dem Schlüssel kramte, kam Rachel aus dem Nachbarzimmer.

«Oh, hallo», sagte Ellery. Es hätte schlimmer kommen können, Rachel konnte sie händeln. «Hast du was von Olivia gehört?»

«Nein.» Rachels Ton ließ Ellery aufblicken. Etwas war anders, aber was und warum? «Wohnst du immer noch allein?», fragte Rachel.

Ellery zögerte, aber was hätte Leugnen gebracht? «Ja», sagte sie. «Und du?»

«Ich auch», erwiderte Rachel. «Ich frage mich, warum sie uns nicht gezwungen haben, zusammenzuziehen.»

«Ich schätze, weil wir uns nicht gut kennen», sagte Ellery.

«Stimmt.» War Rachels Ton kalt, oder bildete Ellery sich das nur ein?

«Also gut», sagte Ellery. «Ich geh dann mal rein. Sag mir gern Bescheid, wenn du etwas brauchst.»

«Mache ich. Und wenn du aus meinem Zimmer Schreie hörst, versuch nicht, mich zu retten.»

Warum hatte sie das gesagt? Die frühere Höflichkeit und Freundlichkeit waren durch Hohn ersetzt worden. Hatte sie Rachel unwissentlich beleidigt?

«Okay», sagte Ellery ratlos, und Rachel ging mit festen Schritten weg.

Die Tageskarte war von der Türklinke auf die Fußmatte gefallen.

Ellery bückte sich und hob sie auf.

«Hey», rief eine Stimme hinter ihr. «Ellery.»

Erschrocken ließ sie die Karte fallen. Als sie sich abermals bückte, um sie aufzuheben, sah sie, dass jemand etwas auf die Rückseite geschrieben hatte.

Bitte triff mich heute Nachmittag um fünf am Altar.
Bitte erzähle niemandem davon und komm allein. O.

O. für Olivia? War sie am Leben? War das ihre Handschrift? Ellery wusste es nicht. Sie hatte sich die Nachricht, die besagte, Catherine solle sich keine Sorgen machen, nicht genau genug angesehen, als Catherine sie Gary gezeigt hatte.

Auf keinen Fall gehst du da hin, sagte Abby in ihrem Kopf. *Du gehst nicht ungeschützt zu diesem Altar, nur weil dich jemand über eine gruselige Hotelkarte hinbestellt hat.* Ravi würde dasselbe sagen, wenn er die Chance dazu hätte.

Sie vermisste ihn jetzt schon.

«Ellery?» Die Stimme gehörte Andy. Er war fast bei ihr. Sie schob die Karte in ihre Manteltasche und drehte sich zu ihm um.

Andy war gekleidet wie für einen Kletterausflug. Sportkleidung, ein Seil über der Schulter.

«Ich halte das nicht mehr aus», sagte er angespannt. «Ich verschwinde von hier. Willst du mit?»

46.

Hatte Ravi wirklich herausgefunden, wer sie war? Wusste Rachel es?

Wer hatte diese Nachricht geschrieben? Wirklich Olivia?

Ellerys Gedanken überschlugen sich, als sie Andy den Weg entlang folgte. Sie gingen zur Slipstream-Bar, weil Andy von da einen Abzweig zur Hauptzufahrt des Resorts wusste. Als er bei der Suche nach Olivia geholfen hatte, hatte er sich die Gegend eingeprägt.

Andy hatte vor ihrem Zimmer gewartet, während sie ihre wärmsten Kleidungsstücke übereinander anzog und ein Paar Sneakers in ihren Rucksack warf. Sie hatten ein besseres Profil als die Stiefel und wären nützlich, falls sie klettern müssten. Beim Verlassen des Raums erblickte sie im Spiegel ihr Gesicht und bemerkte, wie groß ihre Augen waren. *Was machst du da?*, fragte sie sich.

Sie konnte niemandem vertrauen.

Nicht einmal sich selbst.

Auch Andy vertraute sie nicht. Aber er hatte, was sie brauchte: ein Seil, Kenntnisse über die Umgebung und den Willen, Broken Point zu verlassen. Auch einen Plan hatte er. «Ich will versuchen, zum nächsten Resort zu gelangen», sagte er. «Das ist das Coldwater Inn. Nat und Carlos sagten, dass die Piste zu aufgeweicht sei, um dorthin zu gelangen, aber sie waren nicht zu Fuß unterwegs. Wir könnten es wenigstens versuchen. Vielleicht gibt es da Empfang.»

Was er vorhatte, schien ihr vernünftiger zu sein, als zuzugucken, wie die Gäste einer nach dem anderen starben, während man auf die Polizei wartete. Und es hatte den zusätzlichen Vorteil, dass man sich bewegte und nicht vor lauter Untätigkeit den Verstand verlor, was Ellery inzwischen wirklich befürchtete.

Sie konnte keine weitere Minute im Resort bleiben. Falls Olivia aus freien Stücken gegangen war, verstand Ellery das. Sie wollte zu ihren Kindern und konnte sich gut vorstellen, dass diejenigen, die Ben nahestanden, förmlich durchdrehten, weil sie dort festsaßen und zu Untätigkeit verdammt waren, wo er gestorben war.

«Ben und du, ihr kanntet euch schon ewig, oder?», fragte Ellery Andy, während sie sich durch das Gelände kämpften. Kreuz und quer lagen Äste, sie stiegen über Schlammberge und Trümmer, und sie war froh, dass sie sich im Haupthaus Wanderstöcke geholt hatten.

«Aus dem Kindergarten», sagte Andy. «Wir waren im selben Fußballteam. Wir waren beide echt mies.»

Ellery kicherte.

«Wir haben lieber andere Sachen gemacht», sagte Andy. «Skifahren, Klettern, Surfen. Da ist man Teil einer Mannschaft, aber auf eine bessere Art. Und man kann es zu zweit machen.»

Eine Zeit lang gingen sie schweigend den Weg entlang und konzentrierten sich auf ihre Füße und darauf voranzukommen. Ellery schnaufte und rutschte immer wieder aus, aber dass sie Andy folgen konnte, half. Rutschte er weg, setzte sie ihren Fuß anders als er zuvor.

«Bens Vater ist vor seinem Tod oft mit uns campen gewesen», sagte Andy. «Einmal auch hier in Big Sur. Er war ein Naturmensch.»

«Und dein Vater nicht?»

«Oh, mein Vater ist auch ein Naturmensch.» Andys

Stimme triefte vor Hohn. «Zum Beispiel fährt er gerne dort mit dem Schneemobil herum, wo das verboten ist. Oder er fällt für ein einziges Foto einen Baum. Er ist auch großartig darin, mit Großwild zu posen, das jemand anderes für ihn geschossen hat.»

«Er klingt wie das genaue Gegenteil von dir», sagte Ellery.

«Danke», sagte Andy. «Das ist er.» Mit jedem Kilometer, den sie sich vom Resort entfernten, wirkte er lockerer, aber eine leichte Anspannung merkte sie ihm noch immer an.

Sie machten eine Pause, um Wasser zu trinken. Ellery achtete darauf, die ganze Zeit mehr als eine Armlänge Abstand zu Andy zu halten. So könnte sie weglaufen, falls das nötig werden sollte. Aber wäre er nicht sowieso schneller? Sie musterte sein Gesicht, während er trank, versuchte, die Freundlichkeit in seinen Augen zu sehen, die ihr gleich zu Beginn aufgefallen war, und erinnerte sich daran, dass sie Ravi gesagt hatte, Andy sei die eine Person, der sie sofort vertraut hatte. Bis zu einem gewissen Grad stimmte das immer noch – wahrscheinlich wäre sie mit niemandem sonst mitgegangen –, aber sie wollte dennoch kein Risiko eingehen.

«Mein Vater war streng», sagte Andy. «Bens Vater war einfach nur toll. Wie Ben. Sie haben mir mehrmals durch schwere Zeiten geholfen.» Und dann, zum ersten Mal, seit sie ihn kannte, klang Andy richtig wütend. «Es ist total ungerecht, dass Leute wie Ben und sein Vater tot sind und Leute wie wir anderen noch leben.»

So schnell, wie die Wut aufgeflammt war, erlosch sie wieder. Andy fuhr sich mit der Hand über das Gesicht. «Entschuldige.»

«Ist schon okay», sagte Ellery. «Trauer macht einen fertig.»

Wieder einmal fand sie die Tiefe der Freundschaft zwischen Andy und Ben beeindruckend - auch dass sie einander so viel Freiraum gegeben und Verständnis entgegengebracht hatten. Aber warum war das etwas so Besonderes? Sollten nicht alle Freundschaften so sein?

«Warum hast du nicht einen der anderen Freunde von Ben gebeten mitzukommen?», fragte Ellery, als sie sich wieder in Bewegung setzten. War das, was sie zwischen den Bäumen hindurch sah, schon der Highway?

Andy schnaubte. «Nie im Leben. Das sind Bens Freunde, nicht meine.»

«Ich verstehe seine Beziehung zu den Burschenschaftlern nicht ganz», sagte Ellery. «Nach allem, was ich über Ben weiß, und das ist nicht viel, scheint er überhaupt nicht der Typ für eine Studentenverbindung zu sein.»

«Die sind Familienersatz für ihn», erklärte ihr Andy. «Sicher, diese Jungs können Idioten sein, und Jason ist die meiste Zeit bloß toxisch, aber sie alle waren für Ben da und haben ihn gemocht. Er war so jemand, für den man ein besserer Mensch werden will.»

Eine Ersatzfamilie. Ellery konnte sich vorstellen, dass das ein Grund war, diese Männer zu mögen.

Andy blieb so plötzlich stehen, dass sie beinahe in ihn hineingelaufen wäre. Sie blickte an ihm vorbei auf die Straße und die Landschaft, die sich vor ihnen auftat.

Ihr stockte der Atem.

Der Berg, die Bäume - die ganze Welt war herabgestürzt.

Der Highway war in beide Richtungen vollständig bedeckt von herabgerutschten Bäumen in jedem möglichen Zustand - halbiert, umgestürzt, zersplittert, liegend, aufrecht und von den Felsblöcken herabhängend, die sich aus den Bergen gelöst hatten.

Ihr wurde bange ums Herz. Jetzt, mit der erschütternden Realität der Katastrophe konfrontiert, wurde ihr klar, wie dumm sie gewesen waren, auch nur zu denken, es könnte ihnen gelingen, hier wegzukommen. Und das war noch nicht einmal der Haupterdrutsch, derjenige, der die Brücke zerstört hatte.

«Ach du Scheiße», sagte Andy.

Ihr fiel ein, dass er auf der Wanderung an Bens Hochzeitstag das Gleiche gesagt hatte, aber damals, weil die Aussicht atemberaubend gewesen war.

Außerdem fiel ihr ein, wie er an jenem Tag plötzlich aus dem Wald getreten und zu ihr gekommen war. Was hatte er abseits des Weges gemacht? Wer war er wirklich? Der beste Freund des Bräutigams, jemand, der beide Männer kannte, die gestorben waren, und die Frau, die vermisst wurde.

Andy warf ihr einen Blick zu. «Und jetzt? Ich bin für weitergehen. Zu zweit könnten wir versuchen, zu der Straße zu gelangen, die nach Coldwater führt. Alleine wäre es zu gefährlich.»

«Du willst da wirklich langgehen?» Sie zeigte auf die Straße vor ihnen.

«Ja», sagte Andy. «Ich muss raus aus diesem Resort.»

Vorhin hatte sie gedacht, sie verstünde, warum er wegwollte. Weil ihm wie ihr selbst auch alles zu viel wurde. Aber versuchte Andy wirklich, zu dem anderen Resort zu gelangen? Warum hatte er sie mitgenommen? Es war nicht unwahrscheinlich, dass Matt gestorben war, weil er zu viel wusste. Wusste sie auch zu viel?

Dass sie wackelig auf den Beinen war, lag nicht an den Nachwirkungen des Schwindels vom Vorabend. «Du bist derjenige, der am ehesten Zugang zu Bens Handy hatte. Du warst derjenige, dem er vertraute.» Sie schluckte. «Hast du die Textnachricht geschickt? Hat Matt etwas herausgefunden und musste deshalb sterben?»

«Was redest du da?», fragte Andy.

Sie trat einen Schritt zurück. Er hatte dieses Seil und wer wusste, was noch in seinem Rucksack. Er war größer und stärker und jünger als sie. Sie umklammerte die Wanderstöcke in ihren Händen. Sie war nicht völlig wehrlos. Aber um ihm zu entgehen, würde sie schlau sein müssen.

«Die Textnachricht, die angeblich von Ben war», sagte sie. Das hatte sie keine Sekunde geglaubt. «Die vom Tag der Hochzeit. Hast du die geschickt?»

Andy sah verwirrt aus. Dann veränderte sich sein Gesichtsausdruck. Wut oder Schmerz lag darin, sie konnte es nicht genau sagen.

«Warum sollte ich das tun?»

«Weil du in Olivia verliebt bist.»

Irgendwo im Wald hinter ihnen knackte es. Alles in ihr drängte sie, sich umzudrehen und nachzusehen, was es war, aber sie hielt den Blick fest auf Andy gerichtet.

«Es geht nicht um Olivia», sagte Andy. «Es geht um Ben.»

Er war in Ben verliebt? Aber wenn er eifersüchtig war, hätte er doch eher Olivia ermordet?

Oder hatte er Ben getötet, damit er nicht mit jemand anderem zusammen sein konnte?

Die mit O. unterzeichnete Nachricht mit dem Vorschlag eines Treffens am Altar fiel ihr ein. Andy hätte die ja wohl kaum für sie hinterlegt und ihr dann vorgeschlagen, zusammen zu fliehen. War Andy doch nicht der Mörder?

Es könnte mehr als einen geben.

Warum hatte Andy sie gebeten, ihn zu begleiten? Hatte er einen Komplizen? Dafür kam eigentlich nur Olivia infrage. Aber die war verschwunden.

Stammte die Nachricht wirklich von Olivia oder war sie ein Köder wie Bens Textnachricht vom Tag der Trauung auch?

Ellery musterte Andy. «Du wolltest Ben nicht verlieren», sagte sie. Ihre Hände waren kalt. «Also hast du ihn ermordet.»

Andys «Nein» klang wie der Schrei eines Raubvogels. Er trat einen Schritt näher.

Ellerys Herz pochte in ihrer Brust.

«Du verstehst das nicht. Lass es mich erklären.»

Nein. Sie wusste, wie das ablief. In der einen Minute saß man noch am Berghang und wähnte sich in Sicherheit, in der nächsten stürzte man in die Tiefe und hatte nicht einmal Zeit gehabt zu schreien.

Sie konnte nicht hierbleiben und die Fragen stellen, die die Leute im Film immer stellten, weil das Publikum, damit es nicht den leisesten Zweifel gab, den Mörder gestehen hören musste. *Hast du Ben getötet? Und Matt? Hast du Olivia auch getötet?*

Hier aber gab es kein Publikum, das Informationen brauchte. Hier war nur Ellery, in einer zerstörten Landschaft allein mit einem Mann, der vielleicht ein Mörder war.

47.

Anfangs rannte Ellery und versuchte, auf die weniger schlammigen Stellen zu treten, sprang immer wieder über Pfützen, Stämme und herausgerissene Wurzeln. In ihrer Panik verlor sie nacheinander beide Wanderstöcke, wagte es jedoch nicht, anzuhalten und sie aufzuheben. «Folge mir nicht, bitte», flehte sie. Über ihrem Schnaufen, ihren Schritten und dem Rascheln ihrer Kleidung konnte sie nicht hören, ob er hinter ihr war. Außerdem forderte das Gelände ihre ganze Konzentration. Ein Sturz wäre fatal - sie könnte sich den Kopf stoßen, sich etwas brechen, und wenn sie auch nur einen Teil ihres Vorsprungs verlor, würde Andy sie einholen. Als sie über die Schulter blickte, sah sie ihn nicht, aber das bedeutete nicht, dass er nicht da war.

Als sie irgendwann zu erschöpft war, um weiterzulaufen, ging sie langsam, bahnte sich zwischen umgestürzten Bäumen und reißenden Bächen hinweg ihren Weg zurück ins Resort, zum Wäldchen. Würde sie rechtzeitig am Altar sein? Sie wollte es versuchen.

Am Altar war niemand. Ihre Uhr sagte ihr, dass sie zu spät war. Doch als sie sich abwenden wollte, sah sie auf dem Boden einen Pfeil aus Steinen, der zwischen die Bäume und auf einen der Pfade wies. Das war für sie.

Es war trüb und stürmisch. Die Dämmerung setzte ein, und der Regen hüllte alles in Dunst.

Sie ging tiefer in den Wald hinein. Dies war der Weg zum Kunstwerk *LOVE*, wurde ihr klar. Aber als sie dort ankam, gab es einen weiteren Steinpfeil, der auf eine kaum sichtbare Abzweigung des Pfades wies, die Ellery nicht bemerkt hatte, als sie Olivia im Dunkeln hier hatte zusammengesunken kauern sehen.

Der Sturm und die Dunkelheit kamen unweigerlich näher, sie waren fast schon da. Sie musste sich zusammenreißen, um ihre Furcht zu unterdrücken. Nachdem sie dem Pfad ein kleines Stück gefolgt war, gaben die Bäume den Blick frei, und im letzten Tageslicht sah sie ein metallisches Glänzen.

Es war die Skulptur eines Kranichs mit zum Himmel gerecktem Schnabel.

Ohne Titel.

Der kleine Teich war so voll Wasser, dass ein Teil der Skulptur, das Nest, nicht zu sehen war. Ohne das Nest sah der Vogel aus, als stünde er erstarrt am Rande einer versunkenen Welt.

Ellery und der Kranich waren nicht allein auf der Lichtung.

Grace stand da im Dunkel. Und Nina.

Und Olivia.

Ellery blieb stehen.

«Olivia», sagte sie mit einem Seufzer. «Dir geht es gut.» Also hatte wirklich Olivia die Nachricht hinterlassen?

Olivia lachte schrill und verzweifelt. «Na ja, mehr oder weniger.» Sie war schmutzig, ihr Haar war verfilzt. Ihre Augen lagen in tiefen Höhlen.

«Bist du die Letzte?», fragte Nina Ellery.

«Ich weiß es nicht.» Ellery blickte sich um.

«Nein», sagte Olivia. «Es kommt noch jemand.»

Ellery war verwirrt und gleichzeitig seltsam beglückt. Etwas war an seinen Platz gerückt, sie war in ein anderes Universum übergewechselt. Der Hain, der Altar, diese Frauen.

Catherine betrat die Lichtung.

«Olivia», rief sie aus, und ihr Gesicht leuchtete auf wie das jeder Mutter, die ihr geliebtes Kind wiedersieht, um das sie in tiefster Sorge war. Elektrisiert eilte sie auf Olivia zu. «Gott sei Dank.»

«Stopp», sagte Olivia scharf. Catherine blieb stehen. «Es gibt etwas, worüber wir reden müssen.»

«Also hast wirklich du uns hierherbestellt?», fragte Nina. «Entschuldige. Ich weiß nicht, worum es geht.»

«Ich habe euch hierherbestellt», sagte Olivia, «weil eine von euch Ben ermordet hat.»

48.

Es gibt Hunderte zauberhafte Orte auf der Welt», sagte Olivia. «Tausende. Ben hat das immer gesagt. *Es ist verrückt, dass wir schrecklichen Menschen an einem Ort sein dürfen, der so wundervoll ist.* Aber wir sind alle aus bestimmten Gründen hier.»

Sie hatte natürlich recht. Ellery ballte die Fäuste. Sie wünschte, sie hätte die Wanderstöcke nicht verloren oder hätte ihre Taschenlampe dabei. Oder irgendetwas, das als Waffe taugte.

«Warum denkst du, dass ich Ben getötet habe?» Grace klang wirklich verblüfft. «Du kennst mich doch gar nicht.»

«Weil ich gesehen habe, wie du das Gesicht von *Teile* vergraben hast», sagte Olivia kalt. «Vor unserem Cottage.»

«Oh, verdammt.» Grace schloss die Augen.

«Was?» Nina richtete sich auf. «*Du* bist die Kunstdiebin?»

«Nein», sagte Grace schnell. «Ich kann das erklären.» Sie hielt inne. «Aber warum sollte das Vergraben des Gesichts etwas mit dem zu tun haben, was Ben zugestoßen ist?»

«Vielleicht hat er dich beim Stehlen erwischt», sagte Olivia. «Ich habe gehört, wie du mit deinem Vater gesprochen hast.» Olivia holte tief Luft und blickte Grace fest an. Catherines Blick war auf ihre Tochter gerichtet. «Du hast gesagt: *Dad, das hättest du nicht tun müssen. Ich könnte das ganze Resort kaufen und es dir einfach schenken.*» Sie ahmte Grace ziemlich perfekt nach.

«Du hast recht», sagte Grace. «Das habe ich gesagt. Aber das heißt noch lange nicht, dass ich jemanden umbringe. Außerdem ist es aus dem Kontext gerissen.»

«Ihr beide wart auch diejenigen, die Matt gefunden haben», beharrte Olivia. «Ihr hättet ihn ohne Probleme in den Tod stoßen können.»

«Mein Vater hat Ben nicht getötet», sagte Grace. «Und weder er noch ich haben Matt getötet, das schwöre ich. Aber du hast recht, wir sind in einer Mission hier.» Sie seufzte. «Mein Vater wollte meiner Mutter die letzte Ehre erweisen, und ich bin mitgefahren, um ihn zu beschützen.»

«Um ihn zu beschützen oder um die Leute vor ihm zu beschützen?», fragte Olivia.

«Lass es mich dir erklären.» Grace streckte die Hände aus. «Wir sind hierhergekommen, weil diese Gegend meinen Eltern viel bedeutet hat. Dieses Wochenende wäre ihr fünfzigster Hochzeitstag gewesen, und er wollte ihre Asche am Broken Point verstreuen, was komplett illegal ist. Am Morgen, an dem Matt umgekommen ist, waren wir, obwohl das eine dumme, gefährliche Aktion war, auf dem Weg zum Gipfel.» Graces Augen leuchteten. «Was ich nicht wusste, war, dass mein Vater auch hierherkommen wollte, um ein Stück dieser Skulptur mitzunehmen. *Teile.* Und zwar wollte er ein bestimmtes Gesicht daraus haben, das, bei dem das Modell leicht lächelt.»

«Ihr Vater.» Catherine hatte die ganze Zeit zu Olivia geblickt, aber jetzt wandte sie sich Grace zu. «Er ist *Anonymous.*»

«Ja», erwiderte Grace. «Er hat die Skulptur geschaffen. Und sein Modell für all die verschiedenen Gesichtsausdrücke und Gesten war meine Mutter.»

«Warum will er dieses Gesicht von hier haben?» Olivia

klang misstrauisch. «Konnte er nicht ein neues machen? Er wusste doch, wie sie aussah.»

«Nein», antwortete Catherine für Grace. «Kein Kunstwerk bekommt man ein zweites Mal hin.»

Und Gesichtsausdrücke kann man nicht mehr einfangen, dachte Ellery. *Nicht, wenn sie erloschen sind. Wenn das Gesicht einen nicht mehr ansieht.*

«Als ich ihn zur Rede stellte, gestand er mir, dass er fürchtet, sie zu vergessen. *Teile* hat er angefertigt, als sie ihre beste Zeit hatten. Seit sie tot ist, kann er nicht mehr arbeiten.» Grace seufzte. «Er wollte ein Stück von ihr zurück.»

«Und die Krone?», fragte Nina.

«Die habe ich genommen, um von dem gestohlenen Gesicht abzulenken», sagte Grace. «Ich habe sie an einem Ort deponiert, wo sie gefunden würde.» Sie schüttelte den Kopf. «Ich weiß, dass das keine gute Idee war. Das ist alles so ein Chaos. Wenn er auf mich gehört hätte ... Wenn ich nicht so dumm gewesen wäre ...»

Aber mehr musste Olivia nicht wissen. Sie glaubte Grace die Geschichte, das konnte Ellery ihr ansehen. Jedenfalls genug, um zur nächsten Person überzugehen. Olivia sah Nina an.

«Klär mich auf», sagte Nina milde. «Warum glaubst du, dass ich Ben ermordet habe?»

«Aus dem gleichen Grund, aus dem du hier bist», sagte Olivia.

«Und der wäre?»

«Weil du Bens verdammte Patentante bist», fuhr Olivia Nina an. «Diejenige, die den Ball hat fallen lassen. Oder in dem Fall den Waisenjungen.»

Nina zuckte zusammen, ganz leicht nur, aber Ellery sah es. War die Anschuldigung wahr? Ganz sicher hatte Nina

Ben nicht ermordet, aber war sie wirklich seine Patentante? Wenn ja, wusste Ravi das? Jeder hatte etwas zu verbergen. Jeder hatte Leichen im Keller, wieder einmal wurde Ellery das bewusst.

«Ich fürchte, ich weiß nicht, wovon du redest», sagte Nina.

«Du passt auf die Beschreibung der Patentante», sagte Olivia. «Du hast das richtige Alter, bist schön, hast dunkle Haare. Das ist das Einzige, woran er sich erinnert. Zwischen der Patentante und seiner Mutter war der Kontakt abgerissen, als er klein war. Als seine Eltern starben, war er vierzehn und hoffte und betete, dass diese Frau auftauchen und ihn retten würde. Spoiler-Alarm: Du hast es nicht getan.»

Dies war eine andere Olivia als die, die Ellery bisher kennengelernt hatte. Sie war klar, wütend und unerbittlich.

«Er hat es immer wie einen Witz erzählt, als wäre er echt blöd gewesen zu denken, die Rettung des einsamen Teenagers durch eine gute Fee könnte wahr werden. Aber ich konnte ihm ansehen, wie weh ihm das immer noch getan hat. Am Ende haben die Eltern seines besten Freundes ihn aufgenommen. Andys Eltern. Weil er sonst niemanden hatte.»

Ben hatte nach dem Tod seiner Eltern bei Andys Familie gelebt?

Ellery war nicht klar gewesen, dass Andy und Ben, als sie sagten, sie seien wie Brüder, damit meinten, dass sie tatsächlich jahrelang im selben Haus gewohnt hatten. Andy. Sie hatte ihn allein dort draußen zurückgelassen.

«Zuerst dachte ich, du wärst gekommen, um dein Versäumnis wiedergutzumachen und etwas für Ben zu tun, jetzt, da er heiraten würde», sagte Olivia. «Besser spät als nie. Aber inzwischen denke ich, du bist gekommen, um etwas von seinem Geld abzustauben. Du musst erfahren haben, wie gut er finanziell gestellt war. Vielleicht hast du gehofft, in seinem Testament als nächste Verwandte aufgeführt zu sein. Also musste er sterben, bevor wir heirateten und alles automatisch an mich gegangen wäre.»

«Was du durchgemacht hast, tut mir sehr leid.» Ninas Gesichtsausdruck und Ton waren undurchschaubar. «Aber das Ganze ist ziemlich weit hergeholt. Ich bin nicht Bens Patin. Und ich bin mir nicht sicher, ob das mit dem Erben überhaupt so funktioniert.»

«Olivia», sagte Catherine leise. «Bitte. Lass mich dich in dein Zimmer bringen. Du brauchst Ruhe. Wo warst du? Geht es dir wirklich gut?»

«Ich habe im Trailer geschlafen», sagte Olivia und blitzte Ellery böse an. «War ziemlich kalt, nachdem du mein Sweatshirt mitgenommen hast.»

«Warum hat sie dein Sweatshirt?» Catherine schaute zwischen Olivia und Ellery hin und her.

«Rachel und ich haben nach Olivia gesucht», erklärte Ellery. «In der Slipstream-Bar fanden wir ihr Sweatshirt. Rachel wollte nicht, dass ich es sage. Tut mir leid, dass wir Ihnen das verheimlicht haben. Und mir tut auch leid, dass wir es mitgenommen haben, Olivia. Es war voller Blut. Wir dachten, es könnte ein Beweisstück sein.»

«Ich wusste, dass die Leute auf der Suche nach mir zum Trailer kommen würden, also habe ich mich tagsüber ferngehalten», erklärte Olivia. «Ich bin hingefallen und habe mir an einem Ast den Arm aufgeritzt. Das blutige Sweatshirt habe ich im Spülbecken des Trailers ein bisschen ausgewaschen und es zum Trocknen hingelegt.»

«Wie bist du reingekommen?», fragte Ellery. «Als wir kamen, war abgeschlossen.»

«Maddox hat mir den Schlüssel gegeben», sagte Olivia.

«Warum?», fragte Catherine. «Woher hatte er einen? Warum hat er mir nicht gesagt, wo du bist?»

«Er wusste nicht, wo ich hinwollte», sagte Olivia.

«Aber wenn er dir einen Schlüssel gegeben hat, war das nicht schwer zu erraten! Zumindest hätte er mir sagen können, dass du am Leben bist!»

«Darum geht es jetzt nicht», bremste Olivia sie aus. «Es geht um Ben.» Und nun richtete sie ihren Blick auf Ellery, der die Knie nachzugeben drohten. Sie wusste, was kommen würde, weil es ihr schon seit so langer Zeit bevorstand. Und obwohl sie nicht bereit dafür war, würde sie es nehmen, wie es kam.

«Jetzt bin wohl ich dran», sagte sie leise zu Olivia. «Was glaubst du, warum ich Ben getötet habe?»

«Weil du diejenige bist, die ihn gefunden hat», sagte Olivia. «Und weil ich weiß, wer du bist und was du getan hast.»

«Was hat sie getan?», fragte Catherine schrill.

Olivia holte tief Luft. «Sie hat schon einmal jemanden getötet.»

49.

Endlich waren die verhängnisvollen Worte ausgesprochen. Jemand sagte sie ihr ins Gesicht.

«Das habe ich nicht», sagte Ellery leise.

Alle starrten sie geschockt an.

«Bei einem Busunfall hat sie einigen ihrer Schüler das Leben gerettet und wurde als Heldin gefeiert», sagte Olivia. «Aber sie hat auch eine von ihnen bewegt, die eine Rückenverletzung hatte, und diese Schülerin ist gestorben.»

«Ich habe sie nicht bewegt», sagte Ellery.

«Selbst wenn du es getan hättest, wärst du nach dem Gesetz des barmherzigen Samariters unantastbar gewesen», erklärte Grace. «Alle fünfzig Bundesstaaten haben das. Und ich kann mir nicht vorstellen, dass ein Gericht in einer solchen Situation jemanden schuldig spricht. Du hast versucht zu helfen.»

«Vielleicht hast du Ben nicht getötet», sagte Olivia. «Vielleicht warst du nur diejenige, die ihn gefunden und das Falsche getan hat. Das wäre dann ein Muster, oder?»

«Ich schwöre es», sagte Ellery mit zitternder Stimme, «ich schwöre dir, dass ich Ben nur aus dem Pool gezogen und Hilfe geholt habe. Ich schwöre, dass er tot war, als ich ihn fand.» Glaubte Olivia ihr? Was die Schülerin anging? Was Ben anging?

Bitte glaub mir.

Schweigen senkte sich herab. Die Bäume bogen sich unter dem Wind und warnten die Frauen, dass der Sturm im Anmarsch war und ihnen die Zeit davonlief.

«Ich habe wirklich versucht herauszufinden, wer von euch es getan haben könnte», sagte Olivia verzweifelt. «Ich hab nachgeforscht, wer ihr seid. Es schien, als müsste es eine von euch gewesen sein. Ihr alle habt euch auf irgendeine Weise verdächtig verhalten. Und niemand, der Ben wirklich kannte, konnte ihn ermordet haben. Es musste jemand sein, der nicht zu unserer Hochzeitsgesellschaft gehörte. Jeder, der ihn kannte, liebte ihn.»

Olivia sah ihre Mutter an. «Außer dir.»

Ellery hatte das Gefühl, dass sie sich an einem Wendepunkt befanden, hier am Rande des den Sturm erwartenden Waldes, am übervollen Teich, mit der Kranichmutter und ihren ertrunkenen Küken. Sie hatte das Gefühl, dass etwas - oder jemand - ihnen auf den Fersen war. Ob die anderen Frauen es auch spürten? Als sie ihre Gesichter im schwindenden Licht musterte, ahnte sie, dass sie es auch wussten.

«Mom.» Olivias Stimme klang merkwürdig gedämpft. «Hast du es getan?»

50.

«Es tut mir so leid.» Catherine klang erschöpft und tieftraurig.

Olivia schauderte. Sie trat einen Schritt zurück.

Jemand kam. Sie konnten es zwischen den Bäumen hören. Wer auch immer es war, achtete nicht darauf, sich leise zu verhalten - Zweige knackten, Steine wurden beiseitegekickt. Ellery und die anderen Frauen tauschten Blicke und rückten näher zusammen. Wer war da draußen?

«Warum?» Olivia bekam nichts mit. Sie war auf ihre Mutter fixiert, ihr ganzer Körper war angespannt. Ellery musste an ihre Kinder denken, als sie und Luke ihnen gesagt hatten, sie würden sich scheiden lassen - die Art, wie sie erstarrt waren, bevor sie zerbrachen.

«Es war ein Unfall.» Catherine trat einen Schritt auf Olivia zu, die ihre Hand hob.

«Wag es nicht», sagte sie. «Bleib da stehen. Fass mich nicht an. Sag mir nur, was passiert ist.»

Catherine gehorchte. «Wir haben uns gestritten, und ich habe ihn geschubst.» Sie schluckte. «Er ist nach hinten gefallen.»

Olivia deutete auf den Teich. «Es ist hier passiert, oder?»

Catherine nickte. «Er ist mit dem Kopf auf dem zweiten Teil der Skulptur aufgeschlagen. Die Vogelbabys haben diese scharfen, nach oben gebogenen Schnäbel.» Sie holte erschaudernd Luft. «Sie sind jetzt alle unter Wasser. Man kann sie nicht einmal sehen. Aber diese Nacht war vor dem Regen.»

«Warum?», fragte Olivia. «Warum hast du ihn geschubst?»

«Wegen dem, was er dir angetan hat.»

«Was hat er mir denn angetan?», fragte Olivia.

«Er hat dich am Altar stehen lassen», sagte Catherine.

«Nein», empörte sich Olivia, «hat er nicht.»

«Da kommt jemand», sagte Nina leise.

Aus dem Dickicht war eine Stimme zu hören. «*Jemand* ist schon hier.»

51.

Jason betrat die Lichtung. «Ich bin so froh, dass es dir gut geht, Olivia.»

«Was machst du hier?» Olivia war anzumerken, dass sie ihn nicht dabeihaben wollte. Er sollte wieder gehen.

«Was wohl? Ich habe dich gesucht.» Damit, nicht willkommen zu sein, hatte er offenbar nicht gerechnet. Sein blondes Haar war vom Regen feucht, er trug eine dunkle Jacke und die Art von teuren Hiking-Stiefeln, die Ellery in den letzten Tagen bei einigen der jungen Männer gesehen hatte. Sein Mund verzog sich ironisch. «Das Personal sagt immer noch, dass wir nicht allein herumwandern und am besten in unseren Zimmern bleiben sollen, aber die wollen sich nur absichern. Geht es dir gut?» Er musterte die Gruppe. «Was ist los?»

«Die meisten von uns wollten gerade gehen», sagte Nina. «Ich gehe mit dir zurück, Jason.»

«Ist alles in Ordnung, Olivia?»

Den Blick immer noch auf Catherine gerichtet, nickte Olivia.

Aber Jason hatte nicht die Absicht zu gehen. «Ich lasse Olivia nicht mit einer Mörderin allein hier draußen.» Er zeigte auf Catherine. «Ich habe alles gehört. Du hast zugegeben, dass du Ben umgebracht hast.»

Ellery spürte förmlich, wie Zorn von ihm abstrahlte. Seine ausgestreckte Hand zitterte, und er ließ sie sinken.

«Jason», Nina trat zu ihm. «Wir gehen jetzt.»

«Ich komme mit.» Grace blickte Ellery auffordernd an,

und sie beratschlagten stumm. Ellery glaubte nicht, dass Olivia in Gefahr war, aber dennoch sollte jemand bei ihnen bleiben. Jason aber musste weg.

Doch er wollte nicht weg. «Ich bleibe hier und höre mir an, was ihre Entschuldigung dafür ist, dass sie meinen besten Freund ermordet hat.» Ellery spürte, wie sich alles in ihr anspannte und sie die Luft anhielt. Sie konnte sehen, dass Nina und Grace den Zorn in seiner Stimme ebenfalls wahrgenommen hatten.

Nina trat dicht an Jason heran. *Du musst das nicht auf dich nehmen,* wollte Ellery ihr sagen. *Der Typ kann uns egal sein.*

«Warum?», fragte Olivia ihre Mutter erneut. «Warum warst du so wütend, dass du ihn gestoßen hast?» Jason existierte für sie nicht. Für sie gab es Catherine, die hier war, und Ben, der weg war. Und das war alles.

«Weil er dich am Altar stehen gelassen hat», sagte Catherine erneut.

«Hat er nicht», wiederholte Olivia. «Das habe ich dir doch gesagt.»

Catherines Stimme war leise, als ob Olivia eine Art Schock erlitten hätte und sie ihre Tochter zurück in die Realität holen müsste. «Hat er leider doch», sagte sie. «Wir alle haben die Textnachricht gelesen.»

Olivia hatte Ellery erzählt, dass Ben in dieser Nachricht geschrieben hatte: *Ich kann nicht. Es tut mir leid.*

«Das bedeutete nicht, dass er mich verlassen wollte», sagte Olivia. «Es bedeutete nur, dass er die Hochzeit nicht durchziehen konnte.»

«Richtig», sagte Jason. «Ben würde Olivia nie verlassen. Eher würde er sterben. Was dank dir ja auch passiert ist.» Ellery wollte ihn anfahren, er solle den Mund halten.

«Du hast vor dem Altar im Hochzeitskleid auf ihn gewartet, als du die Textnachricht bekommen hast», sagte Catherine. «Wenn das nicht bedeutet, dass er dich verlassen hat, weiß ich auch nicht.» Olivia wollte etwas einwenden, aber Catherine redete weiter, als müsste sie es sich unbedingt von der Seele reden. «Ich hätte ihn nie anfassen dürfen. Ich hätte nicht so wütend sein dürfen, Olivia. Es tut mir so leid. Aber er hat dich da stehen lassen.»

«Was ist passiert?», fragte Olivia. «Sag es mir, und zwar alles.»

Catherine holte tief Luft. «Nachdem wir alle den Hain verlassen hatten, bin ich direkt zu Carlos gegangen und habe ihn zu den Wagen der Hochzeitsgäste befragt. Sie waren alle da. Und zu Fuß zu verschwinden, wäre unsinnig gewesen.»

«Warum hast du nach ihm gesucht?»

«Ich wollte ihm die Meinung sagen», erwiderte Catherine. «Du wolltest ja nicht mit mir reden. Du warst mit Rachel zusammen.»

Rachel, erkannte Ellery, war nicht auf der Lichtung. Bedeutete das, dass Olivia ihr immer noch blind vertraute?

«Ich bin zu Nat und Brook und habe sie angewiesen, das Dinnerbuffet für das ganze Resort zu öffnen», sagte Catherine. «Anschließend habe ich so lange an Bens Tür geklopft, bis er aufgemacht hat. Ich sagte ihm, dass wir reden müssten, und habe ihn hierhergebracht.»

«Deshalb warst du so großzügig», sagte Olivia. «Deshalb hast du das ganze Resort zum Abendessen eingeladen.» In ihrer gebieterischen Präsenz, ihrer absoluten Konzentration auf das, was sie zu tun hatte, hatte Olivia etwas von Catherine. «Ich habe mir gleich gedacht, dass es untypisch für dich war, nicht zu versuchen, dein Geld irgendwie zurückzubekommen.»

Ellery hatte Olivia bei der *LOVE*-Skulptur gesehen. Wann war das gewesen? Lag Ben da schon tot nur ein paar Meter weiter im Wald? Oder hatte Catherine ihn danach gestoßen, und er war gestürzt? Oder - Ellerys Herz setzte einen Schlag aus - während Olivia in der Nähe war und weinte? Unmöglich, das hätte Olivia mitbekommen. Oder nicht?

«Olivia, er hat sich seltsam verhalten», beschwor Catherine ihre Tochter. «Als hätte er was genommen.»

«Du weißt, dass das nicht sein kann. Wegen seiner Eltern hat er nie irgendwas genommen.»

«An dem Tag schon», beharrte Catherine. «Er stand komplett neben sich, sagte mir immer wieder, dass er dich nicht am Altar stehen gelassen hat, und redete wirres Zeug. Ich glaube, das mit den Drogen ist einer der Gründe, warum er gestürzt ist.»

«Hör auf», fuhr Olivia sie an. «Hör auf, dich herauszureden. Ben hatte nichts genommen, und er hat mich auch nicht verlassen. Ich kenne ihn besser als du. Du weißt gar nichts.»

Stille trat ein. Jason schaute zwischen Mutter und Tochter hin und her.

«Hast du ihn gefunden?», drängte Catherine. «Olivia, als du ihm eine Nachricht geschrieben und ihn angerufen und an seine Tür geklopft hast, ist er da gekommen und hat mit dir gesprochen? Oder war er von Drogen vernebelt, hat sich versteckt und hat nicht geantwortet?»

Trotzig hob Olivia das Kinn. «Er hat mich nicht verlassen.» Sie und ihre Mutter standen auf der Lichtung und maßen einander durch das schwindende Licht hinweg mit Blicken.

Nach einem Moment holte Catherine tief Luft. «Er hat mir im Hochzeitsanzug aufgemacht», sagte sie. «Als wäre nichts passiert. Als hätte er dich nicht vor dem Altar stehen gelassen.» Sie atmete scharf aus. «Ich war wahnsinnig wütend auf ihn. Ich wollte nicht, dass jemand vorbeikommt und uns sieht, also habe ich ihm gesagt, er soll mit mir in den Hain und dann diesen Weg entlang hierherkommen.» Catherine warf einen Blick auf den Kranich. «Ich hab auf die Skulptur gezeigt, den Kranich mit den Küken, und ihm gesagt, dass alle Mütter ihre Kinder beschützen und was zum Teufel er sich dabei gedacht hat, zur Hochzeit nicht aufzutauchen? Ich sagte ihm, dass ich immer schon fand, dass er nicht gut genug für dich sei.»

«Wie konntest du so was zu ihm sagen?»

«Er sagte, das wisse er und sowieso sei nichts jemals gut genug für mich. Er sagte, dass du mich liebst und dass Rick mich liebt, aber mir das trotzdem nicht genug sei.» Weinte Catherine? Ellery war nicht sicher. «Er sagte, selbst wenn die Hochzeit verlaufen wäre wie geplant, wäre ich nicht zufrieden gewesen. Weil ich nämlich nie zufrieden wäre. Er warf mir vor, unablässig Dinge anzuhäufen, weil ich nicht wisse, dass Zufriedenheit nicht von Dingen im Außen abhängt.»

«Er hat recht», sagte Olivia leise.

«Ich weiß», erwiderte Catherine. «Das hat mich so wütend gemacht. Und weil er noch nie so mit mir gesprochen hat, glaube ich, dass er auf irgendwelchen Drogen war.»

«Und da hast du ihn gestoßen?»

«Ja.»

«Ich war bei der *LOVE*-Skulptur», sagte Olivia. «Du hast recht, er hatte auf meine Nachrichten und Anrufe nicht reagiert und mir nicht aufgemacht, als ich bei ihm geklopft habe. Wir lieben beide die *LOVE*-Skulptur, also bin ich da hingegangen, um nachzudenken und in der Hoffnung, dass er vielleicht kommt.»

«Es tut mir so leid.»

«Was hast du dann gemacht?»

«Nachdem er gestürzt war, bin ich weggegangen. Ich habe mir eingeredet, dass es schon nicht so schlimm wäre und falls doch, wäre er selbst schuld. Das war alles zu viel, um es zu verarbeiten. Ich redete mir ein, dass er zu sich kommen und aufstehen und zum Resort zurückgehen würde. Ich bin zum Dinner gegangen. Getrunken hatte ich auch.»

«Du bist zum Dinner gegangen», sagte Olivia schrill. «Du wusstest, dass er verletzt war, und hast ihn dort liegen gelassen.»

«Ja», gestand Catherine. «Aber ich wusste nicht, dass er tot war. Das wusste ich erst am nächsten Morgen.»

«Als ich hierherkam, war er vielleicht schon tot und lag nur ein paar Meter weiter am Teich.» Olivia weinte jetzt und war vor Trauer außer sich. «Oder er war verletzt, und ich hätte ihn retten können. Was, wenn ich ihn hätte retten können?»

Olivia sank auf die Knie. Ihr Leid brach Ellery schier das Herz.

«Warum?», fragte Olivia unter Tränen. «Warum hast du ihn gestoßen? Warum warst du so wütend auf ihn?»

«Das habe ich dir doch schon gesagt», sagte Catherine, der ihr tiefes Elend anzuhören war. «Weil er dich am Altar stehen gelassen hat.»

«Und ich habe dir schon gesagt, dass das nicht stimmt», erwiderte Olivia. Sie atmete keuchend aus und sagte dann leise: «Wir waren bereits verheiratet.»

52.

Catherine erstarrte.

«Ach du Scheiße», sagte Jason.

«Wir wollten unsere eigene Hochzeit haben», sagte Olivia. «Deshalb haben wir vor zwei Monaten im Rathaus von San Francisco geheiratet. Rachel und Andy waren unsere Trauzeugen. Andys Mutter war auch dabei, weil Ben ja einige Jahre bei ihnen gelebt hat.»

«Aber dann …», stammelte Catherine, «all das …»

«Das war für dich», bestätigte Olivia.

«Er hat mir nicht gesagt, dass ihr schon geheiratet habt.»

Olivia lachte böse und stand auf. «Hätte das einen Unterschied gemacht? Hättest du ihn nicht trotzdem bedrängt und verachtet?»

«Nein», sagte Catherine. «Zumindest wäre ich nicht so wütend auf ihn gewesen, wenn ich gewusst hätte, dass er nur die Hochzeit verlässt, nicht dich.»

«Lüg doch nicht», sagte Olivia. «Ich habe dir die ganze Zeit gesagt, dass Ben mich nicht verlassen würde. Aber du hast mir nicht geglaubt. Und wie Ben gesagt hat: Er hätte dir als mein Mann nie genügt. Nichts ist je gut genug für dich.»

«Warum hast du mir das nicht erzählt?», fragte Catherine. «Dass ihr geheiratet habt? Warum wolltest du mich nicht dabeihaben?»

«Weil du wütend gewesen wärst, dass wir es nicht auf deine Art gemacht haben», sagte Olivia. «Am Anfang habe ich es dir deshalb nicht gesagt. Und als mein Liebster tot war, habe ich es für mich behalten, weil ich nicht wusste, was passiert war, und mich fragte, ob du etwas damit zu tun hattest.» Sie atmete tief ein, wie um Kraft aus den dunklen Bäumen und der Natur um sie herum einzusaugen. «Sag mir jetzt, was passiert ist. Lass nichts aus. Du hast ihn gestoßen. Er ist gestürzt. Und dann …?»

«Und dann …» Catherine brachte kein Wort heraus.

«Hast du seinen Puls überprüft?», half Olivia aus.

«Nein», flüsterte Catherine.

«Was dann?», fragte Olivia. «Du hast ihn zum Pool geschleppt? Warum?»

«Nein», sagte Catherine. «Ich habe ihn hier zurückgelassen, das schwöre ich. Ich weiß nicht, wie er zum Pool gekommen ist.»

«Hast du jemanden angerufen?», fragte Olivia. «Hast du jemanden informiert?» Catherine schüttelte stumm den Kopf.

«Du hast ihn zum Sterben zurückgelassen», stellte Olivia kalt fest. «Wie konntest du? Wie konntest du nur?» Sie begann, am ganzen Körper zu zittern.

«Olivia …», begann Catherine, aber Olivia hob die Hand.

«Nein», sagte sie einfach. «Kein Wort mehr.» Ellery fragte sich, wo sie die Stärke hernahm. «Ich weiß, was ich wissen muss.»

Catherine schwieg betreten.

«Du hast ihn zum Sterben zurückgelassen», sagte Olivia noch einmal. Der Hain lag in tiefer Stille da. «Alles, was du je für mich getan hast», Olivia holte tief Luft und erschauerte, «spielt keine Rolle mehr. Wegen dem hier.»

Catherine brachte keinen Ton heraus. Sie stand gleich bei dem Teich mit dem Kranich, der seinen Schnabel zum Himmel reckte und nach seinen ertrunkenen Küken schrie.

53.

Sie mussten zurück. Es war nirgendwo sicher, aber hier draußen, wo Ben umgekommen war, mussten sie auf jeden Fall weg. Der Sturm würde bald losbrechen.

Ellery hätte Olivia berühren können, wenn sie ihren Arm ausstreckte, aber wäre das gut? Was wollte Olivia? Die anderen waren nicht wichtig, hier ging es um Olivia und ihre Mutter und Ben. Ben war tot, trotzdem ging es hier um ihn.

Ellery hatte vorhin die Wahrheit gesagt. Sie hatte die Schülerin nicht bewegt, sie hatte ihren Tod nicht verursacht, und als sie Ben bewegt hatte, war er längst tot gewesen. Sollte sie jetzt versuchen, Olivia zu bewegen, damit sie von hier wegging, wo es gefährlich war? Olivia sah aus, als hätte sie jeden Halt verloren und würde die Menschen vor ihr und die Welt um sie herum nicht erkennen. Ellery kannte das Gefühl.

«Lass uns zurückgehen», sagte sie sanft. «Wir sollten alle ins Resort gehen. In Ordnung?»

«Sie war es», flüsterte Olivia. «Ich hab mir so gewünscht, dass sie es nicht war.»

«Das war nicht nur sie», sagte Grace. «Jemand anderes hat die Leiche zum Pool gebracht. Noch wissen wir nicht, ob er nicht ertrunken ist.» Sie legte einen Arm um Catherine und versuchte, sie auf den Weg zu lotsen. Aber die elegant gekleidete Frau war vor Kummer erstarrt, eine körperliche Reaktion, die Ellery gut nachfühlen konnte.

Wir müssen gehen, wollte Ellery drängen. *Hier ist es gefährlich!*

Olivia hob den Kopf und lauschte. Spürte sie es auch? Ellery hoffte, dass sie nun losgehen würde, aber nein, sie wandte sich zu Catherine um. «Mom.» Ihre Stimme zitterte. «Hast du auch Matt getötet?»

«Nein, natürlich nicht.» In Catherine kam wieder Leben. «Bis er plötzlich tot war, wusste ich gar nicht, wer dieser Matt ist.»

«Weil Sie sich nie die Mühe gemacht haben, uns nach unseren Namen zu fragen», fuhr Jason sie an.

«Mom, wirklich», sagte Olivia mit schwacher Stimme.

«Du hast recht.» Catherine schloss die Augen. Sie sah unendlich erschöpft aus. «So hätte ich das nicht sagen sollen.»

Donner grollte. Windböen rissen an ihrer Kleidung und schlugen ihnen ins Gesicht. Der Sturm war da.

«Okay.» Jason setzte die Kapuze seiner Jacke auf und hielt sie fest. «Ich gehe zurück. Zumindest wegen Ben muss sie in den Knast, ob sie wegen Matt nun die Wahrheit sagt oder nicht. Bist du sicher, dass ich dir nicht helfen soll, sie zum Haupthaus zu bringen?»

«Ja, bin ich, danke», sagte Olivia schwach.

Jason wandte sich ab, und Ellery erwartete, dass sich die Spannung auf der Lichtung auflösen würde, wenn er ging. Aber da war immer noch diese latente Aggression, die sich in Jasons Schultern zeigte, als er zwischen den Bäumen verschwand. Ellerys Herz wollte sich einfach nicht beruhigen. Irgendwie war die Gefahr immer noch da.

Wortlos machte sich Nina ebenfalls auf den Weg.

Grace hakte sich bei Olivia ein. Die ließ es zu. Als sie zusammen weggingen, warf Olivia Catherine einen Blick über die Schulter zu, sagte aber nichts mehr. Weil es nichts mehr zu sagen gab.

Dann waren Ellery und Catherine allein auf der Lichtung. «Kommen Sie?», fragte Ellery, so sanft sie konnte. Sie hatte keine Angst vor Catherine. Wenn sie Catherine ansah, sah sie eine Frau, die - vielleicht unabsichtlich, aber dennoch unwiderruflich - das Schlimmstmögliche getan hatte und noch nicht wusste, ob sie mit der Schuld würde leben können.

«Nein», sagte Catherine.

Der Kranich schrie immer noch hoch zum Himmel, der sich weiter verdüsterte und Sturmböen herabschickte.

Ellery zögerte. Waren sie nun an dem Punkt im Krimi angelangt, an dem der Mörder sich selbst richtet, wenn man ihm den Raum lässt? Im echten Leben gab es unzählige Möglichkeiten. Catherine könnte zum Resort zurückkehren, auf ihre Verhaftung warten, einen Anwalt beauftragen und sich dem Prozess stellen. Oder sie könnte tief in den Wald hineingehen und an einem Felsen abstürzen, ihre Leiche würde vielleicht in zwei Jahren gefunden werden, in zehn Jahren - oder nie.

Catherine hatte zugegeben, schuld an Bens Tod zu sein. Matt getötet zu haben, stritt sie jedoch ab. Es könnte hier draußen noch einen weiteren Mörder geben.

Sie würden es vielleicht nie erfahren.

Denn so war das Leben. Man konnte nie wissen, was passieren würde. Manchmal wusste man nicht mal genau, was passiert war, selbst dann nicht, wenn man es mit eigenen Augen gesehen hatte.

54.

Als Ellery, sich in den Wind stemmend, den Weg entlangeilte, der an *LOVE* vorbeiführte und dann in Richtung des Altars, spürte sie einen Regentropfen auf ihrer Hand, einen weiteren auf ihrem Nacken. Das Licht wurde schnell schwächer, und der Wald umhüllte sie mit tiefen, bedrohlichen Grün- und Grautönen. Panik durchzuckte sie – was, wenn sie die anderen nicht einholen konnte oder falsch abbog? Sie wollte nicht allein sein. Sie hatte es satt, allein zu sein.

Ellery betrat den Zeremonienhain und hielt erleichtert inne. Neben dem Altar standen Nina, Grace und Olivia. Und Ravi und Rachel.

«Was wollt ihr hier?», fragte Nina Ravi. Aus irgendeinem Grund klang sie wütend.

«Wir haben euch gesucht.» Er warf Ellery einen Blick zu. Sie blieb ein paar Meter zurück. Sicher war er verletzt, weil sie ihn vorhin auf der Krankenstation weggeschickt hatte.

«Jetzt habt ihr uns ja gefunden», sagte Nina. «Lasst uns alle zurück zum Resort gehen.» Eine Böe schickte einzelne Regentropfen auf sie herab, Vorboten des Sturms.

«Geht es dir gut?» Rachel legte ihren Arm um Olivia, und Olivia lehnte sich müde an die Schulter ihrer Trauzeugin, als wäre dies der letzte sichere Ort auf der Welt.

«Sie hat es getan», sagte Olivia. «Sie hat es zugegeben.»

«Warte mal.» Rachel blickte über Olivias Kopf hinweg zu Ellery, Grace und Nina. «Meint sie …»

«Catherine», sagte Grace. «Und Ben. Sie ist schuld an seinem Tod.» Eine scharfe Böe fegte Laub vom Altar.

«Hast du meinen Vater gesehen?», fragte Grace.

«Als wir vor ein paar Minuten gegangen sind, saß er gesund und munter im Gemeinschaftsraum», sagte Ravi. Ein Windstoß zerrte an seiner Kapuze, und er hielt sie mit beiden Händen fest.

«Du hast Jason getroffen, oder?», fragte Nina Ravi.

«Der Verbindungsheini? Wieso sollte ich den getroffen haben?»

«Er ist uns auf dem Weg vorausgegangen», sagte Nina. «Er hätte hier durchkommen müssen.»

«Ich habe ihn nicht gesehen.» Ravi blickte fragend zu Rachel, aber sie und Olivia hatten sich abgewandt und gingen in Richtung Resort. Rachel hatte ihren Arm um Olivia gelegt. Aus dem Augenwinkel nahm Ellery eine Bewegung wahr – ein langes dunkelgrünes Band, das an einem Baum befestigt war und im Wind flatterte, ein Überbleibsel von der Trauung.

«Verdammt, wo ist er abgeblieben?» Sie klang besorgt. «Wir dürfen niemanden mehr verlieren.»

«Vielleicht hat er sich verlaufen», sagte Ravi.

«Catherine ist auch noch da draußen.» Inzwischen kam es Ellery grausam vor, dass sie Olivias Mutter auf der Lichtung zurückgelassen hatte. «Sie wollte nicht mitkommen.»

«Ich muss zurück zu meinem Vater.» Bevor jemand etwas sagen konnte, rannte Grace los und sprintete den Waldweg hinauf.

Die Luft veränderte ihre Textur. Es roch nach verrottendem Laub und Erde und Ozon und Elektrizität.

«Es ist zu spät», sagte Nina, und Ellery wusste, dass sie recht hatte. «Wir sollten zurückgehen. Jetzt.»

Donner dröhnte.

Die Welt erzitterte.

Grelles Licht durchzuckte die Schwärze um sie herum, Brandgestank erfüllte die Luft.

Dann begann etwas Großes und Uraltes zu fallen. Ganz in der Nähe stürzte ein vom Blitz getroffener Baum um und riss seine Nachbarn mit sich.

Ein Schrei gellte.

«Catherine», sagte Ellery erschrocken. Ohne nachzudenken, rannte sie los, den Pfad wieder hinunter.

55.

Auf der Lichtung mit der Skulptur *Ohne Titel* roch es angesengt, und trotz des Regens, der jetzt eingesetzt hatte, war die Luft erdig-staubig. Ein Baum war umgestürzt, zwei weitere standen schief ineinander verkeilt, bereit, jede Sekunde zu Boden zu krachen. Ellery blinzelte in die Dunkelheit und versuchte, sich einen Überblick zu verschaffen. Gott sei Dank, Catherine war von dem umstürzenden Baum nicht getroffen worden, ebenso wie Jason, der etwas in der Hand hielt, etwas, das ...

«Kannst du dich nicht zur Abwechslung mal um deinen eigenen Kram kümmern?», knurrte Jason.

Ellery hörte, dass hinter ihr jemand kam.

«Scheiße», sagte eine Stimme – Ravi –, und dann hörte sie Nina sagen: «Oh nein», und wünschte sich, sie wären ihr nicht hinterhergekommen, denn das, was Jason da in der Hand hielt, war eine Pistole, und sie war auf Catherine gerichtet gewesen, doch jetzt richtete er sie auf sie, und sie würden alle sterben. So lief das ab, wenn jemand eine Waffe hatte und auf Menschen zielte.

«Was machst du da?», fragte Nina.

«Wonach sieht es denn aus?», fragte Jason.

«Es sieht so aus», sagte Nina kühl, «als wolltest du Catherine umbringen, weil sie Ben getötet hat.» Vor wenigen Augenblicken, als sie nach Jason gefragt hatte, war Nina seltsam ungehalten gewesen. Jetzt hatte sie ihn auf eine Weise ins Visier genommen, die Ellery beeindruckend fand.

Jason ließ die Waffe nicht sinken.

«Was ich total verstehen kann», sagte Nina. «So was denkt man vielleicht mal und stellt es sich vor, aber man macht es nicht. Wir legen jetzt die Waffe weg und gehen zurück zum Resort.»

Ellery spürte eine Schwere um sich herum, als wäre dies wieder der Moment vor dem Blitzschlag. Würde ein Schuss fallen? Falls ja: Wer würde danach noch auf der Lichtung stehen? Alles drängte sie, zu Catherine hinüberzublicken, um zu sehen, ob es ihr gut ging, aber sie musste Jason im Auge behalten, sein Gesicht, seine Hand mit der Waffe.

«Hört sich so an, als ob du mir sagen willst, was ich zu tun habe», sagte Jason.

«Nein», sagte Nina. «Das will ich nicht.»

«Es gibt da ein kleines Problem», sagte Jason. «Catherine scheint zu glauben, dass ich Matt getötet habe.»

Er richtete die Waffe neu aus und zielte wieder auf die Mutter der Braut. Die Mörderin des Bräutigams. Catherine sagte nichts. Ihr Gesicht war angespannt, aber Ellery sah die Intelligenz in Catherines Augen und hörte die Vorsicht in ihrem Schweigen. Jetzt bloß nichts Falsches sagen.

«Ich bin sicher, das denkt sie nicht», sagte Nina. «Keiner von uns denkt das.»

Widersprich ihr nicht, beschwor Ellery Catherine lautlos. *Sie versucht, uns hier lebend herauszuholen. Sie versucht, ihn zu beruhigen.*

Ravi, der normalerweise gut darin war, die Wogen zu glätten, blieb stumm. Ellery wagte es nicht, den Blick von Jason und Nina abzuwenden, aber sie spürte Ravis Anwesenheit, die Art, wie er sich ganz, ganz still verhielt.

«Komm schon», sagte Nina. «Lass uns zurück zum Resort gehen.» Vorsichtig, langsam, mit der Handfläche nach oben, streckte sie ihre Hand nach der Waffe aus.

Das ist der Kipppunkt, dachte Ellery. *Jetzt gibt es einen Erdrutsch, oder alles geht gut aus.*

«Noch ist nichts geschehen, was nicht rückgängig gemacht werden kann», sagte Nina, was gleichzeitig wahr und gelogen war. Jason hatte noch niemanden erschossen, noch nicht.

Aber Menschen waren tot.

Im Leben einiger hatte es einen gewaltigen, zerstörerischen Erdrutsch gegeben, und die Welt würde nie wieder so aussehen oder sich anfühlen wie zuvor. Die Geografie ihres Lebens würde immer ein Vorher und ein Nachher haben, würde immer Narben und Ruinen und neue Straßen haben.

Wenn sie Glück hatten.

Wenn sie nicht starben.

Trauer kann einen dazu treiben, schreckliche Dinge zu tun. Das Wichtigste war, dass Jason sich nicht bedrängt fühlte.

Er machte eine Bewegung, als wolle er Nina die Waffe reichen. Metall blitzte auf, als sich sein Jackenärmel nach oben verschob, und Ellery sah, dass er Manschettenknöpfe trug. Solche wie die, die sie an Ben gesehen hatte, als sie seine Leiche fand.

Nein.

In diesem Moment passierte es.

Welche plötzliche, fast unmerkliche Bewegung oder welches Geräusch machte sie, das ihn dazu brachte, sie anzusehen? Oder hatte sie gar nichts gemacht? Kam ihm die Erkenntnis dank seiner Intuition?

Jedenfalls blickte Jason sie jetzt an, und sie sah, dass er wusste, dass sie begriffen hatte.

Da waren eine Million kleiner Details, die anderen entgangen waren, die sie jedoch gesehen und gehört hatte, weil sie gebrochen und allein nach Broken Point gekommen war.

Er hob die Pistole und richtete sie auf Ellery.

Er stand so dicht vor ihr.

Er würde sie nicht verfehlen.

56.

Ellerys Brust brannte. Oder war ihr kalt? Hatte ein Blitz sie getroffen? Oder war der Baum auf sie herabgestürzt? Moment. Nein. Das war es nicht.

Ein Schuss war gefallen ...

Ein Gesicht tauchte über ihr auf. Ihre Älteste, Kate! War Kate hier? Mit dem Schmerz kam auch die Angst. Nein. So sehr sie Kate auch sehen wollte, dies war der letzte Ort auf der Welt, an dem sie Kate haben wollte. Und dann spürte sie, wie sie zu zittern begann. War das Annabel? War Annabel gekommen, um sie zu holen?

Oder würde sie sterben?

Ob das Annabel war oder nicht, es gab etwas, das sie ihrer Freundin sagen musste.

«Es tut mir leid», sagte sie.

«Du wirst wieder», sagte über ihr eine Stimme. «Ich bin ja da.» Plötzlich war Ellery alles sonnenklar.

Das war nicht Kate oder Annabel. Das war Grace. Jason hatte auf sie geschossen, und Grace kümmerte sich um sie.

«Bitte», flehte Ravi, «tu etwas.» Er hielt Ellerys Hand.

Das ist gut, erinnerte sich Ellery. *Grace ist Ersthelferin.* Hatte sie sich deshalb an Jason heranschleichen können? Denn jetzt wusste Ellery wieder, dass Grace, als Jason die Waffe auf sie gerichtet hatte, irgendwie aus dem Gebüsch hinter ihm hervorgehechtet war und seinen Arm gepackt hatte, weshalb die Waffe leicht zur Seite anstatt geradeaus schoss und vor Ellery hinfiel.

Wo war Jason jetzt? Wo war Catherine? Und war das Olivias Stimme? Nein, nein, Olivia sollte nicht hier sein. Ellery hob den Kopf.

«Vorsicht», sagte Grace sanft. «Nicht bewegen.» Ellery ließ den Kopf wieder sinken. Diesmal war Ellery diejenige, der gesagt wurde, sie solle sich nicht bewegen, Ellery, die schwer verletzt auf dem Boden lag; sie war nicht tot, aber würde sie sterben?

«Es tut mir leid», sagte sie erneut zu Annabel. War es so für das Mädchen gewesen?

«Alles wird gut», sagte Grace. Sie wusste nicht, dass Ellery mit Annabel gesprochen hatte. Annabel, die nicht hier war.

Aber Olivia war hier. Sie hatte sie gerade eben auf der Lichtung gesehen, wie sie die Waffe hielt, die Jason fallen gelassen hatte, und sie auf ihn richtete. Er hatte die Hände erhoben und redete ... Was sagte er? Und wo waren Nina und Catherine, waren etwa noch mehr Schüsse gefallen?

«Du hast Ben zum Pool geschafft», sagte Olivia. «Du bist stark genug dafür.»

«Vielleicht warst du es ja selbst», höhnte Jason. «Vielleicht bringt ihr hier Menschen um, du und deine bescheuerte Mutter, und habt das alles inszeniert. Jeder von uns kann der Nächste sein. Wie ich die ganze Zeit gesagt habe.»

Grace trug ihre Jacke nicht mehr. Ihr würde kalt werden. Sie trug ihre Jacke nicht, weil sie sie ausgezogen hatte und gegen Ellerys Brust drückte, wurde Ellery klar. Sie bemerkte das, weil Grace sehr leise sagte: «Gib mal deinen Mantel», und dann reichte Ravi Grace seinen Mantel und nahm Graces blutgetränkte Jacke, und Ellery machte sich Sorgen, denn jetzt würde auch Ravi frieren. War das ihr Blut?

Olivia lachte. «Deine Vorstellung, dass alle weißen Jungs in Gefahr sind, hat dir keiner abgekauft, oder? Weil das nämlich Bullshit war.»

«Das war kein Bullshit», wehrte sich Jason. «Deine Mutter hat zugegeben, Ben umgebracht zu haben. Warum richtest du die Waffe nicht auf sie?»

«Das kann ich leicht beantworten. Weil du sie auf Ellery gerichtet hast», fuhr Olivia ihn an. «Du hast auf Ellery geschossen. Hast du vergessen, dass wir das alle gesehen haben?»

«Ich hätte sie schon nicht erschossen. Wenn ihr euch nicht auf mich gestürzt hättet, wäre ihr kein Haar gekrümmt worden. Das war ein Unfall. Ihr seid der Grund, warum sie dort drüben verblutet.»

Ellery schloss die Augen. Verblutete sie? Sagte Jason die Wahrheit? Sagte Olivia die Wahrheit? Sie wusste nicht, was sie glauben sollte. Oder wusste sie es doch?

«Du machst das gut», sagte Grace mit fester Stimme. «Schön ruhig liegen bleiben.»

Sie ist wirklich gut, dachte Ellery. *Wenn ich nach Hause komme, mache ich auch so eine Gelände-Ersthelfer-Ausbildung. Dann kann ich versuchen, Menschen das Leben zu retten, anstatt ihnen beim Sterben zuzusehen. Falls ich nach Hause komme*, dachte sie noch. *Falls ...*

Als Grace gesagt hatte, alles wird gut, begannen sich sämtliche Details, die sie über die letzten Tage wahrgenommen hatte, in Ellerys Kopf zusammenzufügen. Sie reihten sich aneinander, wie wenn in der Fernsehlotterie die Lostrommel mit den kleinen Kugeln darin anhielt und die richtigen Zahlen herauspurzelten. Funktionierte das bei ihr auch so? Ellery wusste es nicht. Aber sie wusste, was sie wusste: Ben. Manschettenknöpfe. Jason hatte Matt getötet.

Ein Teil von ihr wollte die Augen geschlossen halten. Wäre das nicht der beste Weg, um zu ihren Kindern zurückzukehren? Sich tot stellen und das Beste hoffen?

Oder starb sie erst recht, wenn sie sich tot stellte?

«Die Manschettenknöpfe», flüsterte Ellery und öffnete die Augen. «*Have your back*, bin für dich da.»

«Pssst», machte Ravi. «Ist schon gut. Du kannst dich auf uns verlassen, wir sind für dich da.»

«Das ist der Schlüssel», sagte Ellery gepresst. Grace war die ganze Zeit über sie gebeugt, Ellery blickte ihr eindringlich in die Augen. «Sag es Olivia. Jason trägt die gleichen Manschettenknöpfe, die Ben hatte.»

«Das ist sehr gut möglich», sagte Grace sanft. «Oft tragen bei einer Hochzeit alle Typen die gleichen Manschettenknöpfe.»

«Dass er hier draußen im Wald ein Hemd mit Umschlagmanschetten trägt, ist schon befremdlich», sagte Ravi. Er klang immer noch aufgewühlt. «Da hast du recht, Ellery.»

Ellery hätte heulen können vor Ungeduld und Frustration. Aber es war nicht Graces oder Ravis Schuld, dass sie es nicht verstanden. Sie waren abgelenkt von Olivia und Jason und der Waffe und davon, dass sie sich um Ellery kümmern mussten.

«Bald kommt jemand», sagte Grace. «Sie werden sich um Jason kümmern und eine Lösung finden.»

Aber Ellery wusste jetzt, was passiert war. Und einige der Leute, die kommen würden, um zu helfen, würden vielleicht wirklich helfen, andere waren vielleicht gefährlich. Sie wusste einiges, aber nicht alles.

Trotz des Brennens in ihrer Brust musste Ellery sich konzentrieren und klar sprechen, damit sie zuhörten und verstanden. Sie wusste von dem Busunfall, dass es in einer solchen Situation schwer war zuzuhören.

«Maddox hat Jason geholfen», sagte sie. «Er könnte auch eine Waffe haben.»

«Mist», sagte Grace. «Rachel ist allein da draußen. Sie ist zurückgegangen, um Hilfe zu holen.»

«Maddox könnte niemandem etwas antun», beschwichtigte Ellery sie. «Das glaube ich zumindest.» Sie musste sich konzentrieren. Ihnen zu sagen, was sie nicht wusste, würde nicht helfen. Stattdessen musste sie ihnen sagen, *was* sie wusste, so klar und deutlich wie möglich. «Jason hat Ben zum Pool geschafft, damit er schneller gefunden wird.»

«Warum?» Ravi beugte sich über sie.

«Weil Jason, als er Bens Leiche fand, nicht wusste, wer ihn getötet hatte oder dass die Polizei nicht kommen würde.» Ellery wusste, dass sie noch deutlicher werden musste. Ihr Kopf war wie in Watte gehüllt, und sie hatte schreckliche Schmerzen, aber sie musste es versuchen. «Und Jason wusste, dass er der Hauptverdächtige sein würde.» Es fiel ihr immer schwerer zu sprechen. Konnte sie ihnen genug erzählen?

«Okay», sagte Ravi.

«Sein Motiv ist Habgier.» Ellery fror entsetzlich. Was sagte Olivia? Was sagte Jason? Sie konnte spüren, wie der Sturm die Luft in großen Zügen einsog und sich darauf vorbereitete, sie mit voller Wucht wieder auszuatmen. «*Have your back.*»

«Verdammt», sagte Ravi zu Grace. «Verlieren wir sie?»

Ellery wusste, dass sie ihnen die Sache nicht wirklich hatte begreiflich machen können. Aber im Grunde war alles da, aufgereiht wie die Lottozahlen.

Sie schloss die Augen. Vielleicht, dachte sie, würde es eine Weile dauern, bis sie sie wieder öffnete.

«Okay», sagte Grace. «Einer von uns muss Olivia sagen, dass Jason Matt getötet hat. Mir ist nicht klar, woher Ellery das weiß, aber sie scheint es irgendwie herausgefunden zu haben. Und ich glaube ihr.»

«Ich auch», sagte Ravi. «Wir dürfen auch nicht vergessen, dass er jetzt derjenige ist, der versucht, Menschen zu töten.»

Graces Stimme war ruhig. «Wir brauchen Olivia, um Jason mit der Waffe in Schach zu halten, aber wir dürfen sie nicht so in Panik versetzen, dass sie die Nerven verliert und auf ihn schießt. Und wir müssen nach Maddox Ausschau halten oder wer da sonst noch kommt und denjenigen, da wir nicht ganz sicher sind, ob er auf unserer Seite steht, im Auge behalten.»

«Die werden ja wohl kaum uns alle umbringen», sagte Ravi. «Damit kämen sie nicht durch, und das wissen sie. Richtig?»

«Richtig», sagte Grace, aber ihre Stimme klang genauso unsicher wie die von Ravi. Sie befanden sich bei Gewitter in der Finsternis im Wald. Und sie waren nicht diejenigen mit den Waffen.

Ellery spürte, wie Ravi aufstand. «Ich halte meine Hände hoch», rief er leise. «Ich bin hier, wo ihr mich beide sehen könnt. Ellery hat uns gerade etwas gesagt, das wichtig ist, Olivia. Richte die Waffe auf Jason. Er ist derjenige, der Matt getötet hat.»

Jason lachte. «Sie weiß einen Scheißdreck.»

«Sie weiß alles», entgegnete Ravi. «*Have your back.*»

Nein!, wollte Ellery schreien. *Sag das nicht!*

Ohne genau zu wissen, weshalb, merkte Ellery, dass Ravi wusste, dass er einen Fehler gemacht hatte. Man ließ sich nicht in die Karten schauen. Man verriet nicht die Lottozahlen.

Sie brachte die Glücksspiele durcheinander und konnte die Augen nicht mehr offenhalten. «Du bist so ein Lauch, Mom», hörte sie Kate liebevoll sagen, und Ethan sah sie mit großen Augen an, als sie ihn aus seinem Kinderbett nahm.

Er war wieder klein, und die kleine Maddie war seltsamerweise erwachsen, das musste sie sehen.

Sie öffnete die Augen.

Ellery hob den Kopf gerade rechtzeitig, um zu sehen, wie Jason auf Olivia zustürmte. Sie spürte, wie der Druck, den Grace auf ihre Brust ausübte, nachließ, als Grace aufstand – um wegzulaufen? Um rüberzustürmen und einzugreifen?

Und dann kam der Regen.

Ellery hatte noch nie jemanden sterben sehen. Um sie herum weinten und jammerten Kinder, Annabels Freundin Daisy hatte sich zusammengerollt und hielt sich die Ohren zu.

Annabels Augen flackerten auf. «Meine Mom.»

«Sie wird bald hier sein», log Ellery. Glaubte Annabel ihr?

Sie schaute auf. Abby war immer noch am Telefon und gab ihren Standort durch. Ellery log erneut. «Es sieht so aus, als hätte Ms Brown sie gerade erreicht. Okay. Was?» Sie tat so, als würde Abby mit ihr sprechen. Annabel konnte den Kopf nicht drehen, um zu sehen, ob es stimmte.

«Okay», sagte Ellery und wandte sich wieder Annabel zu. «Hast du das gehört? Ms Brown hat gesagt, dass deine Mutter auf dem Weg ist. Sie hat gesagt, dass sie dich lieb hat. Sie wird bald hier sein.»

«Danke», sagte Annabel. «Sagen Sie ihr, dass ich sie auch lieb habe.»

«Das mache ich», erwiderte Ellery. Sie weinte nicht. Sie hielt Annabels Blick, blinzelte nicht und erlaubte sich nicht wegzuschauen. «Sie liebt dich so sehr.» Das sagte Ellery mit sanfter, sicherer Stimme immer und immer wieder.

«Sie liebt dich so sehr. Sie liebt dich so sehr.»

Sie hielt den Blick des Mädchens. Vielleicht würde das reichen.

Es reichte nicht.

57.

Wo Leben ist, ist Hoffnung», sagte Jason. «Oder?»
Er klang nicht hoffnungsvoll. Er klang wie jemand, der sie umbringen wollte.

Alles ging rasend schnell und gleichzeitig wie in Zeitlupe. Ellery lag immer noch auf dem Rücken auf der Lichtung und konnte nicht viel von dem sehen, was passierte. Aber sie konnte erkennen, dass Jason wieder die Waffe hatte und dass Olivia irgendwie neben ihr war und etwas zu ihr sagte. «Du hast Kinder. Du hast das für mich getan.»

Olivia wandte sich ab. «Jason», sagte sie mit erhobener Stimme. «Ellery hat Kinder. Das darfst du nicht tun.»

«Steh auf, Olivia», sagte Jason. «Geh von ihr weg. Jetzt.»

Olivia war niemand, der Menschen im Stich ließ. Sie war zurückgekommen, um Catherine zu helfen, falls der Blitzschlag sie verletzt hätte, und dann war sie wegen Ellery geblieben. Und ihren Ben hatte sie tatsächlich nie verlassen. Aber es gab eine Sache, die Ellery mehr als alles wusste. Ihre Instinkte hatten ihr etwas verraten, was einen anderen, stärkeren Instinkt betraf, der bei Olivia vielleicht einsetzen und sie dazu bringen könnte, sie liegen zu lassen und zu fliehen. Es war ein Instinkt, den Ellery nur zu gut kannte. Er war *rot an Zahn und Klaue* und tief wie ihre Seele.

«Du bist auch Mutter», sagte Ellery. «Lauf weg.»

Dann war Sturm.
Im selben Moment
rannte Olivia,
stand Ellery mühsam auf,
und jemand rief Jasons Namen.
Es war Nina, irgendwo zwischen den Bäumen.
Jason drehte sich um.
Maddox kam auf die Lichtung. Auch er bewaffnet.
Ellery war schwindelig.
Ihr Blut rauschte.
Floss aus ihr hinaus.
War sie nur aufgestanden, um zu Boden zu sinken?

58.

Wir machen eine Reverse-Fassung von *Herr der Fliegen*», sagte Ravi. «Wir wurden unbeaufsichtigt in der Wildnis zurückgelassen, und wir haben uns nicht alle gegenseitig umgebracht.»

«Na ja. Ich glaube, wir haben mehr Tote als die in *Herr der Fliegen*», korrigierte ihn Ellery.

«Das kann nicht sein. Sterben die da nicht alle?»

«Ich glaube, nicht. Aber ich unterrichte Geschichte, ich könnte mich irren.»

«Aber was Jason angeht, hast du dich nicht geirrt!»

«Ravi», ermahnte Nina ihn. «Schalt mal einen Gang runter. Sie wurde gerade erst von der Krankenstation entlassen.»

Sie waren im Gemeinschaftsraum. Empfang hatten sie immer noch nicht, aber zumindest das Notstromaggregat war wieder in Betrieb. Und Nat und Carlos, die wunderbarerweise am Leben waren, hatten die Polizei aufs Gelände gebracht. Die Beamten nutzten das Backoffice und den Personalraum als Headquarter und hatten sowohl Catherine als auch Jason in Gewahrsam genommen. «Wir möchten, dass Sie mindestens die nächsten vierundzwanzig Stunden auf dem Gelände bleiben», hatte der leitende Beamte die Gäste angewiesen, worauf diese wahlweise mit hysterischem Gelächter (wie sollten sie das Resort denn verlassen?) oder Erleichterungsseufzern (alles deutete darauf hin, dass Broken Point demnächst evakuiert würde) reagiert hatten.

«Weiß ich doch», sagte Ravi. «Zweimal in zwei Tagen auf der Krankenstation! Zuerst wegen Schwindel und dann wegen einer Schusswunde, das muss man erst mal hinkriegen. Ich kann nicht glauben, dass du schon wieder rumspringst wie ein junges Reh.»

Ellery lag im Gemeinschaftsraum auf einer Chaiselongue, abgeschirmt durch den Paravent, der aus Catherines Cottage hertransportiert worden war. Dr. Anand hatte angeordnet, dass Ellery in seiner Nähe zu bleiben hatte, aber nachdem er die Wunde genäht hatte, durfte sie immerhin die Krankenstation verlassen, um bei ihren Freunden zu sein. «Von Rumspringen kann keine Rede sein.»

«Aber du bist hier bei uns. *Rumlümmeln* kannst du immerhin schon.»

«Stimmt», sagte Ellery.

«Und indem du alle Puzzlesteinchen zusammengefügt hast, hast du einen Mord aufgeklärt. Wie einmalig ist das denn!» Nina stöhnte, und Ravi war so höflich, wenigstens so zu tun, als wäre er verlegen. «Tut mir leid», sagte er. «Ich bin eben aufgedreht. Ich glaube nicht, dass das Adrenalin meinen Körper schon verlassen hat.»

«Kannst du mir alles erklären?», bat Nina. «Ich verstehe immer noch nicht, wie du das alles herausgefunden hast.»

«Ja, bitte erklär uns alles. Dann kann ich es Olivia sagen», schloss sich Rachel an.

Bei der Erwähnung der Braut wurden alle still. Sie saß irgendwo mit ihrem Stiefvater und besprach mit ihm, was sie als Nächstes tun würden.

«Den Mord an Ben hat Olivia aufgeklärt», sagte Ellery leise. «Damit hatte ich nichts zu tun. Sie hat es herausgefunden, als sie sich für eine Weile in die Slipstream-Bar verzogen hat. Sie hat ein paar ausgewählte Frauen zum

Altar bestellt, aber ich glaube, da wusste sie schon, dass es Catherine gewesen sein musste.»

«Ich verstehe immer noch nicht, woher du gewusst hast, dass Jason derjenige war, der Bens Leiche zum Pool gebracht und Matt ermordet hat.» Nina hob die Schultern. «Ich meine, wir alle hatten einen Verdacht, als er die Waffe auf dich richtete, aber du wusstest es. Wieso?»

«*Have your back.*» Ravi legte die Hände vors Gesicht. «Ich kann nicht glauben, dass ich das in dem Moment laut gesagt habe. Damit hätte ich dich fast umgebracht.»

«Die Manschettenknöpfe haben mich irgendwie auf die richtige Spur gebracht», sagte Ellery. «Ich habe gesehen, dass Jason sie noch trug. Und dank Trevor wusste ich, was die Buchstaben darauf bedeuteten. *Ich bin für dich da.*»

«Gieße deine Weisheit über uns aus», spottete Ravi.

In diesem Moment trat Grace, Andy im Schlepptau, zu ihnen hinter den Paravent.

«Hey», sagte sie. «Ist es in Ordnung, wenn wir uns kurz zu euch gesellen? Die Polizei befragt gerade meinen Vater. Brook hat mir gesagt, dass ihr hier hinten seid.»

«Natürlich.» Ellerys Herz schlug höher. «Du hast mir das Leben gerettet», sagte sie zu Grace. «Danke.»

Grace winkte ab.

«Und bei dir muss ich mich entschuldigen», sagte Ellery zu Andy. «Ich dachte, du ...»

«Schon gut», unterbrach er sie. «Ich war ja wirklich nicht ganz ehrlich zu dir. Ich hätte dir sagen sollen, dass Olivia und Ben bereits verheiratet waren.»

Sie konnte ihn verstehen. Er hatte das Gefühl gehabt, dass es nicht an ihm war, diese Information mit anderen zu teilen. Er dachte, Ben sei tot und Olivia vielleicht auch, und hatte nur noch weggewollt.

«Wann bist du zurückgekommen?», fragte sie.

«Vor einer Weile», sagte er. «Ich habe es wirklich bis Coldwater geschafft. Dort hatten sie Funkgeräte, also haben wir die neuesten Informationen an die Polizei durchgegeben. Dabei stellte sich aber heraus, dass die bereits unterwegs hierher waren.» Er lächelte sie an. «Du bist eine Heldin.»

«Schon wieder», sagte Ravi. «Hast du von dem Busunglück gehört? Die Frau ist so krass.»

«Nein.» Ellery spürte, wie ihr die Tränen kamen. «Ich war noch nie eine Heldin. Ich war nur zweimal zufällig dabei.»

Ravi nahm ihre Hand in seine. «Wein doch nicht», sagte er. «Und ich hab recht. Du bist eine Heldin. Olivia hat uns von dem Artikel erzählt. Du hast den Notruf gewählt. Du bist bei den Kindern geblieben, bis der Krankenwagen kam. Du hast sie beruhigt und versucht zu helfen.»

«Aber das hätte doch jeder getan.» Ellery hatte einen Kloß im Hals und konnte nicht sagen, dass jemand anders Annabel vielleicht vor dem Tod hätte bewahren können. *Jemand anders hätte das Ganze vielleicht auch besser verarbeitet, sodass es nicht ihrer Ehe den Rest gegeben hätte. Vielleicht hätte jemand anders nicht sowohl bei seinen eigenen Kindern als auch bei den Kindern im Bus versagt.*

«Ellery sagt uns gerade, wie sie herausgefunden hat, dass Jason Bens Leiche zum Pool gebracht und Matt ermordet hat», wechselte Nina, die sah, wie aufgewühlt Ellery war, das Thema.

Ellery wischte sich mit der freien Hand über die Augen. Ravi irrte sich, sie hatte gar nichts aufgeklärt. Sie hatte nur richtig geraten, und es gab immer noch Details, die sie nicht wusste. «Erinnert ihr euch an Matt am Tag nach Bens Tod?», fragte sie. «Er war total am Ende, mehr als jeder andere.»

«Stimmt», bestätigte Andy.

«Er war der Trauzeuge, oder?», fragte Ravi.

«Bei dieser Hochzeit», sagte Ellery. «Aber bei der echten Trauung war Andy Trauzeuge.»

«Oh, stimmt», sagte Ravi.

In diesem Moment schlüpfte Morgan zu ihnen hinter den Paravent. «Oh mein Gott.» Sie kniete sich neben die Chaiselongue, was Ellery das Gefühl gab, in einem dieser Filme aus den 1930er-Jahren zu sein, in denen die Heldin sich tragisch auf der Chaiselongue zurücklehnt und in Ohnmacht fällt oder das Zeitliche segnet. «Maddox hat mir erzählt, dass Jason dich angeschossen hat.»

«In der Tat.» Ravi stand auf und bot ihr seinen Stuhl an. Es wurde eng im Bereich hinter dem Paravent. «Und er hat auch auf Maddox geschossen, wie du ja weißt. Wie geht es ihm?»

«Ganz gut.» Morgan setzte sich auf die Stuhlkante. «Die Kugel hat ihn nur am Bein gestreift. Aber Dr. Anand entlässt ihn noch nicht aus der Krankenstation. Ich gehe gleich wieder rüber.» Sie trug wieder eines von Maddox' Hemden, und ihre großen grauen Augen waren voller Leben. «Maddox hat mich gebeten, nach euch zu schauen. Und natürlich möchte ich die ganze Geschichte hören und erfahren, was eigentlich letzte Nacht passiert ist.»

«Wenn wir das so genau wüssten!», sagte Ravi.

«Alle sagen, dass Olivias Mutter Ben ermordet hat und dass einer der Verbindungstypen einen anderen Verbindungstypen umgebracht hat», sagte Morgan. «Ist das wahr?»

«Im Grunde schon», sagte Ravi. «Wir sind gerade alles noch mal durchgegangen. Und Maddox war großartig, er ist genau zum richtigen Zeitpunkt am richtigen Ort aufgetaucht. Nina übrigens auch. Um ihn abzulenken, hat sie

Jason gerufen, der hat sich umgedreht, Maddox gesehen, und Maddox hat ihm wie ein Scharfschütze im Thriller in den Arm geschossen. Im Zubodengehen schoss Jason zurück, aber dann hat Nina ihm die Waffe abgenommen.»

«Du lieber Himmel.» Morgan schlug sich die Hand vor den Mund.

«Und das war nur der zweite Teil der Schießerei», sagte Ravi. «Im ersten wurde Ellery angeschossen.»

«In die Schulter», fügte Ellery hinzu. Trotz der Schmerzmittel pochte die Wunde.

«Alle waren verdammt mutig - alle außer mir», sagte Ravi. «Ich erzähle das jetzt zwar, aber ich war bei der letzten Szene gar nicht dabei, weil ich nämlich in den Wald geflohen bin.»

«Und ob du mutig warst», sagte Ellery. «Du bist so lange geblieben, wie du konntest. Du und Grace, ihr habt mir das Leben gerettet.»

«Wer hat herausgefunden, dass Jason Matt ermordet hat?», fragte Morgan.

«Das war Ellery.» Ravi nickte ihr auffordernd zu. «Sie hat mitbekommen, dass Matt nach Bens Tod völlig durcheinander war ...»

«Na ja, ich hab eben begriffen, dass das daran lag, dass er es von beiden Seiten abbekam», sagte Ellery. «Jemand, den er liebte - Ben -, war gestorben. Und jemand anderes, den er liebte, brachte ihn in Bezug auf Bens Tod in eine unmögliche Situation.»

«Jason», sagte Nina.

«Ja», bestätigte Ellery. «Trevor hat uns erzählt, dass Ben sich immer um alle gekümmert hat. Zum Beispiel hat er Klienten betreut, die sich ihn nicht leisten konnten. Und auch seinen Freunden hat er geholfen, wann immer er konnte. Daraus hat sich ihr Leitspruch ergeben. Vor Jahren, vor seinem ersten Date mit Olivia, hat es begonnen.» Sie hielt inne. «*Have your back*, bin für dich da. Das war ihr Leitspruch. Das haben sie einander gesagt oder geschrieben, um zu zeigen, dass sie füreinander einstehen. Ben hat *HYB* auf die Manschettenknöpfe seiner Trauzeugen gravieren lassen.» Sie warf Andy einen Blick zu. «Aber nicht für seinen eigentlichen Trauzeugen.»

«Ben wusste, dass ich so etwas nicht tragen würde.» Andy schluckte. «Stattdessen hat er mir etwas anderes geschenkt.» Er streckte die Hand aus, um ihnen die Uhr zu zeigen, die Ellery bei der gemeinsamen Wanderung bemerkt hatte. «Er war ein guter Mensch.»

Ellery nickte. «Das haben alle immer gesagt. Und ich dachte: So nett kann niemand sein. Ben ist zu gut, um wahr zu sein. Aber je mehr ich mit Leuten über ihn gesprochen habe, desto klarer wurde mir, dass Ben wirklich nur gut war. Und dass er deshalb sterben musste. Ich glaube, Ben hat Jason gebeten, sich um einen seiner Klienten zu kümmern. Er hat ihm sozusagen einen Job vermittelt. Erinnert ihr euch, dass Trevor sagte, Ben habe Jason das Zimmer bezahlt, weil es Jason finanziell nicht gut ging? Ich glaube, Jason hat etwas Illegales getan und versucht, es zu vertuschen.»

Ellery sah Morgan an. «Ich frage mich, ob du etwas darüber weißt.»

Morgan machte sich nicht die Mühe, Überraschung vorzutäuschen. Sie sagte nicht: *Ich? Warum sollte ich etwas darüber wissen?* Ihr langes blondes Haar fiel locker über ihre Schultern, und sie trug kein Make-up. Sie wirkte sowohl erschöpft als auch entspannt, wie jemand, der ein tiefes Tal durchquert hat, und zwar nicht zum ersten Mal.

«Das stimmt», sagte sie. «Maddox hat mir davon erzählt.»

«Woher wusste Maddox es?», fragte Grace überrascht. «Kennen er und Jason sich von außerhalb des Resorts?» Grace legte den Kopf schief. «Und woher hatte Maddox die Waffe?»

Morgan zögerte.

«Du musst uns das nicht sagen», sagte Ellery leise. «Immerhin hat Maddox uns das Leben gerettet.»

«Schon gut», sagte Morgan. Sie holte tief Luft. «Ihr habt uns schließlich auch das Leben gerettet.» Sie richtete ihren Blick der Reihe nach auf alle von ihnen. «Aber ihr dürft es niemandem außerhalb dieser Gruppe erzählen.»

«Olivia würde ich es schon sagen wollen», sagte Rachel.

«Ja, klar», sagte Morgan. «Olivia muss es wissen.» Sie setzte sich aufrecht hin. «Also gut: Maddox hatte eine Waffe, weil das Personal ihm schon früh vertraut hat. Sie haben ihm die Schlüssel für so gut wie alles gegeben. Sogar zu Craigs Büro hatte er Zugang, und der Securitytyp hatte doch echt eine Waffe ungesichert in einer Schublade.»

«Unfassbar», sagte Grace.

Ravi kniff sich in den Nasenrücken. «Natürlich hat so einer eine Waffe rumliegen.»

«Und Maddox wusste von Jasons krummen Geschäften, weil Jason davon gesprochen hatte.» Sie holte tief Luft. «Nein, sie waren keine Freunde. Wir kannten Jason nicht, bevor wir hierherkamen. Aber weil Jason uns erpresst hat, haben sie mehrmals miteinander gesprochen.»

Nina atmete scharf ein. Ravi blinzelte.

«Womit?»

«Er hat herausgefunden, wer wir wirklich sind.» Die Sommersprossen auf Morgans Wangenknochen und Nasenrücken waren ohne Make-up besonders deutlich zu sehen. Sie sah so jung aus. «Unsere richtigen Namen sind nicht Morgan und Maddox. Wir haben sie geändert, als wir sechzehn waren.» Sie senkte den Blick und hielt inne.

«Erzähl weiter», sagte Ravi sanft.

«Wir haben unsere Namen geändert, weil wir von zu Hause abgehauen sind», sagte Morgan. «Wir sind beide in einer Sekte aufgewachsen. An der Grenze zu Arizona.»

«Oh», sagte Ravi. «War das ...» Er hielt inne.

«Ja, die sind es», sagte Morgan. «Und ja, es war schlimm.»

Stille senkte sich über die hinter dem Paravent Versammelten.

«Maddox und ich sind zusammen aufgewachsen», sagte Morgan. «Wir waren unzertrennlich, haben uns vorgestellt, wie wir von dort fliehen würden. Und schließlich haben wir es gemacht. Sobald wir sechzehn waren, sind wir abgehauen.» Sie musterte Ellery, als könne sie immer noch nicht glauben, was ihr zugestoßen war. «Eine Tante von mir hatte die Sekte vor mir verlassen. Wir sind zu ihr nach Utah geflohen, und sie hat uns weitergeholfen. Wir haben unsere Namen geändert und versucht, auszusehen wie alle anderen.»

«Kein Wunder, dass du so gut flechten kannst», sagte Ravi. «Musstet ihr dort Zöpfe tragen?»

«Ravi.» Nina rollte mit den Augen. «Hör auf.»

«Was denn?» Ravi hob beide Hände. «Wenn sie sich die Haare flicht, sieht das immer superschön aus.»

Morgan lachte leise. «Danke. Wie auch immer. Ich habe meine Haare blondiert, und Maddox hat sich die Frisur schneiden lassen, die alle Jungs gerade haben. Auch den Kleidungsstil der Leute haben wir kopiert. Wir hatten keinen Highschool-Abschluss, daher sind wir auf eine Berufsschule gegangen. Maddox wurde Elektriker, ich Masseurin.» Morgan lächelte. «Es war hart, aber wir mochten eigentlich beide unsere Jobs. Wir mochten unser Leben. Diese Influencer-Sache kam irgendwie durch Zufall. Ich war süchtig nach LikeMe.»

«Es macht süchtig», sagte Grace trocken. «Im wahrsten Sinne des Wortes. So wurde es konzipiert.»

Morgan nickte. «Wir waren ein bisschen einsam, und die App hat so viel Spaß gemacht! Den Leuten gefiel, was ich postete, und plötzlich hatte ich das Gefühl, jede Menge Freunde zu haben. Dann bekamen wir Sponsoringangebote. Das war mehr Geld, als wir in unseren Jobs verdienten, und wir bekamen die Chance zu reisen. Wegen unserer Kindheit hatten wir ja noch nichts von der Welt gesehen. Und plötzlich lernten wir luxuriöse, kultivierte Orte kennen.» Sie deutete quer durch den Raum. «Wie das Resort mit seinen Kunstwerken.»

«Also hast du zu deiner Familie keinen Kontakt mehr?», fragte Ravi behutsam.

«Wenn man geht, ist man für die gestorben.» Morgan griff in ihre Tasche und holte ihr Handy heraus, schaltete es jedoch nicht ein, sondern hielt es nachdenklich in der Hand. «Manchmal denke ich, dass ich das alles gemacht habe - das LikeMe-Zeug -, weil ich mir gewünscht habe, dass uns jemand vermisst, dass sich jemand fragt, ob es uns gut geht. Und ich glaube, ich wollte, dass sie wissen, dass wir es geschafft haben.»

«Aber dann könnten sie euch was antun. Seid ihr sicher vor denen?», fragte Ravi.

«Nichts und niemand ist sicher», sagte Morgan.

Die anderen nickten.

«Wow», sagte Ellery. «Du und Maddox, ihr habt das ganz allein geschafft?»

«Ja», sagte Morgan. «In den letzten acht Jahren.»

«Das ist wie bei *Romeo und Julia*», sagte Ravi.

«Nein», sagte Morgan mit fester Stimme. «Das ist real, keine Geschichte. Und wir sind nicht gestorben.»

Ihr nicht. Ihr seid beide Überlebende, wollte Ellery sagen. Aber sie ließ es bleiben.

«Und Jason hat herausgefunden, woher ihr kommt?», fragte Ravi. «Wer ihr mal gewesen seid?»

Morgan nickte. «Seit mein LikeMe-Account durch die Decke ging, hatte ich schon die ganze Zeit Angst, dass uns jemand outen könnte.» Sie runzelte die Stirn. «Und genau das hat Jason angedroht. So berühmt oder was auch immer wir in den sozialen Medien sind, er war wirklich der Einzige hier, der uns als Morg&Madd von LikeMe erkannt hat.»

«Zumindest der Einzige, der es nicht für sich behalten konnte», sagte Ravi.

«Die Anzahl unserer Follower hat ihn glauben lassen, dass wir reich sein müssen», sagte Morgan. «Also hat er beschlossen, ein bisschen zu recherchieren. Das war, als wir noch Strom und Handyempfang hatten.» Sie schüttelte den Kopf. «Ich verstehe immer noch nicht, wie man so sein kann. Dass man jemanden trifft und anfängt, nach Dreck über ihn zu suchen; dass man jemanden fertigmachen will, den man nicht einmal kennt.»

«Weil du schön und bekannt bist und dich nicht um ihn gekümmert hast, ihn nicht einmal bemerkt hast. Das hat ihn geärgert.» Rachel beugte sich vor und legte ihre Hand auf Morgans Arm. «Weil er selbst Dreck am Stecken hat, denkt er automatisch, dass alle anderen etwas zu verbergen haben.»

«Nun, in diesem Fall stimmt es wohl.» Morgan seufzte.

«Jeder hat so seine Geheimnisse», sagte Ravi. «Mach dir deswegen keine Vorwürfe.»

«Irgendwie hat er eine alte Google-Bewertung über Maddox aus seiner Zeit als Elektriker gefunden», sagte Morgan. «Derjenige erwähnte, dass einer der Elektriker ihn an jemanden erinnerte, und hat den Namen der Stadt in der Bewertung erwähnt. Ich schätze, von da an hat Jason sich alles zusammengereimt. Die Details hat er uns nicht erzählt.»

«Und dann hat er angefangen, euch zu erpressen», sagte Ravi. «Ging es um Geld?»

«Zuerst wollte er, dass wir ihm helfen, den *umherziehenden Warhol* zu stehlen», sagte Morgan. «Ich schätze, er wollte ihn auf dem Schwarzmarkt verkaufen. Dann kam der Erdrutsch, und er sah, wie sehr das Personal Maddox zu vertrauen begann, und forderte ständig irgendetwas Neues von ihm. Schlüssel und dies und das.» Sie atmete mit einem Seufzen aus. «Wir wussten nicht, dass er Matt ermordet hatte.»

«Das wusste bis gestern Abend niemand», sagte Nina. «Nicht einmal ich. Das macht mich krank.»

«Mach dir keine Vorwürfe.» Ellery dachte wieder an den Moment vor den Gästezimmern - wie kreidebleich und verstört Maddox da gewesen war. Da hatte Jason gedroht, der Welt ihr größtes Geheimnis zu verraten. «Wie hättest du das wissen sollen?»

«Maddox hätte Jason nicht an sich heranlassen dürfen.» Morgan klang zutiefst erschöpft. «Im Grunde war uns klar, dass eines Tages jemand herausfinden würde, wer wir sind. Aber ...» Sie verstummte.

«Dass dieser Jemand ein Erpresser und Mörder ist, ist wirklich übel», sagte Ravi.

«Maddox hat getan, was er konnte», sagte Rachel. «Er hat Olivia den Schlüssel für die Slipstream-Bar gegeben und mir auch, als ich ihn darum bat. Ich schätze, ich sollte mich bei ihm entschuldigen. Zwar habe ich ihn nicht erpresst wie Jason, aber mir war aufgefallen, dass die Mitarbeiter ihm vertraut haben, und ich beschloss, das zu meinem Vorteil auszunutzen.»

Sonnenlicht fiel durch das Fenster und tauchte den Paravent mit seinen verstreuten Blütenblättern und den leuchtenden Farben in Gold. Jemand, vielleicht Brook, hatte Wasser und Gläser hingestellt, und das Licht hüllte auch sie ein. *Ich bin so froh, am Leben zu sein,* dachte Ellery.

«Aber noch mal zurück zum Anfang», sagte Ravi. «Jason hat Maddox gesagt, dass …»

«Richtig», unterbrach Morgan ihn. «Jason hat Maddox gesagt, dass Ben ihn gefeuert hat. Jason war wütend und schimpfte, Ben wäre nicht halb so toll, wie alle sagen, und dass er ihn aus einem dummen Grund gefeuert habe.»

«Also Ben hatte Jason einen Job gegeben, und Jason hat es vermasselt», sagte Ravi.

Morgan nickte. «Nach dem, was Maddox aus Jasons Geschichte schließen konnte, hat Jason Geld der Klienten veruntreut.»

«Und …», ergänzte Ravi enthusiastisch, «jetzt war Ben ausnahmsweise mal stinksauer. Er hat das alles kurz vor der Hochzeit erfahren und Jason bei ihrer Ankunft im Resort damit konfrontiert.»

«Stellst du dir das so vor, oder weißt du das?», fragte Nina.

«Ich stelle mir das so vor», gestand Ravi.

«Genau so hat es sich abgespielt», sagte Andy. «Das weiß ich von Olivia. Sie wusste, dass Ben vorhatte, Jason anzuzeigen. Aber sie wusste nicht, dass Ben Jason hier konfrontiert hatte. Eigentlich hatten sie und Ben nämlich vereinbart, dass er damit bis nach der Hochzeit warten sollte. Sie wollten Catherines Planung nicht gefährden. Hätten sie Jason gebeten, der Hochzeit fernzubleiben, hätten die anderen Freunde wissen wollen, was los ist, und es hätte ein Riesendurcheinander geben.» Er schüttelte den Kopf. «Du hast recht. Ben war von Grund auf gut. Er war zu nett.»

«Aber dann hat Ben Jason schließlich doch zur Rede gestellt, als sie hier ankamen?», fragte Ellery.

Andy nickte. «Und da, glaube ich, ist Jason in Panik geraten. Gemessen an Jasons Reaktion könnte noch mehr vorgefallen sein, als Ben wusste. Ich glaube, Jason hat beschlossen, dass keinesfalls alles herauskommen darf. Wenn er Ben im Resort irgendetwas antun würde, könnte er es wie einen Unfall oder so etwas aussehen lassen und sich ein Alibi konstruieren. Außerdem wären andere Leute mit potenziellen Motiven anwesend.»

«Vor allem, wenn er dafür sorgen würde, dass Ben es nicht zur Hochzeit schafft», sagte Ellery. «Danach hätten noch mehr Leute einen Grund, sauer auf ihn zu sein. Glaubst du, Jason hat Ben unter Drogen gesetzt?» Sie hatte darüber nachgedacht, dass er Olivia nicht die Tür aufgemacht hatte und dass Catherine fest gegen die Tür hatte hämmern müssen, um ihn zum Aufmachen zu bewegen, und dass sie gesagt hatte, er wirke benommen.

«Ja», sagte Andy. «Und ich glaube, er hat die Textnachricht geschickt, mit der er die Trauung abgesagt hat.»

«Also hat Jason Ben unter Drogen gesetzt und ist dann zur Trauung und zum Dinner gegangen, um sicherzustellen, dass ihn alle sehen und er ein Alibi hat», sagte Ravi. «So ist es deiner Meinung nach abgelaufen?»

Ellery nickte. «Doch dann hat Catherine ihn wach gekriegt, und Ben ist mit ihr mitgegangen, und sie hat ihn aus Versehen getötet. Was Jason anfangs wahrscheinlich wie ein absurdes Glück vorkam, als er Ben im Wald fand.»

«Jason muss an seinem Verstand gezweifelt haben, als er in Bens Zimmer ging, um ihn zu ermorden, und Ben weg war und dann tatsächlich vermisst wurde», sagte Morgan.

«Wie, glaubst du, hat er herausgefunden, wo Ben sein könnte?», fragte Grace. «Als er nicht in seinem Zimmer war?»

«Jason wusste, dass Ben und Olivia die Skulptur *LOVE* besonders mochten», sagte Andy. «Wir alle wussten das, weil wir dort am Ankunftstag Fotos gemacht haben. Und von da aus hat er vielleicht weitergesucht und Ben ein Stück den Weg hinunter am Teich gefunden.»

«Oder vielleicht war Ben noch nicht tot», sagte Rachel leise. «Vielleicht hat er gestöhnt oder um Hilfe gerufen.»

Ellery schloss die Augen angesichts dieses schrecklichen Szenarios. Einen Moment lang herrschte betroffene Stille.

«Aber warum sollte Jason die Leiche bewegen? Warum nicht Catherine die Schuld in die Schuhe schieben?», fragte Grace.

«Zu diesem Zeitpunkt wusste er ja noch nicht, dass Catherine diejenige war, die Ben verletzt hatte», erklärte Ellery. «Und er wollte, dass Ben bald gefunden wurde, damit er ein Alibi hatte. Leider war Ben draußen im Wald, und ein Sturm zog auf. Also bat er Matt später in der Nacht, ihm zu helfen, die Leiche zum Pool zu bringen.»

«Warum hat Matt sich darauf eingelassen?», fragte Grace.

«Er war für ihn da», sagte Ravi. «Er hat sich an den Kodex der Gruppe gehalten, *HYB*.»

«Um Teil einer Gruppe zu sein, tun Menschen so einiges», sagte Morgan leise. «Man will dazugehören.»

In der Stille, die auf ihre Worte folgte, konnten sie das Feuer im Kamin knistern hören. Ellery wollte Morgan sagen: *Das geht nicht nur dir so. Wir alle sind schon blind einer*

Person gefolgt oder haben absurde Regeln eingehalten. Aber vielleicht musste das gar nicht ausgesprochen werden.

«Ich glaube, er ist mit Matt in den Wald gegangen und hat da die Leiche ‹gefunden›», sagte Ellery. «Vielleicht hat Jason Matt eingeschärft, dass sie nicht sagen dürfen, dass sie Ben gefunden haben, weil sie dann verdächtigt würden, aber dass sie Bens Leiche an einen Ort bringen müssen, an dem sie gefunden wird. Ich glaube, er hat Matt vorgegaukelt, dass sie das fürs Allgemeinwohl tun – sie helfen, dass Bens Leiche gefunden wird, und schützen sich selbst. Matt dachte bestimmt nicht, dass Jason Ben umgebracht hat. Aber dann meldete sich Matts Gewissen. Sie hatten die Leiche bewegt und den Tatort verunreinigt und die Ermittlungen erschwert. Bestimmt hat er Zweifel geäußert und vorgeschlagen zu melden, was sie getan hatten, und da beschloss Jason eben, dass Matt wegmusste.»

«Du scheinst Jason sehr gut zu kennen», sagte Nina.

«Ich kenne ihn nicht», sagte Ellery. «Aber ich unterrichte an der Highschool.»

Die anderen schauten verwirrt, nur Rachel nickte und schien verstanden zu haben. «Einmal Arschloch, immer Arschloch», sagte sie. «Solche Leute ändern sich normalerweise nicht.»

«Also hat Jason Matt ermordet», sagte Ellery. «Er hat darüber nachgedacht, Matt Bens Tod in die Schuhe zu schieben. Matt wäre nicht in der Lage gewesen, sich zu verteidigen, da er ja tot war. Zu dem Zeitpunkt wusste Jason immer noch nichts von Catherine. Aber dann fand er gestern eine der Nachrichten, die Olivia für uns hinterlegt hatte. Er kam vorbei, um zu sehen, was los war, und konnte sein Glück nicht fassen. Es lief so gut für ihn, aber er weiß nie, wann Schluss ist. Nun wollte er Catherine auch noch tot sehen, wurde aber leider gesehen, wie er die Waffe auf sie richtete.»

«Wieso wollte er sie eigentlich töten?»

«Weil die Leute dann denken würden, dass sie nicht nur Ben, sondern auch Matt getötet und sich selbst gerichtet hat, als sie erfuhr, dass Ben und ihre Tochter schon verheiratet waren», sagte Ellery.

«Wie hat er die Waffe durch die Sicherheitskontrolle bekommen?», fragte Ravi. «Die kontrollieren einen doch am Flughafen.»

«Er ist mit dem Wagen da, oder?», sagte Ellery. «Von San Francisco aus.»

Ravi schlug sich mit der Hand an die Stirn. «Natürlich. Verzeih mir. Mein Gehirn packt das alles nicht.»

«Woher wusste Jason, dass er eine Waffe brauchen würde?», fragte Grace. «Als er seine Sachen packte, um hierherzukommen, wusste er nicht, dass Ben ihn zur Rede stellen würde.»

«Solche Typen denken immer, dass sie eine Waffe brauchen», sagte Nina. «Sie sind allzeit bereit, sich zu verteidigen.»

Ellery begegnete Ninas Blick. «Du scheinst Jason gut zu kennen.»

«Das tue ich nicht», sagte Nina. Sie senkte den Kopf. «Aber ich sollte ihn kennen.»

«Du warst nicht Bens Patin», sagte Ellery, «sondern Jasons. Ihr hattet euch seit Jahren, sogar Jahrzehnten nicht gesehen, aber seine Mutter ist kürzlich gestorben. Hat sie sich vor ihrem Tod an dich gewandt und dich gebeten, auf ihn aufzupassen? Wusste sie, dass er auf die schiefe Bahn geraten war?»

«Ja.» Nina hob den Kopf. In ihren Augen lag tiefe Trauer.

«Vor ihrem Tod bat sie mich, Jason wieder einmal zu besuchen und nach ihm zu sehen. Sie machte sich große Sorgen um ihn. Ich fühlte mich schrecklich, weil ich mich aus ihrem Leben zurückgezogen hatte. Alles andere war wichtiger gewesen, meine Karriere, mein Erfolg. Außerdem war sie weggezogen, und ich konnte nicht einfach mal kurz vorbeifahren. Also beschloss ich, es wiedergutzumachen.»

«Und deshalb seid ihr hier», sagte Ellery. «Richtig? Irgendwie hast du herausgefunden, dass er hier sein würde.»

«Ja», gestand Nina.

«Echt? Das wusste nicht mal ich.» Ravi starrte Ellery verwundert an.

Alle starrten sie an. «Was?», fragte sie, unbehaglich wegen der Aufmerksamkeit.

«Du bist irgendwie unheimlich», sagte Morgan. «Was du alles herausgefunden hast und wie du Information um Information zusammengetragen hast.»

«Das liegt daran, dass du allein hier warst», sagte Andy. «Du warst diejenige, die das Geschehen von außerhalb beobachtet hat. Die Übrigen von uns waren alle mit jemandem da.» Er sprach wie jemand, der Ellerys Position kannte, auch wenn er dieses Mal natürlich nicht allein gewesen war. Er war für Ben, Olivia und in gewissem Maße auch für Rachel da gewesen. Es hatte eine echte Hochzeit gegeben, und die vier hatten davon gewusst. Er gehörte zu diesem besonderen Kreis.

«Das stimmt», sagte Rachel. «Du hast dich mit vielen Leuten unterhalten und dabei Informationen bekommen, die alle anderen nicht hatten.»

«Und du warst schlau genug, all diese Teile zu einem stimmigen Bild zusammenzufügen», sagte Ravi.

«Ich schätze, schon.» Ellery lachte verschämt. «Wie schön, dass meine Scheidung für etwas nützlich war.»

«Ich glaube, du bist so oder so eine gute Beobachterin. Du achtest auf Menschen, ob du nun dazugehörst oder außerhalb stehst.»

«Du hast gesehen, dass Olivia schwanger ist», sagte Rachel.

Morgan schnappte nach Luft und legte eine Hand auf ihren Bauch. «Sie auch?!?»

«Ist sie wirklich schwanger?», fragte Andy. Und dann brach er plötzlich in Tränen aus. Grace legte zögernd einen Arm um ihn. «Das ist gut. Das ist so gut.» Schluchzend schaute er Rachel in die Augen. «Das ist das einzig Gute, oder?»

«Das stimmt», sagte sie sanft. «Es wird schwer, aber wir sind für sie da. Richtig?»

«Ja», sagte Andy mit tränenblindem Blick, barg sein Gesicht in den Händen und weinte, während Grace ihn hielt. Rachel wischte sich die Tränen aus den Augen, und Nina tätschelte ihr das Knie, zog dann aber eilig die Hand zurück, als käme ihr die Geste zu intim vor.

«Was weißt du über uns andere?», fragte Ravi neugierig. «Das war alles», sagte Ellery. Aber das stimmte nicht. Sie hatte noch ein paar andere Dinge herausgefunden. «Und vergesst nicht: Einiges von dem, was ich euch gesagt habe, könnte falsch sein.» Sie hatte gute Antennen, das ja, aber sie lag auch nicht immer richtig. Was Luke anging, zum Beispiel. Sie war sich seiner Liebe so sicher gewesen. Sie fand, dass sie als Paar gut funktioniert hatten. Wie sehr hatte sie sich doch geirrt!

«Du bist hierhergekommen, um deine Wunden zu lecken», sagte Ravi, «und hast stattdessen Morde aufgeklärt.»

«Nicht ich», sagte Ellery. «Das waren wir alle.» Sie sah sich um. Die Trauzeugen Andy und Rachel, beide von tiefer Trauer, aber auch von Hoffnung erfüllt. Grace, die sich um ihren Vater kümmerte und Ellery das Leben gerettet hatte. Morgan, die trotz allem, was sie in ihrer Kindheit und Jugend durchgemacht hatte, eine Fröhlichkeit verströmte. Und nicht zu vergessen Ravi und Nina. Ihre Freunde. Die Menschen, die sie fast sofort nach ihrer Ankunft unter ihre Fittiche genommen und sie an einem der furchtbarsten Wochenenden ihres Lebens zum Lachen gebracht und ihr das Gefühl gegeben hatten, nicht allein zu sein. Die zwei verströmten so viel gute Laune, sie waren so freundlich und klug. Natürlich hatten sie ihre Fehler, und sie hatten Geheimnisse vor ihr, wie sie ja auch vor ihnen. Was eigentlich Ravis Geheimnis war, wusste sie immer noch nicht.

Brook spähte um den Paravent. «Ellery», sagte sie. «Hier ist jemand für dich.»

«Was?», fragte Ellery ungläubig. Ihr Herz begann zu rasen. «Wer?»

«*Wie* ist die viel spannendere Frage», sagte Ravi.

«Sie hat jemanden angeheuert, der sie mit dem Quad reingebracht hat», sagte Brook.

«Das lässt die Polizei aber ziemlich alt aussehen», sagte Ravi. «Die sind bestimmt sauer.» Er warf Ellery einen Blick zu und sagte: «Okay, Leute. Lasst uns verschwinden, damit Ellerys Besuch Platz hat.»

Als sie hinter dem Paravent verschwunden waren, schlotterte Ellery regelrecht vor Aufregung. Wer war gekommen? Wer hatte den ganzen Weg für sie auf sich genommen? Jemand zog den Paravent ein Stück zur Seite, und da stand Abby in verdreckten Stiefeln und einer mit Schlamm bespritzten Jacke. Sie hatte doch tatsächlich Blätter im Haar und sah zu Tode erschöpft aus. «Du Liebe», sagte sie Ellery ins Ohr, während sie sie umarmte und mit ihren Tränen benetzte. «Ich weiß, du hast dir jemand anderen erhofft, aber du musst leider mit mir vorliebnehmen.» Ellery ließ sich von Abby festhalten, sie konnte nicht weinen, nichts sagen, gar nichts. «Tut mir leid, dass ich am Telefon gesagt habe, dass du schon Schlimmeres durchgemacht hast», sagte Abby. Sie roch nach Shampoo, Meeresluft und Wald. Und nach Moder. «Ich habe das Schicksal eindeutig herausgefordert.»

Ellery entfuhr ein krächzendes Lachen. Abby umarmte sie auf ihre Abby-Art und klopfte ihr auf den Rücken.

«Ups», sagte Abby. «Habe ich dich gerade zum Lachen gebracht? Oder zum Weinen?»

«Beides», sagte Ellery.

«Deinen Kindern geht es gut», sagte Abby. Ellerys Augen füllten sich mit Tränen. «Das hier schicken sie dir.» Abby setzte sich auf den Stuhl neben der Chaiselongue und gab Ellery einen Umschlag, auf dessen Vorderseite Ethan *MOM* gekrakelt hatte. «Sie haben dir jeder einen Brief geschrieben.»

Ravi spähte um den Paravent herum. «Alles in Ordnung bei euch?»

«Ravi! Wirklich!» Nina tauchte hinter ihm auf und versuchte, ihn wegzuzerren. «Lass sie in Ruhe.»

«Ihr müsst Ravi und Nina sein», sagte Abby. «Ich habe viel von euch gehört.»

«Wirklich?», fragte Ravi begeistert.

«Na ja, nur ein paar Textnachrichten», gab Abby zu. «Aber ich hab eine Ahnung, wie ihr so drauf seid.»

«Dann lassen wir euch mal weitermachen», sagte Ravi. «Es gibt so viel über uns zu erzählen. Und wir freuen uns auch darauf, dich irgendwann kennenzulernen.» Er winkte und verschwand. Ellery konnte hören, wie sie alle sich auf der anderen Seite des Paravents leise unterhielten, außer Sichtweite, aber für sie da. Sie hielt einen Umschlag in der Hand, den ihre Kinder berührt hatten. Es gab Menschen, die ihr den Rücken stärkten und für sie da waren. Auch wenn einige die Liebe, die man ihnen gab, zurückwiesen, würde es immer andere geben, die sie annahmen und auf einzigartige und schöne Weise zurückgaben, als handgeschriebene Notiz, als Kunstwerk.

59.

Endlich kamen die ganzen Textnachrichten der vergangenen Tage durch, schnell und ungeduldig, und zeigten ihr, wie sehr und von wem sie geliebt wurde.

Von Abby:
Ich weiß, du kannst mich nicht kontaktieren, aber ich schreibe dir ganz oft, irgendwann kriegst du das schon. Die Nachrichten überschlagen sich. Sie sagen, die Bixby Canyon Bridge ist eingebrochen, und dass das, was ihr da habt, noch schlimmer ist als der Erdrutsch von 2017. Ich könnte mich ohrfeigen, weil ich dich gedrängt habe, da hinzufahren! Ich schwöre, ich hatte keine Ahnung, dass so was passieren würde! Du kannst mich als deine beste Freundin feuern. (Aber mach es bitte nicht.) Ich hoffe, der Kuchen, den ich geschickt habe, ist angekommen. Ich wollte, dass du weißt, dass jemand an dich denkt und Vertrauen in dich hat. Du wirst auch das durchstehen. Ich habe mit Luke telefoniert, und er klang, wie Luke eben klingt. Meine Jungs und ich haben Kekse gebacken und ihnen vorbeigebracht. Ich hab deinen Kindern versprochen, dass alles gut wird. Sie scheinen mir zu glauben. Ich selbst glaube mir auch. Du wirst wieder glücklich. Ich liebe dich.

Von Kate:
Abby hat Dad angerufen und ihm erzählt, was bei dir los ist. Es tut mir leid, dass du dort festsitzt. Ich hoffe, es geht dir gut. Ich verfolge die Nachrichten und werde so oft auf Senden klicken, bis meine Nachricht an dich durchgeht. Ich liebe dich. Bitte sag Bescheid, wenn du das hier liest. Schreib mir so bald wie möglich.

Von Ethan:
Kate hilft mir beim Schreiben. Ich vermisse dich. Es gibt eine Schlammlawine, und du sitzt fest. Ich bin hier. Du kommst bald zurück.

Maddie schickte eine Nachricht von Lukes Handy. Es war, als hätten E. E. Cummings und die postmoderne Poesie zusammen etwas Haiku-Ähnliches gezeugt.

Mama, hier Maddie, bitte ruf mich an,
ich weiß, dass du nicht kannst,
wegen Schlammlawine und Telefon tot,
aber bitte ruf mich an,
so bald wie möglich.
Ich liebe dich.

Ich liebe dich, schrieb sie ihnen allen. *Mir geht es gut*. Das Erste war wahrer als das Zweite, aber sie konnte spüren, dass es aufwärtsging.

DONNERSTAG

HEUTE IM RESORT BROKEN POINT

Die Wildnis birgt Antworten auf Fragen,
die der Mensch noch nicht zu stellen gelernt hat.
Nancy Newhall

Wetter: sonnig
Sonnenaufgang: 7:17 Uhr
Sonnenuntergang: 18:26 Uhr
Höchsttemperatur: 20 °C
Tiefsttemperatur: 11 °C

ÜBER DAS KUNSTWERK:
Media Res
von Lin Marsh,
1987 (Lack)

Dieses von japanischen Paravents aus dem 18. und 19. Jahrhundert inspirierte Werk besteht aus sechs Paneelen, die Mohnblumen in verschiedenen Stadien ihres Lebenszyklus zeigen. Blüte und Verfall sind ein charakteristisches Thema von Marshs Werken. Ihr Statement dazu: «Leben und Tod bestimmen uns in unseren Handlungen, aber ich ziehe es vor, allein dem Leben eine Bühne zu bieten.»

60.

Mir gefällt, dass immer noch alle zu dir zu pilgern», sagte Ravi. «Auch ohne deine Chaiselongue erteilst du Audienzen.»

Ellery saß oben am Broken Point auf der Bank. Abby stand ein paar Meter entfernt und genoss die Aussicht. Ellery hoffte, dass ihre Freundin es hier genauso herzzerreißend schön fand wie sie selbst. Ellery war immer noch geschwächt von der Schusswunde und erinnerte sich daran, wie vorsichtig sie sich nach ihrem Kaiserschnitt bei Maddies Geburt hatte bewegen müssen. Aber es gab da etwas, das sie tun musste, und sie hatte beschlossen, dass dies der richtige Ort dafür war. Der Weg zum Aussichtspunkt war gerade so weit getrocknet, dass sie vorsichtig, auf Abby gestützt, hochgehen konnte, an der Stelle vorbei, an der Matt in den Abgrund gestoßen worden war, bis zu dem Punkt, von dem aus man den Ozean überblicken konnte. Oben am Broken Point stand die Metallbank auf den Felsen, das Kunstwerk mit dem Titel *Unsere Gedanken sind.*

«Tut mir leid.»

«Entschuldige dich nicht.» Ravis Ton war so bestimmt, dass sie ihn überrascht ansah. «Ich hätte dich nicht damit aufziehen sollen. Ich finde es ja gut.»

Er und Nina setzten sich. Es war eng für sie zu dritt, aber es ging schon. Gary und Grace waren ganz oben am Gipfel, ein paar Schritte von der Kante entfernt, und streuten Asche in die Schlucht.

«Ich habe was für dich.» Ravi reichte Ellery eine der täglichen Karten des Resorts. Sie hob sie an, um sie zu lesen, aber Ravi drückte ihre Hand sanft wieder nach unten. «Für später», sagte er. «Wenn wir weg sind.» Er und Nina würden an diesem Morgen abreisen. Ellery und Abby blieben noch einen Tag. Dr. Anand hatte gewollt, dass sie weitere vierundzwanzig Stunden unter seiner Aufsicht blieb. Von ihren Kindern getrennt zu sein, kam ihr wie Folter vor, aber wenigstens konnte sie ihnen jetzt schreiben und sie über FaceTime anrufen. «Morgan und Maddox lassen dich grüßen», sagte Ravi. «Sie reisen auch ab. Aber sie kommen wieder.»

«Ich hab so was läuten hören», sagte Ellery. «Hat Nat die beiden wirklich eingestellt?»

Nina nickte. «Das war ein kluger Schachzug, sie sind beide kompetent und reif. Außerdem kann der Morg&Madd LikeMe-Account Schadensbegrenzung betreiben, was die Morde angeht. Morgan ist schlau.»

«Sehe ich genauso», sagte Ellery. «Sie sind beide schlau, und wenn sie bleiben, haben sie eine Art Großfamilie für das Baby.»

«Ich finde es gut, dass Nat für das Personal eine Ausnahme von der Kinderverbotsregel macht», sagte Nina. «Was für ein schöner Ort, um aufzuwachsen.»

Wie zur Bestätigung rauschte das Meer unter den Klippen, die Rot- und Grüntöne der Bäume waren wie das Wasser in Sonnenlicht getaucht. Und es gab all die Pfade, die geheimen Orte, die Kindern magisch vorkommen mussten.

«Morgan hat gesagt, dass es sich gut anfühlt, einen Platz zu haben, an den man gehört», sagte Ravi.

Ellery schloss die Augen gegen das Glitzern der Sonne auf dem Wasser und den bittersüßen Schmerz in ihrem Herzen.

«Rachel und Olivia haben uns gebeten, dir Grüße auszurichten», sagte Nina. «Sie fliegen mit demselben Hubschrauber wie wir.»

«Und Catherine?» Ellery öffnete die Augen.

«Sie wird später am Tag mit dem Polizeihubschrauber abgeholt», sagte Ravi.

Schritte auf dem Weg hinter ihnen. Der Wind blies stärker, als würde der Ozean tief einatmen. «Hey», sagte Andy. «Hier ist ja ganz schön was los.»

«Ellery wollte uns das Verabschieden schwer machen», sagte Ravi. «Jetzt sind wir alle hier oben.»

«Ich dachte, Grace könnte Hilfe brauchen, um Gary zurück zum Haupthaus zu bringen», sagte Andy. «Er ist ein guter Wanderer, aber du weißt schon.»

«Ich weiß schon.» Ellery konnte sich ein Lächeln nicht verkneifen, als ihr Blick von Andy zu Grace und wieder zurück huschte. «Wann reist du ab?»

«Übermorgen mit Grace, Gary und ein paar anderen Gästen», sagte Andy. «Für uns war es in Ordnung, weiter unten auf der Liste zu stehen.»

«Das ist sehr rücksichtsvoll von dir», sagte Ravi mit einem Augenzwinkern.

«Grace und Gary sind eine angenehme Gesellschaft.» Andy wurde rot. Er wusste, dass Ravi und Ellery bemerkt hatten, worum es ihm eigentlich ging. Er wandte sich an Ellery: «Weißt du, ich habe dir gestern nicht geglaubt, als du uns erzählt hast, was du alles herausgefunden hast.»

«Wirklich?», fragte Ellery. «Welchen Teil hast du nicht geglaubt?»

«Als du sagtest, das wäre alles, was du weißt», sagte Andy. «Du hast noch ein paar Dinge herausgefunden, die du nicht gesagt hast, oder?»

«Ja», erwiderte Ellery. «Ich könnte mich aber auch irren.»

«Was hast du über mich herausgefunden?»

«Na ja ...» Ellery zögerte. Dann beschloss sie, es einfach zu sagen. «Senator Blaine Welch.»

Andy nickte. «Das ist mein Vater.»

«Was?!» Ravi war geschockt. Ellery freute sich diebisch, dass er es nicht herausgefunden hatte. «Der, der wie ein Karnickel aussieht?»

«Wie ein Frettchen», korrigierte ihn Nina.

«Unmöglich», sagte Ravi. «Dafür siehst du zu gut aus. Zu anständig.»

«Hoffentlich», sagte Andy.

«Ist er im echten Leben so schlimm, wie er im Fernsehen wirkt?», wollte Nina wissen.

«Schlimmer», sagte Andy durch zusammengebissene Zähne. Dann wurde sein Gesicht weicher. «Aber meine Mutter ist toll. Und Bens Eltern waren die Besten, sie waren auch für mich da. Und Ben sowieso.» Seine Stimme versagte. «Meine Mutter war mit mir und Rachel, Olivia und Ben bei der Hochzeit von Ben und Olivia im Rathaus. Sie mochte Ben auch sehr. Und Olivia hat mich gebeten, Patenonkel des Babys zu werden. Ich habe Ja gesagt.»

Das Leben ging weiter. Ellery liebte das und hasste es gleichzeitig. Sie hasste, dass alle zu vergessen schienen, dass Annabel und der Busfahrer, Pete, gestorben waren. Aber sie war auch unendlich erleichtert, dass die Kinder, die vor über zwei Jahren in diesem Bus gesessen hatten, joggen gehen, Tests schreiben, auf dem Weg zur Schule Cookies im Auto ihrer Eltern essen, aufs College gehen, mit ihren Liebsten im Dunkeln Händchen halten, mit ihren jüngeren Geschwistern den ersten Schnee des Jahres schaufeln, sich verlieben, Babys bekommen und alt werden konnten.

«Rachel arbeitet für meinen Vater», sagte Andy. «Wusstest du das?»

«Sie hat es uns erzählt», sagte Ravi. «Wir haben ihr verziehen.» Andy lachte. Er schaute zu Gary und Grace, die sich auf den Rückweg machten, und sprang auf, um sie zu begleiten

«Alles erledigt?», fragte Ellery sanft, und zu ihrer Überraschung schüttelte Gary den Kopf.

«Hier ist alles erledigt», sagte er, die Urne in der Hand, Grace hielt ihn am Arm. «Aber ich habe beschlossen, auch an ein paar anderen Orten Asche zu verstreuen. Man braucht mehr als einen Lieblingsort. Vielleicht sogar mehr als eine große Liebe?» Er lächelte Ellery an. «Ich hatte meine, und ich bin alt. Aber Sie sind so jung. Es gibt noch eine für Sie. Da bin ich mir sicher.»

Sie würde nicht weinen. Sie würde ihm nicht sagen, dass er sich irrte. Sie war nicht bereit dafür, konnte es sich nicht einmal vorstellen. Aber sie wusste seine Freundlichkeit zu schätzen. «Ihre Tochter hat mir das Leben gerettet», sagte sie.

«Darin ist sie gut», sagte Gary liebevoll. «Sie ist in vielen Dingen gut. Wussten Sie, dass sie …»

«Nicht, Dad», sagte Grace.

«… eine App erfunden hat?»

«Dad.» Grace schüttelte den Kopf. «Du hast es versprochen.»

«Was?», fragte ihr Vater. «Nach allem, was passiert ist, darf ich immer noch nicht mit dir angeben?»

«Nein!», sagte Ravi. «Grace. Ich glaub's nicht. Bist du die Erfinderin von LikeMe?»

«Nein.» Grace hielt sich die Hände vors Gesicht. «Viel schlimmer.»

«Was könnte schlimmer sein als LikeMe?», fragte Abby mit ausdrucksloser Miene.

«Ich hatte die besten Vorsätze», sagte Grace, die Hände immer noch vor dem Gesicht.

«Mit denen ist bekanntlich die Straße zur Hölle gepflastert», stimmte Ravi zu.

«Du hast etwas Wunderschönes geschaffen!», protestierte Gary. «Dass einige Leute das ruiniert haben, ist nicht deine Schuld.»

«Ich wollte Jugendliche für die Natur begeistern», sagte Grace. Sie nahm die Hände vom Gesicht. «Für alles von A bis Z. Nicht nur sexy Megafauna wie Pandabären und Wale und Mammutbäume. Also hatte ich diese Idee, die ich zunächst für total genial hielt. Ich würde eine App entwickeln, die Kindern dabei helfen sollte, die kleineren Dinge in der Welt zu finden, die auch Bedeutung haben. Sie sind eh ständig mit ihren Handys beschäftigt, da können sie doch lieber etwas Sinnvolles damit anstellen, also habe ich die App so gestaltet, dass sie diese Dinge in der Natur suchen wie Pokémon.»

«Ich glaub's nicht», sagte Ellery. «Du hast *MiniFauna* erfunden! Mein Sohn ist von dieser App besessen.»

«Das ist eine verdammte Sensation», begeisterte sich Ravi.

«Jedes Kind in unserer Highschool hat die App», sagte Abby. «Sie pirschen auf der Suche nach Käfern und Spinnen durchs Klassenzimmer. Es ist schlimmer als *Pokémon Go*.»

«Ich weiß», stöhnte Grace. «In der *New York Times* gab es einen ganzen Artikel darüber, wie ich die Natur zerstört habe.»

«Grace, wirklich», sagte ihr Vater streng. «Das ist nicht das, was in dem Artikel stand.»

«Zum Teil schon.» Grace sah wirklich unglücklich aus. «Die App hat ein Eigenleben entwickelt. Es gab Kinder – und Erwachsene –, die bei ihrer Suche nach ihnen Tiere und Pflanzen gefährdet haben.»

«Erwachsene machen alles kaputt», konstatierte Ravi bitter.

«Du kannst dir nicht vorstellen, welches Ausmaß diese Vorfälle hatten», sagte Grace traurig. «Ich habe ein Monster erschaffen.»

«Du bist unser Promi», freute sich Ravi, «unsere unbekannt-bekannte Persönlichkeit.»

Ellery tätschelte Grace das Knie. Es war wohl tatsächlich so, dass jeder Mensch Schattenanteile hatte. Aber war es nicht auch so, dass man sich, wenn man einen Schatten warf, ins Licht gewagt hatte?

«Mein Sohn liebt *MiniFauna*», sagte Ellery. «Ganz im Ernst. Es macht ihm tatsächlich Freude. Und es hat ihn mit seiner Umwelt und den Lebewesen verbunden.»

«Danke.» Grace seufzte.

«Der Hype geht vorbei», sagte Andy freundlich. «Das ist immer so.»

Grace sah zu ihm auf. Sie sagte nichts, aber ihr Gesichtsausdruck hellte sich auf.

«Ich helfe euch, zurück zum Resort zu kommen», sagte Andy. «Es ist immer noch ziemlich rutschig und unwegsam.»

«Das ist nett von dir.» Grace griff nach der Urne, damit Andy Garys Hand nehmen konnte. Der Wind fuhr ihnen allen durch die Haare und zerzauste sie zum Abschied.

«Bleibt in Kontakt», sagte Gary. «Ihr alle. Macht ihr das?»

«Das machen wir», versprach Ellery. Sie sah ihnen nach,

wie sie den Weg zurück zum Resort gingen, zurück in ihr Leben, das sich gerade verändert hatte. Die Sonne warf ihre Schatten und die der Bäume auf den unebenen Boden.

61.

Hätte es nicht die Morde gegeben, wäre das eine perfekte Auszeit gewesen», sagte Abby, als alle weg waren und sie beide allein auf der Bank saßen. «So viele tolle Menschen.»

«Und zwei Mörder», ergänzte Ellery.

«Richtig», sagte Abby. «Das dürfen wir nicht vergessen. Wir dürfen nicht vergessen, wer gestorben ist.»

Ellery griff nach der Hand ihrer Freundin. Die Wellen des Ozeans hatten Schaumkronen. Die Sonne schien, als hätte es nie geregnet, aber die Straßen waren immer noch unpassierbar, und das Stück Land, auf dem sie sich befanden, konnte immer noch einem Erdrutsch zum Opfer fallen.

«Wie war eigentlich der Kuchen?», fragte Abby.

«Großartig», sagte Ellery. «Warum hast du die Karte nicht unterschrieben?»

«Die Person, die die Bestellung entgegengenommen hat, hat meinen Namen aufgeschrieben. Haben sie ihn weggelassen?»

«Ja, haben sie», sagte Ellery.

«Also wusstest du nicht, wer den Kuchen geschickt hat, und hast ihn trotzdem gegessen?»

«Ja, aber ich habe ihn mit den anderen geteilt.»

Das brachte Abby zum Lachen. «Schlau, wenn einer stirbt, sterben alle. Und, war er lecker?»

«Der Aidan-Stone-Kuchen? Eine Köstlichkeit. Aber ich wusste nicht, dass es einen Aidan-Stone-Kuchen gibt. Ich kannte den Hintergrund nicht.»

Abby war schockiert. «Wie konntest du das nicht wissen? In dieser Ausgabe des *People Magazine* gab es eine ganze Seite darüber.»

«In welcher Ausgabe?», fragte Ellery, wusste es aber in dem Moment, in dem die Worte aus ihrem Mund kamen. In *ihrer* Ausgabe, der mit der *Tragödie um die Leichtathletik-Mannschaft*. «Echt jetzt? Du hast die anderen Artikel gelesen?»

«Ja», sagte Abby. «Du nicht?»

«Nein», sagte Ellery. «Den über uns auch nicht. Luke hat ihn für mich zusammengefasst.»

«Ich habe das ganze Heft gelesen.» Abbys Stimme drohte zu versagen. «Von vorne bis hinten. Ich glaube, ich habe versucht, in die richtige Perspektive zu rücken, was passiert war. Oder in einen Kontext. Was natürlich nicht gelungen ist, es war ja das *People Magazine*. Aber aus irgendeinem Grund ist mir der Artikel über den verdammten Kuchen im Gedächtnis geblieben.»

«Ich hätte dir ein Stück aufheben sollen.»

«Ich wollte dich daran erinnern, dass du viel durchgemacht und dich tapfer gehalten hast», sagte Abby.

«Danke.» Ellery nahm die Hand ihrer Freundin.

«Dir sind echt schlimme Sachen passiert, während du hier warst», sagte Abby nach einem Moment. «Und auch einige gute. Im Leben ist immer Platz für beides.»

Ellery schmerzte das Herz. «Ich möchte nur das Gute festhalten.»

«Das kannst du zwar machen», sagte Abby. «Und ich würde es verstehen. Aber dann wärst du bis an dein Lebensende nur die Hälfte von dem Menschen, der du wirklich bist.»

Ellery wusste, dass sie recht hatte.

«Trotz allem hast du hier, so scheint mir, auch ein paar echt tolle Freunde gefunden», fuhr Abby fort. «Oder vielleicht gerade deswegen?»

Das stimmte. Mit Ravi und Nina hatte Ellery Freunde fürs Leben gefunden. So wie Abby eine Freundin fürs Leben war. Sie erinnerte sich an den Tag, an dem sie Abby kennengelernt hatte. Sie waren bei einer Lehrerkonferenz gewesen. Als der stellvertretende Schulleiter sprach, hatte Abby sich zu Ellery gebeugt und etwas Witziges geflüstert, und Ellery hätte um ein Haar laut losgelacht. Sie hatte Abby sofort gemocht. Wie bei der Liebe gab es auch Freundschaft auf den ersten Blick. Und sie konnte für immer und ewig sein.

Ellery schaute auf die Karte, die Ravi ihr überreicht hatte. Er hatte sie unterhalb des Zitats abgerissen.

HEUTE IM RESORT BROKEN POINT

Ich habe die Sterne zu sehr geliebt,
um Angst vor der Nacht zu haben.
Sarah Williams

Darunter hatte Ravi geschrieben: *Du bist noch nicht am Ende.* Er hatte recht und Sarah Williams auch. Manchmal schienen die Sterne hoch und kalt, aber manchmal kamen sie einem warm und nah vor, gerade als könnte man einen von ihnen pflücken und ihn zum Trost in der Hand halten. Es hing von der Jahreszeit ab, von dem Ort, an dem man sich befand, und davon, wie man sich fühlte, während man zu ihnen aufblickte.

«Irgendwie ist mir seit der Scheidung das Zeitgefühl abhandengekommen», sagte Ellery zu Abby. Aber im Grunde hatte das viel früher angefangen. Seit dem Unfall waren die Jahre ineinander verschwommen, während Ellery gleichzeitig jede Sekunde schmerzlich durchlitten hatte. Viele Nächte hatte es gegeben, in denen sie sich bis zum Morgen durchkämpfte, in denen sie nur atmete und sich ermahnte: *Bleib hier. In deinem Körper, in deinem Leben. Geh nicht.*

Weiterzumachen würde unfassbar wehtun.

Aber Sterben auch.

«Ich habe das Gefühl, dass ich mein echtes Leben verloren habe», sagte Ellery. «Der Mann, den ich geheiratet habe und so gut kannte. Der mich so gut kannte. Er ist weg.»

«Dieser Mann ist so was von tot», sagte Abby sanft. «Er existiert nicht mehr. Luke ist nicht mehr der Mann, in den du dich verliebt hast.»

«Das hast du mir schon mal gesagt.»

«Aber ich meine das ganz wörtlich», sagte Abby. «Keine Zelle in seinem Körper ist noch dieselbe wie zu dem Zeitpunkt, als du dich in ihn verliebt hast. Jede einzelne ist abgestorben und wurde ersetzt. Er ist also zu hundert Prozent nicht mehr derselbe Mann.»

«Ist das wahr?»

«Ich glaube, schon», sagte Abby. «Hab ich jedenfalls irgendwo mal gelesen. Aber na ja, ich bin Geschichtslehrerin und forsche nicht zum Zelltod.» Das brachte Ellery zum Lachen. Lachen tat weh.

«Du darfst den Schmerz behalten.» Abby blickte auf das Meer hinaus. «Das ist der Teil, den die Leute nicht verstehen.»

«Ich will den Schmerz aber nicht behalten.»

«Ich meine nicht, dass du an dem festhalten sollst, was dich umbringt. Ich meine den anderen Teil, den guten, der aber nicht einfach ist. Ich weiß nicht, wie ich es erklären soll.»

Unter ihnen schrie eine Möwe.

«Wie es dich geformt hat», sagte Abby. «Das darfst du behalten. Die Art und Weise, wie du dich fühlend auf Menschen einlässt, wie du den Verlust fühlst. All das, was du über dich selbst und die Welt gelernt hast: Das kannst du für immer behalten und dir zunutze machen, wenn du willst.»

Ellery hatte einen Kloß im Hals. «Mit den Menschen zusammen zu sein, die man liebt, ist das Wichtigste. Das weißt du, Abby.»

«Ich weiß das», sagte Abby. «Aber viele andere wissen das nicht.» Sie blickten aufs Meer. Da waren die Wellen. Hier war der Wind. Luke ging, war gegangen und war weg. Der Luke, der sie in der Hochzeitsnacht voller Verwunderung und Freude betrachtet hatte, der Mann, der bei der Geburt jedes seiner Kinder dabei gewesen war. Der Mann, der bis spät in die Nacht dicht neben ihr im Bett über Reiseziele gesprochen hatte, der Zukunftspläne für ihre Kinder geschmiedet hatte, mit dem sie über ihre Freunde gesprochen hatte, über gemeinsam verlebte Tage oder getrennt verlebte, von denen sie sich nun erzählten, der Mann, für den seine Familie alles gewesen war – dieser Mann war fort. Sich um ihn zu kümmern, war nicht mehr ihre Aufgabe.

Die Bäume ragten über ihnen auf. Vorerst keine weiteren Katastrophen. Der Berg hielt. Abby legte einen Arm um Ellery, und Ellery legte ihren Kopf auf Abbys Schulter. Sie hörten den Hubschrauber, der zurückkam.

«Warte mal.» Abby starrte auf Ellerys rechte Hand. «Wo ist eigentlich dein Ring?»

«Keine Ahnung. Ich hab ihn verloren, irgendwann, irgendwo in dem ganzen entsetzlichen Chaos.» Sie konnte nicht sagen, wann. War es, als sie Ben aus dem Wasser gezogen hatte? In der Sauna mit Ravi und Nina? Als sie sich vor der Massage im Spa ausgezogen und in einen Bademantel gehüllt hatte? Unten im Trailer, als sie gemeinsam mit Rachel nach Olivia gesucht hatte, oder als sie und Andy versucht hatten, zu entkommen und Hilfe zu holen? Oder hatte sie ihn einfach abgenommen und irgendwo liegen gelassen, ohne es zu merken?

Als ihr später in ihrem Zimmer klar geworden war, dass ihr Ring weg war und sie nicht danach suchen wollte, hatte sie aufgeblickt und sich im Spiegel angesehen. Sie war erschrocken gewesen über ihr Spiegelbild, ihre Anwesenheit. Aber der Spiegel war schon immer da gewesen und sie auch.

Sie würde noch viele Verluste und Schmerzen erleiden, aber ganz am Anfang stand sie doch nicht mehr. Und am Ende würden nur ihre Knochen übrig sein.

Sie würde sich an nichts klammern; sie würde alles nehmen, was zu ihr kam.

Sie konnte das Leben ihrer Kinder nicht neu zusammensetzen, damit sie so unbeschwert wie ein Fisch im Wasser dahingleiten würden, silbern schimmernd im Strom, aber sie konnte sie lieben, und sie konnte ihnen den Wald und die Felder zeigen. Und das Wasser.

Ans Ufer plätschernd, in Bächen fließend, Klippen wegschneidend, aus großer Höhe herabfallend, sich in geheimen Quellen sammelnd.

Das Wasser war überall und sie genauso.

Ist das nicht schön, würde sie zu ihren Kindern sagen, wenn sie sich wiedersahen.

Ich liebe euch.

Wir sind immer noch hier.

DANKSAGUNG

Allen voran bin ich meinen Kindern Calvin, Ian, Truman und Lainey dankbar, dass sie beim Schreiben dieses Buches dabei waren und für unser gemeinsames Leben. Ich liebe euch.

Ohne die Frauen, denen dieses Buch gewidmet ist, und viele andere Freundinnen und Freunde, die mein Leben im Laufe der Jahre verändert haben, darunter (aber nicht ausschließlich!) Krista Lee Bulloch, Libby Hughes Parr und die Celtic / Rangers-Eltern von 2008, wäre mein Leben viel weniger erfüllt (und ich hätte nicht annähernd so oft gelacht). Ich danke meinem David und der gesamten Familie Susan und David Groesbeck für eure Bereitschaft, mich zu treffen.

Meine Eltern, Robert und Arlene Braithwaite, haben mir, schon bevor ich laufen konnte, von wunderschönen Orten erzählt und zeigen mir heute noch welche. Ich bin auch meinen Geschwistern Elaine Braithwaite Vickers, Nic Braithwaite und Hope Braithwaite zu Dank verpflichtet, mit denen ich so viele Abenteuer erlebt habe.

Jodi Reamer, meine Agentin, hat jeden noch so schwierigen Weg mit mir beschritten und war diejenige, die Kuchen geschickt hat, als ich am dringendsten welchen brauchte. Außerdem bin ich Karen Kosztolnyik, meiner warmherzigen, weisen und liebenswürdigen Lektorin, dankbar dafür, dass sie dieses Buch für den Verlag eingekauft und auf seinem Weg begleitet hat. Ich bin froh und glücklich, mit ihr und dem Team von Grand Central Publishing zusammenzuarbeiten. Vielen Dank auch an Lauren Bello, Albert

Tang, Kamrun Nesa, Andy Dodds, Theresa DeLucci und Luria Rittenberg.

Und an alle Leserinnen und Leser, die jemals eines meiner Werke gelesen haben: Ich danke euch von ganzem Herzen.

QUELLEN

S. 15: Terry Tempest Williams, *Red: Passion and Patience in the Desert*. Knopf Doubleday Publishing Group, 2008.

S. 51: Edward Abbey, «Benedicto». *Earth Apples: The Poetry of Edward Abbey*. St. Martin's Press, 1994.

S. 97: William Wordsworth, «Lines Written a Few Miles above Tintern Abbey, On Revisiting the Banks of the Wye during a Tour, July 13, 1798».

S. 137: Margaret Fuller, *Woman in the Nineteenth Century*. 1855.

S. 233: Emily Dickinson, «Letter 459a to Thomas Higginson». 1876.

S. 309: Barbara Ward und René Dubos, *Only One Earth*. W. W. Norton and Company, 1983.

S. 397: Nancy Newhall, «Die Wildnis birgt Antworten».

S. 409: Sarah Williams, «The Old Astronomer To His Pupil». 1868.